T0365574

ESPEJISMO DE AMOR

Cuando el destino te lleva por senderos diferentes

JUDITH GOMEZ MARTINEZ

Order this book online at www.trafford.com
or email orders@trafford.com

Most Trafford titles are also available at major online book retailers.

Printed in the United States of America.

ISBN: 978-1-4269-1009-8 (sc)

Trafford rev. 05/27/2011

 www.trafford.com

North America & international
toll-free: 1 888 232 4444 (USA & Canada)
phone: 250 383 6864 ♦ fax: 812 355 4082

Para mis tres amores:
Fernando, Fernando y Valeria

Introducción

Son pocas las personas que reflejan la intensidad de sus emociones en el diario vivir, normalmente se resguardan ciertas verdades en la profundidad de la inocencia para no dejar que los recuerdos duelan. La historia de Idalia y Héctor, lleva consigo la trayectoria de un inesperado encuentro, la evolución y trascendencia que la presencia de uno genera en la vida del otro, la insaciable persistencia de luchar por lo que se ama y la equívoca respuesta al dejar que el orgullo supere al amor.

Idalia, encuentra lo que espera, ese "príncipe azul" tan añorado en la juventud, Héctor coincide en el encuentro y corresponde con plenitud. Ambos, dejan que el sentimiento penetre hasta las recónditas profundidades del alma de cada uno, su sentimiento se cristaliza en la transparencia de las más sinceras y reales emociones, todo se vuelve encanto y dulzura, la compañía alimenta el sentimiento de cada uno acrecentándolo a tal grado que rebasa los límites tangibles de entrega, hasta llevarlos a la integración espiritual que sin darse cuenta los deja tatuados para el resto de sus vidas.

Héctor encuentra la mirada de Idalia y la detiene ahí, de frente, con profundo sentimiento se hace el silencio, de ellos y del mundo; sus corazones laten aceleradamente a la vez que parecen detenerse en ese momento, unos segundos, sus respiraciones se unifican y ... Héctor posa suavemente tres de sus dedos de la mano derecha en la mejilla izquierda de ella, para atraerla con ternura hacía él, sin prisa, despacio y sin distraer ni un momento su mirada, ¡están muy cerca!, ¡casi juntos!, ya Idalia está dejando recorrer en su cuerpo la electrizante sensación que le domina, se deja llevar y... cierra los ojos, entregando sin mesura sus labios a los de él que se estrechan temblorosamente y por completo en un inocente y puro beso. Saborea el uno y el otro suavemente la cálida carnosidad de los labios, pero sobre todo logran la identificación plena el uno del otro, no hay malicia, no hay lujuria, solo amor y verdad, pureza y felicidad. El tiempo que haya durado este beso, ha quedado paralizado en el corazón de ambos y el sentimiento se ha tatuado hasta el fondo de su ser. De la misma manera, sin prisa, abren los ojos, están de frente, muy cerca, despiden sus labios con otro tenue roce y sin saber que decir, solo corresponden la profundidad de su mirada, porque sin palabras están entendiendo y correspondiendo el mismo sentimiento, se incorporan, él desliza sus dedos por la barbilla y recuerda, el inicio, ese inicio que nunca llega a su fin.

Cada encuentro provoca una nueva sensación, más fuerte, más grande, más intensa, emocionalmente más íntima. No hay tanto que decir, solo la libertad de sentimientos que va creciendo a pasos agigantados dentro de ellos, sin que ninguno pueda evitarlo. Convencida Idalia de que no hay nada más grande en su vida que lo que está sintiendo y satisfecha con esta relación, se sorprende cuando una insignificante acción la transporta al vaivén de su orgullo y de su inmadurez.

Después de todo Idalia y Héctor pretenden dejar claro todo, quieren pasar la prueba de si es o no su amor, tan fuerte como creen; la realidad es que el amor no puede existir a medias, o es, o no es, no es posible decir "te amo solo un poco" porque el amor cuando es, destella la eternidad que conlleva, y si no, solo es un reflejo o una ilusión, el amor existe y cuando fructifica, nada, ni el tiempo ni la distancia, puede destruirlo, incluso más allá de la vida misma en otras dimensiones, prevalecerá a través de las generaciones y habrá uno y otro encuentro de tal forma que no existe fuerza alguna que pueda destruirlo, porque la única fuerza infinita e indestructible, es el amor.

Idalia, cansada ya de esperar, hace crecer en sí, un ridículo sentimiento de orgullo, ella cree que hizo suficiente para mitigar la culpa que sentía, pero al no tener respuesta, entonces pretende ahora hacer que Héctor le insista hasta que ella crea conveniente

El amor les insiste, no pueden dejarse perder sin lastimar su sentimiento, se buscan, se añoran y hacen hasta lo imposible por reencontrarse.

El destino sorprende a Idalia cuando se da cuenta que Héctor va por otros caminos y a su vez a él le duele imaginar al menos perder a Idalia, pero el destino se impone y hace perderse en otras emociones, Héctor se involucra en una relación casi involuntaria y cuando pretende salir de ella, está tan dentro que es imposible, termina comprometido y desilusionado.

Idalia, por su cuenta, busca sacar a flote la fortaleza debilitada, imagina nuevas ilusiones y al final se permite un nuevo comienzo, vale la pena, pero el dolor persiste y persiste de tal manera que provoca desequilibrios emocionales, ahora sí, luego ya no, hasta que accede darse de nuevo a la vida y disfrutarla, enterrando los recuerdos y hundiendo la desilusión, para darse cuenta que lo único vivido fue un gran espejismo... un...gran... espejismo de amor.

Como iniciar algo que aún no termina, paradójicamente no sé como poder expresarme, si los sentimientos están reprimidos en un recóndito espacio al fondo de los recuerdos, pero vivos aún mandan señales inesperadas al exterior y retumban en silencio como un hueco en el corazón.

Quizás aquello ha sido hermoso, tal vez no solo eso, sino el recuento de una vida en plenitud, iluminada por el brillo intenso de la pureza en los sentimientos, de una extraña sensación de entrega ilimitada, de una verdad absoluta desbordada de emociones.

Si al menos el tiempo dejara atrás la realidad, o el recuerdo no importunara tus recuerdos, si aquello que estuvo lejos no encontrara su camino a tu presente, si pudiera con cerrar mis ojos evocar imágenes sin sensibilizarme de emoción, si aquello acaso no reviviera mis vivencias, si entonces esa vida no habría sido mi vida.

Vestida de blanco como si como si estuviese a punto de partir a la Iglesia, Idalia se detiene justo frente al espejo, se observa, sonríe, recorre toda la imagen de principio a fin y vuelve a detener sus ojos mirando el vestido; de momento, algo llama a su memoria, aquella inusitada boda que nunca se realizó y que a pesar de todo jamás pudo salir de su pensamiento, un suspiro remarca la nostalgia ya sin fuerza, casi perdida; Idalia no deja de mirar el vestido y a ella portándolo, está por ser su boda y todavía hay por ahí algún recuerdo, la tristeza le invade de momento y deja que su historia le lleve a viejos recuerdos... ... ...

Eran los años felices, aquellos grandes años de juventud apasionada, Idalia, una joven estudiante de preparatoria, dedicada con esmero a sus estudios, distinguida por la seriedad inusual en esa etapa de la vida, una mujercita aplicada, responsable y con gusto por las relaciones humanas. Solía asistir a la escuela, tomar sus clases, entre descanso y descanso hacía amigos, conocía gente, convivía con compañeros, se divertía y aprendía con tanto gusto como casi nadie, le agradaba impugnar las clases cuando estaba en desacuerdo y nunca permitía que se negara la verdad y la razón. Al término del horario regresaba directo a casa.

Idalia, de estatura media, cabello largo y ondulado, cuerpo delgado, tez clara y sonrojada, ojo pizpireto y sonrisa encantadora; no solía andar tan arreglada, lucia su belleza natural de manera muy sencilla, ropas holgadas y tradicionales ignorando los repuntes de la moda, común y poco extravagante pasaba inadvertida por quien no la conocía.

Algunas veces alguien se acercaba a ella, atraído por el resplandor que cubría su cara, sin ser nunca grosera, valoraba sus intenciones y correspondía con amabilidad las atenciones que recibía, así, transcurrían sus días.

Por la mañana, Idalia se levanta emocionada para salir de casa, hace una cola de caballo con su trenza alborotada, viste blusa blanca, falda café clara y plisada, su preferida, medias tradicionales y zapatos cómodos de piso; toma la pesada mochila repleta de ilusiones profesionales y sale; en la parada, mira a su alrededor, todo está tranquilo, es muy de mañana, apenas allá lejos por el horizonte, empieza a colorear el alba... ... ... suspira... ... ... fascinada por el canto de los pájaros y algún tardado gallo que galantea su ronco kikiriqueo, espera el autobús y lo aborda, sabe perfectamente cuál es su asiento, todos lo saben pues cada día parte a la misma hora. Toma su lugar, el mismo todos los días, el primer apartado. Es largo el camino.

Soñadora como siempre, admira los multicolores que diseñan el amanecer, las formas de las nubes en el cielo y evoca recuerdos, le da vuelo a la imaginación, pensando, sintiendo, creando toda clase de imágenes, pensamientos y emociones, tiene suficiente tiempo; tal vez acaso, de repente, admite en su mente situaciones de la escuela, tareas pendientes o excesos de trabajo. Invariablemente retorna una y otra vez a sus sueños, diseñando historias fantásticas, irreales a la vista pero tan reales a su imaginación, que le dejan sentir cada una y a detalle las emociones y las sensaciones que generan en su realidad de ensueño.

Parada tras parada, sin sentirse importunada, voltea y se fija quien baja, quien sube, tal vez alguien conocido con quien compartir el lugar que reserva. Y empieza la plática, una plática cualquiera, solo para esperar la bajada que finalmente llega. Al fin en la escuela, un día más, trabajos que entregar, clases por atender, dudas que resolver y al final, otra vez, de regreso a casa.

Acompañada o sola, no importa, avanza tranquila al lugar donde abordará de regreso el autobús, otra vez, el mismo asiento y un acompañante en él, tal vez la misma persona, tal vez otra o una nueva con quien entablara o iniciará una buena elación, amigo, amiga, no sabe, lo que si sabe es que siempre estará en el camino para compartir en tiempo de regreso a casa; y si no, no hay problema, en sus adentros siempre hay algún motivo de divagar entre las ilusiones y los sueños, entre los recuerdos y los anhelos.

Hoy es un día de esos, en los que no encuentra a nadie con quien entretenerse, en el que dedicará su tiempo a sus pensamientos. Ella, aún no lo entiende, pero este día pareciera como si algo importante fuera a suceder en su vida, sensaciones raras recorren su estómago de lado a lado, de abajo a arriba o de arriba para abajo, en círculo y de regreso. ¿Qué sucede...? Se pregunta ella, se inquieta y se tranquiliza a la vez, ¡Oh, por Dios! no entiende, no comprende, qué está pasando.

El autobús va lleno, ya no hay lugares vacíos, hay algunas personas formadas en el pasillo y todavía va haciendo paradas para levantar gente, en alguna, aparece alguien, un hermoso recuerdo, alguien importante en la vida sentimental de Idalia. Con emocionante sonrisa, dirige su mirada para corresponder el saludo, pero ahí queda, nada que ver con las sensaciones que desbordan en su cuerpo, eso fue todo, una mirada... un recuerdo... una sonrisa... y... un saludo, nada más.

Idalia retorna a sus pensamientos. ¿Qué pasa...? Se pregunta. Aunque no quisiera darle importancia, la sensación se intensifica e inevitablemente invade por dentro y fuera todo su cuerpo, esa emoción se desborda en su pecho y se refleja en el tembloroso pulso que rebasa la quietud de sus manos, de sus piernas y de cada uno de sus músculos que forman su cuerpo.

De repente se encuentra transportada a otro espacio, hay mucha gente, es una Iglesia grande, hermosa, decorada en dorado y narrando con imágenes pasajes bíblicos y entendibles para cualquier persona cercana a su religión; presidida por el altar principal decorado con verbenas florales en tonos pastel; a los lados, cascadas de gardenias y claveles blancos que enmarcan las imágenes y presencias divinas de esta iglesia.

Desde el grande y arqueado portón de madera, se vislumbra un tumulto de elegantes invitados, dispersos entre las bancas, en espera de algo, o de alguien; se escucha la celestial marcha nupcial, y sobre la alfombra roja delimitada por preciosos floreros con listones de tul blanco y organzas bordadas, avanza lentamente Idalia hacía el altar. Poniéndose todos de pie la acompañan con la mirada, observando ese largo y pomposo vestido blanco, se ve hermosa, el pelo recogido al frente con corona de azahares y el resto ondeando por los hombros cubierto con largo velo de tul blanco; avanza... paso a paso... lentamente... mientras tanto, al frente, allá al pie del altar, un sacerdote esperando, quien formalizará una unión de amor; junto a él, alguien esperando, un hombre de corpulento cuerpo, cabello castaño claro, esponjado, bien peinado y vestido con elegante traje negro, camisa blanca y zapatos brillantes, luciendo en la solapa del saco un gafete de azahares, espera paciente con las manos entrelazadas. Idalia, avanzando, reconoce algunas caras conocidas y... finalmente... está en el altar, él quita el velo de la cara y les indican posarse en los reclinatorios, junto a ella, él; quien seguramente será aquél quien le dará la felicidad a su vida. Ambos se hincan ante el altar, ella observa, él acerca su mano a tomar la de ella, mano grande, fuerte, y se ve, trabajadora; sintiendo ese calor, Idalia corresponde elevando por el brazo su lenta pero intensa mirada, saboreando cada detalle de quien cree, será su eterno compañero, observa... la mano... el brazo... el hombro, y... ... ... un fondo oscuro cubre el rostro. ¿Quién es...? ¿Qué pasa...? ¿Es real...? ¡Puedo tocarlo...! ¡Puedo sentirlo...! ¡Puedo verlo...! pero y... el rostro... ¿Cuál es su rostro? Nadie puede verlo.

Un intenso sobresalto la retorna a la realidad, Idalia, sentada en el mismo asiento de siempre, percibe que el autobús está por llegar a su destino, desconcertada, se alista para bajar y después, perdiéndose entre las calles desaparece con rumbo a su casa.

Al mismo tiempo, en otro lugar totalmente ajeno a estas circunstancias, alguien está viviendo algo muy parecido.

Héctor, estudiante de electrónica industrial en una escuela básica, hijo menor de una gran familia, seis hermanas y él; chico inquieto juguetón, responsable en sus obligaciones escolares pero sin exagerar, con gusto por la vida, pero con especial interés en su relación familiar.

Trasladándose todos los días desde su domicilio hasta la escuela, recorrido aproximado de cuarenta minutos, aprovecha este tiempo para conocer chicas, hacer amigos o simplemente para echarse una siestecita.

Es un joven tremendo, cada día acude a la escuela puntualmente, quiere ser ingeniero, tiene especial habilidad para el diseño, lo que le hace pensar si es correcta la especialidad que selecciono o no, tal vez más adelante se defina. Está joven y cree que mientras no quite la vista de sus objetivos, seguramente los obtendrá como hasta hoy ha logrado cada uno de los que se ha propuesto.

Los descansos que en la escuela dan entre clase y clase, los usa para entretenerse un poco, juega básquetbol, hace amigos, y por supuesto, entabla alguna relación con las chicas.

Si hay algo que le gusta, es tener ese acercamiento con las jovencitas. El admira mucho a las mujeres, porque las sabe y reconoce hermosas, pero además, porque cree que definitivamente son ellas quienes están más cerca de lo divino, ya que son ellas las que poseen la capacidad de creación, y eso es lo que mantiene el contacto con la magia de la eternidad.

A Héctor le gusta platicar con las chicas, aunque a esa edad, pocas son las que le dan seriedad a la vida, nunca le falta aquella que tiene un buen tema de conversación, o la que está realizando alguna actividad extraescolar, o la que simplemente se siente segura de lo que desea y permanece sobre el camino para lograrlo; obviamente, tampoco falta aquella chica vanidosa que haciendo uso de su belleza física trata de atraer a cualquier joven que le parezca buen partido.

Aún no es tiempo, pero definitivamente el sabe y está seguro que va a encontrarse a su princesa, a la mujer que sabrá darle desinteresada e incondicionalmente la felicidad que el espera, que ha soñado y que no duda, tendrá.

Es por eso que su convivencia con las chicas, no lleva interés alguno, ni malicia, las admira físicamente, pero más las aprecia en lo profundo, en lo interior, en sus intenciones y emociones, porque no le importa lo que se ve, él piensa que el amor y la pureza de sentimientos, fluyen desde dentro y se proyectan a la vista; lo que por supuesto, le agregan a lo físico el toque que él espera encontrar en su pareja.

Su horario escolar es corto y pronto termina la jornada, como todos los días, recoge sus accesorios escolares y con mochila a la espalda parte rumbo a su casa. En el camino, se entretiene con los cuates, a tomarse un refresco, comer algo, a echar un chascarrillo o simplemente se acompaña hasta la parada del camión. Debe primero tomar un transporte urbano que lo lleve hasta el lugar donde abordara el camión que lo lleve hasta su casa.

De lejos reconoce que el que viene es el que debe abordar, se despide de sus acompañantes con un fuerte choque de manos, hace la parada y sube, el camión sigue su trayecto, una parada... otra... otra más; él solo busca la manera de avanzar a la parte de atrás para facilitar la bajada, si hubiere asientos disponibles, ocuparía uno, si no, sólo avanza cada vez, porque además es corta la distancia que debe recorrer y algunas paradas después, debe bajar, sólo timbra para pedir que el autobús se detenga y baja.

Ahí, unos pasos más adelante debe esperar el otro camión, así que sólo espera, observa a su alrededor, más personas aguardando, cruzando calles o caminando, autobuses diversos deteniéndose y avanzando, el ruido de la ciudad, coches, murmullos e indiferencia total; cada quien en sus cosas, cada quien en su espera, cada quien en sus pensamientos.

Héctor, mientras juguetea con la mochila, pasándola de una mano a la otra, de un hombro al otro, tirando de la jareta o anudando el tirante, espera... y, por fin, aparece su camión. ¡Qué raro! siente algo raro, al ver al autobús percibe una sensación extraña, temblorosa e inquietante, en fin, pretende ignorarla, no es una persona que le haga mucho caso a sus intuiciones, es más, procura ignorar ese tipo de percepciones y prefiere entretenerse con algo más real. Sube al autobús y de inmediato ubica un lugar disponible, toma asiento y recuesta su cabeza en el respaldo, no piensa nada, solo cierra sus ojos y pretende dormir; pero ¡Oh, sorpresa! aquello que quiso ignorar se intensifica, percibe mariposas en el estómago, burbujas en el pecho, vibraciones en pies y manos y en sus pensamientos, lentas notas interpretan una armoniosa melodía.

- ¿Qué es esto?, se pregunta desconcertado.

Aún desconoce lo que ocurre, un tanto importunado, intenta una vez más olvidarse de ello y dormir, bueno, eso quisiera, pero hasta el sueño ha sido desplazado, abrumado persiste, cierra sus ojos y trata de no pensar en nada, minutos después, lo logra, concilia su sueño, un sueño ligero, pero que le ayudó a dejar de sentir tanta cosa rara. Sabe que pasaran bastantes minutos antes de llegar a su destino así que relajadamente se deja absorber por su descanso, no tiene preocupaciones, ni necesidades urgentes, así que una vez concentrado, no hay nada que le impida disfrutar de ese tan anhelado sueño.

Efectivamente, sabe el tiempo casi exacto que tarda en llegar a su destino. Entonces, reacciona, toma su mochila y pide la parada, baja del camión y tan solo unos metros más adelante está su casa. Llega, saluda a su mamá con un cariñoso beso, ella corresponde igual. Sube a su recamara a dejar sus cosas de la escuela, no tiene otras obligaciones, pero le gusta ayudar a su mamá en los quehaceres pesados de la casa y también ayudarle a su papá en sus ocupaciones.

Es una familia de pueblo, aunque viven con las comodidades que han sabido ganar con su trabajo a través del tiempo, también poseen algunas tierras, herramientas y un caballo, que además de ayudar en los trabajos es su mascota y amigable compañero. Así que su vida familiar, está dividida; por un lado, entre las funciones de un trabajo formal y fructífero y por el otro entre las entretenidas actividades de dirigir a las personas que se encargan de hacer que esas tierras rindan los frutos que tan fervientemente planean al inicio de cada temporada.

Héctor está parado frente a la puerta de su recamara, la abre, e inmediatamente regresan a él esas emociones que con dificultad dejó de sentir un rato atrás. Deja su mochila en el sillón café que está al lado derecho de su cama y se sienta sobre la cama frente al espejo, se mira en él y nota claramente como resplandece en su rostro un intenso reflejo de luz que ilumina todo el contorno de su cara, sintiendo hasta lo más profundo de su ser como ese brillo toca mágicamente en sus entrañas la sensibilidad de la pureza impregnada en su alma. Mira sus ojos, que inevitablemente, desbordan su reflejo purificado por la pureza de su espíritu.

Con un parpadeo, desparece ante la vista todo cuanto ha sentido, en el espejo, solo su imagen aparece frente a él y a su alrededor, no hay nada que juzgue fuera de lo ya conocido y ordenado que él mismo procura en ese su espacio.

Linda recamara, con suficiente espacio para estar cómodamente instalado, cama matrimonial con cabecera de madera color ópalo cubierta con esponjoso edredón cuadriculado en café y cuatro acogedores almohadones, de cada lado un buró cubierto cada uno con sobremesa tejida en claro que su mamá elaboró para él, en uno brilla una lámpara de noche que usa cuando está interesado en alguna lectura, en el otro sólo descansa un portarretratos de madera que remarca la fotografía de una hermosa joven. Cerca de la pared del lado izquierdo de la cama, un sillón café contiene la mochila de la escuela, alguna chamarra o simplemente está ahí para el descanso de Héctor. De frente, el tocador de tres cajones anchos y dos laterales, a la orilla de la luna en los entrepaños de madera, lo decora alguna figurilla de colección, un recuerdo o cualquier detalle. Sobre la base sólo una larga carpeta que decora la superficie y un portalápices con su nombre, que Claudia le regaló. En el piso, un tapete de cada lado de la cama en color combinable con la decoración; para la parte derecha de la recámara la gran ventana permite entrar sin dificultad la luz del sol a cualquier hora del día, con la posibilidad de taparla solo recorriendo la larga y bien seleccionada cortina.

Agotado, no sabe de qué, deja caer todo su peso hacía la cama, recostándose sobre su espalda y reflejando su mirada en un punto infinito del techo de su recámara. Sabe que algo muy dentro de él está ocurriendo, pero su consciente aún no le define que es; y él, no le da mayor importancia más que el hecho de sentir que en efecto algo maravillosamente impresionante está por transformar su vida.

Trae entonces a su pensamiento una imagen, es la misma que aparece en el portarretratos de madera que esta sobre su buró, una jovencita, Claudia, su novia, chica coqueta, linda y totalmente enamorada de él, peinada de cola de caballo y fleco, con blusa de manga larga y escote medio. Así la recuerda, esboza esa sonrisa y se levanta de la cama de inmediato. Sale de la recamara en busca de su bici... su bicicleta, aliada fiel de todas las tardes; la toma y se trepa en ella con rumbo a la carretera. No hay más para esos momentos de bruma que un paseo en bici.

Toma la carretera y pedalea con entusiasmo, le encanta sentir la brisa del viento en su cara, escuchar el ruido de las llantas sobre el pavimento, el giro del pedal y el corte del viento, esa sensación llena su momento, avanza, pedalea, pedalea, pedalea y pedalea, sin rumbo fijo, sin cualquier otro motivo, más que sentir la libertad que le provoca la velocidad en su bici. A los lados, cuántas milpas sembradas, vegetación, flores, árboles, hierba, pájaros, casas, gentes trabajando en los campos y caminando por las veredas, coches y autobuses en la carretera, todo, todo lo de siempre que a él no le importa, ni percibe, ni admira, sólo siente, siente la velocidad, el viento y lo que provoca el ruido de su bici.

Una curva... otra... avanza... pedalea... pedalea hasta el cansancio y al fin, ya satisfecha esa necesidad, toma el regreso a casa; antes, mira en su mano izquierda el reloj, 4:30 p.m., buena hora, es temprano y decide en lugar de regresar, vira hacía el otro lado, en busca de alguien, avanza más despacio, conoce el camino que casi todos los días lo lleva hasta la casa de Claudia. Sí, va a encontrarse con ella, eso cree, porque hoy no se puso de acuerdo, le dará la sorpresa. Avanza, pero a diferencia de otros días, esa emoción de encontrarla, no la siente, parece indiferente, sigue adelante, él sabe que va en su busca, aunque sus emociones digan lo contrario, él cree tener ganas de verla.

Recarga la bici donde siempre, toca el timbre y espera, en efecto, un minuto después aparece ella, con su singular sonrisa y su evidente

ESPEJISMO DE AMOR

gusto por ver quien la espera tras la puerta. Ella emocionada, se lanza a su cuello y él abraza su cintura, dando el beso de saludo. Todo parece normal, sin embargo, él se percata de la poca emoción y casi ausente gusto de tenerla junto. Hace un esfuerzo y corresponde.

- ¡Hola mi amor!, ¡Estaba esperándote! – dice Claudia - aunque no sabía que vendrías, sentí tu llegada.
- Sí. Andaba fuera y decidí venir- Responde Héctor.
- ¡Pasa!, ¡Ven!, ¿Quieres algo? terminamos de comer apenas.
- No. No... gracias; prefiero quedarme aquí afuera
- Pero... ¿Por qué? ... Siempre pasas.
- Sí. Pero... Hoy no. Hoy sólo estaré poco tiempo.
- ¿Y eso?
- Bueno, tenía ganas de verte, pero aún tengo que regresar a hacer algunas cosas en casa.
- ¡Está bien! Como tú quieras.
- Sí. Aquí estamos bien.

Juguetean un rato, se abrazan, ella le hace bromas y él corresponde, más sin embargo, no deja de sentirse incómodo, no es lo mismo, aunque no sabe que es lo que siente, se da muy bien cuenta como la compañía de Claudia no produce el mismo efecto en él. En realidad no ha pasado nada especial que provoque tal indiferencia, ella como siempre, no escatima sus demostraciones de amor para con él, cosa que él disfruta y le gusta, pero hoy, hoy... algo se ha transformado, porque a pesar del esmero que pone él por corresponder, no deja de sentir esa fuerza que limita sus respuestas, esa sensación de alejamiento que empieza a marcar firmemente el término de algo hermoso que hasta el día de hoy ha significado lo mejor que ha vivido en su vida, en lo que a amor de pareja se refiere. Era perfecto, lo mejor, lo máximo, eso era lo que él creía y estaba seguro, porque disfrutaban mutuamente, correspondiendo invariablemente el uno al otro, tantas emociones, tantas caricias, jugueteos y todos los detalles que una joven pareja suele entregarle a la persona que ama. Eran felices, mucho, porque tenían todo y lo compartían ambos, pero

11

hoy, insistía esa presencia que empezaba ya a marcar distancia. Ella sin saberlo, sin siquiera percatarse, estuvo como siempre, plena y sincera para con él; él también, pero le costó mucho esmero y trabajo no dejar que se percibiera esa sensación, aunque por dentro, para él era evidente, no dejó que por ninguna razón, Claudia se percatara de lo que estaba pensando.

Después de un rato, que entre una y otra caricia, se convirtió en hora y media, se despidieron, ella le demostró su gran amor en un beso y él, además de corresponder, la abrazó con tal fuerza y entrega que parecía dejar ahí tatuado el tumulto de emociones acumuladas a lo largo de esa duradera relación, él sabía que no habría otro; era quizá el último. En ese abrazo, agradecía sinceramente la compañía, el amor y toda la felicidad que había recibido de ella. Desconociendo la razón de su actitud, estaba seguro que a partir de este momento, su rumbo giraba por más de trescientos sesenta grados; hacía algo completamente diferente y aún desconocido para él, Héctor tenía la responsabilidad de hacer algo para no dañar a quien ha querido durante ya varios años y que en ese tiempo le ha dado todo lo que es posible para lograr la plenitud de una felicidad que marca una terminación evidente.

- ¡Muy bien chiquita! Me voy.
- Ya lo sé, pero no quiero.
- Yo... tampoco quisiera, pero tengo que...
- Está bien. Sólo... que...
- Mañana nos vemos.
- Sí. Pero... es ese abrazo... nunca lo había sentido así.
- ¿Cómo así?
- Tan profundo... tan puro... tan...
- Completo.
- Más que completo, desbordado de tanto.
- Lleno de mí, en ese abrazo me estoy entregando contigo.
- Sí, lo sentí, pero hay algo más.
- ¿Qué?

- No sé, no sé que más... pero hay algo ahí. En fin, cuídate mucho. Te amo.
- Está bien, yo también. Te veo luego, mañana tal vez.
- Sí. Te estaré esperando como siempre.
- Adiós.

Héctor acaricia una mejilla de Claudia con los dedos de su mano izquierda, y voltea a tomar la bicicleta que silenciosa ha presenciado lo que para él ha sido la despedida de ese amor.

Se trepa en ella y con lentitud avanza, un poco adelante, retorna la cabeza y mira como Claudia sigue observando desde su puerta, esperando perderlo de vista para poder meterse a su casa. Todavía, él levanta la mano para decir adiós y ella lanza con la suya, un beso de su boca para él. Héctor, avanza de regreso a casa, en realidad no sabe si debe ir para allá, o a dónde lo lleven ahora los pedales de su bici.

Que desconcierto, que insensatez, que dramatismo y que desesperación. Aparecen en su interior, sentimientos encontrados de lo que fue y de lo que podrá ser, sin saber al menos los motivos, sin siquiera reconocer nada de una realidad cuya evidencia, marca un rotundo giro a esa mágica relación.

Idalia en su casa, como todos los días, ayudó a su mamá en las labores del hogar, a preparar la comida mientras platicaban de los acontecimientos de ese día. Se sentaron a la mesa con toda la familia, y al terminar, como cada día lo hacían, recoger la mesa, lavar los trastos, dejar bonita la cocina.

Cada quien a completar sus pendientes; ella, siempre dispuesta, su lugar de hacer la tarea es en la mesa grande que está en el cuarto que da a la calle, ya que desde allí, se puede ver quien pasa, quien va quien viene, el movimiento de fuera, o simplemente puede voltear de repente a distraerse mientras realiza sus trabajos escolares. El lado posterior de la mesa, se ataja detrás de la cortina, así ella podía mirar hacia afuera, sin que nadie de fuera lograra ver hacía adentro.

Ese es su lugar de todos los días, ahí, se sentaba a hacer tarea, a leer, o simplemente a ver la tele.

Tiempo atrás, tuvo un novio, su primer novio, Hugo, quien todos los días pasaba por la calle, viendo hacía adentro, con la esperanza de encontrarla, pero como Idalia, ya lo sabía, casi nunca se deja ver, aunque para sus adentros siempre disfrutaba saber cómo aún sentía algo por ella. Esa relación, fue en su momento lo mejor, inocente y pura, un amor de jugueteos, y de muy, pero muy escasas caricias o besos. Precisamente por todo eso, era su hermoso recuerdo, su primera ilusión, su primer amor, así habían pasado varios años, y con todo, aún terminada la relación, le daba gusto ver cómo la buscaban día con día. Ahora, no existe nadie que signifique más que una buena relación de amistad, no le interesa nadie, vive fiel a su recuerdo e ilusa de algún día encontrar al que ella llamaría "su príncipe azul".

Algunas ocasiones en que inevitablemente se encontraba frente a Hugo, no había más remedio que saludarlo, platicar un rato, tiempo en el que evidentemente él intentaba reanudar aquella relación pero ella, aunque le gustaba estar cerca y disfrutaba plenamente de su compañía, no tenía alguna intención de reiniciar romance con él; lo admiraba, le gustaba, pero creía, es más, estaba segura, que su destino le tenía preparada una agradable sorpresa, y si en ese momento estuviera ocupada o interesada en esta relación, obviamente no podría estar alerta para identificar las señales que seguramente recibiría llegado el momento.

Así que, no había mayor interés. Entonces, sólo se dedicaba a hacer su tarea de la escuela, le gustaba leer mucho en temas de superación personal; cualquiera que le diera algo de acercamiento con su espíritu, porque eso la hacía sentirse bien, viva y sobre todo a razón de cierta sensibilidad perceptiva que había adquirido ya, podía percibir un poco más allá de lo que simplemente se ve, o sea, podía recibir energía especial que le permitía lo que estaba por suceder a su alrededor.

Cada noche antes de dormir, sentada sobre su cama, tomaba un libro y leía, quizá sólo unos minutos, tal vez un poco más, o a veces, de plano, se inmiscuía de tal manera que habría sido inútil intentar postergar su lectura, pues devoraba de principio a fin cada una de las ideas y contenidos, quedando satisfecha únicamente hasta comprender lo que transmitía el texto. No importando la hora en que concluyera, ella sólo dejaba el libro en uno de los buros de su cama y dormía con la certeza de que el interés que demostraba no caía en saco roto, pues cada sensación se reflejaba posteriormente en el comportamiento de Idalia, en cada una de sus actividades, y sobre todo, le generaba cierta fortaleza interna, pues ni aún con que al día siguiente debería despertar temprano, el desvelo por la lectura, no dejaba sensación de cansancio alguno, y esto, por supuesto, le permitía permanecer alerta durante cada día.

Cae la tarde, transcurre la noche, el sueño profundo de Idalia, no le permite percibir conscientemente lo que acontece en el exterior. Muy de mañana, se despierta sin ayuda, pareciera como si estuviera programada para reaccionar en el momento preciso, con el tiempo exacto para prepararse y partir a la escuela. Así lo hace, un día más, el mismo autobús, el mismo asiento, la misma ruta, todo igual, un tiempo más para soñar, otro para meditar, otro solo para pensar, pensar en sus ilusiones, en sus anhelos en sus deseos.

Adelante, sorpresa en el autobús aparece una cara conocida, le cede el asiento vacío de su lado izquierdo y dedican el resto del camino a una muy amena conversación.

Pareciera estar de moda, todo mundo habla del amor, pero ella no, ella piensa en un amor universal, puro, de aquel que se reparte sin recato y sin medida, igual de intenso para todos y con la totalmente escasa presencia de interés alguno. En fin, es solo un tema de conversación que no aburre y que hace.

Héctor, ha partido ya a su escuela, olvidando totalmente todo lo que un día antes había vivido. El tiene que caminar un poco para llegar a la parada del camión, percibiendo en su piel el frío de la fresca mañana espera paciente su autobús. Allá viene, pide la parada, ignorando totalmente cualquier cosa ajena a él mismo, prepara el pago de su pasaje y al dar la moneda detrás del chofer encuentra una cara hermosa cuyos ojos claros cruza dos segundos una profunda mirada con él, sin causar alguna reacción entrega la moneda al conductor y pasa al fondo del autobús, difícilmente a esta altura de la ruta, encontrará un asiento vacío, así que solo trata de acomodarse entre la gente parada en el pasillo, coloca su mochila en el porta equipaje y, simplemente espera.

Idalia reconoce su parada y se baja apresurando el paso hacía la escuela, pues seguramente su clase iniciará puntualmente y no le gusta llegar tarde.

Más adelante, Héctor también tiene que bajar ya, se acerca a la puerta y un paso antes de bajar voltea inconscientemente y solo encuentra el asiento vacío que había ocupado Idalia, en fin, baja y se dirige a su escuela sin mayor prisa, paso normal, tranquilo pues acostumbra llegar antes de la hora de llegada para evitar prisas.

Es tarde, ha terminado el horario escolar y cada uno sin saberlo se dirige a la terminal de autobuses, estarán al mismo tiempo nuevamente para regresar a casa.

Ella regularmente encuentra personas conocidas que también regresan de sus labores, pero este día no, este día pareciera que todos han desaparecido, solo gente desconocida ve a su alrededor. Él, como de costumbre, relajado en el asiento espera la partida.

Idalia sube, sin siquiera mirar atrás toma su asiento y se dispone a leer, un pequeño libro que relata la historia de una pareja, su encuentro, su unión y su relato a detalle, de muchas de las situaciones especiales que se presentan en un matrimonio, explica cada una y da alternativas de manejo, para lograr una sana relación.

Nadie interfiere su lectura, ni la gente que sube, ni la que baja, en absoluto, ella solo lee. De repente, siente la intensidad de una mirada fija, levanta la cara y se encuentra de frente, en el espejo retrovisor del autobús, a una persona que la observa fijamente, es alguien que no conoce, pero que ha visto ya en varias ocasiones, ni se inmuta ni se distrae, simplemente regresa a su lectura y continua.

Por su cuenta, Héctor, observa sin mayor interés, solo a una chica entretenida con algo entre las manos, sonríe para sus adentros y cierra sus ojos, a dormir, simplemente se acomoda a tomar una siesta y se duerme.

Así transcurre el tiempo, Idalia entre sus actividades, de repente abrumada, otras tantas descansada pero siguiendo la misma rutina, cada día cumpliendo y participando en cuanto se le requiere, en su vida personal, platicas con amigas, largas conversaciones con su mamá y mucha lectura, traslados diarios a la escuela y de regreso, en los que ha visto por ahí unos ojos persiguiendo su mirada, cierto interés de un chico que procura encuentros fortuitos cada vez con mayor frecuencia.

Héctor por su cuenta, continúa la relación que tiene con Claudia, aunque cada vez se nota más el desinterés que paulatinamente va sintiendo por ella. En su casa, lo de costumbre, juegos con sus hermanas, pláticas con su mamá y mucho trabajo con su papá; en la escuela, siguiendo la trayectoria de los programas escolares y procurando cumplir lo más satisfactoriamente posible.

En algunas ocasiones ya de ida o de regreso, el casual encuentro con aquella chica que por alguna razón empieza a interesarle.

Para entonces el interés ya es recíproco, la idea de entablar una buena relación les emociona, ambos han echado a volar la imaginación diseñando en sus pensamientos imágenes y situaciones que aún no se presentan, pero que definitivamente les encantaría estar viviendo. Los dos, buscan ese encuentro, si se presenta, con una simple mirada correspondida quedan satisfechos, si no, imaginan el momento en que eso suceda y procuran la oportunidad para que éste se dé.

Esa tarde, una vez más, Héctor detecta en su interior una fuerza inquietante que perturba sus pensamientos, ha ido ya a ver a Claudia, pero tuvo que regresarse porque dentro de sí algo muy, pero muy fuerte, le marca la necesidad de regresar, aún no lo define, lo que si sabe es que seguramente su vida le depara algo grande. Recuerda, hace no mucho tiempo, le paso igual, y entonces todo estaba perfecto, pero ahora, su relación con Claudia se había deteriorado tanto por parte de él que ya ni ganas le daban de buscarla, ya solo la veía por no hacerla sentir mal, pero definitivamente, eran pocos los sentimientos que durante tanto tiempo le profesaba. Ahora, con el pretexto de un intenso dolor de cabeza regresó a casa. Aunque en realidad sentía un dolor, no de la cabeza, sino el pecho y no era un dolor en sí, era una fuerza inmensa cuya magnitud rebasaba los límites físicos de él mismo y se reflejaba en ansiedad por querer hacer algo, por querer expresar lo que estaba sintiendo, pero si con dificultad podría identificar con claridad su sentimiento, mucho menos podría expresarlo. Entonces decidió recluirse en su recamara, solo tomo un libro que pretendía leer para distraerse de aquello, se dejo caer sobre la cama, no pudo concentrar su lectura y decidió recostarse acercando su cabeza a la almohada, en una posición más cómoda y cerro sus ojos.

Sin saber cómo su inconsciente lo llevó a un lugar desconocido, la fotografía que figuraba en su pensamiento, no definía con claridad en dónde se encontraba en ese momento. Iba en el asiento posterior de un auto oscuro, vestía un traje smoking negro de corbata en combinación con el traje, camisa clara y en la solapa del saco, pendía un azar blanco, acaso no es aquél que usan los varones el día de su boda, que raro, yo estoy en mi cama, intentando dormir, reclamaba su consciente, pero la historia continua. El chofer del auto, se estaciona a la orilla de la acera, donde una reja negra señala el inicio de las escaleras que llevan a un atrio frente a la torre principal de la

Iglesia de un pueblo, su corazón late aceleradamente y finalmente decide bajar del coche, entonces, ya de pie, sube escalón tras escalón, avanza con paso firme y decidido al portón de madera, donde muchas caras conocidas lo esperan, todas elegantes, le reciben con algarabía y entusiasmo, él, solo entra, mira como la línea de blancos arreglos florales con listón de tul blanco y organizas bordadas delimitan el paso de la alfombra roja, por la que avanza lentamente hacía el pie del altar, a los lados, en las bancas, ya esperan otro tanto de invitados, seguramente celebrarán algo importante, porque todos ellos sin excepción reflejan entusiasmo y sonrisas; de frente, las verbenas florales de tonos pastel y las cascadas de gardenias y claveles blancos que decoran con elegancia, la ceremonia que en pocos minutos se deberá celebrar.

Llegando al pie del altar, el sacerdote le recibe y bendice su llegada, indicándole volverse hacía el portón para esperar la entrada de la novia, quien será su compañera, la mujer que le dará a su vida, la felicidad que en su interior añora. La marcha nupcial indica que hay alguien por entrar, todo mundo se pone de pie y voltean hacía afuera. Ella, con pomposo vestido blanco, hace su aparición, siguiendo con la mirada, todos giran al avance hacía el altar, Héctor... mira... ¡Oh por Dios!, ¡Cuantas emociones!, sin poder ver el detalle de su rostro, se acerca y retira el velo que cubre la cara de ella; él, solo mira la corona de azar sostenida por los rizos ondulantes cubiertos por la parte larga del velo.

Ambos, se postran en los reclinatorios, inicia la ceremonia, pero entonces siente la necesidad de acercar su mano a tocarla y ver que no es un sueño, estira la mano izquierda y la poza sobre la delicada pero firme mano de ella, y voltea a observarla, él se percata de que ella lo observa a detalle y espera a por fin, encontrarse con la mirada que le hará sentir la satisfacción de vivir ese momento en su total intensidad y corresponder de lleno con entrega y lealtad.

Cuando ha llegado el tan ansiado momento, al querer ver el sonriente rostro que seguramente tendría ella, sólo encuentra un fondo oscuro, los rizos del cabello, los pendientes y la corona de azares esconden para sí, el rostro de ella.

Con una estruendosa descarga eléctrica sentida en su cuerpo, Héctor, regresa a su realidad, para encontrarse únicamente con la cara mirando al techo de su habitación.

-   ¿Qué fue eso?- pregunta para sí, ya que en esta ocasión ha desaparecido la ansiedad que sentía antes de recostarse, y al encontrarse en franca calma, únicamente decide quedarse en donde y con la posición que se encuentra para conciliar su sueño, en pocos minutos pierde conocimiento de la realidad para entregare de lleno a un profundo y satisfactorio descanso.

Al otro día, -¡Buenos días!, le dice su mamá a Idalia, - ¡Es hora de levantarse!- es tarde, pero es fin de semana, no hay prisa.

-   Quisiera dormir otro rato- contesta Idalia.

No importa la hora, habrá que hacer algunas actividades, pero tiene todo el día para realizarlas, será un día tranquilo, únicamente quehaceres de la casa, alguna distracción y es todo, porque no tiene pendientes escolares, así que hay todo el tiempo del mundo para esparcir su mente y relajar su cuerpo, al tiempo que avance en lo que tenga que hacer.

Ya es domingo por la tarde, media tarde, y decide sentarse en el lugar de siempre a ver la tele, aunque no es su pasatiempo favorito, hoy quiere ver tele. Algo espera, o al menos eso cree, voltea una y otra vez hacía la calle y finalmente decide salir un rato, sólo a caminar, sólo por distraerse; con diez pesos en la mano por si se le antoja algo, decide ir a comprar puntillas, no está realizando tareas, pero encuentra el pretexto perfecto para salir a la calle "comprar puntillas". Acaba de salir de casa y toma la subida al centro del pueblo, allá, al otro lado de la esquina, alguien que aún no distingue bien viene hacía ella, no le da importancia y se distrae con los vestidos exhibidos en el aparador de la tienda de ropa que está justo por donde ella va pasando, entonces, al voltearse para seguir avanzando y... frente a ella está el chico aquél que últimamente ha llamado su atención, se encuentran fijamente a los ojos, y para ambos, el tiempo se detiene cinco segundos. Es Héctor, aunque ella sólo lo conoce de vista, ya es recíproco el interés. Reaccionan al mismo tiempo los dos, esquivándose para no tropezar, cada uno retoma su camino, sin que haya consecuencia alguna por el encuentro, sólo una sonrisa de picardía se esboza en sus rostros.

Héctor, viene de verse con algunos amigos, a él, le queda lejos todavía su casa, pero en definitiva va directo allá para disponerse a descansar. El aún tiene un pendiente, preparar sus cosas de la escuela para el día siguiente, así que sin más lo alista y entonces disfruta el resto de la tarde escuchando música en la tranquilidad de su habitación.

Es Lunes, una nueva semana, un nuevo día y seguramente nuevas experiencias

De regreso a casa, Idalia se ha sentado en el tercer asiento del lado izquierdo del autobús, cerca de la ventanilla, esta vez no le interesa nada, debe preparar una tarea para la materia de redacción, por lo que tiene que leer primero las bases para poder realizarla, así que, toma sus hojas, se dispone a leer e ignora cualquier suceso de su alrededor. Obviamente sabe, parada tras parada, alguien sube, alguien baja, en fin, por allá en alguna parada sube una persona que se detiene a lado de ella y espera a que voltee para saludar, sin inmutarse y después de un rato, se da cuenta, está Hugo cerca de ella, sonríe y saluda, por supuesto, él está emocionado, pues planea la reconquista, aunque ella no le da mayor importancia y continua con su lectura. Idalia, el día de hoy no tiene la menor intención de entablar conversación alguna y se concentra en lo que está leyendo. Junto a ella en el mismo asiento va una señora, llena de bolsas y paquetes, seguro fue de compras, a Idalia no le incomoda, simplemente ignora lo que suceda.

Hugo, al ya no encontrar asientos vacíos decide recargarse en el respaldo del asiento que queda a la misma altura en la que Idalia está leyendo, para poder observarle hasta el mínimo movimiento, no pierde detalle alguno, cruzado de brazos, con los pies separados para no perder el equilibrio por el movimiento del autobús y recargado, observa fijamente a Idalia.

El autobús continúa su ruta y más adelante aparece Héctor a bordo del camión, con mochila al hombro, libro de dibujo y regla bajo el brazo, avanza hacía el fondo revisando con la mirada a cada una de las personas que van en el camión, como queriendo encontrar algo o buscando a ver si por ahí aparece alguna cara conocida o alguien que tal vez en el fondo haya planeado encontrar; y en efecto, en el tercer asiento del lado izquierdo del autobús, encuentra esa personita que últimamente se ha metido en su pensamiento sin permitir que por un minuto desaparezca de su mente la sonrisa y mirada de la imagen de Idalia. Ella, aún no se percata de la presencia de Héctor quien deja sus cosas en el porta equipajes y se coloca, sin darse cuenta, en la misma posición en la que se encuentra Hugo, solo un asiento adelante; con los brazos cruzados, pies separados para no perder el equilibrio, recargado en el respaldo del asiento, uno más al frente pero volteado de tal manera que pueda ver perfectamente cada movimiento que Idalia realice. Ambos, están a la expectativa de Idalia, ella, concentrada en su lectura, no se percata del hecho, pero al final de esa página tiene que avanzar y al dar vuelta a las hojas, levanta la mirada como para despejarse y ¡Oh, sorpresa! Siente el peso de ambas miradas, voltea y se da cuenta como los dos están fijamente concentrados en ella, rápidamente regresa su cara a sus hojas, tapa su boca con la mano fingiendo una tos que evidentemente no siente, solo que la usa para no soltar la carcajada que provoca la impresión de ver como hay dos personas que la vigilan a detalle y como si fueran maniquíes, en la misma posición. Ella pierde la concentración, pero debe disimular y no permitir que se den cuenta del desconcierto que han provocado; en primer lugar, jamás se había imaginado encontrar a ambos al mismo tiempo, quien fuere lo más importante alguna vez y quien quizá pudiera ser de ahora en adelante; en segundo lugar, aunque coincidieran en el mismo lugar, nunca, pero nunca pensó que casi se pusieran de acuerdo y se colocaran en la misma posición.

Idalia no sabe si ellos se conocen, parece que no, lo que si sabe es que Héctor sí se imagina que Hugo fue algo importante para ella y Hugo también cree que Héctor anda queriendo algo con su ex, pero solo porque se han dado cuenta de esas intenciones cada uno por su lado, no porque alguien se los haya dicho, o que ellos lo hubieran platicado personalmente.

Idalia, trata de continuar con su lectura, estaba a punto de terminar, pero para evitar el reencuentro con ellos, da vueltas y vueltas entre sus hojas como buscando algo adicional, también finge nuevamente esa tos para evitar sonreír, no quiere hacer notar nada de las emociones que se están descubriendo en su interior, ni de lo que efectivamente está confirmando que siente por Héctor, quien hasta hoy para ella sólo es la imagen de alguien con quien puede entablar una buena relación, que le gusta, pero nada más. El movimiento que hace con sus bolsas la persona de al lado, le distrae y recae en que está a punto de bajar. En efecto, la señora se levanta, se cerciora de no dejar nada y se va, inmediatamente ambos, Héctor y Hugo, tratan de ocupar el asiento que ha quedado vacío, pero quien está más cerca, es quien lo gana y, sin prisa, se acomoda, se relaja y...

- ¿Estudiando?- pregunta a Idalia
- Sí.
- ¿Qué estudias?
- Nada, es solo una tarea
- ¿Te gusta mucho la escuela?
- Poco.
- ¿Y de qué trata?
- ¿De qué trata qué?- contesta Idalia cohibida, sin saber en realidad que decir, sin al menos digerir totalmente lo que estaba sucediendo. Mientras ella tenía una conversación, el otro, quien no ganó lugar, seguía observando, pero ahora

mostraba en el rostro una actitud interrogante y dudosa, incluso molesta de imaginar lo que podría provocar el que Idalia, correspondiera la conversación con entusiasmo. Ella finalmente trata de permanecer con la cordura necesaria, fingiendo cierta seriedad que lejos estaba de sentir, más bien lo que sentía eran sentimientos encontrados de duda y riesgo, de emoción por un lado y pena por el otro.

- ¡Tienes razón! ¡Soy Héctor!- Le dice y le da la mano para formalizar la presentación.
- Yo, Idalia.- Le corresponde con sonrisa en boca y firme apretón de mano.
- ¿Qué haces?
- Es que me dejaron una tarea en la escuela y como está un poco larga, le estoy adelantando.
- ¿Entonces te interrumpo?
- ¡No, no! No, ya estaba terminando. Más bien ¡ya termine! -Contesta Idalia, con premura y dejando notar un poco el nerviosismo que la situación ha provocado en ella-.

De reojo observa cómo Hugo, evidentemente molesto, no deja de verlos, ni a ella ni a él y por supuesto, quisiera poder escuchar lo que están diciendo, pero el murmullo de los pasajeros unido al ruido del motor del autobús, no permiten entender con claridad lo que ellos se están diciendo. Obviamente quisiera hacer algo, pero no puede, así que tiene que contener su coraje y conformarse únicamente con observar.

- ¿Vives en el centro, verdad? -pregunta Héctor a Idalia-.
- Sí, ahí muy cerca de donde los autobuses hacen la parada
- Te he visto algunas veces.
- ¿Apoco? -disimula Idalia, ya que esas veces también ella se ha percatado de cómo Héctor la busca con la mirada-.
- Sí, aunque algunas otras por más que te busco no te encuentro.
- ¿Me has buscado?

- Volteo a ver si te encuentro, pero no siempre tengo suerte.
- ¿Suerte?, ¿Suerte de qué?
- Pues de encontrarte.

Casualmente a Idalia se le resbalan las hojas que aún tiene en la mano y apresurado Héctor trata de alcanzarlas al mismo tiempo que ella; por el intento, sus manos alcanzan a tocarse con un tenue roce y eso hace que ambos levanten la mirada a encontrarse de frente uno al otro fijamente a los ojos, son dos o tres segundos tal vez en los que enfrentan la mirada, tiempo suficiente para entrar cada uno hasta lo más profundo del alma del otro e identificarse a través de esta mirada como alguien especial como jamás hayan conocido a nadie.

- Aquí están tus papeles- reacciona Héctor
- Sí. Gracias. -Responde Idalia al tiempo que se incorpora de tal manera que no sea evidente lo que ha pasado. A ella le preocupa que Hugo siga observando sus movimientos y trata de mantenerse serena y normal, correspondiendo a la plática de manera concreta, pero no tan cortante, pues su interés es mayor por conocer a Héctor que por lo que Hugo pueda pensar.
- Sabes, no sé qué decirte, tenía ganas de conocerte y ahora que te tengo cerca y que estoy hablando contigo, no sé qué decirte.
- ¿De verdad?, ¿De verdad querías conocerme?
- Por supuesto, o ¿apoco no notabas cómo algunas veces buscaba encontrar tu mirada? -Al hacer esta pregunta, Héctor demuestra un poco de nerviosismo, que trata de disimular pero no puede.
- A veces, si. Si, algunas veces lo note, pero creía que solo era casualidad.
- No, en realidad si he tratado de provocar el momento de conocerte, y finalmente, aquí estoy.
- Bien. -Responde Idalia, con una ya súper evidente actitud nerviosa, un tanto emocionada y otro tanto preocupada porque no sabe exactamente qué va a pasar. Para sí, no puede ni pensar con claridad, lo que está sintiendo dice mucho más

que cualquier palabra que pudiera articular, así que únicamente procura contestar las preguntas que Héctor le hace y dejar algunos silencios prolongados, momentos que usa sólo para tratar de tranquilizar y reprimir la tan notable pero emocionante perturbación que le ha provocado el estar platicando con él.

Al parecer, el sentimiento es recíproco, ambos tratan de fingir, hablando de cosas sin interés, ya que al ser su primera conversación, cualquier tema es bueno para platicar. Para este momento ninguno se ha percatado del tiempo que ya pasó, ni de la gente a su alrededor, se concentraron en la conversación, o más bien en el instante que están viviendo y olvidaron todo su rededor, incluyendo a Hugo, que aún permanece observando desde el mismo lugar, a pesar de que al fondo ya se han desocupado asientos; él, inmutado decide permanecer ahí parado, sintiendo y evidenciando como se va desmoronando la esperanza de reconquistar a Idalia.

A Hugo, se le han roto las ilusiones, sólo de ver el entusiasmo que Idalia y Héctor demuestran en su conversación, no hacen falta palabras, ni promesas, ni esperanzas, con esto él en automático ha decidido hacerse a un lado, su relación con Idalia había terminado en trato, no en sentimiento, él la seguía queriendo como al principio, o tal vez más, pero hoy, que tenia las ganas de encontrarla para pedirle regresara con él, hoy precisamente, el destino le presentó la realidad de sus intenciones; Hugo está sufriendo, sólo mira las expresiones de ellos y no le queda más que aceptar la derrota. Su sentimiento aflora, dejando rodar sobre su mejilla la lágrima que marca la definitiva separación de Idalia, sin oportunidad al menos de reclamo; el autobús se detiene en una de sus tantas paradas, a Hugo aún no le corresponde bajar, pero su impulso le indica, toma sus cosas y baja de inmediato del camión.

Entonces, Idalia reacciona, embelesada en la conversación un tanto superflua pero llena de sentimiento, olvido que Hugo estaba cerca también, ella ya había tomado la decisión con anterioridad de terminar con él, fue una decisión mutua, ambos resolvieron terminar con la esperanza de alguna vez volver, sin embargo, Dios, quien hace que sucedan las cosas, los llevo por diferente sendero y el día de hoy para ambos, estaba perfectamente delimitado el camino que en adelante tomarían cada uno.

Al mirar la actitud que tomó Hugo, le quedo perfectamente claro que él comprendió, aunque le doliera, que todo entre ellos no tenía esperanza alguna, así que sólo miró como se bajo y se perdió entre los autos y la gente, Idalia lamentó que así hubiera pasado, pero finalmente en ese momento la magia desbordaba sus emociones y rápidamente retorno a la conversación.

Héctor, quien se dio cuenta de lo sucedido, pensó que no era correcto intervenir, sin embargo, preguntó:

- ¿Tu novio?
- ¿Quién?
- ¿Tu novio, el chico que bajó?
- No, no es mi novio
- ¿Entonces?
- ¿Entonces qué?
- Entonces, ¿Por qué se molestó?
- ¿Se molestó?
- ¿No te diste cuenta?

Una serie de preguntas sin respuesta, el preguntaba, ella también y ninguno de los dos quedaba satisfecho con esa conversación así que Idalia confirmó:

- Sí. Si me di cuenta, pero no es que se haya molestado.
- ¿Entonces?
- Lo que pasa es que, él quería que fuéramos novios.
- ¿Y?
- Bueno, fuimos novios antes, terminamos de común acuerdo y ahora él tenía la intención de que regresáramos.
- ¿Y tú?
- ¿Yo qué?
- ¿Tú también quieres regresar con él?

- No...no...no. No, yo no. En realidad yo no quiero regresar con él, yo... yo creo que ya no existe el mismo sentimiento por él que antes.
- ¿Crees?
- Sí, sí lo creo, en mí han pasado ciertas cosas que marcan una ruta diferente
- ¿Hay otra persona?
- No. Bueno sí, pero no.
- ¿Cómo sí, pero no?
- Bueno, es que hay alguien por ahí que me interesa, que atrae mi atención y quisiera que se diera algo pero aún no se...
- ¿No sabes qué?
- No sé, no sé si sea recíproco o sólo sean ilusiones mías.
- Así que hay alguien más -Replica Héctor un tanto incómodo, al pensar que no se trata de él-. Es sólo que él tampoco sabe si le interesa a Idalia, y con esta conversación y todo lo sucedido, Héctor está pensando que hay alguien más entre ambos, que alguien se ha adelantado y él ya no encuentre lugar en Idalia.

Todo esto ha pasado por su cabeza, sus sentimientos le permiten ver emociones encontradas, gusto por estar con Idalia, nervio de atreverse a platicar con ella y un tanto desilusión porque se siente desplazado; y, también decide bajar del autobús, más adelante y muy lejos de su parada, es más, él dejó pasar su bajada, solo por la intención de estar con Idalia, pero viendo lo sucedido, no importaba si en este momento regresaba a casa o más tarde así que solo dijo:

- Bueno, pues ¡yo me tengo que bajar!
- ¿Aquí? Replicó Idalia desconcertada, ya que ella sabe cuál es la parada de Héctor y evidentemente ya había pasado.
- Sí. Aquí. -Afirma Héctor-.
- Está bien
- Mucho gusto y a ver cuando volvemos a vernos
- Sí. ¿A ver cuándo?
- Adiós.

- Adiós.

A Idalia, no le quedó más que seguir la corriente, un tanto desconcertada y, también confusa, entre nervios, dudas y emociones decidió olvidar el asunto por el momento.

El autobús continúa su ruta, esperar a llegar a su destino, es lo único que le queda a Idalia. Ella repasa en su mente, algunas de las escenas que acaba de vivir. Por un lado, la satisfacción de estar segura que causa algún interés en Héctor, aunque al final le perturbara su actitud. Y, por el otro, la consecuencia de haber herido a Hugo.

Finalmente se relaja, trata de no pensar en nada y decide retomar su lectura. Como es poca ya la distancia para llegar a su parada, recoge sus cosas y sostenidas aún con su mano, las guarda en la mochila, misma que abrocha y coloca sobre sus piernas, lista ya para bajar en tanto llegue.

Esa tarde, entre confusiones trianguladas, Héctor, Hugo e Idalia, determinan cual fuere su futuro próximo y los señalan un borrón y cuenta nueva.

Inmerso en sus pensamientos, a Héctor le sorprenden de vez en vez, aquéllas imágenes de una boda con novia desconocida, sabe perfectamente que es un indicio de algo, pero al no reconocer la cara de ella, definitivamente lo ha dejado de lado, y cuando recuerda lo único que hace es procurar distraerse en alguna actividad y evitar que esas imágenes permanezcan en su pensamiento.

Por su parte Idalia, cada que recibe en su pensamiento aquél sueño tan real, juguetea con las imágenes poniendo y quitando detalles, modificando a su gusto cada escena, aunque al final, invariablemente, concluye en la misma situación, encontrándose frente a frente con quien aún desconoce en su realidad.

Hoy, tal vez por la tarde se encontrará Idalia con Héctor, después de aquél día en que él decidió hablarle a ella, se han visto con frecuencia, para platicar, para divertirse, o simplemente para compartir el rato; sus sentimientos han tomado fuerza de tal manera que el gusto de estar el uno con el otro, cada vez es mayor; y las ganas de sentirse cerca, se reflejan en el mismo instante en que sus miradas se encuentran. Es emocionante ver como compaginan sus intereses, sus gustos, y sobre todo como se va fortaleciendo en el interior de cada uno, un sentimiento puro, sano, e inocente, tan real y tan evidente, que es difícil mantenerlo oculto y pronto tendrá que realizarse.

Todo el día tratan de encontrarse, ni por la mañana, ni de regreso, ni por error al menos se vieron. Cada uno por su lado, dedicó su tiempo a sus actividades, pero entre una y otra cosa, siempre apareció en su pensamiento el uno en el del otro, algún recuerdo evocando cualquiera de los momentos que han pasado juntos y evidenciando con la sonrisa en los labios, la felicidad que les provoca, el al menos pensar en el otro.

Está Idalia en su casa, en la cocina, con su mamá y su hermana la mayor, desde allá, a través de las ventanas, es posible ver hasta la calle. Es temprano aún, en casa, están también de visita otra de las hermanas de Idalia, Ivet, con su esposo y sus hijas de cuatro y dos años, van a quedarse a comer, bueno ellas, porque el esposo tiene que salir, para arreglar algunas cosas del trabajo, ya luego irán al parque, para más tarde regresar a casa.

Idalia, nunca se adelanta a comer antes que todos, incluso, no le gusta comer sola, pero hoy, sin pensarlo siquiera, decide comer, así que se sirve y con plato en mano, le da vuelta a la mesita recargada en la pared, para sentarse del lado posterior de ella, desde donde es posible ver hacía afuera.

Esther su hermana, decide acompañarla, así que se sienta en la silla al borde de la mesa, impidiendo de esa manera el paso de cualquier persona, ella y su mamá siguen en su plática mientras Idalia saborea su exquisita comida, sopa de espagueti gratinada y de guisado únicamente ha decidido comer calabacitas. Por alguna razón no interviene en la plática lo que recorta el tiempo en la ingestión de sus alimentos.

Mientras transcurren los minutos, la desesperación empieza a apoderarse de ella, no entiende, hay temblor en sus manos, en sus piernas y su corazón late aceleradamente, cual si quisiera brotar de un salto hacia afuera. Hay ansiedad evidente, sensaciones raras en su pecho y en su estómago, y en su pensamiento no hay nada, está su mente en blanco. Rápidamente termina sus alimentos y decide retirarse de la cocina, Esther, entrada en su plática no la deja pasar, e Idalia insiste,

- Por favor, ya termine, déjame salir
- No. Estoy platicando -replica Esther-.
- Puedes seguir hablando, solamente levántate para que salga.
- No, es más ¡Espérate! ¿Cuál es la prisa?
- Ya me quiero salir -Idalia con su desesperación y un tanto molesta, insiste– ¡Déjame pasar!
- Ya dije que no, así que te esperas.

Entonces sorprendidas por la actitud de Idalia, la miran como intenta mover la mesa para salir por el lado opuesto, pero por ser el espacio pequeño, su intento queda fallido, así que agacha hasta el piso para atravesar por debajo de la mesa. Entonces, su mamá y hermana totalmente desconcertadas miran como sale molesta y de prisa.

Ni ella misma se reconoce, pues su carácter es más pacífico y tolerante que el de nadie en su familia, así que esa actitud, deja mucho que pensar y sobre todo le desconcierta tanto como lo que está sintiendo. En ese momento ella, no es ella, es alguien poseído por emociones indescriptibles y opuestas que la llevan a actuar de manera exagerada. Sigue sintiendo inquietudes, pero cada vez se acelera más y más su latido, su tembloroso pulso y su desesperante actitud. Entonces, procura tranquilizarse tratando de no pensar en nada y decide tomar sus cosas para empezar a hacer sus tareas escolares, hoy, definitivamente algo pasa, porque se ha sentado en la mesa donde hace sus tareas, pero del lado que da justo frente a la ventana, para poder ver hacía afuera, y por supuesto también la podrán ver de afuera hacia adentro, lugar que nunca ocupa, que más bien evita. En fin, coloca la máquina de escribir frente a ella, tiene que elaborar un trabajo, saca sus hojas, ya ha redactado el trabajo, así que solo tendrá que transcribir, tan mecánicamente como la máquina, e inicia. Para este momento ya está casi tranquila, por alguna razón desaparecieron todas sus raras sensaciones, y se dispone a escribir, toma una hoja con la mano derecha la mete a la máquina y mientras la está acomodando, siente una intensa mirada que la perturba, levanta entonces la cara y ve, como desde afuera, arriba de un auto, hay alguien que la observa fijamente, sin perder detalle, al darse cuenta, reacciona con torpeza y se machuca un dedo con las teclas de la máquina, entonces, el impulso inmediato es llevarse la mano a la boca y voltear con mirada de reproche a reclamar al quien considera culpable de su incidente. Es Héctor, quien la está mirando, está afuera con la esperanza de verla, fue especialmente a eso, a encontrarla, pero como ya sabe que si la busca directamente no sale o no se deja ver, esta ocasión sólo se presentó de sorpresa a verla. Esa cara de reproche, Héctor la corresponde con una sonrisa, baja el cristal de su auto y saca la mano para saludar con un movimiento emocionado. A Idalia no le queda más que corresponder, también saluda y sonríe. Está nerviosa y trata de disimularlo continuando con su trabajo. Héctor, al ver que no le da importancia a su presencia, persiste. Baja del auto y se dirige a la puerta de la casa.

Al mismo tiempo, Ivet, despide a su esposo, mientras su hija le pide dinero para alguna golosina, en tanto le da dinero a la niña, se va... no se va..., finalmente abre la puerta y... se encuentra con Héctor a punto de tocar.

Idalia se levantó a abrir, era lógico que venía a buscarla, alcanza a escuchar que la niña quería algo y rápidamente se ofrece a ir con ella a la tienda; así, que al ver a Héctor en la puerta, dijo:

- ¡Ahora vengo! Vamos a la tienda. Héctor entendió que era el pretexto perfecto para salir y ya ni preguntó por ella, sólo se acercó y la saludó con el acostumbrado beso en la mejilla.
- Te acompaño -replicó Héctor-.
- Vamos
- ¿A dónde?
- A la tienda
- ¿Qué vas a comprar?
- No sé. A ver qué quiere la niña
- ¿Es tu hermana?
- No. Es mi sobrina.
- Platican mientras avanzan hacía la tienda de la esquina y entran:
- ¿Qué vas a querer Bere? Pregunta Idalia a la niña.
- ¿Qué hay?
- Pues fíjate y escoge. Contesta Idalia, señalando sobre el mostrador la variedad de golosina que hay.
- Me da unos cigarros -Pide Héctor al tendero-.
- No, no vendo cigarros.
- ¿Ya escogiste Bere?
- mmm... mmm... a ver..., se le queda mirando a todos los dulces y decide. Un yogurt.
- No nena, no vendo yogurt, puros dulces -indica el tendero-.
- Pero yo quiero un yogurt.
- Entonces, vamos a otra tienda, le dice Idalia.
- Si vamos. Responde la niña.
- ¿No hubo lo que pidió? -pregunta Héctor-.
- No, quiere yogurt.
- ¿Entonces?
- Vamos al centro, a otra tienda.

Héctor habría preferido comprar lo que fuera y regresar a Bere a la casa, lo que él busca, es estar sólo con Idalia, tiene algunos planes y cree que pudieran modificarse si la niña interviene.

Idalia, por el contrario, piensa, que la niña es el pretexto perfecto, para tardarse el tiempo que quiera sin ningún problema.

Se dirigen entonces a otra tienda, Idalia ha decidido ir hasta el centro, allá, es seguro que encontrará lo que pide Bere. Sólo son dos cuadras arriba y se toman su tiempo, caminan sin prisa mientras platican. Finalmente, Héctor ya entendió que la pequeña estará con ellos por esa tarde, entonces, la integra a la plática y le complace el jugueteo. Entran a la tienda y antes que nadie, Héctor ordena:

- Me da un yogurt. - ¿De qué sabor lo quieres? Pregunta a Bere.
- De fresa.
- Me da un yogurt de fresa, tres chocolates y unos cigarros.
- Aquí tiene. La chica que atiende la tienda entrega a Héctor el yogurt y los chocolates. – Y, los cigarros ¿De cuáles? –pregunta-.
- De los rojos está bien.

La chica, entrega los cigarros a Héctor y espera.

- Héctor pregunta ¿Quieren algo?
- No, gracias. Responden las dos al mismo tiempo.
- ¿Cuánto es? Se dirige Héctor a la tendera.
- Yo pago el yogurt -indica Idalia-.
- Yo pago -responde Héctor-.
- No. Ten.
- Yo pago, por favor déjalo así.

Idalia recoge la moneda que dejó sobre el mostrador y la guarda en una de las bolsas de su pantalón. Héctor le entrega el yogurt a la niña, pide una cuchara y también se la da, apenas salen de la tienda, se detiene y les dice:

- Esto es para ustedes. -Le da un chocolate a cada una. Y, esto es para mí, señalando y destapando al mismo tiempo los cigarros. Es muy evidente que está nervioso, ¿Será acaso por eso que va a fumar? Idalia nunca lo ha visto fumar, es la primera vez, pero no dice nada. Mientras Bere pide a su tía que destape el yogurt, avanzan. En el intento que Idalia hace de retornarse por el mismo rumbo para regresar a casa, Héctor toma el brazo a Idalia, y la dirige con suavidad hacía otro rumbo, de frente, al jardín que rodea la iglesia del pueblo, y replica.

- ¿Qué tal está su Iglesia? -Obviamente, fue lo primero que se le vino a la mente, por supuesto, alguna justificación debió encontrar para orientar sus intenciones-.
- ¡Grande!, ¡Grande y bonita! -Contesta Idalia– ¿No la conoces? -pregunta-.
- No. -Contesta Héctor-. ¿Vamos?
- Sí. Vamos.

Bere saborea su yogurt mientras caminan a la Iglesia, suben las escaleras principales del jardín y caminan directo al portón, aunque es tarde, hay gente dentro y es raro, porque a esta hora no hay celebración alguna.

Mientras caminan, su plática es en relación al santo del pueblo, en honor a quien se hizo la Iglesia, un poco de su leyenda, de la historia de las fiestas del pueblo, cómo las festejan, qué hacen y demás; avanzan paso a paso, escalón por escalón y atraviesan el atrio frente a la Iglesia, hasta que entran a ella por vez primera juntos, un paso dentro, ambos voltean a mirar los ojos del otro para identificar lo que cada uno pudiera reflejar o como queriendo leer el pensamiento y reconocer alguna señal que puedan identificar y referir de alguna manera con su relación, que en apariencia, aún no empieza, pero que por alguna razón se siente un lazo de unión inmensamente fuerte.

- ¿Cuál es la imagen principal? –Héctor rompe el silencio-.
- Aquélla, la que está al centro del altar
- ¡Qué bonita es la Iglesia! ¡grande! y esas imágenes parecen hablar solas, les entiendes perfectamente lo que tratan de decir.
- Sí tienes razón. -Idalia no responde más porque ha surgido en ella nuevamente la sensación exagerada de ansiedad y sumada al nervio que provoca el acompañante, no pudo ni siquiera formular con precisión la respuesta, así que se quedó callada

por un momento. Procura tranquilizarse con respiraciones profundas pero discretas y una vez tomado cordura continúa-
Son pasajes bíblicos, ¿los entiendes?

- Sí perfectamente, allá en la Iglesia de mi colonia, no está tan detallada como acá, es diferente.
- Alguna vez ya entre a esa Iglesia y a mí me pareció bonita.
- Pero está chica, es más grande ésta.
- Sí, eso sí es verdad.
- ¿Nos sentamos?
- Aja.

Seleccionan una banca más o menos a la mitad, se sientan, ella persigna a su sobrina y se persigna así misma, él también. Sentados solo observan, prevalece un silencio prolongado, mientras tanto en el pensamiento de Idalia, recorren imágenes aceleradas de un iluso sueño que le ha perseguido en los últimos meses, acaso tendrá algo que ver, el que ahora estén ahí, dentro de una Iglesia y aún dudosa de lo que pasare. Observa a la gente que pasa, avanza y sale, es viernes y cae en cuenta que toda la gente que tendrá algún evento el día sábado, tiene que confesarse; es por ello el movimiento que hay dentro de la Iglesia.

Unos minutos más Bere dice:

- Nos vamos tía.
- Sí.
- Sí vamos, dice Héctor.

Los tres se hincan a persignarse de nuevo y salen sin decir ni una sola palabra, como si el lugar hubiera generado cierto magnetismo a los tres.

Salen y fuera él le pregunta, ya en tono más serio y decidido

- ¿Tienes prisa?
- ¿Por qué?
- Vamos a platicar un rato
- Bueno,

\-   Nos sentamos allá -señala Héctor el borde de una jardinera, muy cerca de un pequeño pilar que marca la esquina del jardín-.

\-   Sí.

Bere es una chiquilla muy tranquila, pasa mucho tiempo con su tía, está perfectamente adaptada a que lo que la tía decida, es lo que se hace. Aún no termina el yogurt, lo guardaron antes de entrar a la Iglesia, y ésta se lo pide, también pide su chocolate y al mirar que ellos se sientan muy cerca, ella también se sienta al lado izquierdo de su tía y se enfoca únicamente a terminar lo que está comiendo. No dice nada, ni le interesa escuchar la conversación, se entretiene viendo a dos niños que juguetean al otro lado del jardín y los gritos y risas llaman su atención. Idalia, la ignora y pone toda su atención a lo que está viviendo y que provoca el mayor éxtasis que jamás haya vivido en algún momento.

Están sentados muy juntos, él cerca del pilar cubierto por un pequeño y frondoso arbolito, ella en seguida, a su lado izquierdo; entre la plática y los movimientos expresivos que hacen, suceden leves toques en sus manos, que incrementan su emoción. Los roces, miradas y expresiones generan un ambiente pleno, libre, sincero y lleno de pureza; todo lo que a su alrededor sucede, lo ignoran, no les importa, ni le prestan la menor atención; ni el ruido de los coches, los murmullos de la gente, la música que se escucha a lo lejos, ni nada, nada puede perturbar la sensación que les inunda en este momento, están inmersos en un hechizo, sumergidos en una conversación mágica que no permite ver más que la inmensa felicidad que les provoca el estar juntos y tan cerca. Una mirada cada vez, va permitiendo profundizar emocionalmente uno en el otro, van dejando libre el camino hacía su alma y despacio, paso a paso, de vez en vez, la identificación va encontrando respuesta y total correspondencia. Ha desaparecido el entorno por completo, sólo son ellos y el brillante halo que los une, hablan de cómo han sido sus relaciones amorosa, cómo les gusta que los traten y cuáles son sus preferencias en plan de amor, es evidente que esa plática lleva un fin, que ninguno de los dos aún, se atreve a definir, las sonrisas y muecas no tienen límite entre palabra y frase, sonrisa y mirada, roce y otro roce, encuentra Héctor la mirada de Idalia y la detiene ahí, de frente, con profundo sentimiento se hace el silencio, de ellos y del mundo; sus corazones laten aceleradamente pero parecen detenerse en ese momento, unos segundos, sus respiraciones se unifican y ... Héctor posa suavemente tres de sus dedos de la mano derecha en la mejilla izquierda de ella, para atraerla con ternura hacía él, sin prisa, despacio y sin distraer ni un momento su mirada, ¡están muy cerca!, ¡casi juntos!, ya Idalia está dejando recorrer en su cuerpo la electrizante sensación que le domina, se deja llevar, se acerca lentamente, y... cierra los ojos, entregando sin mesura sus labios a los de él que se estrechan temblorosamente y por completo en un inocente y puro beso. Ambos saborean suavemente la cálida carnosidad de los labios, pero sobre todo logran la identificación plena el uno del otro, no hay malicia, no hay lujuria, solo amor y verdad, pureza y felicidad. El tiempo que haya durado este beso, ha quedado paralizado en el corazón de ambos, y el sentimiento se ha tatuado hasta el fondo de su ser. De la misma manera, sin prisa, abren los ojos, están de frente, muy cerca, despiden sus labios con otro tenue roce y sin saber que decir, solo corresponden la profundidad de su mirada, porque sin palabras están entendiendo y correspondiendo el mismo sentimiento, se incorporan, él desliza sus dedos por la barbilla:

- ¿Así que no tenías novio? -pregunta Héctor-.
- No. No tengo, bueno... no tenía. Idalia responde considerando la pregunta como un "Ahora ya tienes, y soy yo"
- Pues creo que... ya tienes.
- Yo también lo creo.

Hasta ahora ninguno de los dos se ha decidido a interrumpir la magia del encuentro, ambos están ensimismados en el suceso, sin embargo, a alguien le ha causado curiosidad tal acercamiento y con mirada inocente está observando en medio de los dos lo que sus caras tengan que decir. Bere mira a su tía y también a Héctor, no entiende perfectamente lo que vio, lo que sí entiende es lo que alcanza a sentir al ver la felicidad que ambos reflejan y no dice nada, sólo mira. Ellos reaccionan entonces y voltean hacía ella, sólo sonríen con mueca de culpabilidad pero con total satisfacción.

Idalia, está plenamente consciente de su realidad, refleja cierta sensación que trasciende en sus emociones, pareciera como zombi, pero si capta.

-   Vamos -dice Héctor, tan desorbitado como ella-.

El ha cumplido su objetivo, tenía tantas ganas de verla, de sentirla, tantas ganas de saberse correspondido, esta pleno y feliz, pero no desea que las sensaciones que vibran por dentro de sí, desaparezcan, ahora, quisiera estar sólo para repasar una y otra vez parte por parte ese beso, tantas y tantas emociones difíciles de describir, pero tan reales que trascienden más allá de su cuerpo, más allá de su pensamiento, más allá de lo que se puede ver y tocar, completamente en el plano espiritual. Entonces, toma la mano de Idalia y la ayuda a levantarse, no hay más nada que decir, sólo con verse, con tocarse, con estar cerca, en este momento, es más que suficiente, están conectados, a pesar de cualquier cosa, esta conexión permanece inmóvil.

-   Sí. -Dice Idalia-, vamos Bere, -indicando a su sobrina por donde caminar-.

Estaban cerca de las escaleras del atrio, así que bajan despacio, Héctor se adelanta un escalón, como para evitar cualquier incidente, es evidente que desea todo lo mejor para ellas, principalmente para Idalia, por lo que se ofrece a ayudarla y ella complacida acepta.

-   No vayas a querer bajar en automático -replica Héctor en son de broma-.
-   Ni lo digas.
-   Nunca has rodado por unas escaleras.
-   No. Y espero que nunca lo haga.

En realidad la conversación de ahora, no tiene ya sentido alguno, ambos están en una órbita de ensueño y lo único que desean es estar solos, cada uno por su lado para disfrutar lo que están viviendo, así que cualquier comentario o palabra viene de sobra.

A paso normal, sin prisa, toman el regreso, Héctor dejó estacionado al auto afuera de la casa de Idalia, así que ambos deben tornar al mismo lugar; Bere, contenta por haber satisfecho su antojo, sólo camina junto de ellos, ni habla ni nada. Llegando a la puerta de la casa de Idalia, se despiden.

- Nos vemos - esbozando una coqueta sonrisa le dice Héctor a Idalia -.
- Sí. Adiós.
- No dije adiós, dije nos vemos.
- Bueno, nos vemos.
- ¿Cuándo?
- ¿Cuándo qué?
- ¿Cuándo nos vemos?
- No sé.
- ¿Cómo no sabes?
- Pues tú dime.
- ¿Te parece mañana?
- Sí.
- Bueno, yo te busco mañana o en la semana.
- Sí.

Nuevamente hay un silencio prolongado, solo una profunda mirada y miles de emociones los unen ahora, no intentan nada ninguno de los dos, con la simple vista se dicen cualquier cosa que en ese momento tuvieran que decir. Héctor toma suavemente una mano de ella y con un ligero apretón dice, nos vemos.

Idalia, abre la puerta de la casa y entra, lo único que alcanza a decir es:

- ¡Ya venimos!, ¡Ahí está Bere! Y de inmediato se dirige a su recámara, ya ni siquiera voltea por la ventana, al caminar siente como si estuviera flotando. Sus piernas tiemblan, sus manos no controlan movimientos; en su estómago, un panal revolotea por dentro, en su pecho y corazón se desborda una burbujeante cascada de emociones que busca salida, porque allí dentro ya no cabe, en sus mejillas, lleva tatuada la caricia de los dedos de Héctor y en su pensamiento, sólo una frase repiquetea ¡Me quiere!... ¡Me quiere!... ¡Me quiere!

No hay manera de describir los sentimientos, sólo se puede decir que hasta estos momentos, es lo máximo que Idalia ha vivido. Tiene ganas de ir al baño, y camina hacía allá, sin sentir el suelo que pisa, sin mirar a ningún lado. Ya conoce el camino, sólo va. Al pasar frente a sus hermanas que están con su mamá, éstas se percatan de que algo anda raro, miran a Idalia y su mamá replica:

- ¿Qué te pasa? ¿Qué tienes?

Ni al menos responde, no escucha, ni le interesa saber lo que estén hablando, las ignora. Hasta las ganas del baño se le olvidan, ya cuando llega allá, sólo cierra la puerta y se recarga con la espalda en el cerrojo, se deja desvanecer por la puerta y al quedar sentada en el piso, lleva los dedos de su mano a sus labios, los toca suavemente como queriendo revivir el beso que Héctor le había dado, es el primero que él le da, y es el beso que ella había imaginado, su primer beso de él, beso que seguramente, latera cada vez que lo evoque, es como si nunca nadie la hubiera besado..., esa suavidad..., ese sabor..., esa vibración que permanece en sus labios y borra totalmente cualquier recuerdo de algún otro beso, no hay más, éste ha sido el mejor..., el inigualable..., el único..., el primero. El primer beso que recibe de esa boca carnosa y antojable. Está embelesada, no tiene que cerrar los ojos para poder sentir la caricia que con los dedos hizo Héctor en su mejilla, no tiene que esforzarse por recordar, aún lo está viviendo, aún lo está sintiendo tal cual la realidad. Se incorpora y sale del baño, avanza sin mirar lo que pisa, como si fuera flotando, regresa a su recámara y se deja caer sobre la cama, permitiendo salir a la vez un profundo suspiro de inspiración. No ve nada, tiene la mirada perdida, no oye, no huele, únicamente siente, en este momento su sentir es más intenso que cualquiera de sus otros sentidos, no hay más, permanece inmóvil, sólo pensando y sintiendo, hasta que finalmente, con un esbozo de sonrisa, se pierde en el más profundo de los sueños.

Mientras tanto, Héctor, sube a su auto, cierra sus ojos y poza su espalda y cabeza en el asiento. "¡Me quiere! ¡Me quiere! ¡Me quiere!", repite varias veces en su pensamiento, suspira profundamente al tiempo que recuerda cada roce, uno a uno, de los labios de Idalia en los suyos, aún siente el temblor en su piel, el sabor y la frescura de su beso, el acelerado latir de su corazón, y por supuesto, esa inmensidad de emociones dentro de su corazón: en su alma.

Sabe que está viviendo la realidad, esto no es un sueño, y quisiera quedarse ahí, a sentir; abre los ojos, frente a él su mirada perdida en el horizonte, realmente no está mirando sólo sintiendo y con el alma en los ojos descubre el ocaso, un colorido atardecer, nubes de mil figuras y tantos colores, rojizos, verdosos, oscuros y tenues, la puesta del sol, los últimos rayos de ese día, está cayendo la tarde y él, sólo mira, únicamente percibe sus sentimientos, tantas emociones y la satisfacción de saberse correspondido. Desprende de él, el más profundo de los suspiros, toma su llave y prende el auto, busca una estación de radio con música romántica, sus movimientos son automáticos, sin pensarlos, sabe que debe partir a casa y tendrá que concentrarse a la hora de manejar, pero ello no evita que mantenga un estado latente de tantas emociones, como si no pasara el tiempo, como si hubiera detenido su reloj en el momento mismo en que entrego su boca a la de Idalia, está ahí presente, intacta y derrochando sensibilidad y esa sensación que inunda su mente, su cuerpo y hasta su alma, no dejando libre la entrada a ningún estímulo más, solo él y sus sentimientos.

No se da ni cuenta el tiempo que tarda en llegar a casa, sólo estaciona su auto en el lugar de siempre, apaga el estéreo, el auto y baja, se le nota la emoción, está feliz y empieza a silbar una tonada, cualquiera, sin ritmo aparente pero que sale desde lo más profundo de su inspiración, entra a la casa y su mamá está en la sala, como si lo estuviera esperando, se acerca, le saluda con un beso y la abraza fuerte

- ¡Y ahora! ¿qué te pasa?
- ¡Hola Má! ¡Qué bien te ves!
- ¿A dónde andas?
- En las nubes
- Se nota pero además te vez radiante. ¿Qué tienes?
- ¡Felicidad Má! ¡Pura felicidad!, ¿Estás sola?
- No.
- Bueno, entonces te dejo. Nuevamente la abraza, la besa y la levanta en sus brazos a darle un giro.
- ¡Espera! ¡Espera!
- Me voy.

Héctor se retira casi brincando de gusto y muy rápido, hasta su recámara, está feliz, desbordado de energía por un solo motivo: Idalia. Entra en su habitación, gira sobre sus pies, se mira en el espejo como queriendo verla a ella, pero no es necesario, en su imaginación, permanece su cara muy cerca a la de él, entrecerrando los párpados, así la quiere ver, así la quiere sentir. Deja caerse en el colchón de su cama, siente con el rebote un júbilo de sensaciones, sólo piensa en Idalia, aún la siente, su corazón late aceleradamente, y él, en este momento no tiene vida para nada más que para recordar y revivir una y otra vez, el hecho de haberse decidido a besar a Idalia, pero sobre todo, la seguridad de que ella, también, deseaba ese beso y al corresponderle, le hizo notar la brisa enardecida de ardiente y sincero sentimiento.

Sintiendo aún la vibración en su cuerpo por tanta emoción, cierra los ojos y respira profundamente, con una gran sonrisa dibujada en su rostro, iluminado con la resplandeciente luz de un ser enamorado, se deja llevar al ritmo de su corazón a los mágicos mundos de esa paz interior que le provoca la relajación intensa para dar paso a un hermoso sueño.

Sin darse cuenta, se queda dormido, y ahí en el secreto de su cama queda guardado el júbilo de saber que su amor ha fructificado.

Está amaneciendo, el canto de los pájaros resuena fervientemente, en el cielo una cascada multicolor delinea el amanecer, los primeros rayos solares brillan con intensidad, los árboles en la tierra parecen tener nuevos colores, por todos lados hay flores húmedas por el rocío del amanecer. Aparece la primera luz y Héctor se despierta, se levanta entusiasmado, tiene que ir a la escuela, sin flojera ni remilgos, abandona la cama y se dispone a darse un buen regaderazo, mientras toma la toalla de baño y abre la regadera, silba un ritmo guapachoso, está contento, tiene mucha energía y ganas de salir y gritarle a todo el mundo su felicidad. Es normal, ha recargado batería, no solo por dormir profundamente, sino porque en él se ha despertado el ángel del amor, ¡está enamorado!

Idalia, permanece aún en su cama, acurrucada entre las cobijas, está despierta, se despertó en la madrugada ansiosa por volver a ver a Héctor, ha estado pensando una y otra vez, recordando, cada vez con la misma intensidad lo que vivió el día anterior. No hay prisa por levantarse, hoy no va a la escuela, y la verdad, para lo único que tiene cabeza es para lo que está sintiendo, entre suspiro y sonrisa, deja pasar la mañana. El sol ya brilla en lo alto y ella decide por fin, dejar la cama.

Se levanta y pone algo cómodo, aquél pants verde que tanto le gusta, sus tenis, recoge su cabello en una cola de caballo y se dirige justo a la cocina, donde ya desayunan sus hermanas y papás, se sienta con ellos y se dispone también a desayunar.

- ¡Buenos días! Dice.
- ¡Buenos días! Responde su mamá. ¿Acaso no pensabas levantarte hoy?
- ¡Claro que sí, mami! Sólo un poco tarde.
- ¿Un poco...?

- Sólo hoy, es más ¡Yo levanto la cocina!
- ¿Y, ese milagro?
- Nada. ¡Te ayudo!
- ¿Nada?, ¿Te sientes bien?
- ¡Claro!, ¡Mejor que nunca!

Continúan el desayuno sin entrar en más detalle, todos terminan casi al mismo tiempo, Idalia es la última. Con gusto se levanta y empieza a recoger los trastos tarareando algún ritmo desconocido pero alegre, pareciera que con ello, le pone sabor a sus actividades, se apura. Alguien ha encendido el radio y suena su canción favorita... "aire..." "aire..." "en esta lenta tarde de verano..." "no recuerdo el color de tus ojos..." canta un poco y al ritmo, lava trastes, limpia mesa, estufa, reacomoda adornos y pone bonita su cocina.

- ¡He terminado! Exclama con satisfacción.
- ¿Se le ofrece algo más, Señora? Se refiere a su mamá que justo en ese momento va entrando en la cocina.
- ¡Ya terminaste! ¿Tan rápido? ¡Batiste record!
- ¿Cuál rápido?
- Valla, si que te sobra energía, pero no, ya hemos terminado el quehacer mientras tú dormías.
- ¡No estaba durmiendo!
- ¿Entonces, porqué no salías?
- ¡Por nada! ¡No quería!
- ¿Qué te pasa?
- Nada. Voy a salir a correr, luego vengo.

Y sin decir una sola palabra más ni permitir que se la digan, se dirige a la puerta y sale, sin rumbo pero con muchas ganas de correr. Sí que le pasa algo, en realidad, a Idalia nunca le ha gustado correr, pero hoy, lo hace con tal entusiasmo que ni al menos se nota su escasa condición física. Se siente bien ¡Muy bien!, libre, segura, y sobre todo feliz, sabe claramente el motivo, ha desaparecido por completo la monótona rutina emocional en que había dejado sus sentimientos. Avanza, se dirige a la colina, pretende subir trotando, invirtiendo

45

la energía que tiene, sus emociones latentes a flor de piel, le dejan sentir la brisa del viento de la húmeda mañana, por aquella parte donde va empieza a sentirse la frescura del bosque, hay algo de árboles, milpas sembradas, flores, vegetación en rededor y se deja escuchar el misterioso murmullo de animales entre el bosque, tal vez pájaros, mariposas, algún conejo o ardillas y además, alguna persona que también anda por allí. Ella está absorta en sí misma, su mente despejada, únicamente alberga los recuerdos de su encuentro con Héctor, sus ojos aunque observan en rededor, no quitan la mirada del camino que va siguiendo y con sus demás sentidos que están en su mayor sensibilidad, percibe todos los ruidos, el olor a vegetación y tierra húmeda y el sabor del viento que al abrir su boca entra ella. El mundo parece estarle complaciendo, todo se encuentra a su favor, cualquier cosa le parece más hermosa y se percata hasta del último detalle. Cómo es que no se había dado cuenta de cuán maravillosa es su vida, lo tiene todo, una buena familia, un agradable y hermoso lugar donde dormir y comer, un placentero paisaje que alimenta sus sentidos, y ahora... ahora... el amor totalmente correspondido del que cree el hombre de su vida: Héctor. Idalia está enamorada, satisfactoriamente enamorada, su corazón a cada latido lo dice, y su alma, su alma en este momento se encuentra tan plena, que se desborda sobre la eternidad de su esencia.

Héctor ha salido ya con rumbo a la escuela, aunque solo va por una asesoría, no le importa, toma su camión y espera el traslado. El tiempo que se tarde, entre más, mejor, va pensando en Idalia, se sabe correspondido, pero ahora, de aquí en adelante, ¿qué sigue? Por supuesto, algo maravilloso, pero cómo continuar, ninguno de los dos quedó en nada, no saben cuándo van a verse, hoy o mañana, no fue necesario, ambos lo saben, se dará el momento y habrá otro encuentro.
Héctor, así lo cree y sonríe, tal vez más tarde a su regreso, irá a buscarla, está pleno, satisfecho, no siente la necesidad de verla, aún

la percibe junto a él, dentro viene consigo, impregnada, unida su alma con la de ella, están juntos, su encuentro es puro y permanente, eterno y espiritual.

Ya en la escuela, saluda a sus amigos, va radiante y se percibe, todos le interrogan qué pasa, a lo que él únicamente responde:

- Nada, es sólo que soy feliz.

Por supuesto, su respuesta se queda corta, la felicidad se derrama por los poros de su piel, no tiene que decirlo para hacerlo notar. Es poco lo que ha platicado de Idalia a sus amigos, saben que hay alguien que le interesa, pero nadie podría calificar que con tal intensidad, para que fuese ése el motivo de su evidente expresión. Preocupados los demás por el asunto de su asesoría, cambian de conversación y dan continuidad a su trabajo. Héctor se incorpora al equipo de igual manera y se concentra en lo que corresponde a este momento. Sin trabajo alguno continúa, sabe que no tiene que pensar en Idalia para sentirla, así que esto le da más entrega a sus acciones porque le resultan fáciles y digeribles.

Termina su asesoría, sin prisa y como de costumbre, se distraen un rato entre ellos, sólo que es sábado y algunos tienen compromisos familiares, empiezan a despedirse uno a uno, entre ellos, Héctor, que aunque no tiene algún plan en particular, tampoco pretende permanecer en la escuela todo el día.

Toma el transporte de regreso, en su traslado, encuentra una persona conocida y empiezan a platicar, cualquier cosa, cualquier tema, un chascarrillo, una broma sin importancia, una plática más.

Entrado en la plática momentáneamente se perturba y en su mente aparece la imagen justa de aquél sueño en que voltea a ver a una persona con la que se está casando y no reconoce el rostro, no lo puede ver. Esta perturbación le desconecta de la plática y por el momento se pierde, cuando reacciona, solo escucha que su interlocutor le dice:

- ¡Tierra llamando a Héctor! ¡Tierra llamando a Héctor!
- ¡Perdón! -Reacciona Héctor.- ¡Me distraje por un momento!
- ¿De verdad? ¡Casi ni se notó!

- ¡Perdón! ¿Qué me decías?
- Nada. Nada importante. Te comprendo, porque seguramente estás enamorado.
- ¿Enamorado?
- Sí. E-na-mo-ra-do, si no, entonces ¿qué te preocupa?
- Nada. Tienes razón. ¡Estoy enamorado!

Héctor sabe perfectamente que es verdad, que está enamorado, pero en esta ocasión, no es tal la razón de su distracción, su inconsciente lo llevó a otra situación tan rápido, que no pudo evitar la perturbación. ¿Qué tiene que ver esa imagen ahora?, se pregunta en su interior, aún no lo entiende, y por ello decide continuar en su charla.

Finalmente, ya está en su casa, deja su mochila en el lugar de siempre, se pone un sombrero y va hasta donde está su caballo, checa que tenga suficiente comida y agua, toma su cepillo y se acerca a él, lo acaricia.

- ¡Vamos a limpiarte Bonito!- Dice dirigiéndose a su caballo, al tiempo que desliza el cepillo sobre el pelo del lomo del caballo, empieza por ahí, y paso a paso avanza a cada parte de su cuerpo y empieza a platicarle, como siempre, aunque el caballo no responde con palabras, también siente y corresponde, acerca su hocico a Héctor y juguetean. Héctor le dice:
- ¡Es hermosa, Bonito! ¡Es muuy hermosa! Y, me quiere, lo percibo, me lo dijo en ese beso. Yo estoy enamorado, y me siento totalmente correspondido, es maravilloso sentirse así, como cuando a ti te gusta una yegua.
- Bbrrrbrrr- responde el caballo sacudiendo con entusiasmo su cabeza.
- ¡No te hagas Bonito! ¡Qué bien que sabes de lo que te estoy hablando! Así me siento, es una hermosa sensación que te motiva a hacer todo, cualquier cosa que miras lo percibes hermoso, pero sobre todo, es una sensación que te llena y te desborda de felicidad. ¿Sí que lo has sentido no? ¿Apoco no recuerdas a

lluvia? ¿Sí verdad? ¡Aaah! ¡hasta latió más rápido tu corazón! ¿Verdad?

Héctor continua, tanto la plática casi unilateral con el caballo como la cepillada de cada parte de pelo, le gusta verlo limpio, brillante, es su caballo y amigo, un gran caballo plateado, grande y bien erguido. Lo quiere mucho y sabe cuidarlo, cuando termina, decide sacarlo a dar una vuelta, Héctor también la necesita, quiere estar sólo, sentirse seguro, gritar su felicidad y disfrutar cada placer que su vida le regala ahora.

Decide no ensillar a "Bonito" sólo coloca una manta sobre su lomo, lo toma de la rienda y le dice:

- ¡Vamos! Te va a agradar.

Salen al camino y Héctor se trepa en "Bonito", le da dos palmaditas en el cuello y le dice - ¡Vamos!- dirigiendo la rienda hacía el campo. El llano es grande, hay sembradíos de maíz y avena, pero también hay suficiente espacio desocupado para dar un paseo entre yerbas, flores, árboles y matorrales, queda perfecto para salir a admirar el paisaje, la naturaleza, desintoxicar los pulmones y respirar aire fresco, dar rienda suelta a la liberación de tensiones. Es el cuadro perfecto para galopar un rato, trotar otro más, arrear y detener al ritmo que desee, avanzar despacio, presionar un poco, juguetear con "Bonito", observar las maravillas que la naturaleza pone a nuestro alcance y disfrutar al momento, el placer que da la libertad de emociones.

No ha faltado ni un momento, la sensación de estar acompañado, Héctor no está sólo, además de andar trepado en "Bonito" consigo trae la compañía de Idalia. Todo en general completa ese cuadro, su sensibilidad y su inmensa felicidad.

Después de un buen rato, regresa a casa, pareciera que no ha pasado el tiempo, pero ya es tarde. La mamá de Héctor, lo espera en la cocina, ya han comido, sólo falta él y al ver que venía ya, espera ahí para de una vez servirle.

- ¡Tardaste mucho! ¡Ven a comer!
- ¿Tardé?

- Sí.
- A mí no me lo pareció, ¿qué hiciste de comer?
- Algo que te gusta. ¡Ven, siéntate!
- Bueno, pero tú también siéntate.
- Sólo deja servirte y me siento a acompañarte.

Héctor se sienta junto al lugar de su mamá, la sigue mucho y le gusta estar cerca. Su mamá le sirve y también se sienta junto a él.

- ¡Mmmm, albondigón! Se ve rico.
- ¡Está rico!
- Y la ensalada, esa sí que es mi favorita.
- Ya lo sabía, por eso la hice.
- ¡Me encanta que me consientas!

Héctor, come con tanto gusto, que se antoja, saborea cada bocado de tal manera que se mira lo suculento de su comida. Termina de comer, y dando un beso a su mamá, agradece el platillo y ofrece ayuda.

- ¿Te ayudo a levantar?
- No. Déjalo
- ¡Te ayudo!
- No. Gracias.
- Bueno, entonces te acompaño.
- Está bien, mientras dime ¿A qué se debe tanta alegría?
- ¿Cuál?
- No te hagas, bien que se te nota la felicidad por todos lados.
- Pues es que soy feliz
- ¿A sí? ¿Y, por qué?
- ¿Cómo por qué? ¡Por tener la mamá que tengo!
- No seas adulador. Hay algo más.
- Sí, realmente sí hay algo más.
- ¿Claudia?
- No ma, Claudia y yo ya terminamos.
- ¿Y eso te da felicidad?
- No, pero tampoco estoy sufriendo.
- Y ¿entonces?

- Es otra persona, estoy enamorado.
- ¿De quién?
- Es una chica que no conoces.
- ¿Cómo es?
- ¡Es ma-ra-vi-llo-sa! ¡Es hermosa! ¡Es tierna!, es...
- Sí que estás enamorado. ¿Y ella?
- Parece que también.
- ¿Cómo que parece?
- Se le nota, lo trasmite.
- ¿No te lo ha dicho?
- Sí. A su manera.

La plática continua mientras su mamá levanta la cocina, Héctor expresa lo que siente, que es mucho y su mamá, definitivamente no interviene, siempre ha permitido que Héctor decida lo que el crea que le convenga, aunque por ello no deja de estar al pendiente de lo que su hijo hace. Terminan y cada uno se retira a diferente lugar.

Ya es tarde, así que Héctor decide buscar una buena película en la tele y quedarse a verla, sin mayor preocupación que solo disfrutarla.

Idalia después de subir la colina regresa a casa un tanto más relajada, serena, ayuda a hacer la comida, para más tarde comer junto con toda la familia. Después verifica sus pendientes escolares y al ver que todo está listo, decide hurgar entre sus cosas a ver que encuentra. Un libro de pasta azul brillante con dos copas en portada una parada y otra caída, llama su atención, "el desafío de tu fidelidad..." -lee en voz alta- "...cincuenta maneras de no perder tu amor" termina la frase, lo observa, la portada refleja un algo que motiva la curiosidad de Idalia, entonces toma el libro, lo lleva con ella, se sienta en el sillón del rincón, acomoda sus pies sobre el mismo y se dispone a leerlo.

Viendo fijamente la portada, piensa "cómo puedes serle infiel a alguien que amas", eso no es posible, "el desafío de tu fidelidad" es un libro que crea una relación amorosa y las diferentes circunstancias que pueden llegar a presentarse así como la mejor manera de enfrentar cada situación y llevarle por el mejor camino, encontrando para ello el resultado que provoca el fortalecimiento de la relación y genera la libertad de amar sin apego a la pareja. Algo parecido es lo que señala en la introducción de este libro, aunque es pequeñito, Idalia lee el primer capítulo y se detiene a reflexionar sobre la lección, en este momento ella está viviendo un amor correspondido que inicia, y tal vez sea muy bueno entender para sacar de ahí lo que le ayude. Bueno eso es lo que pretende, sin embargo, leer una historia le parece diferente a vivirla y las sensaciones que se han despertado en ella rebasan con mucho lo que le hiciera sentir esta lección, así que decide dejar la lectura para después y va en busca de sus sobrinas que van llegando, para entretenerse entre sus juegos y travesuras.

Empieza a anochecer, ni ella ni Héctor se buscaron, tal vez quisieron darse tiempo, o tal vez no era necesario, ninguno de los dos se extraña, están firmes con lo que sienten y seguros de lo que esperan, así que por ahora eso es suficiente y no es necesario encontrarse para disfrutar de lo que se han hecho sentir.

Ha pasado ya el fin de semana entero y ninguno de los dos se busca, parece como si tuvieran miedo de algo o quizá piensen que están viviendo un sueño y su encuentro los lleve a la realidad. No hay alguna inquietud, hay certeza en sus corazones, los dos se saben correspondidos y aún así, por aquello de que no se habló nada, sólo se actúo, quisieran no arriesgar.

Inicia la semana y cada uno toma sus actividades con el mismo interés de siempre, hacen lo que deben de hacer, se ocupan de lo que se tengan que ocupar y terminan su día con el mismo interés cada vez.

Es la tarde del miércoles y un acelerado tic-tac del corazón de Idalia, le avisa un encuentro, tiene que ser con Héctor porque nadie más provoca tales reacciones en ella. En efecto, Héctor finalmente se ha decidido a dar el primer paso para ir en busca de Idalia, él aún está en su casa, pero ya tomó la decisión, así que frente al espejo mira su apariencia, se ve bien, pero salta a la vista su nerviosismo, hasta las manos le tiemblan, empieza a sentir cómo una chispeante sensación, recorre todo su cuerpo. "No importa"- dice para sus adentros- acelera su arreglo personal, cepilla su cabello y sale directo al auto de su papá que le pidió prestado hace un rato, toma el camino a casa de Idalia y al estacionarse justo enfrente, se recarga un poco para que con un profundo suspiro tome un buen trago de aire y se relaje, sigue nerviosos y pretende no hacerlo notar, así que se toma un minuto más y al ritmo de su respiración repite una y otra vez –"todo está bien" "todo está bien" "todo está bien". No del todo tranquilo, baja del auto y mira por la ventana hacia adentro de la casa de Idalia, él ya sabe que ahí puede encontrarla, pero en esta ocasión no, no alcanza a ver a nadie, así que se acerca a la puerta y toca en dos ocasiones el timbre y espera, aunque además de hacerse larga tal espera, le provoca más nervio y angustia.

En efecto, Idalia que se encuentra en el patio posterior de la casa grita desde allá

-    ¡Yo abro! ¡Yo abro!- Ella, ni siquiera sabe quién es, pero al no estar haciendo nada avanza con rapidez, toma el cerrojo y de un jalón, abre.

Sorprendida, no sabe qué decir, siente como se van ruborizando sus mejillas mientras mira directo a los ojos de Héctor, pasando un gran trago de saliva, alcanza a formular:

-    ¡Hola!

-    ¡Hola! -Contesta Héctor, con sonrisa temblorosa y voz entrecortada- ¿Estás ocupada?

-    No. -Responde presurosa Idalia. Siente como su latir acelerado le delata la emoción que le provocó la sorpresa de encontrar a Héctor detrás de la puerta-

-    ¿Quieres salir un rato?

-    ¡Claro!

-    ¡Pues vamos!

- ¿A dónde?
- No sé. Ahora vemos.
- Bueno, sólo déjame avisar. ¡No! Mejor no, mejor me escapo un ratito. -Idalia responde con cara de traviesa, al tiempo que jala lentamente la puerta para no hacer ruido. Nadie va a notar su ausencia todo mundo está entretenido en sus cosas, o viendo tele, o con las niñas-.
- ¿A dónde vamos?, le pregunta a Héctor.
- No sé. Ven. -Dice Héctor a Idalia tomando su brazo para dirigirla a su auto, del lado del copiloto. Abre la puerta, Idalia sube y Héctor cierra la portezuela. Mientras él da vuelta por detrás del carro, rápidamente Idalia se asoma en el espejo retrovisor y arregla sus cabellos. Héctor, alcanza a ver lo que hace Idalia y mientras se sube al auto y lo enciende, le dice:
- De todos modos te vez hermosa.
- ¿Sí? Me agarraste desprevenida.

Se hace un silencio prolongado, los dos están nerviosos y prefieren no decir nada, Héctor dirige su coche a la orilla del parque y busca un buen lugar donde estacionarse, donde no estorbe la circulación del tránsito y que además tenga una vista grata para ellos. Ya estacionado, apaga el motor y pone música, pero muy bajito, sólo para no sentir la tensión.

- ¿Qué estabas haciendo? Inicia la conversación Héctor.
- Nada.
- ¿Nada de nada?
- No, jugaba atrás con mis sobrinas, pero sólo por pasar el tiempo.
- ¿A qué jugaban?
- A hacernos cosquillas.
- ¡Mm! Y, ¿Cómo estás?
- ¿Yo? Bien, ¿y Tú?
- También bien. ¡Muuuy bien!

- ¿De qué el muuuy bien? -Pregunta Idalia un tanto cohibida, pues está segura que es por la misma razón, por la que ella también se siente ¡muuuy bien!-
- Sabes. Me he sentido de maravilla.
- ¿Y por qué?
- Con solo verte, me desconcentro... tartamudeo... me pongo muy nervioso.
- Pero, ¿por qué?
- Eso es lo que provocas en mí.
- Y tú en mí.
- ¿Qué?
- Sí. Tú también provocas eso y más en mí. ¿No lo notas?
- Pues sí, lo que no sé si eres tu o si soy yo.
- Tal vez somos los dos. -replica Idalia-.
- Héctor se acerca a ella y toma su mano, la acaricia suavemente provocando en Idalia, un agradable escalofrío.
- ¿Sabes? -Le dice Héctor- Gracias.
- Gracias ¿De qué?
- De darme tal felicidad

Sin decir más se acerca a darle un suave roce con sus labios a los de ella, sólo un electrizante toque; Idalia lo permite, corresponde y busca refugio en su hombro, se acerca más para que él pase su brazo sobre la espalda de ella y la estreche hacía él con un ligero movimiento.

- No sabes lo que me haces sentir -repite Héctor-.
- A mí también -responde Idalia-

Ninguno de los dos sabe cuál es la palabra correcta para continuar la conversación, así que permanecen en silencio, sólo sintiéndose y percibiendo la sensación del otro.

Idalia se reincorpora para mirarlo a los ojos, lo observa, se ve reflejada en las claras pupilas de él, para luego decir:

- Se siente padre andar en las nubes.
- ¿Cómo?

- Sentirte así, tan cerca, me hace volar muy lejos, elevar mi espíritu y perderme en la inmensidad.
- ¿De verdad?
- Sí.
- Son las palabras que yo no pude encontrar para decírtelas.
- ¡Mentiroso! -Contesta jugueteando Idalia-
- Mira chiquita, eso mismo me haces sentir a mí.

Juguetean un rato, platican, escuchan la música que suena en la radio, ven pasar la gente, los autos, cómo revolotean algunas aves en los árboles del jardín y el movimiento en general. Es muy grato para los dos disfrutar de la compañía del otro.

Un acercamiento de repente interrumpe las risas y el jugueteo, quieren repetir aquélla sensación nuevamente, mirándose a los ojos hacen un silencio, una de sus manos está entrelazada a la del otro y la otra, queda libre para darse una caricia, acercan más sus rostros y casi al punto de tocarse con los labios, se detienen.

Ambos desean volver a saborear la carnosidad y dulzura de sus bocas, solo cierran sus ojos y se dejan llevar, la entrega temblorosa los transporta a otra dimensión, sus emociones se desbordan con suavidad y ternura, la pureza vierte su manto en su inocencia y permite un contacto entre las dos almas, que dejan al descubierto lo más sincero y profundo de sus sentimientos.

Terminan ese beso con un último toque de sus labios. Quedan nuevamente fijos en su mirada y sonríen con traviesa carcajada. Hay felicidad en el ambiente, se nota, se siente, y ellos no necesitan decir palabra alguna para recalcar sus sentimientos, no hace falta, lo saben y corresponden.

- Tenía ganas de verte -dice Héctor a Idalia-.
- Qué bueno que viniste ¡Yo también quería verte!

Vuelve nuevamente la charla, cualquiera, el tema no importa, lo importante es estar juntos, es compartir sus momentos. Después de un rato, Idalia concluye:

- Me tengo que ir ¡No avise!

- Está bien. ¿Cuándo nos vemos?
- ¿Cuándo? No sé, tú dime.
- ¿Cómo andas en la escuela?
- Bien. No he tenido mucho trabajo.
- Pero, mejor lo dejamos para el sábado. ¿Te parece?
- Sí.
- Así, podemos ir a algún lado.
- ¿A dónde?
- No sé, a dar la vuelta, al cine o cualquier parte.
- Bueno.
- Pides permiso.
- ¡Aja! ¿A qué hora?
- Yo vengo por ti en la tarde.
- Bueno, vamos. -Dice Idalia, induciendo a Héctor a encender su auto, nunca se bajaron de él, así que insiste- ¡vamos!
- Sí vamos, pero antes...

Vuelve a tomar Héctor la barbilla de Idalia y la acerca a él para darle un beso, al que Idalia corresponde sin mayor resistencia. Ya sin decir más, Héctor enciende el auto y gira de regreso a casa de Idalia, están cerca, no más de cinco minutos, pero ninguno de los dos dice nada, para no romper el hechizo que deja gravado en sus latentes labios el último beso que se dieron. Ambos quieren conservarlo fresco hasta la próxima vez que se vean.

Llegan a la casa de Idalia, Héctor orilla el coche y ya sin apagarlo replica:

- ¡Espera! -Se baja rápidamente avanza a abrir la puerta, ayuda por una mano a Idalia a bajar del coche mientras le dice-:
- Te busco el sábado
- Sí.
- ¡Adiós!
- ¡Adiós!

Héctor espera afuera a que Idalia entre a su casa, y una vez cerrada la puerta, sube nuevamente a su auto y se retira.

Ya es otro día, Idalia está en la escuela, les avisan que no tendrán la última clase. Maricruz, la mejor amiga de Idalia, propone ir al centro de la ciudad, no han comprado un libro que les pidieron y es la oportunidad de ir a buscarlo y si se puede, comprarlo. Idalia acepta, y ya terminado el horario, se dirigen al centro.

Idalia ha sido muy egoísta con su relación con Héctor, ni siquiera con Maricruz ha platicado a detalle. Le ha dicho de su existencia, que han iniciado una relación pero no ha querido pormenorizar sus sentimientos porque los siente tan profundos, que evitaría con todo el que alguien interviniera; Maricruz, además de que se da perfectamente cuenta del radiante cambio que tiene Idalia, no se involucra más de lo que ella misma le ha permitido, así que no es tema principal de conversación. Entre ellas, hay amistad sincera, se aprecian bien, se apoyan y ayudan recíprocamente tanto en lo escolar como en lo personal, ambas son responsables y cumplidas, así que no les cuesta trabajo coordinarse en sus obligaciones.

Andan ya en el centro, buscaron el libro, lo compran, y en vista de que les sobra tiempo, deciden dar una vuelta por la feria de artesanías que está expuesta en la explanada del portal. Van avanzando entre los puestos y se detienen en uno de artesanías de plata. Maricruz busca un anillo, le gustan los anillos. Idalia solo mira, mientras opina respecto de lo que escoge Maricruz. De repente, le llama la atención una medalla cuadrada, muy pequeña, con la imagen de la Virgen de Guadalupe. La toma sin descolgarla y la observa detenidamente.

- ¡Mira ésta! -dice Idalia a Maricruz-.
- Ve. Está muy bonita, muy bien hecha, bien delineada la imagen y la Virgen se ve con cara brillante, sonriente.
- Sí. Pensaba si sólo yo la miraba así.
- No. ¡Realmente está bonita!
- ¡Me la muestra! -pide Idalia al señor del puesto-.
- ¿Para quién es? -pregunta Maricruz-.
- Para mi... -contesta Idalia y se queda pensando-. Y... ¿sí?...
- ¿Qué? -se adelanta Maricruz-

- ¿Y, si se la compro a Héctor?
- Sí, le va a gustar.
- Pero no se cual sea el santo de su devoción.
- No importa cuál sea. Tú se la vas a dar.
- ¿Se la pondrá?
- Le preguntas.
- ¿Cómo crees?
- ¿Qué tiene? Puedes decirle "Mi amor esta la escogí para ti", y ya verás como si se la pone.
- ¿Y si no?
- Sí. Cómprala.
- La voy a comprar porque realmente me llamó la atención y aunque no lo quiera reconocer, sí pensé en él cuando vi la cara resplandeciente de la Imagen.
- ¡Puedo gravarle el nombre lo que guste! -dice la persona que atiende-.
- Sí ¡Póngale! ... -se queda pensando Idalia-
- ¡Héctor! -afirma Maricruz-.
- No. Idalia.
- ¿Idalia?
- Sí, por favor.
- Tienes razón -dice Maricruz a Idalia- para que te traiga cerca, muy cerca de su corazón.
- Yo para qué quiero estar muy cerca, si me trae dentro de su corazón -replica Idalia en son de broma-.

Siguen viendo la diversidad de cosas hechas en plata, en lo que gravan la medalla. Maricruz, escoge un anillo, escoge otro y otro y por fin se decide por uno con piedra romboide azul, está bonito.

Le entregan la medalla a Idalia en una bolsa pequeña, ella la saca de la bolsa que le regresa al señor y le pide a Maricruz que le coloque la medalla.

- ¿No que es para Héctor?- pregunta Mari cruz.
- Sí, cuando se la dé me la quito y ya.

- Me parece buena idea. Tienes razón.

Cada una paga lo que pidió y siguen avanzando, van viendo los demás puestos, ya sin interesarse a fondo por nada, las dos van contentas con su adquisición. Finalmente, terminan de ver y deciden:

- ¡Nos vamos! -Dicen al mismo tiempo como si se hubieran puesto de acuerdo. Sueltan la risa-.

- Bueno- dice Idalia – yo tomo mi camión allá -señalando la parada que está al otro lado de la calle-.

- Y yo- responde Mari cruz – tengo que caminar dos cuadras para tomar el mío.

- Vete con cuidado.

- Tú también, nos vemos mañana.

- Haces la tarea de historia y me la pasas.

- ¿Cuál, si ni nos dejaron?

- Si, es cierto.

- Nos vemos.

- Adiós.

Se despiden con el acostumbrado beso en la mejilla y cada una avanza en dirección de la parada donde abordarán el camión.

En el camino de regreso a casa, Idalia observa su medalla, la siente entre sus dedos y se la quita, la coloca sobre la palma de sus manos y la mira con detalle, cada rasgo, cada parte, por la imagen y al reverso, donde dice su nombre, la toca con suave caricia y la vuelve a colgar de su cuello, con un tanto de dificultad porque no puede atorar el broche, por fin lo logra y la acomoda a su pecho, por debajo de su blusa, para que no se vea a simple vista, y por el momento, se olvida de ella.

Llegado el día sábado, Idalia se levanta muy temprano y se apura con el quehacer, no tiene que hacerlo, porque será hasta la tarde cuando vea a Héctor, pero la sola idea de verlo, le llena de energía y la motiva a realizar sus labores con esmero y rapidez. Muy pronto termina, le queda tiempo suficiente para salir por el mandado para la comida, acompaña a su mamá y regresan a preparar los alimentos. Idalia ya cuenta con el permiso para salir hoy por la tarde, así que no tiene mayor angustia. Cuando termina de preparar, se dispone a poner guapa. Busca un pantalón cómodo con el que resalta su figura, blusa del mismo color y un suéter que contrasta pero que combina perfectamente. Como siempre amarra su cabello en una cola de caballo, aunque en esta ocasión la orienta un poco de lado, para darle un toque de coquetería al peinado, pone sobre la trenza una mascada de gasa que hace juego con la ropa y se mira el espejo, satisfecha por el arreglo, decide ir a comer mientras espera la tan ansiada llegada de Héctor.

Come con calma, no hay prisa, pero está nerviosa, se turba algunas veces en la conversación de sobremesa, se empieza a notar su ansiedad, así que decide mejor salir a tranquilizarse un rato al patio. Todos en la casa, sabe que va a salir, tal vez sea que por ello nadie hace comentario alguno con respecto a su evidente inquietud. Para Idalia, el tiempo le parece eterno, sin embargo procura contenerse y tranquilizarse. Esta ya más serena, meciéndose en el columpio que pende del árbol junto al rosal en el patio trasero de su casa, cuando la sorprende el ruido del timbre; no hace por ir a la puerta, pero sí percibe como instantáneamente su corazón a tomado un ritmo acelerado que retumba en cada una de las partes de su cuerpo. Insiste en relajarse, está ansiosa y trata cuanto más puede no hacerlo notar.

- ¡Te buscan Idalia! - grita su hermana desde la puerta-.
- ¡Ya voy! -se escucha a lo lejos.

Idalia se ha detenido a respirar profundamente unas cuantas veces, no puede disimular el gusto que le provoca la llegada de Héctor. Se acerca a paso lento fingiendo una serenidad que está muy lejos de sentir.

- ¡Hola! -dice a Héctor con sonrisa fingida-, en dos minutos salgo -sin dar oportunidad de nada regresa hacía dentro de su casa,

sólo al otro lado de la pared que divide la sala; ahí, se detiene y respira una y otra vez, se induce a sí misma a tranquilizarse y por fin, logra disminuir tanto nerviosismo. Ahora sí, regresa a la puerta ya más tranquila y con una sincera sonrisa replica:
- ¿Cómo estás?

Sin responder a su pregunta Héctor hace otra pregunta - ¿Estás bien?
- ¡Sí! -responde titubeante Idalia- ¡Pasa! -con un ademán invita a Héctor a introducirse en la casa-.
- No. Gracias. ¡Mejor nos vamos!
- Como tú quieras.
- Sí, vamos.
- ¡Permíteme! -Idalia va corriendo hasta la cocina a avisar que ya se va y regresa-. Ahora sí ¡ya nos podemos ir!
- ¿A dónde fuiste?
- A avisar que ya me iba.
- Bueno, vamos. -Héctor la toma de la mano y se adelanta a cerrar la puerta, mientras ella sólo lo mira.

El que Idalia haya dado tantas vueltas, aumento el nerviosismo, de por sí ya evidente, en Héctor; y su mirada... bueno... terminó por completarlo.
- ¡No me mires así que me pones nervioso! – acepta Héctor sonrojado-.
- ¿A dónde vamos?- responde Idalia ya más tranquila y tratando de tranquilizar a Héctor con el cambio de conversación.
- ¿A dónde te gustaría?
- Primero, vamos por un helado, luego buscamos donde caminar. ¿Te parece?
- Sí, me parece.

La lleva de la mano hasta donde el auto, se suben y se marchan, en el trayecto conversan de cualquier cosa, escuchan música mientras Héctor conduce, Idalia de repente acaricia el cabello de él, le hace bromas y se divierten.

- ¿Qué música te gusta?- pregunta Héctor-.
- De toda. ¿Para escuchar o para bailar?
- ¿Te gusta bailar?
- Sí.
- Para bailar, ¿qué música bailas?
- No soy tan buena bailando pero me gusta, la cumbia, el chachachá y me fascinaría aprender a bailar tango.
- ¿Qué hay de la moderna?
- Más bien la grupera, banda, quebradita, y por supuesto, romántica.
- ¿Y la de moda, el rock?
- rock pesado no, tipo disco tampoco, como que soy más tranquila.
- ¿Y para escuchar?
- ¡Mmm! Para escuchar si me gusta la balada, la romántica y la instrumental.
- Vaya, así que eres de la onda instrumental.
- No. Me gusta, pero la escucho muy poco. ¿Y tú?
- Yo, no tengo preferencias, me adapto.
- ¿Cómo que te adaptas?
- Sí, para mí no es problema escuchar cualquier música, pero si se trata de complacerme, pues una ranchera, romántica o balada.
- ¿Y para bailar?
- No sé bailar.
- ¿No sabes bailar?
- No.
- ¡Mentiroso!
- ¿Me enseñas?
- Para bailar sólo necesitas escuchar la música, sentir el ritmo, luego tu cuerpo se mueve solito.
- O sea que debes bailar muy bien.
- No. Pero me gusta.

Llegan a su destino, ya buscaron un estacionamiento para dejar el auto, ella intenta bajar pero la portezuela tiene seguro.

-   ¡Espera! Yo te abro -indica Héctor-.

Idalia se deja consentir y espera.

-   ¡A sus órdenes mi bella dama! -dice Héctor dando a Idalia la mano para bajar, aseguran la puerta y se van-.

Con helado en mano, comienzan a caminar, mirando paso a paso los aparadores de las tiendas, saboreando y compartiéndose el helado, alguna broma, risas, comentarios de lo que van mirando, o cualquier ocurrencia. Avanzan y avanzan, no han planeado algo específico, así que sólo caminan mientras definen lo que harán.

Después de unos minutos, llegan a un parque, es un lugar bonito, hay varios jardines floreados, dos fuentes, suficiente espacio para caminar, área de juegos infantiles, algunos puestos de antojitos, hay tantas lámparas en este parque que si se hiciera de noche, seguro quedaría perfectamente iluminado. Tiene además bancas distribuidas, entre los árboles hay espacio sobre el césped como para hacer un día de campo alguna vez. Héctor e Idalia, deciden caminar por allí, viendo el movimiento del rededor y disfrutando de su compañía. Ya se han terminado su helado, Héctor la toma de la mano y así avanzan, ella obviamente lo permite, llegan a la fuente, donde el movimiento del agua y la luz que la refleja, forman figuras de colores. Héctor conduce por su brazo a Idalia, para que se siente en el borde de la fuente, aunque hasta ahí, les salpica la brisa del agua, no les importa, y se quedan, Héctor intenta robarle un beso a Idalia, ella no lo permite, se resiste, en el intento juguetean, se salpicando agua y se abrazan y en un momento, Héctor logra su objetivo, Idalia no se resiste más y corresponde. Luego, caminan hasta donde ya no los alcance el agua, miran un espacio al lado de un pequeño y frondoso arbolito y deciden quedarse ahí, se sientan sobre el césped y platican. Héctor encuentra una flor muy cerca, mira para todos lados a ver que no lo descubran y la corta.

-   ¡Es para ti! -se la entrega a Idalia-.

- Gracias.
- Mejor te la pongo acá -la coloca en la cabeza, la atora con la coleta de Idalia y le alisa el cabello.
- ¿Cómo se ve?
- Le combina a tu cara te ves hermosa.

Se hace un pequeño silencio un tanto incómodo, ninguno de los dos dice nada. Ya luego:

- ¡Adivina! -dice Idalia a Héctor-.
- ¿Qué?
- Tengo algo para ti.
- ¿Qué es?
- ¡Adivina!
- Ni idea, dame una pista.
- No.
- Sí, ándale. Sólo una.
- Pero es que no se.
- Dime algo, dame una idea.
- Es para ti y con todo mi cariño.
- ¿Pero qué es?

Idalia ya no contesta, sólo procura desabrochar la medalla que lleva al cuello haciendo varios intentos porque no puede, cuando finalmente la desabrocha, la junta con sus manos, mientras con una sostiene la cadena, con la otra agarra la imagen y la enseña a Héctor.

- Mira, es para ti.
- ¿Para mí?
- Sí.
- ¿y por qué?
- Porque te la quiero dar.
- ¡Es la Virgen de Guadalupe! -exclama Héctor mirando la medalla-.
- Sí. ¿No te gusta?
- ¡Pero claro que me gusta! ¿Por qué una medalla?
- No lo sé, la vi y me dije, esta ya tiene dueño.

- ¡Está hermosa!
- Y... tiene mi nombre
- A ver, déjame verla. Es una imagen hermosa, y la Virgen... que te puedo decir.
- ¿Por qué?
- Dos son mis preferidos, la Virgen de Guadalupe y Santiago Apóstol. Es la Virgen y estoy emocionado. Además... trae tu nombre.
- ¿La querías con el tuyo?
- No. ¡Es perfecto! Es para traerte conmigo.
- ¿Apoco sin medalla no me traes contigo?
- Sí pero es diferente, ¡esto es más de lo que yo pudiera pedir!
- Me agrada ver que te guste. Ten, es tuya -Idalia trata de darle la medalla a Héctor en sus manos, pero él, rápidamente replica:-
- ¡Pues pónmela!
- ¿Yo?
- Sí. Has el regalo completo, pónmela -indica a Idalia en tanto se endereza para que ella coloque la medalla.

Idalia mira como Héctor está realmente emocionado con su medalla, no esperaba tal reacción, la desabrocha y pasa sus manos sobre el cuello de Héctor para colocar la medalla, en sus brazos, siente como está temblando Héctor, no dice nada, sólo se gira detrás de él para poder abrocharla, la abrocha y acomoda el seguro detrás de su nuca, regresa al frente y acomoda la imagen al centro de la cadena y la deja por fuera de la playera.

- ¡Listo!
- Gracias. -Héctor responde a Idalia y toma la medalla, la vuelve a mirar, la voltea y pronuncia en voz alta "Idalia" la vuelve a voltear y da un beso a la imagen, un beso con mucho sentimiento– ésta va acá, por dentro, es sólo mía -Héctor guarda por debajo de la playera la medalla y con la palma de su mano la aprieta contra su pecho para sentirla nuevamente y cómo queriendo gravarla en él– Gracias -repite una vez más y abraza suavemente a Idalia,

le rosa sus labios con los de él y– vamos -toma a Idalia de la mano, le ayuda a levantarse y la carga de la cintura dando dos vueltas.

- ¡Hay! ¡Hay! ¡Me vas a tirar!
- ¡Entonces, nos caeremos los dos!
- ¡Noo! ¡Espera!

Héctor la baja y los dos sueltan la carcajada- Vamos -le dice Héctor a Idalia-.

- ¿A dónde?
- ¿Quieres algo?
- No, gracias.
- Yo quiero unos cigarros.
- ¿Fumas?
- Sólo cuando estoy nervioso
- ¿Estás nervioso?
- Sí.
- ¿Por qué?
- No sé.

Caminan hasta donde se ve una tienda para comprar los cigarros. Entran y los compran. - ¿Quieres algo? –pregunta Héctor a Idalia Nuevamente-.

- No.

Salen y avanzan de regreso. Héctor aún sigue emocionado, no entiende tal sensación pero el haber recibido la medalla le reafirma lo que Idalia siente por él, este detalle significa para Héctor mucho más de lo que con palabras Idalia pueda explicar; y por supuesto, está seguro de que traerá la medalla siempre, que no se la va a quitar ni para bañarse, que mientras exista en él cualquier motivo que le recuerde a Idalia la traerá consigo; y se lo dice. Se adelanta un paso para detenerse frente a Idalia y mirándola a los ojos le dice:

- ¡Esta medalla, la voy a traer siempre!
- ¿Por qué?

- No me la voy a quitar a menos que tú me lo pidas y tendrá que ser únicamente cuando ya no sientas nada por mí, cuando ya no te importe.
- Eso no va a pasar.
- Entonces, no me la voy a quitar, allí se va a quedar, siempre la voy atraer; cada que la vea, voy a recordar a quien pertenezco y el día que ya no lo haga, es señal que... entonces... ya no habrá nada.
- No hables de entonces, quizá nunca llegue.
- ¡Siempre!... ¡Escucha!... ¡Siempre estará aquí! –Héctor da un apretón en la mano de Idalia y se torna para seguir avanzando- ¡Te quiero! ¡Te quiere mucho! -le dice a Idalia-.

Para el día de hoy no hay nada más que decir, Héctor lleva a dalia de la mano, van de vuelta por el auto para regresar a casa. No hace falta decir nada más, él jamás espero lo que significa una muestra tan completa del amor que Idalia siente por él, haber recibido la medalla a Héctor le hace entender cuán importante lo es para ella. Valora con tal gratitud, más que la atención del regalo o el regalo en sí, el significado de éste, porque siente que Idalia se ha preocupado porque él tenga alguien a quien pueda acudir para liberar alguna angustia. Han tomado el camino a casa de Idalia, y es ella quien decide romper el silencio.

- ¿Qué piensas? - pregunta a Héctor-.
- Estoy realmente sorprendido y me has dejado sin palabras.
- No digas nada al respecto, platiquemos de otra cosa.
- ¿Cómo de qué?
- Por ejemplo... de lo que haces en tus ratos libres.
- Me gusta estar en casa, platicar con mi mamá, ver películas o salir con "bonito".
- ¿Quién es bonito?
- Mi caballo.
- ¿Tienes un caballo?
- Sí. ¿No te había yo dicho?

- No. ¿Y cómo es?
- Es un gran amigo, es un caballo grande, plateado, le gusta que lo cepille y que le platique. Entiende muy bien lo que le digo.
- ¿De verdad?
- ¡Caro! Es un animal muy listo.
- Fíjate que yo una vez soñé un caballo, grande, fuerte, su pelo era color blanco, venia en una manada como de veinticinco caballos, él dirigía la manada, venía al frente de todos y al llegar a mí se acerco y en su idioma que yo entendí perfectamente me decía "ven, sube" dobló sus manos de tal manera que yo alcanzara a subir y con su cabeza me empujó al tiempo que repetía "sube, yo te voy a salvar" nunca supe de que me habría de salvar, subí a él y a todo galope avanzó sobre el camino, después ya no recuerdo lo que siguió lo que sí recuerdo perfectamente es que tiempo después en algún lugar, lo vi, pero no era real, estaba en una imagen, era él, eso sí es definitivo porque su expresión de decisión y coraje que en el sueño tenía, fue la misma expresión que yo mire en aquella imagen, y no sólo eso, el color, el tamaño, la fuerza de los músculos, definitivamente, era el mismo.
- ¿Y qué imagen era?
- Un santo
- ¿Qué santo?
- No sé. En realidad nunca supe que santo fue.
- Vaya sueño. Así que te gustan los caballos.
- No precisamente.
- ¿No?
- No es que me gusten, es que siento algo particular por ellos, me agradan, o más bien algo interior mío se identifica con ellos y hace que les caiga bien, es más, ni siquiera tengo uno de verdad, sólo de cerámica, y por cierto, blanco, como el de mi sueño.
- Puedes venir a conocer el mío cuando gustes. Estoy seguro que le caerás muy bien, y por supuesto, puedes montarlo.
- ¡De verdad!

- Sí. Tú dime cuando y vamos a pasearlo para que se vayan tomando confianza.
- Ya nos pondremos de acuerdo.

Están llegando a la casa de Idalia, y sin más preámbulo se despiden Héctor sólo dice:

- ¡Gracias! ¡Gracias nuevamente!

A lo que Idalia solo responde - Me agrado salir contigo, y... ¡Yo también te quiero mucho!

Se deslizan sus bocas en un momentáneo beso, Idalia baja del auto deteniéndose antes de entrar a su casa solo para voltear y decir con la mano adiós a Héctor. El no hizo por bajar a abrir la puerta, permaneció ahí, solo siguiendo con la mirada a Idalia, esperó a que entrara y sin más, se marcho.

Dentro de cada uno, siguen latiendo todas las emociones, cada vez que se encuentran, viven algo diferente con tal intensidad que hace crecer de vez en vez el sentimiento de amor que han incubado el uno por el otro. En realidad las palabras le quedan pequeñas a los sentimientos, cada uno por su lado, reconoce esa sensación que pretende salir por el pecho cuando se refiere al otro, es algo que les llena y que se siente desde donde ni al menos se están mirando, sólo con pensar el uno en el otro se trasmite tal sensación hasta donde la distancia lo marque.

El día de hoy, su encuentro ha provocado una nueva sensación, más fuerte, más grande, más intensa, emocionalmente más íntima. No hay tanto que decir, solo la libertad de sentimientos que va creciendo a pasos agigantados dentro de ellos, sin que ninguno pueda evitarlo.

Convencida Idalia de que no hay nada más grande en su vida que lo que está profesando en este momento por Héctor y satisfecha de no haber errado la decisión de entregar ese obsequio, avisa su llegada y se retira a su habitación. No quiere pensar en nada únicamente quiere inmovilizar sus músculos y concentrarse a sentir aquello que pareciera va a desparramarse en su pecho. Esa fuerza electrizante que trasciende más allá de ella misma. Se tumba en la cama y cierra sus ojos, sin escuchar nada a su alrededor, solo su respiración y ella.

Héctor está ensimismado, no atina ni a pensar, mecánicamente llega hasta su casa, estaciona su auto, baja de él, va directo a su recámara, deja caer su cuerpo sobre el sillón del lado de su cama cierra sus ojos y se queda digiriendo el cúmulo de sensaciones que hoy se han generado dentro de él.

Cada uno en su corazón está viviendo la gran fuerza de la eternidad, por el amor que han dejado al descubierto para entregarlo recíprocamente. Esta efusión ha desnudado sus almas y liberado de cualquier intromisión ajena a la pureza, a la verdad, a la bondad. Han hecho florecer lo más íntimo de sus seres, lo que están viviendo trasciende más allá de ellos mismos.

Héctor e Idalia han encontrado una muy buena razón de vida, su amor, el amor que uno siente por el otro, aún les es muy difícil reconocer abiertamente la magnitud de su sentimiento, porque es más, mucho más allá de lo que una palabra pueda explicar, ellos no lo entienden pero ya están unidos en el mundo espiritual, tal vez ni al menos se han percatado, pero su ruta ha estado marcada desde la eternidad, son dos seres destinados a encontrarse y a florecer, pasar en esta vida, para reconocer la fuerza y el poder que les otorga el haberse involucrado en el circulo del verdadero y real amor; así, en cada uno su vida va clarificando todo aquello que alguna vez pudiera dificultarse, a través de su amor tienen mirada para reconocer más allá de su propio alcance visual, esta fuerza, les ha generado cierta capacidad de percepción y raciocinio, es la naturaleza divina que marca su amor. Ellos aún no están conscientes y no alcanzan a entender claramente los sucesos cada vez más frecuentes y extraños que cada uno vive, se despertó su poder interior y ha logrado verdaderas proezas en la vida de cada uno. Héctor e Idalia, sólo se dejan llevar por esa magnífica corriente que les transporta a mundos inimaginables, solo sensibles y sensitivos a su realidad.

Cada día que pasa, uno a uno lo van viviendo, a veces se encuentran en el trayecto de su casa a la escuela, o de regreso; otras ocasiones Héctor va en busca de ella a su casa o a la escuela y salen a algún lugar, a caminar, a platicar, al cine, de compras o cualquier actividad que tengan en mente, únicamente con el objetivo de estar juntos, de sentir la magnitud de sensaciones que se provocan y por supuesto, de engrandecer de vez en vez esas emociones. Han logrado ya, esa libertad de sentimientos en la que, no hay límites ni exigencias, sólo entrega plena.

Debido a esa fuerza, su relación es tan mágica, que no ha habido necesidad de llegar a buscar algo más, se han mantenido en la relación jovial de estar juntos, donde el contacto físico no va más allá de algunas caricias, abrazos y besos. Basta una mirada, una sonrisa y hasta una caricia para expresar sus sentimientos, no necesitan más.

Hoy no han quedado de verse, sin embargo, ya no necesitan hacerlo, ya tiene ese contacto trascendental que con la sola intención de uno, el otro la percibe y se mantiene alerta para que en cualquier momento se materialice y se dé el encuentro.

Ambos asistieron a la escuela y ya de salida Idalia tiene ganas de verlo, algo dentro de ella insiste una y otra vez con tal ansiedad que decide provocar el encuentro, ya conoce sus horarios y rumbos, así que de alguna manera intentará encontrarse con él. Héctor por su cuenta también está ansioso y cree que esa ansiedad es por las ganas que tiene de ver a Idalia, por lo que sin más, él se le adelanta a las intenciones y antes que Idalia abandone la escuela, él aparece en su busca. La encuentra a punto de partir, y como la primera vez, por la sorpresa, Idalia se sonroja e incómoda, y al mismo tiempo, se alegra de verlo, después de todo, es lo que ella esperaba ansiosamente.

- ¿Ya te vas? - pregunta Héctor-.
- Estaba a punto -responde Idalia- ¿Y tú?
- Yo vine a buscarte, tengo muchas ganas de estar contigo.
- Yo también. La verdad es que pretendía ir a buscarte.

- ¿A dónde?
- No sé, a la escuela, a tu parada o por el camino.
- Me adelante.
- Muy bien. ¿Qué hacemos?
- Para empezar nos vamos caminando hasta la parada, esperamos el camión y luego ya decidimos.
- De acuerdo -responde Idalia al tiempo que se acerca para dar el beso que no dio al saludarlo-.

Héctor corresponde el saludo, la toma de la mano y se van caminando, él siempre ofrece cargar sus cosas de Idalia, la mayoría de las veces ella no acepta pero hoy sí, son pocas, no lleva mochila, así que Héctor, abre la suya y las coloca dentro junto a las de él.

Avanzan sin prisa, conversando, siempre de la mano, a él le gusta y ella lo permite, de vez en cuando, alguna mirada empieza a ponerlos nerviosos, no lo entienden, es ya suficiente el tiempo que llevan saliendo juntos como para sentir pena o intimidarse con las miradas, al contrario, cada vez que hay alguna muy fija, lo disfrutan porque es la manera en que refuerzan su comunicación, con su expresión en las pupilas muchas veces identifican las intenciones y pensamientos de el otro, pero hoy, lejos de hacer cierto contacto, provoca inquietud y nerviosismo, en ambos.

Antes de llegar a la parada, deciden ir a tomar el camión hasta la terminal. Encontrarán asiento junto para los dos y tendrán suficiente tiempo para platicar lo que deseen, así que giran de regreso y toman el camino para allá.

Ya en la central, esperan el que lleva a Idalia hasta su casa y lo abordan, son de los primeros en subir, tienen suficiente espacio para escoger el lugar que más les acomode. Eligen por la mitad del camión y se acomodan Idalia del lado de la ventanilla y Héctor del lado del pasillo, él colocó su mochila en el portaequipajes para ir cómodos y descansados en el traslado.

Inician cualquier conversación, aún sienten cierta inquietud, es recíproco, por cada vez que se miran fijos a los ojos, les recorre un escalofrío que se desvanece a lo largo de todo su cuerpo, los dos, intentan ignorarlo y disfrutan el momento, la compañía y el humor que comparten en su conversación.

Es hora de que parta el camión, ellos, ni al menos miran el reloj, el hecho de estar juntos es motivo suficiente para que todo a su alrededor pase desapercibido así que no le dan mayor importancia. No tienen nada en particular que decirse, ni mucho menos que hacer, simplemente por el placer que les da el estar juntos, es por lo que se han buscado el día de hoy; o quizá será que, precisamente hoy deberían encontrarse, porque su vida les tiene preparada la mejor sorpresa que jamás se hayan imaginado y precisamente, ese es el motivo por que los dos sintieron la necesidad de verse y razón por la que han estado un tanto nerviosos y a medida que pasan los minutos, la ansiedad y el nervio se va incrementando palabra a palabra, mirada a mirada.

Para este momento, su distracción es evidente, se han perturbado de tal manera que ya ninguno puede ocultarlo. Héctor, intenta decir algo, pero no alcanza a formular palabra alguna, Idalia pretende sacarlo del apuro y voltea a mirarlo a los ojos tratando de completar la frase que no salió de la boca de Héctor, pero tampoco logra expresarla; en ese instante, se encuentran sus miradas fijas, profundas y en cada uno se desliza una energizante sensación que los trasciende a otra dimensión.

Las pupilas de Idalia llevan a Héctor hacía otro espacio y tiempo, está en la Iglesia a punto de contraer matrimonio, observa a detalle a la mujer que está a su lado, lentamente mira cada una de las partes que la imagen le presenta y al llegar al punto en que debe ver el rostro de la persona con la que va a unir su vida, está mirando y... no concibe tal circunstancia... es la imagen del amor... de su amor... es la cara de Idalia que al mirarlo, pronuncia en voz baja ... "te amo"... dejando a Héctor, exactamente como está, pasmado, cautivado, inmovilizado por lo que está viviendo.

Idalia, al percibir su propio reflejo a través de las claras pupilas de Héctor, se desvanece por su pensamiento hasta el momento en que rodeada de muchas caras conocidas, se encuentra frente a un sacerdote quien está a punto de celebrar su enlace matrimonial con el caballero que está a su lado, ella, al igual que Héctor, recorre con su mirada el fornido cuerpo de él, deleitándose de cada sensación que a medida que observa provoca en su sentir, mira con satisfacción al hombre a quien ha decidido entregar su vida y al corresponder la mirada... sorprendida... se encuentra con la encantadora sonrisa... que le ha dado sentido a su vida... es Héctor, es el rostro de Héctor el que ahora toma forma en el sueño de Idalia.

Ambos siguen proyectados hacía las imágenes que cada uno ha vivido por separado, esto ya les había ocurrido en varias ocasiones, antes, cuando ni al menos se conocían, pero hoy coinciden en el momento de reconocer su respectivo rostro, ahora ya está definida su imagen y en estos instantes se están proyectando para el otro, a través de este encuentro espiritual y físico que están viviendo, la realidad que sus vidas les tiene preparada.

Es el momento exacto en que se están identificando, no solo física sino espiritualmente, están descubriéndose en la unión eterna en la que han permanecido a través de la eternidad sin darse cuenta, hoy es el instante preciso en que reconocen que el uno está predestinado a permanecer con el otro a través de los tiempos, no hay explicación mayor, no se necesita, están reconociendo que su unión se realizó antes para permanecer mientras su amor se los permita, su encuentro no fue casual, sólo siguieron el camino que ya estaba trazado, vida tras vida, tiempo tras tiempo y sin saber al menos hasta donde puedan llegar, sólo aceptan nuevamente la responsabilidad de tener que dar todo por el otro, sin pesar ni condición alguna, con entrega total e incondicional, así es como se están descubriendo en este instante.

Un inesperado frenar del autobús, les hace reaccionar a la realidad, ninguno de los dos concibe comentario alguno, ambos están plenamente conscientes de lo que acaban de vivir y después de desnudar su alma y presenciar con el poder de sus pensamientos las circunstancias que los llevo hasta este momento, sólo atinan a decir:

- ¿Idalia? ¿eres tú?
- ¿Héctor?
- ¿Yo?
- No digas nada, no hace falta dar explicación alguna
- ¿Lo sabes?
- Tanto como tu
- ¿Y?
- Es lo que deseo.
- Yo nunca pensé...
- No tienes que hacerlo
- Cómo explicarlo...
- ¿Necesitas explicarlo?
- ¿No?
- ¿Para qué?
- Nos hemos contactado de tal manera...
- Esa conexión ha permanecido siempre
- Hace cuanto tiempo
- ¿Tú lo sabes?
- Desde siempre
- ¿Entonces?
- Tienes razón
- ¿Qué te digo?
- Si me amas
- ¿Lo dudas?
- Lo siento
- Yo también

Su conversación no dice nada y sin embargo, se están entendiendo mejor que nunca, ambos han visualizado esas imágenes una y otra vez pero es hasta hoy cuando entienden su significado, su alma les estaba avisando el próximo encuentro y ninguno de los dos la había relacionado, ahora toma figura, forma y continuidad, ha sido necesario este encuentro para darle permanencia a la eternidad de su amor, no hace falta nada más, el que sus sentimientos hayan aflorado tan íntimamente les ha dado el poder y la fortaleza que existe en el universo y que se está materializando en este momento. Ya saben ahora hacía donde ir, permanecer en su encuentro y proyectar el amor que sienten, es lo que continua sin una palabra más, está todo dicho, está todo escrito.

Héctor toma la mano de Idalia y la siente con suavidad, ella se estremece apreciando aún la sensación de su unión, le corresponde presionando con la suya la de él, y así, sellan el encuentro que les marca que jamás nada podrá separarles ni habrá nada que destruya sus sentimientos. Se han aceptado mutuamente desde el fondo de su corazón; y no sólo eso, ya estaba unido su destino, ya estaba marcado el momento de su encuentro y aunque su relación ha estado envuelta con la magia del amor, en este momento, se multiplican cualquiera que hayan sido las emociones y los sentimientos, se engrandecen de tal manera, que no hay espacio alguno para dirigir su pensar o sentir a ninguna otra cosa.

Permanecen callados, sólo tomados de la mano, ambos recargados en el respaldo del asiento, con la mirada perdida en el espacio, prefieren cerrar los ojos para terminar de asimilar lo que acaban de vivir.

Al no sentir más el movimiento del carro, se dan cuenta que han llegado hasta la última parada de la ruta, por lo que sin prisa Héctor, toca la cara de Idalia para hacerla abrir los ojos, le dice que deben bajar y ella se incorpora, Héctor ya ha bajado la mochila del portaequipajes y nuevamente le da la mano para ayudarle a levantarse.

Bajan del camión y siguen ensimismados en sus pensamientos, caminan con rumbo a casa de Idalia, Héctor la deja en la puerta y le dice -Te amo- se acerca solo para darle un beso en la mejilla, Idalia responde –Te amo- y entra a casa sin decir más.

Héctor ya va entendiendo lo que sucedió, el está lúcido de lo que alguna vez quiso reprimir dentro de sí, sin saber entonces que era su destino y que nada de lo que está escrito puede cambiarse, máxime si se trata del amor, porque el poder del amor, da la fuerza que se requiere para hacer suceder las cosas que se desean desde el fondo de cada corazón. Está aceptando su destino, lo deseaba, pero jamás alcanzaba a entender que tal poder trascendiera aún del tiempo y de la distancia, aún de los años y de las generaciones, ahora, sin duda alguna en su pensamiento y confortado totalmente solo se limita a tomar un bus de regreso a casa. El vínculo que han logrado, les permite estar contactados eternamente y sin dificultad, han alcanzado la libertad que alguna vez cada uno por su lado y con sus personales aspiraciones había deseado tener en algún momento.

Encontrarse de esa manera, sólo hace crecer con inmensidad su sentimiento, ahora que ya descubrieron su destino y que saben que permanecerán unidos hasta el final de los tiempos y volverán a empezar una vez más en nuevas generaciones, ahora desconocen la trascendencia que su destino les ha señalado, pero reconocen y aceptan incondicionalmente la responsabilidad que tienen para trasmitir y expandir las radiaciones de ese gran amor.

Cada uno en su interior está razonando y digiriendo lo sucedido, cada uno por su cuenta reconoce su objetivo de vida. Para que buscar mayor explicación, no es necesario, simplemente tienen que dejar llevarse por sus sentimientos, que ellos los dirigen precisamente a donde cada uno quiere estar. Idalia, percibe con tal sensibilidad que ha reconocido su situación y decide involucrarse hasta donde lo tenga que hacer, después de todo, en este momento ya está totalmente segura que Héctor es su destino y que con él y sólo para él vivirá su sueño de amor por el resto de su vida. La felicidad que se desborda por dentro de su pecho, le confirma que a partir de ahora este camino le dará pauta para avanzar junto con él y aunque se sabe joven de edad, ha alcanzado esa evolución para la que ha venido a esta vida, así que exterioriza a su familia lo que está viviendo.

Idalia platica, primero con su mamá, quizá para ella sea difícil de entender y trata de explicarlo, su mamá, sorprendida por la manera en cómo se expresa Idalia, reconoce la realidad de su hija y le brinda total e incondicional apoyo para continuar con esa relación hasta sus últimas consecuencias, las que indudablemente favorecerán a Idalia.

Héctor, una vez llegando a su casa, también platica con su mamá, pero con menos detalle, le hace preguntas respecto del modo en como identificó a su papá como la pareja de su vida y ella, su mamá le cuenta que para ese tipo de cosas, no hay ni tiempo ni lugar definido, que sólo sucede, con tal magia que el corazón nunca se puede equivocar y que habrá el momento exacto en que él pueda identificar con tal certeza a la pareja de su vida y que no lo dude un segundo, porque si su corazón la está señalando, es porque así será. –Es que ya la ha señalado- le dice seguro Héctor a su mamá, - la he reconocido hoy- confirma y responde que lo que ella está diciendo es cierto, que no es necesario buscar, porque precisamente el corazón señala el camino que debe seguir y aún a costa de cualquier circunstancia que se esté viviendo, todo a su alrededor le llevan justo por donde tiene que ir, y sus ojos miran exactamente lo que tienen que mirar para descubrir lo que cada uno anhela desde lo más profundo de su corazón.

Hoy, ha sido ese gran día y encantados con tal placer, Héctor e Idalia, se consagran el uno para el otro, esperando que aquél momento se materialice; mientras tanto, darán continuidad a su relación, con un solo objetivo: permanecer juntos a través de la eternidad.

A partir de ahora, no existe necesidad alguna de ponerse de acuerdo para verse; Héctor suele ir por Idalia a la escuela, si aún no sale la espera y juntos caminan un rato antes de regresar a casa; en ocasiones, Héctor la acompaña hasta la suya, en otras, sólo se acompañan mientras permanecen juntos en el autobús. Cada vez es diferente, no hacen rutina, algunas veces después de la escuela toman un helado, otras van de compras o simplemente comparten tiempo antes de regresar. Idalia, al igual que Héctor, pone el corazón en esta relación y corresponde totalmente, ella lo espera o lo busca cuando siente su presencia, regularmente, ninguno de los dos se equivoca, han podido establecer conexión tal que procuran organizar de manera que convivan lo más posible.

En otras ocasiones, se buscan por la tarde, cuando han terminado ya de sus obligaciones escolares y familiares para salir un rato, los fines de semana se disponen de una tarde, ya sea en sábado o en domingo, y la otra la destinan a su familia.

Mientras están juntos, la magia permanece, la compañía de uno llena por completo al otro, platican, juguetean, se divierten, pero sobre todo, hacen crecer y crecer y crecer esa relación, con tantas ganas que va sintiéndose cada vez más la fuerza y gusto de compartirse todas, todas sus cosas. Conforme pasa el tiempo, la relación se fortalece, hay comunicación plena y como no existe temor alguno de ningún tipo, son libres y plenos.

Héctor, ha platicado ya a sus papás que existe una persona que le interesa más de lo que se creyera, les ha hecho saber la magnitud del amor que siente por Idalia y sobre todo, ha dejado claro que ella, es la mujer de su vida, y que en algún momento será su esposa; por tal razón, principalmente su mamá insiste en conocerla, aunque ya los ha visto juntos y Héctor le platica algunas veces de lo que hacen y un poco de la tan especial situación que les llevo a unir sus vidas, ella quisiera una relación más formal para su hijo, por supuesto, es la ocasión perfecta para conocer y determinar, en tanto se lo permita su hijo, si es la mujer que su hijo merece. Al ver a Héctor tan radiante, feliz y sobre todo que desde que tiene esta relación con Idalia, parece haberse vuelto más responsable y entusiasta, su mamá no tiene objeción alguna por que continúe, pero como mamá considera nunca está de más el acercarse oportunamente a su prospecto de nuera.

Idalia por su cuenta, desde el principio platicaba de su gusto por estar con Héctor, antes aún de que se conocieran, ella comentaba con su mamá la existencia de alguien que le hacía sentir cosas muy especiales y profundas, y en la medida en que la relación se ha ido fortaleciendo ha mantenido al tanto de todo a su mamá quien la apoya desde siempre, de tal forma que le permite a Héctor llegar hasta su casa por Idalia, salir y en algunas ocasiones, pasar dentro y compartir juegos o experiencias con la familia de Idalia; incluso, ha sido invitado a la hora de comer o merendar y ha compartido momentos con el papá de Idalia, por lo que la familiaridad y confianza se va reforzando con el paso de los días.

Héctor está haciendo planes, quiere presentar con su familia de manera oficial a Idalia, le propone a su mamá, traerla a comer el próximo domingo, día en que regularmente se reúne la familia completa en su casa, es un buen momento y cree que será perfecto para iniciar la relación entre su familia y ella. La mamá lo acepta, se compromete a poner sobre aviso principalmente a su papá quien de repente se limita un poco en este tipo de circunstancias, y propone una comida especial:

- ¿Qué le gusta?
- Cuando salimos, regularmente pide ensaladas.
- ¿Acompañadas con qué?
- No sé, a ver que se te ocurre, no creo que le dé importancia a la comida.

Héctor explica que Idalia no es superficial, que siempre procura penetrar en lo espiritual, en la intención, en lo que no se ve y la comida, en este caso será lo de menos, seguramente estará mucho más atenta al recibimiento y actitudes para con ella que a cualquier otra cosa. Así que prefiere dejar lo demás en manos de su mamá quien indudablemente sabrá ser la anfitriona perfecta como siempre.

Más tarde, Héctor, va en busca de Idalia, después de todo hoy no se han encontrado y tiene muchas ganas de verla. Llega a su casa y llama a la puerta, algunas veces toca el timbre y otras solo la puerta, dentro, ya reconocen quien es e Idalia que está sentada leyendo un libro, salta de inmediato al escuchar la puerta:

- ¡Es Héctor! Yo abro.- Dice a su hermana que esta junto.

Se levanta y abre con toda la cara iluminada por la sonrisa que refleja el gusto de ver a Héctor.

- ¡Hola mi amor, no te esperaba!
- Hola chiquita ¿Qué haces?
- Leyendo.
- ¿Sales?
- Sí.

Idalia avisa que saldrá un momento con Héctor y se van, caminan al centro, hasta donde aquella vez, la primera, estuvieron platicando, ahí se sientan, junto al mismo árbol.

- ¿Quiero hablar contigo? Pide Héctor a Idalia.
- De qué
- Sabes, me gustaría presentarte con mis papás
- Si ya me conocen,
- Sí, nos han visto juntos, saben que eres mi novia, pero quiero algo más firme.
- ¿Cómo?
- No estoy hablando de matrimonio ahora, sólo digo que es tiempo de que todo mundo sepa quién eres y lo que significas para mí, y con todo mundo me refiero a mi familia.
- Ya lo saben,
- Pero sin formalidad, ¿no quieres?
- Si. ¡Claro que quiero! ¿Cuándo?
- El domingo
- ¿El Domingo?
- Sí.
- Está bien. ¿Dónde?
- Vamos a comer a la casa -Apenas dice Héctor e Idalia está sintiendo ya el nervio-.
- ¿Qué me van a decir?
- Nada en especial, es sólo una comida.
- Estoy nerviosa.
- ¿Desde ahora?

- Sí, tu mamá, y ¿si no le caigo bien?
- Ya le caes bien. No pasa nada, además estarás conmigo.
- Contigo lo que sea, a donde sea y no hay problema, voy aunque me muera de nervio, al fin, en cualquier momento tenía que suceder.
- Este es el momento.

Siguen la conversación, se ponen de acuerdo en la hora en que él pasará por ella y ella le pregunta, cómo son en estos casos, Héctor tiene cuñados y han pasado ya por tales circunstancias, trata de indagar lo más posible para evitar cualquier inconveniente, a lo que Héctor la consuela afirmando que no existe problema alguno, que sólo es para fortalecer la relación y que además el está totalmente seguro que es la persona indicada para entrar a su casa como novia y futura esposa, aunque ese momento no esté próximo, considera que llegará. Idalia, poco a poco al momento está perdiendo el miedo, siempre que está junto a él, su seguridad se multiplica y este sólo hecho le da la serenidad que seguramente habrá de necesitar el domingo en la comida.

A Héctor le gusta rozar el cabello de Idalia, mientras platican lo acaricia una y otra vez se lo acerca a su cara para juguetear con él y entre plática y plática, ya pasó más de una hora.

- Tenía ganas de verte, por eso vine, pero aprovechando ya quedamos, vengo por ti el domingo como a la una -le dice Héctor a Idalia tomando su mano para ayudarle a levantarse y se puedan ir- y, olvídate de los nervios, no pasa nada.

Idalia no responde, a pesar de la fortaleza que siente en su relación, está temerosa de saber si es lo correcto o no y prefiere no decirlo, Héctor ya ha insistido en ese punto y, después de un rato, sólo regresan hasta su casa tomados de la mano pero ya sin decir nada al respecto. Se despiden y cada uno continúa con sus propias actividades. Han dejado algo dentro de sí, tal vez la parte de una duda que ninguno de los dos se atrevió a hacer saber y que de alguna manera no entienden, después de todo lo que han vivido no debe existir la más mínima señal de duda y sin embargo, la tiene ahí y deciden no hacerle caso. Es domingo ya pasan de las doce, en casa de Héctor se está preparando la ya tradicional comida familiar dominical, algo especial, siempre lo es, se encuentra la familia completa. Héctor está nervioso, aunque se siente seguro está nervioso, se ha vestido un tanto atractivo en tonos cafés, pantalón mezclilla, camisa vaquera, botas y por supuesto, un sombrero texano, sabe que a Idalia le gusta verlo así, está listo para ir a traerla, en lo que va y regresa, seguramente será el tiempo perfecto. Nadie hace comentario alguno al respecto, todos saben lo que sucederá más tarde, en general, ya saben de la relación, saben de lo que significa para Héctor y la familia entera le brinda su apoyo y aprobación, aún con esto él está nervioso.

-       Luego regreso -avisa de una vez a todos y se va-.

En el trayecto, miles de pensamientos acuden a su cabeza, recuerdos, desde que miró por primera vez a Idalia, cómo se conocieron, cuando empezaron a hablarse, el día que se hicieron novios, las tantas veces que la imaginó sin conocerla, su medalla, el encuentro, y todo lo que han vivido, está absorto y piensa si es correcto traerla a casa, no lo duda, sólo que siente como si ello implicara mayor compromiso. En fin, no da marcha atrás, ya que pesa más su amor por ella que cualquier otro sentimiento.

Idalia desde que se levantó ha estado nerviosa, de un lado para otro sin atinar a nada, comió poco en el desayuno, en su estómago se han dado cita cualquier tipo de sensaciones extrañas y con mucho trabajo después de revisar casi todo el closet decidió ponerse un conjunto de falda y chaleco a cuadros blanco y negro, le hacer verse delgada y tras probarse uno y otro fue el que más le agrado. Hoy se olvidó de la cola de caballo para recoger solo la mitad del cabello con un broche y lo demás dejarlo suelto. Ya está lista, aunque un tanto inquieta, espera con ansia la llegada de Héctor, Idalia detalló a su mamá todo lo planeado para este día, a lo que ella le hizo hincapié que lo tomara muy natural, es sólo que va a conocer a la familia de su novio, no a formalizar la relación, además de que todos, incluso ella, está consciente de que aún no es el tiempo de formalizar, aún hay cosas por realizar antes de decidir, precisar y planear un posible enlace matrimonial. La plática con su mamá le da tranquilidad a Idalia, es muy razonable la sugerencia, pero sólo ella quien es quien lo está viviendo desde dentro sabe lo que le hace sentir y el sólo hecho de pensar en que se acerca la hora, le hace temblar e inquietarse aún más.

Faltan solo dos minutos para la una de la tarde cuando llaman a la puerta, Idalia sabe quién es, es por ella, su corazón late aceleradamente y sus manos no logran controlar la emoción, haciéndose notar un ligero temblor, se dirige a la puerta, un tanto dudosa para abrir, abre y efectivamente, mira al hombre más guapo que espera por ella con una sonrisa forzada porque también está nervioso

- ¡Estás hermosa! -dice Héctor con voz notoriamente temblorosa-.
- Tú también -responde Idalia deleitando su pupila con su presencia, va muy guapo y ella así lo ve, se acerca, da un beso en su mejilla y dice despacito— estoy nerviosa.

Héctor también lo está por lo que sólo atina a decir -¡Estás helada!- le toma la mano a idalia y le nota -¡Estás temblando!

Idalia no dice nada, sólo lo induce a pasar a la sala y se sientan, -¿Estás seguro que debemos ir a tu casa? – insiste una vez más.

- Yo también estoy nervioso, y en efecto también me hago esa pregunta, aunque no entiendo porque lo que yo siento por ti es más puro que lo que jamás haya sentido y estoy seguro de eso, además, no le veo problema ya nos han visto juntos, saben que eres lo mejor que ha pasado en mi vida pero al igual que tú, yo también estoy nervioso; así que te propongo tranquilizarnos, esperamos un rato aquí y ya luego partimos. ¿Te parece?
- Sí.

La mamá de Idalia salió ya a saludar a Héctor, un poco disimulada revisa cómo va vestido y sin que él lo perciba hace una mueca de afirmación de modo que Idalia se percate, lo saluda y trata de indagar un poco sobre el plan, ella habla de tal manera que la presión que están sintiendo vaya perdiendo fuerza y sus palabras les devuelve la serenidad, de tal manera que entiendan que no hay mayor compromiso que el cada uno quiera tomar, que ninguna de las dos familias van a tomar las decisiones que les corresponden únicamente a ellos, así que deben considerar estas circunstancias como algo más de lo que tienen que vivir por el hecho de estarse tratando como pareja. Son jóvenes en realidad, pero su sentimiento les ha dado la madurez de comprender al plan de vida que proyectan juntos, pero no por ello quiere decir que ahora está definido todo, ya que cada día y cada instante se va formando la vida y el destino que cada uno va marcando para sí mismo, así que no hay más nada de qué preocuparse sólo tratar de disfrutar cada momento y estar alerta para entender lo que su vida misma les señale.

Héctor e Idalia están más tranquilos, las palabras de la señora les ha liberado de toda tensión y entonces, ya relajados, deciden que es momento de irse.

Héctor agradece los consejos y se compromete a traer de regreso a Idalia a buena hora, ambos se van, no sin antes que Idalia sonríe con gratitud a su mamá y ella le guiñe el ojo en señal de buena suerte.

Son pocas las palabras que intercambian en el trayecto, cada uno está pensando es su propio sentir, en lo que hablo la mamá de Idalia y sobre todo en lo que pueda venir después del día de hoy.

Unos minutos después que parecieron muchos menos de los que en realidad fueron, llegan a casa de Héctor. Nuevamente laten apresurados sus corazones y Héctor insiste – recuerda, no hay razón para los nervios, es sólo una experiencia más.

En efecto, ya lo han entendido así y la incertidumbre disminuye casi al punto de desaparecer. Héctor estaciona el auto y baja para abrir la

puerta de Idalia, le da la mano para ayudarla al tiempo que se acerca a darle un beso en la mejilla y decirle:
- ¡No olvides que te amo!
La sonrisa que deja ver Idalia muestra tanto seguridad como firmeza por lo que ella también siente.

Dentro de la casa, todo mundo está a la expectativa del momento de la llegada de Idalia y Héctor sólo que tratan de disimularlo concentrándose cada uno en sus diferentes actividades. Mientras las niñas juegan, los señores ven tele, las hermanas de él, unas platican, otras atienden la comida y todos se ocupan de algo. Precisamente escuchan llegar el auto y disimuladamente se hacen los desentendidos.

Héctor e Idalia avanzan a la entrada tomados de la mano, se sueltan para limpiarlas pues les han hecho transpirar de más. Héctor abre y hace pasar a Idalia, es la primera vez que ella entra a esta casa.

- ¡Ya llegamos! –Avisa Héctor con voz un tanto fuerte para que todos escuchen-. Uno a uno se acerca para recibirlos, ya estando todos –Ella es Idalia -la presenta y numera– mi mamá, mi papá, mis hermanas, mis cuñados y las más latosas, mis sobrinas.

Cada una sonríe mientras la mencionan, alguna dice "mucho gusto", otra dice "bienvenida" y así, hay también quien no dice nada.

Paola una de las sobrinas pregunta - ¿Tú eres la novia de mi tío?

Rápidamente, Héctor se adelanta –Sí, ella es mi novia –dice para todos.

- ¡Mucho gusto! –con un tanto de timidez responde ella-.
- ¡Ven, pasa! ¡Siéntete como en tu casa! -Le dice la mamá de Héctor a Idalia-, ¿Quieres tomar algo?
- Ahora no, gracias –responde Idalia y avanza hacía la sala-.

Araceli una de las hermanas, se acerca y no deja que llegue hasta la sala – deja aquí a mi hermano –le dice– ustedes pasan mucho tiempo juntos, ven ayúdanos a poner la mesa ya casi está todo listo.

Aunque pareciera inoportuno, lo único que pretende Araceli es integrarla a la familia y darle confianza para eliminar la tensión que pueda existir. Idalia acepta y participa con entusiasmo, entre la conversación empiezan las preguntas, cada una lo que quiere saber, Idalia solo se concreta responder. En algún instante la mamá de Héctor sale en su auxilio, para evitar que sus hijas acosen demasiado a Idalia con tanta pregunta. Poco a poco se va tornando normal la presencia de ella con gran facilidad hubo adaptación de su parte y aceptación de la familia. Las chiquillas quieren jugar con ella, las hermanas ya la involucran en sus conversaciones y hasta el papá se acerca a platicar un poco con Idalia. Todos están contentos y satisfechos por las actitudes de cada uno.

Es la hora de comer, reunidos en la mesa ya a punto de empezar, la señora dice para todos:

-   Esta comida es para dar la bienvenida a Idalia, ya todos sabíamos de su existencia, y... estamos contentos de que estés con nosotros, cuando gustes, en esta casa siempre serás bien recibidas -se dirige a Idalia y le regala una sonrisa-.
-   Gracias,-responde brevemente Idalia-.

Entre pláticas y comentarios transcurre la comida, como un día especial, pero lo más normal, sin atenciones exclusivas para Idalia y de ella hacía los demás.

-   Le tocan los trastes a Idalia -menciona el papá de Héctor ya habiendo terminado de comer-.
-   Bueno -responde sonriente ella-.
-   No le hagas caso -dice la señora— así es.

En efecto, aunque Idalia se ofrece no se lo permiten, después de todo, hoy es la invitada. Cada una de las hermanas hacen lo que tienen que hacer, por supuesto, ninguna ignora la presencia de Idalia y se van turnando para estar con ella. Héctor está muy complacido por la integración que rápidamente se ha dado entre las personas que más quiere: su familia e Idalia.

Después de tomar un poco de café, Héctor invita a Idalia a ver una película. Ella prefiere retirarse y dejar la película para otro momento, después de todo han sido demasiadas emociones para un solo día.

Héctor está de acuerdo y se despiden, cada uno de los integrantes de la familia le hace saber a Idalia lo bien recibida que es en esta familia, ella simplemente agradece y se despide.

Saliendo de la casa, Héctor abraza a Idalia con especial encanto y agradece por estar allí, ella corresponde y deja brotar un suspiro de alivio, afirmando "¡Ya estuvo!" Héctor la lleva hasta su casa, pocos son los comentarios que hacen en el trayecto y se despiden contentos y satisfechos, con la misma emoción de siempre, un beso, alguna palabra bonita, un te quiero, una sonrisa y otro beso. Cada uno a continuar con lo suyo.

En casa de Idalia se encuentran a la expectativa de saber cómo le fue, todos la esperan e indagan, ella les resume y les hace saber que está contenta y satisfecha, -¡Fue más de lo que esperaba!– exclama y con eso es suficiente para que todos entiendan el buen camino que ha tomado la relación con Héctor.

A partir de ahora su noviazgo toma más fuerza, se buscan uno al otro sin importar si quedan o no de verse, cada día comparten más tiempo, asisten juntos a compromisos, se ayudan a realizar trabajos escolares, disfrutan eventos sociales, fiestas, reuniones, cada uno visita la casa del otro ya sin ningún preámbulo, ambas familias los han acogido con buenos deseos y ya hasta se han encariñado con ellos. Cuando se dan tiempo para ellos, van al cine, hacen ejercicio juntos, caminan, toman helados, se disfrutan uno del otro, nunca faltan los cariños, los abrazos, algunos besos y todas las muestras de amor que se puedan dar. De repente, se escapan por ahí, sólo por estar juntos, por hacer crecer su amor, van a algún lugar, cualquiera, un museo, un zoológico, de paseo, en fin, la idea es estar juntos y disfrutarse.

Para ahora, Idalia ya llega a casa de Héctor como si nada, siempre es bien recibida, ya casi es de la familia, la toman en cuenta para todos los eventos familiares. De la misma manera, Héctor siempre ha sido bien recibido en casa de Idalia, incluso, ella regularmente se atreve a decir: "Mi mamá te quiere más que yo", expresión con la que describe el afecto que ya se ha ganado así de la mamá como del papá de Idalia, sus hermanas ya lo involucran en todo y las sobrinas, bueno, incluso logran que juegue con ellas antes de que salga con Idalia. El siempre corresponde en igual proporción, jamás ha hecho nada para diferir con ellos, sino al contrario, cada que puede aprovecha para fortalecer tal afecto. Lo más importante para él es Idalia, y en base a su amor, procura tenerla siempre contenta y evitar cualquier diferencia.

Idalia, está perdidamente enamorada de él, es su mundo, no hay nada ni nadie, incluso ni ella misma, más importante para sí que Héctor, él ilumina su vida de tal manera que todo se clarifica, se vuelve fácil y en conclusión, ella ya vive para él y por él.

El inevitable paso del tiempo, les señala la dirección que sus vidas deben tomar. Idalia ingresa a la universidad y se enfoca para lograr terminar su carrera, mientras esto sucede, nunca hace de lado a Héctor, incluso, toma en cuenta la opinión respecto de la especialidad que va a seguir.

De igual manera, Héctor decide tomar una Ingeniería, aunque su plan era terminar la técnica y dedicarse al negocio familiar, el entusiasmo que Idalia le muestra con la proyección profesional que puedan tener le hace tomar la decisión de continuar; después de todo, estar juntos es el objetivo final y unificar sus planes, no les da trabajo alguno.

Continúan ayudándose tanto como pueden, cada uno va a diferente institución y por rumbos distantes, pero ello no les da problema, su seguridad en sí mismos aumenta tanto como el amor entre ellos, y el no estar cerca en la escuela, no interviene en absoluto en su integración como pareja.

El tiempo sigue transcurriendo y en algún momento ya Héctor e Idalia empiezan a hablar de matrimonio, ya han vivido y compartido tantas cosas como para conocerse y asegurarse que eso es lo que les gustaría. Algunas ocasiones sólo tocan el tema como una probabilidad, en otras hablan de cómo les gustaría que fuera si lograran tal objetivo y en algunas otras empiezan a indagar con mayor profundidad en el caso. Ambos deciden, primero culminar sus carreras profesionales y posteriormente, tomar el compromiso con bases firmes en todos los aspectos, aún con ello, todavía no establecen ni formas, ni lugares ni fechas. No pretenden apresurar nada, ahora están viviendo el tiempo que les toca vivir y nada más.

Hoy es un día como cualquier otro, Idalia y Héctor deciden verse, pretendían salir a dar la vuelta, sin embargo, en último momento decidieron quedarse en casa de idalia a ver una película. Van juntos a buscarla y seleccionan una de suspenso, preparan la botana y se disponen a verla, la disfrutan casi al punto de la angustia, de repente un susto, una sorpresa, viven la película; al final, sólo ríen de ellos mismos como siempre.

Levantan el desorden de la botana y Héctor decide retirarse. Antes, la mira directo a sus ojos, le expresa su amor, toma con ternura su rostro entre las manos y se acerca a darle un beso, apenas siente Idalia el roce de los labios de Héctor y todo su cuerpo se estremece en un recorrer de sensaciones. Idalia corresponde, cada caricia es nueva y su cuerpo la recibe como siempre, con la sensibilidad de una mujer enamorada, se transportan al cielo, a la luna, tal vez al universo, están juntos y su universo son los dos, únicamente ellos. Terminan su beso con un "te quiero", quedan fijos en su mirada, hay algo tal vez que estén descubriendo o que sus cuerpos pidan, sin embargo, Héctor rompe esa magia preguntando:

- ¿Recuerdas nuestro primer beso?
- ¿Acaso tú lo has olvidado?
- No, por supuesto que no. ¿Y nuestro encuentro?
- Todo lo que he vivido contigo, está gravado en mí, jamás va a desaparecer, hasta que yo también desaparezca, o sea, cuando muera.

Vuelven a sentarse en el sillón y empiezan a recordar una a una todas las ocasiones especiales que han tenido, cuando se miraron por primera vez, la ocasión en que Héctor se atrevió a hablarle a

Idalia aún mirando que otra persona intentaba lo mismo, su primer salida juntos, aquél beso que señaló el principio de su romance, su medalla, la identificación de uno con el otro, su primer aniversario, cuando Héctor llevó a Idalia por primera vez a su casa y todo, todo a detalle, sintiendo con cada recuerdo casi lo mismo que en aquellos momentos. Héctor lleva su mano en busca de la medalla, la trae consigo desde entonces, la mira por ambos lados, le da un beso y la vuelve a guardar, y así, sin darse cuenta ha pasado ya otro rato, él se acerca, abraza a Idalia y le da un apasionado beso, ella corresponde y aunque siente como va en asenso su deseo por él, no le importa y se entrega en el beso de tal manera que Héctor al igual que ella avanzan hacía otras intenciones, sin importarles nada, están solos, en casa de Idalia no hay nadie, Héctor lo sabe, y por ello se detiene a tiempo, culminando su beso en un dulce abrazo, -muñequita- le dice a Idalia –te amo, así que mejor me voy- le recuesta en su pecho para sentirla más cerca, hoy ambos sintieron el deseo de ir más allá pero la cordura de los dos limitó sus intenciones y en ese abrazo dejaron expirar lo que pretendían expresar.

-    Te amo -le dice Idalia a Héctor– pero sí, ya mejor vete.

Se despiden y Héctor se va, los dos reconocen lo que pudo haber sucedido, se quedan satisfechos con la seguridad de saber que tomaron la mejor decisión y sonrientes, Héctor se retira e Idalia va hacía la cocina a tomar algo y terminar de recoger los que usaron para preparar su botana.

No hay ansiedad, hay certeza y seguridad tienen perfectamente definido su objetivo y lo único que hicieron es no desviarse hacia donde no corresponde, más bien luchar hasta el último intento por seguir el rumbo señalado.

Terminan temprano las clases en la escuela de Héctor, se retira a su casa a realizar algunos pendientes, de repente un golpe en el corazón le hace mirar el reloj y se percata que en poco tiempo pasará el camión en el que regularmente viene Idalia, se apresura, pretende darle la sorpresa de encontrarla y convencerla de bajarse para ir a comer juntos por ahí. Idalia, se subió ya al camión, cuando no tiene alguna cosa que hacer, siempre aborda en el mismo horario, se acomoda en el primer asiento detrás del chofer, junto a la ventanilla. A su lado, el otro asiento lo ocupa una señora, cualquiera, no la conoce ni le interesa hacer la plática con ella. Hoy sólo quiere pensar, mientras el autobús avanza, ella se concentra en sus pensamientos, desearía ver a Héctor, siente ganas de abrazarlo y que el también la abrace, sonríe para sí misma y se deja sentir el calorcillo que recorre su piel sólo de pensarlo, como si realmente estuviera sintiendo a Héctor. Con la mirada entretenida en cualquier punto, se da cuenta que allá en la parada muy cerca de la casa de Héctor alguien aguarda al camión, su latir acelera el paso y la cercanía le sorprende. Es Héctor, lo esperaba, quería verlo. Héctor hace la parada, aborda y con entusiasmo mira hacia adentro encontrando con una gran sonrisa la mirada de Idalia que ansiosa lo observa. Sonríen uno para el otro, no hay lugar para ambos en un mismo asiento, Héctor, decide quedarse a platicar con el chofer, lo conoce y desde ese lugar, espera poder sentarse junto con ella cuando se desocupe el sillón. El entendimiento que tienen les proporciona cierta libertad de actuar sin esperar la aprobación del otro, saben que la tienen. Hasta cierto punto, Idalia entiende que casi la ignore, no hay manera de acomodarse para platicar y también espera, escuchando atenta la conversación de Héctor y su amigo y mirando de repente a Héctor por si él quisiera decir algo. Parada tras parada, personas bajan, personas suben pero aquella que ocupa el lugar junto a Idalia, nunca se mueve, se acercan entonces hasta el lugar donde el camión debe reportar su llegada y esperar el momento en que indiquen su salida. Aquí, mucha gente baja y otra tanta sube. El conductor baja del camión trayendo consigo a Héctor, quien sin remilgo alguno lo acompaña. Idalia sólo observa, aunque él no hace seña alguna, ella está segura que regresará. La persona que va junto de Idalia, toma sus cosas y también baja, ella decide entonces apartar el asiento a Héctor. Los minutos pasan y como Idalia ve que Héctor no aparece por ningún lado permite que alguien más ocupe el lugar que reservaba para él. El conductor regresa, prende el autobús y arranca, con insistencia, Idalia busca hacía todos lados para ver a Héctor, el camión empieza a avanzar y resignada Idalia deja de buscar, no dijo nada Héctor con palabras, pero como siempre, su mirada le dijo que iría con ella, un poco adelante la cara de Idalia se ilumina, es él que espera para subir, sube y entrega al conductor un paquete de cigarros, voltea a ver a Idalia y sin decir nada se va para atrás a buscar un lugar, se sienta y espera que Idalia vaya con él. Idalia por su cuenta sin entender, lo busca con la mirada, voltea a ubicarlo y con expresión interrogante se dirige a él. Héctor hace señas de que está esperando e insiste que ella vaya hasta donde él ha encontrado lugar para los dos.

Un tanto desconcertada Idalia, quien no entiende la actitud de Héctor, decide esperar un poco, no se levanta a buscarlo, mientras analiza las circunstancias en sus pensamientos espera a que la persona que va junto, se baje. Cuando finalmente baja y deja el espacio libre, Idalia busca a Héctor con la mirada, quien al no ver respuesta, decide cerrar sus ojos y dormir, sigue allí, pero va durmiendo, quizá no, quizá también está analizando lo que sucede pero prefiere no ver lo que pasa. Idalia entonces, no hace por ir con él, ni lo busca más con su mirada, lo deja dormir, espera que al llegar a su parada, el baje con ella y pasen un rato juntos.

Idalia insiste en buscarlo por el espejo retrovisor, cuando finalmente lo logra, invita a Héctor a venir con ella, pero él se hace el desentendido y voltea para otro lado, parece molesto y tal actitud inquieta más a Idalia, le insiste, pero él ya ni siquiera voltea a donde sabe la mirada de Idalia lo espera. El desconcierto que la invade, empieza por incrementar su inquietud y la visible molestia en la actitud de Héctor, le hace entender que algo no está bien. Aún con la esperanza de que él venga con ella, insiste en buscarlo pero ya no obtiene respuesta alguna. Ella al igual que Héctor, decide cerrar sus ojos para entender y asimilar que es lo que sucede.

El detener del autobús, les hace notar que llegaron finalmente a su destino, Idalia toma sus cosas y voltea con insistencia a buscar la mirada de Héctor quien con expresión molesta únicamente la observa, sin dar seña alguna de que bajará con ella. Idalia espera a que bajen todos los demás pasajeros y cuando ya no falta nadie más que Héctor, indaga:

- ¿Vienes?- a lo que Héctor sólo responde-
- No puedo

Idalia baja, el conductor solo la espera a ella para cerrar el camión, baja sin más y todavía esperanzada se detiene hasta ver bajar a Héctor, quien no tarda en aparecer, Idalia se acerca para invitarlo a su casa, sólo que él se adelanta y no permite que diga nada –estoy ocupado- indica Héctor visiblemente molesto.

Idalia, no entiende esa actitud, al no decirle nada ni al menos se siente culpable o responsable de su molestia, en realidad nunca lo había visto de esa manera, con tal actitud o algo parecido. Ella decide ir entonces a casa, pero el hecho de ver que Héctor va acompañado del conductor del autobús con rumbo a un restaurante, le dice que en realidad no está ocupado, sino más bien molesto, pero porqué, jamás tuvieron alguna diferencia, en realidad es la primera y no sabe cómo tomarlo. Definitivamente, prefiere creer que no pasó nada y en un rato Héctor vendrá a buscarla, aún con ello se siente incómoda, un tanto alterada. Camina hacía su casa, entra y avisa que ya llego, de inmediato se encierra en su recámara y analiza la situación, qué hizo mal, aún no lo define, lo que sí es un hecho, es que por primera vez de todo el tiempo que lleva su relación con Héctor, no había tenido alguna diferencia. Se queda pensando y reacciona, seguramente su amor, tiene la fortaleza de superar esto y más, mucho más. Decide entonces cambiarse de ropa, se pone un pants y empieza a hacer ejercicio allí mismo en su recámara, el chiste es dejar de pensar en lo mismo, después de todo ya habrá oportunidad de verse y platicar. Algunas sentadillas, abdominales, giros de brazos o cualquier cosa que le haga olvidar aunque de momento, lo ocurrido. Al cabo de algunos minutos, una nueva energía lo invade, la seguridad vuelve a ella y al sentir esto dentro de sí le lleva a dar por hecho que todo está bien y que no habrá ninguna repercusión por lo sucedido. Sale entonces de su recámara para acercarse a la ventana desde donde puede ver hacía afuera para estar al pendiente del momento en que Héctor regrese de donde haya ido y la busque. Pasan así los minutos, cinco, diez, quince, media hora, cuarenta y cinco minutos y nada, Idalia no siente desesperación, sabe que todo está bien, lo siente y... lo sabe.

Por fin aparece Héctor, viene sonriente y echando relajo con su amigo. No hace el menor signo de preocupación lo cual indica que no pasa nada; esa actitud a Idalia le complace y espera ansiosa verlo tocar la puerta, lo cual nunca sucede. Héctor decide volver a abordar el mismo camión para ir de regreso a su casa y, aunque esto le entristece un poco a Idalia, lo entiende, ya que el verlo sonriente le deja tranquila y piensa que llegado el momento ya platicarán y volverá todo con tal normalidad que pareciera que no paso nada.

Entonces Idalia se dedica a lo suyo y deja que el tiempo pase, después de todo lo que está sintiendo en su corazón son una paz y una tranquilidad que le auguran puras buenas acciones y, en fin, entiende que fue nada y por ello no habrá nada de repercusiones, cuando menos que trasciendan.

Héctor por su cuenta, en realidad está bastante molesto, el siente que a Idalia no le importó verlo, ni tampoco le importó el que él la haya buscado para comer juntos, aunque esto Idalia nunca lo supo, el hecho de no haberle correspondido su atención le tiene molesto, y aunque a la vista parece no importarle, en su interior se están entretejiendo diez mil ideas y mil más, no sabe ni entiende, no capta ni atina a razonar y sus forzadas sonrisas sólo remarcan la tensa ansiedad que le dejó el hecho de que Idalia no quisiera, según lo piensa él, compartir el trayecto; después de todo, él la ama y está seguro que ella a él también, pero entonces, qué fue lo que pasó.

La actitud que Héctor está mostrando ante su amigo es mera pantalla, porque por dentro sus sentimientos están heridos y sobre todo, inquietos por ver una reacción que en su relación con Idalia jamás pudo esperar; aunque en realidad no fuere para tanto el piensa que algo está sucediendo y la duda le lastima y le molesta.

Al subir al autobús, el busca un lugar donde ni al menos pueda ver en dirección a la casa de Idalia cuando pase frente de ella, quizá sabe que ella pretende buscarlo y aunque con la mirada, determinar que no hubo mayor repercusión, y está en lo cierto. Cuando el camión pasa cerca, ella busca insistente encontrarse a Héctor, alcanzó a ver que sí subió al camión, sin embargo, él a propósito quiso no dejarse ver para no causar mayor controversia, aunque con esto lo único que logró fue un tanto más de inquietud en Idalia.

Héctor tomó la decisión de regresar a su casa, ya en el trayecto los miles y diferentes pensamientos e ideas que asaltaron su mente lo llenaron de inquietud y desagrado, así que su expresión fue visiblemente molesta, esperó con paciencia llegar hasta su casa, estando allí, fue a encerrarse en su recámara y a sumirse en sus pensamientos. No entiende cuál es la razón, ni siquiera alcanza a identificar si ella iba molesta o algo le molestó, él estaba seguro de encontrarla en ese autobús, por eso fue en su busca y aunque la encontró, no logró el plan de invitarla a comer y pasar un rato juntos. La frustración llegó a su límite y prefiere apagar la luz, cerrar las cortinas para que esté totalmente oscuro y poner algo de música, sólo para ya no pensar en Idalia, pero si todo le recuerda a ella, la música, es la que alguna vez han escuchado juntos, en la recámara hay fotografías de ella y algunos detalles que le ha obsequiado en ocasiones especiales, de su cuello pende la medalla que significa su encuentro espiritual; en fin, todo le recuerda a ella y en este momento, él desea fervientemente no pensar más y concentrarse en otra cosa. Muy dentro de sí, espera que se solucione este malentendido, aunque un tanto orgulloso afirma con mucha seguridad que no será él quien dé el primer paso, tendrá que ser Idalia quien lo busque, después de todo, Héctor fue en su busca, sólo que Idalia no correspondió su atención, eso cree él y aunque su amor quiere sobresalir en su cuerpo, hoy, en este momento, su orgullo herido no le permite pensar en otra dirección y no siente culpa alguna, le está dejando a Idalia la responsabilidad completa de lo sucedido y por consiguiente, la responsabilidad de arreglarlo, así que decide esperar, el tiempo que sea necesario para que sea ella quien lo persiga y le dé la mejor explicación de su comportamiento, porqué el por más vueltas que dé al asunto no acaba de comprender y necesita una explicación a detalle, con profundidad y sobre todo lo más convincente posible, porque pretende no aceptar cualquier justificación, en estos momentos lo que él siente empieza a convertirse un tanto en ira, porque después de ir vuelta y vuelta por sus ideas está llegando a la conclusión de que berrinches en esta relación él no piensa permitir y por supuesto y mucho menos sin motivo alguno. Está bastante molesto, no queda quieto en ningún momento, empieza a desesperarse y se levanta de la cama, sale de su cuarto y va directo por "bonito", hoy ni siquiera le platica, sólo le pone una manta sobre el lomo, lo desamarra e induce a la salida, se trepa en él y pega la carrera sin rumbo, va por un lado y va por el otro, la intención es desahogar sus sentimientos y entender aunque a su manera la forma de tranquilizarse y poder regresar a casa. Deja pasar poco más de una hora, ha andado todo el tiempo a galope y cada minuto le está permitiendo relajar sus emociones, poco a poco está regresando la tranquilidad a él, ya ni siquiera piensa en Idalia, empieza a disfrutar su paseo por el campo y a observar cómo todo le inspira poder y sabiduría para lograr esa paz interior que minutos antes no podía sentir por ningún motivo.

Más tranquilo ya, regresa con otro semblante a su casa, él espera que Idalia no tarde en buscarlo y por el momento se mantiene ocupado para no dejar que vuelvan aquellos pensamientos a su mente.

Idalia mientras tanto, en su casa, hasta el hambre se le quito, pero para no dar motivos de expectación decide comer, aunque poco pero come, luego se distrae con sus sobrinas un rato, ayuda a levantar la cocina y se dispone a trabajar en lo suyo. Para ella lo más importante en su vida ahora, es la relación que lleva con Héctor, es su vida misma y el no poder expresar directamente sus emociones le mantiene un poco inquieta, sin embargo a toda costa busca estar más tranquila, por supuesto hoy ya no regresará Héctor, pero tal vez mañana lo vea, lo abrace y se den una explicación.

Parte de la noche, idalia despierta con inquietud, le cuesta conciliar el sueño, sólo duerme por ratos y se despierta de sobresalto. Es evidente que le angustia lo que vaya a pasar en su relación con Héctor. Después de dar vueltas y vueltas en la cama y de insistir una y otra vez en conciliar el sueño, lo logra; es casi de madrugada, pero finalmente logra conciliar el sueño.

Al amanecer, aún no es la hora en que Idalia deba despertarse, sin embargo, ella ya se encuentra lista para partir rumbo a la escuela, tiene la esperanza de encontrarse a Héctor y con un abrazo demostrarle cuanto lo ama y disculparse por lo que a ella le corresponda. Está animada y siente que el tiempo avanza muy lento, toma un libro y pretende leerlo, empieza por ojearlo y sin lograr leer al menos ni una página, finalmente escucha el rezumbar de un camión, mira el reloj que pende de la pared, toma sus cosas y sale de prisa para abordar el autobús. Como siempre, se sienta en el primer asiento detrás del conductor, sólo que esta vez del lado del pasillo, con toda la intención de reservar el espacio por si Héctor subiera, ansiosa espera parada tras parada, llegar a la que regularmente, Héctor pueda abordar.

Buscando con la mirada, Idalia se pierde y entristece su expresión, no hay seña alguna de él, incluso ni siquiera de venir hacía la parada, no aparece por ningún lado. Ni hablar, a Idalia sólo le resta enfrascarse en sus pensamientos que definitivamente giran en torno a él, y de esa manera distraer su ansiedad y necesidad de ver a Héctor.

Idalia continúa su trayecto a la escuela, aunque casi en automático asiste a sus clases, ya que su entusiasmo hoy está por los suelos, tal vez si al menos hubiera visto a Héctor aunque fuera de lejos, otro sería su semblante, pero no, esta vez no. Así que está presente de cuerpo en sus actividades, pero en su mente insiste la idea de buscar a Héctor recordando una y otra vez que es necesario dejar en claro el incidente y continuar como hasta ahora, aunque de repente llega la tranquilidad al creer que el poder que su amor les da es más grande por mucho a lo que cualquier diferencia les pueda dar, Idalia, no quiere dejar a la casualidad la reconciliación.

Finalmente, termina el horario escolar, Idalia, con prisa sale del aula y sin despedirse de nadie se va a paso veloz hasta la terminal, donde espera ahora sí, encontrarse con Héctor, sentada en las butacas aguarda más de una hora deja partir uno y otro y otro camión con una sola esperanza en su corazón: ver aparecer a Héctor, acercarse a él y abrazarlo. En vano la espera, un tanto impaciente y desconsolada, Idalia después de larga espera, aborda el camión de regreso, una vez más resguarda el lugar de junto, por si acaso. Ansiosa, triste y hasta ya un tanto molesta, se resigna a no ver hoy a Héctor. ¿Y, si fuera a su casa? −Se pregunta interiormente- es temprano, tal vez aún no llega −lo puedo esperar- insisten sus pensamientos- no, no, no voy a ir, mejor espero a mañana, seguramente mañana si lo veo, o, por qué no, tal vez el venga en la tarde a buscarme. Con ese iluso pensamiento se queda Idalia, triste, seria, pero con la gran esperanza de que sea así.

Desde que llega a su casa, asoma una y otra vez, cada cinco minutos por la ventana, quisiera verlo llegar pero no. Si escucha el ruido de un carro, corre a ver, si tocan a la puerta, no tarda en abrir, si suena el teléfono es la primera en contestar, pero no, ni señas de Héctor.

Con el atardecer, al tiempo que se va yendo la luz, también se van desvaneciendo las ansias de ver llegar a Héctor y la larga espera, se torna molesta y angustiosa.

Héctor por su cuenta, hoy decidió no levantarse, ni al menos para asistir a clase, no tiene ganas de nada, se encuentra incómodo, molesto, adormilado y con fastidio, no está dormido, pero tampoco se quiso levantar al menos. Al ver que dieron las nueve y nunca se despidió para ir a la escuela, su mamá fue a buscarlo pensando que se encontrara enfermo, Héctor se hizo el dormido, pero a tanta insistencia sólo respondió –Hoy no tengo clase-, sobreentendiendo que no quería ser molestado, su mamá salió de la recámara y no insistió más. El, entre vuelta y vuelta sobre la cama, encendía y apagaba el televisor, intentaba dormir un poco sin lograrlo y harto de todo, por ahí de las doce, se digno salir. Directo al teléfono, levantó la bocina y marcó el número de Idalia, mientras esperaba ser atendido, miró el reloj y notó que no la encontraría, a esa hora todavía está en la escuela, así que cuelga el teléfono y se deja caer al sillón grande de la sala buscando con la mirada algo con que entretener sus pensamientos, no atina qué, nada le interesa, nada quiere, no está para entretenimientos. En algún momento su mamá le ofrece el desayuno, que él no toma, ni siquiera tiene hambre, también le ofrece escucharlo, pero él no tiene nada que decir, no quiere hablar nada de lo que está sintiendo, sale a dar una vuelta por donde su caballo espera el momento de verlo y como si este entendiera, solo acerca a restregarse a su cuerpo, lo entiende porque lo siente, sabe cuándo Héctor está bien y cuándo no.

En un rato, mira el reloj y pretende ir a la parada, quisiera no hacerlo, pero son más fuertes las ganas de ver a Idalia y abrazarla que el coraje que aún pueda sentir. De lejos mira venir el camión en el que seguramente vendrá Idalia, corre para alcanzarlo y hacer la parada, lo aborda y busca con la mirada insistentemente de principio a fin en todos y cada uno de los asientos con la única esperanza de ver sonreír la angelical cara de Idalia, pero no, ella no viene en este camión, ella en este momento aún lo espera en la terminal, Héctor, al reconocer que Idalia no viene en el autobús, actúa como si hubiera olvidado algo y pide la parada para bajar de inmediato, cabizbajo y meditabundo regresa a paso lento hasta su casa, quisiera esperar el siguiente camión, pero la frustración de no haberla encontrado, le pone más molesto y mientras avanza, miles de ideas resurgen incrementando la incertidumbre y el desconsuelo. Fastidiado, regresa a encerrarse a su recámara. Tenía una esperanza, ya no. Ahora está más molesto, se culpa un tanto por no acercarse a ella; en momentos, toda la culpa la dirige a Idalia y entre una y otra actitud, pasa la tarde esperando oír sonar el teléfono y que le digan que es ella; pasan los minutos, las horas, la tarde entera y nunca recibió la llamada que tanto ansiaba; en alguno de sus desesperados momentos fue hasta donde el teléfono e intentó marcar, pero antes de esperar el primer llamado colgaba pensando "es ella quien me debe de llamar".

Hoy, se pone a prueba su amor, hay orgullo de por medio, pero el amor es más fuerte y los dos deciden ignorar el orgullo e ir en busca del otro, ninguno logró su objetivo, por la ansiedad e intranquilidad en ellos, no lograron la conexión que normalmente les une y les indica exactamente lo que deben hacer en día y hora preciso para encontrarse, hoy no pudieron unirse de esa manera, no tuvieron la tranquilidad necesaria para lograrlo y aunque su deseo era extremadamente fuerte, se bloquearon por la desesperación y el resentimiento.

Está terminando el día, en el cielo empiezan ya a brillar los miles de luceros, es tarde y es evidente que por el día de hoy no se verán. Idalia aún mira por la ventana, allá muy lejos en la cúpula del cielo la fuerza del brillo de un gran lucero resalta sobre los demás y queriendo que a través de él Héctor la escuche, susurra con profundo sentimiento

– mi amor... te amo, te amo y tú lo sabes. No lo olvides... te amo-

Termina por cerrar la cortina y dirigirse a su recámara, despacio observa coleccionados sobre una repisa, todos los detalles que Héctor le ha ido regalando. Ahí está él, siempre presente, siempre a su lado, cerca con ella, eso es lo que Idalia quisiera, haber podido encontrarlo y desnudar sus sentimientos, pedirle perdón, abrazarlo y besarlo con la temblorosa sensación de quien ve al ser amado.

Héctor también deseaba con todas sus ganas ver a Idalia, recostado aún sobre su cama sin ganas de nada, deja expresar un profundo suspiro, se levanta y dirige al baño, sin embargo, como si una fuerza externa le llamara hacía fuera, regresa a asomar por su ventana tratando de encontrar algo que le diga que todo está bien, esperando alguna señal que le haga sentir mejor y pensar que Idalia igual que él tiene la necesidad de verlo. Sólo encuentra la oscuridad de un cielo raso lleno de millares de luceros, la profundidad de una distancia indescriptible que simula la lejanía que en su corazón siente en este momento, "quisiera verla"- piensa- "abrazarla y decirle que la amo", "quisiera tenerla frente a mí y decirle que perdone mi actitud" "que estoy sufriendo y que lo único que quiero es a ella", "no importa lo que haya sucedido" – respira profundo, para concluir con voz quebrantada casi al punto del llanto – "Idalia... chiquita... te amo". Mira directamente el más grande lucero que encuentra, pareciera brillar con más fuerza en este momento, aunque no quita la mirada de él, eso no le hace sentir mejor, la única manera en desaparecer la tristeza que le inunda es si al menos escuchara la voz de Idalia, si al menos pudiera verla sonreír, si al menos supiera que ella lo está escuchando. Se reclama el haber esperado a que ella llamara, quizá debió ir hasta su casa a buscarla, tal vez, piensa al igual que él, ella tampoco fue a la escuela y por eso no la encontró en el camión, tal vez ella también este esperando su llamada. Mira el reloj, es tarde ya, y se lamenta no haber hecho algo más. Mañana, mañana será una nueva esperanza para él. Deja caer la cortina que tenía sostenida de su mano y se retorna hacía su cama nuevamente, mira aquel cuadro que Idalia le regaló y está colocado frente a él, lentamente posa sus manos sobre su pecho y presiona con fuerza hacía sí la medalla que cuelga de su cuello, así está sintiendo a Idalia, así... quisiera poder abrazarla a ella.

Porque hoy ninguno de los dos logró encontrarse, es que en realidad ese detalle que vivieron es más fuerte de lo que pensaran o quizá es que su destino les está poniendo una prueba para reforzar sus sentimientos, no lo saben, lo único que en este momento los dos saben a ciencia cierta es que están sufriendo con tal profundidad que no pueden al menos encontrar un instante de tranquilidad, la necesidad que tienen de resolver su situación a cada instante crece de tal manera que no les permite encontrar un razonamiento que explique por qué o cómo le harán para terminar con esa incertidumbre de una vez por todas.

El inevitable transcurrir del tiempo, marca una a una las horas para dar paso a la noche, una larga noche más, con las mismas horas que cualquiera pero larga porque cada minuto les recuerda la distancia que ahora viven y quisieran que pasara ya, pero no, no es posible adelantar el tiempo.

Cada uno en su cama, con sus pensamientos y sus sentimientos, cada uno va dejando que lo venza el sueño, sin mayor esfuerzo se dejan invadir, por el cansancio de tanta ansiedad, y se pierden cuando menos por un rato en el infinito mundo de sus sueños deseando fervientemente que el nuevo amanecer traiga consigo la tranquilidad que tanto desean en este momento.

Muy de mañana, Héctor decide dejar la pereza por un lado, apresura su arreglo para ir a la escuela, claro que está pensando en Idalia, ni al menos por un minuto logra quitársela de encima, solo que decide tratar de concentrarse en sus obligaciones, ya más tarde tendrá tiempo de pensar que va a hacer con respecto a ella.

Sale de su casa con nuevo semblante, aunque triste por dentro por fuera con la esperanza de que este día termine con la incertidumbre que no lo deja un segundo. Espera el camión, en el fondo desea que Idalia venga en él, pero no, ni luces de ella. No importa, después de todo, la idea de Héctor es atender su clase primero y así lo hace; con un poco de esfuerzo logra concentrarse en la escuela, en el transcurso del día, evita a toda costa traer pensamientos que le recuerden a Idalia o comentarios con respecto a ella. Al termino del horario, se limita a salir de regreso directo a casa, por un momento se detiene a mirar la hora, ya es tarde, ya no alcanza a Idalia en su escuela, pretende esperarla en la parada, pero no está seguro, quizá no la encuentre y prefiere marcharse, está decidido a buscarla por la tarde en su casa, allá seguro la encontrará y entonces tomará el tiempo necesario para hablar y finalmente encontrar la armonía que en estos últimos días ha dejado de sentir.

Idalia, dejó ir el camión en el que normalmente parte a la escuela, hoy siente menos ganas que ayer de asistir a clase, hace el esfuerzo, incluso al levantarse y finalmente, más tarde que de costumbre, llega a la escuela. No hay nada nuevo, ni diferente, ni especial, todo parece apático, así lo ve ella, saluda a sus amigos sin el entusiasmo acostumbrado y se presenta en su clase casi como un robot, de manera automática. Hoy no vino la Idalia cuestionante y participante, hoy solo vino una alumna más de la clase. Por supuesto, todos se extrañan con su actitud y la cuestionan, a lo que ella sólo responde "nada... no me pasa nada"; seria, incluso molesta, de repente con fastidio, ve pasar las clases, terminan, y sin más, se marcha, muy apenas dijo adiós y para entonces ya casi nadie la tomo en cuenta.

Algo en su interior le dice que hoy verá a Héctor, ella lo desea, no sabe con cuantas ganas, pero no quiere hacerse ilusiones para no sufrir de más. Ni busca, ni insiste en esperarlo, sólo se marcha, al pasar frente a la parada de él, únicamente se escucha el lento silbido de un profundo suspiro. Esta vez, ni piensa, ni planea, ni nada, trata de dormir sin conseguirlo y entonces se concentra en escuchar la música que suena del camión. Al final del largo viaje, baja y va directo a su casa, donde ya su mamá la espera:

- ¡Anda Idalia, vamos, estoy esperándote!
- ¿Para qué?
- Tenemos que hacer, ¡sólo deja tu mochila y vamos!
- ¿A dónde?
- Olvidas que hoy debo entregar el vestido de Jazmín
- ¿Cuál vestido?

Idalia sabe perfectamente que cuando su mamá debe entregar un trabajo, vestidos en específico, siempre la lleva porque ella lo revisa, opina y propone las últimas mejoras que se puedan aplicar al trabajo hecho para dejar a las chicas totalmente siempre satisfechas.

- Estoy lista

Siempre, Idalia carga la bolsa que lleva el vestido. Hoy no. Su mamá ha notado algo en ella y mientras caminan, intenta indagar, aunque regularmente platican, es esta ocasión Idalia no desea hacer comentario alguno.

- ¿Te sucede algo? -pregunta la señora a Idalia-
- No.
- Te vez molesta
- No.
- ¿Has visto a Héctor? —insiste, aunque sabe que en ocasiones pasan días enteros sin saber de él, principalmente cuando tienen exceso de trabajo de la escuela; sólo que hoy, no coincide.
- No.
- ¿Por eso estás así?
- ¿Cómo así?
- Un tanto molesta.
- En realidad no, no es por eso y... prefiero cambiar de tema.

La señora entiende que algo hay de cierto y es mejor no insistir para no causar mayor molestia, gira la conversación con la inteligencia de madre, buscando hacer cambiar el semblante de Idalia casi sin que ella lo perciba.

Llegan a casa de Jazmín, quedaron justo a esa hora, por lo que allí las están esperando. Jazmín está próxima a casarse, es la última prueba del vestido; con la natural emoción a estas alturas, hizo venir a sus mejores amigas, su mamá y sus dos tías, hay algo así como una reunión de mujeres. A Idalia no le hace nada de gracia tanto barullo, obviamente, no puede evitarlo. Jazmín, un tanto nerviosa, pide el vestido y no tarda en irlo a poner, sale tarareando la marcha nupcial y todas exclaman su admiración, se ve hermosa realmente, al vestido no le falta ni le sobra nada, está perfecto. Cada una da su opinión demostrando el agrado y satisfacción por el trabajo hecho. Sólo, como ya es costumbre, le preguntan directamente a Idalia:

- ¿Qué opinas Idalia?

- Se le ve bien, para mí no es un modelo que prefiera, pero ella lo luce muy bien.
- ¡Realmente está perfecto! -reclama una de las tías de Jazmín-.

Todas en general reprimen el comentario de Idalia, es claro que no está en el mejor momento de emitir opiniones, casi siempre es ella quien contagia el entusiasmo, sólo que hoy, es más bien quien necesita un poco de ayuda.

El objetivo era ultimar detalles del vestido, a éste no le hace falta nada, entonces la señora hace entrega de él y recibe el pago acordado.

- Bien, vamos -dice Idalia a su mamá-, pero antes de que ella responda, se adelanta la mamá de Jazmín.
- ¿Pero a dónde pretenden ir? ¡Nada de eso! Preparamos una comida para festejar el próximo matrimonio de mi hija y ustedes también están invitadas, así que acomoden sus cosas por ahí e intégrense a la reunión, después de todo, sólo una vez en su vida se casan sus hijas ¡Anden, dejen sus cosas!
- No... tengo... - trata de decir Idalia-.
- Nada, nada, ven, cuando sea lo tuyo, ya entenderás la importancia de este tipo de festejos.

A Idalia no le permiten decir más, su mamá por compromiso decide quedarse y a ella no le queda sino integrarse. Poco a poco el emotivo ambiente la va involucrando hasta lograr contagiarle tanto entusiasmo. Hay chistes, bromas, relajo, comida, postre, una taza de café y hasta un tequila; la situación está que desborda emociones por todos lados, las risas no permiten seriedad alguna, todas están entradas en el festejo; Idalia, ya hasta se olvidó de su preocupación.

Nadie se percata del tiempo, sólo están disfrutando con intensidad cada momento, alguna ya empieza a ponerse alegre, Jazmín, bueno, destella felicidad por todas partes y agradece en un momento relajado la compañía de las personas presentes.

En ese momento, Idalia recibe una sensación dentro de sí, ¡es Héctor!, algo hay con él, ella vuelve hacía sí a sus pensamientos

y trata de entender el mensaje, pero no atina, mira su reloj y con
sorpresa se percata que han pasado toda la tarde allí y es de noche,
y... si Héctor la estuviera buscando... empiezan a girar en su cabeza
muchos pensamientos nuevamente; entonces, presurosa insiste:

- Mamá, ya se hizo de noche, vámonos.
- ¿Cómo crees? No hace mucho que llegamos.
- ¡Mira tú reloj!
- ¡Es verdad!, vámonos.

La señora se levanta con pesar, ella está disfrutando de la fiesta tanto
como cualquiera de las que están aquí, sólo que en efecto, hay más
cosas por hacer y tienen que regresar, además de no haber avisado de
la tardanza. Se despiden y felicitan a Jazmín deseándole lo mejor.

Idalia, absorta en sus pensamientos quisiera creer que esto no va a
empeorar las circunstancias para con Héctor, no lo puede saber.

Cuando llegan a casa, Bere, quien ha venido con su mamá, sale
corriendo a saludar al tiempo que dice a Idalia:

- ¡Ya se fue Héctor!, estuvo jugando un rato conmigo, mira lo que
  me trajo, le enseña a Idalia una paleta de chocolate en forma
  de corazón.
- ¿Vino?
- Sí. −responde Ivet que ha salido también a saludar- te estuvo
  esperando, pero como tardaron mucho mejor se fue, no dejo
  ningún recado.

Tratando de disimular una nueva frustración, Idalia corresponde el
saludo, procura mantener cierta serenidad antes de decir:

- Tengo cosas que hacer, me voy a apurar -se encierra en su
  recamara y se suelta en llanto-.

Era la oportunidad que estaba buscando, tendría que haber estado
aquí para esperarlo, para que se fue; éste y más reclamos en su
pensamiento, lamentos y díceres de vez en vez; así poco a poco va
descargando el coraje y la furia por sentirse nuevamente culpable
de no poder resolver su asunto con Héctor. Ya, más tarde, libre de
tensión, un tanto desahogada y tranquila, se detiene a pensar en la

manera en que ahora ella deba buscarlo, no hay más, definitivamente, ahora es ella quien deba dar el primer siguiente paso. Así que decidida va hasta el teléfono y marca, espera el llamado del otro lado, la voz de la mamá de Héctor responde:

- Bueno.

Tapando la bocina para que no se escuche el suspiro que deja salir, Idalia responde:

- Señora... buenas noches... es Idalia.
- Hola Idalia, ¿cómo estás?
- Bien... bien gracias. Me comunica a Héctor por favor.
- Sí, permíteme.

Se hace un silencio que a Idalia le parece eterno, y unos minutos después escucha:

- ¿Idalia?
- Sí, señora... dígame
- Héctor no está, bueno... sí esta... pero... no te puede contestar... se está bañando.
- ¿Ahorita?
- Sí, se está bañando.

Evidentemente confundida, a Idalia no le queda más que entender que no le quiere contestar y no hay más nada que hacer.

- Está bien... gracias señora, buenas noches.
- ¡Idalia!... ¿Le dejas recado?
- No... no... no, gracias. ¡Adiós!

Cuelga el teléfono más furiosa, molesta porque no es su culpa, el haber tenido que acompañar a su mamá, él lo sabe, lo ha hecho siempre y si no le dijo fue pues porque aparte de que ella no sabía que hoy era la entrega del vestido, lo que sucedió no le ha permitido siquiera hablar con él de lo suyo, mucho menos avisarle que saldría con su mamá. Regresa a su recámara, no va a hacer tarea, no le importa, se cambia de ropa y se acuesta. Es seguro que no pueda dormir, ni al menos lo intenta, sólo trata de no pensar en nada, ni siquiera en Héctor, para qué, así no resolverá nada, tal vez después, mañana u otro día, se ocupe del asunto. Hoy, su coraje, no le permite acertar a nada, intenta dormir hasta que lo logra.

Héctor, ese mismo día, al llegar a su casa, se apresura, hoy si va a buscar a Idalia, su mamá le ofrece de comer y con alegría acepta, el sólo hecho de pensar en verla y abrazarla, logra en él volver a sentir el nervio de tenerla cerca. No pierde ni un instante, se apresura en lo que tiene que hacer y antes de ir en busca de Idalia, se toma un momento para revisar su apariencia, -"es mejor que me vea guapo"- se dice a él mismo-; y se va, su corazón late apresurado como la vez primera, está emocionado y ésta emoción le ha hecho olvidar el incidente, sólo quiere ver y sentir a Idalia, es lo único por lo que espero hasta ahora, le pedirá perdón incluso si es necesario, pero no puede pasar más tiempo sin verla y decirle cuánto la ama. Se va, el camino le parece corto, ya está en casa de Idalia, antes de tocar, se percata que su ansiedad le delata. Respira profundo y llama a la puerta una vez y espera, nadie sale, vuelve a tocar y espera, se le hace eterno y ya no toca más y espera. En un minuto:
- ¿Quién es?- se oye una vocecilla por dentro de la casa-.
- Yo, Héctor.
- ¡Ah, ya se! Héctor, horita te abro -se abre la puerta y se encuentra a Bere con su mayor sonrisa-.
- ¡Hola! –dice Héctor un tanto sorprendido- ¿Y, tu tía?
- No está, no sé dónde fue, cuando llegamos mi mamá y yo, ella ya no estaba -explica Bere-.
- Y, ¿Con quién estás?
- Con mi mamá –en ese momento aparece Ivet y saluda-.
- Pasa, Idalia no está pero pasa.
- Sí, gracias.
- ¿La esperas?
- Sí.
- Siéntate, a ver si no tarda.
- Gracias.

- No, no te sientes,-dice Bere- juega conmigo -jalando de la mano a Héctor hasta donde están los juguetes-.

Lo que desea Héctor es ver a Idalia, no jugar con Bere, más sin embargo, se entretiene un rato para que no se haga larga la espera. Después de unos minutos, empiezan por abordarle ciertos pensamientos; en la espera, comienza a hacer sus conjeturas- "¿es tal vez que no está realmente, o que no quiso salir?, por eso no regresa, ¿cómo va a regresar si tal vez está allá adentro?, no, pero Bere dice que no está" – le vuelve a insistir a Bere, preguntando por Idalia, tal vez a la niña se le escape y le diga la verdad. Cada respuesta es igual "no está, y no sé a dónde fue". Héctor sigue esperando, pasa una hora, dos, por cada minuto crece la desesperación, ya ni siquiera quiere jugar con la niña, mira el reloj y murmura "sólo quería abrazarte".

- Me voy, veo que no llega y no voy a alcanzar camión de regreso -le dice a Ivet que está justo frente a él.
- Está bien... ¿Quieres dejar recado?
- No, nos vemos -avanza a la puerta y Bere detrás de él-.
- ¿Estás triste porque no viste a mi tía, verdad?
- No... no, no te preocupes, ¡mira! –le dice a la niña sacando de la bolsa interior de su chamarra una paleta de chocolate en forma de corazón que compro en la tienda de la esquina y estaba destinada a Idalia, se la entrega a Bere y se marcha.

Un tanto molesto, no espera el camión, solicita un taxi como tantas veces lo ha hecho cuando se va tarde de ver a Idalia, pero esta vez porque quiere llegar pronto a su casa y encerrarse para olvidarse de todo, de Idalia y del mundo entero. El taxista, mirando que es largo el camino que va a recorrer, trata de hacer la plática, a la que tajante, corta Héctor; no, en este momento no quiere ni que le hablen.

Cuando llegan, de inmediato paga y baja del taxi, entra a su casa, molesto, fastidiado, nadie se percata de su llegada, mejor para él, va directo a su recámara; al entrar, se mira al espejo y se da cuenta que el ceño fruncido que lleva, es evidente a todas luces. "Otra vez hizo lo que quiso"-piensa- ¿Por qué razón no me esperó?- no sabe ya ni que pensar, su frustración aumenta de tal manera que quisiera poder olvidarse de todo en este momento, precisamente, también de ella. Lo intenta, toma su bata de baño, decidido y dispuesto a lograrlo, tal vez con el agua se limpien sus malas emociones que trae consigo ahora. Lleva la grabadora hasta el baño y pone música de su agrado, a buen volumen para poder escucharla sin interrupción por el ruido del agua. Abre la regadera y quita sus ropas, al empezar a sentir la tibieza del agua en su cuerpo cierra sus ojos y se deja llevar, procurando relajarse y disfrutar de ese reconfortable baño, tarda más que de costumbre, entre la música y el ruido del agua ha logrado cierta tranquilidad; de repente, alguien llama a la puerta, el no responde, incluso la ignora, concentra su atención en la música tarareando al ritmo de la misma, ya ni siquiera alcanza a escuchar cuando su mamá le insiste para decirle que Idalia lo está esperando en el teléfono, aunque la señora hace un segundo intento, Héctor no la escucha, es más, no le interesa lo que le esté diciendo sea lo que sea. Mientras su mamá regresa a contestar a Idalia, Héctor continúa disfrutando su baño, casi nunca se baña a esta hora, pero hoy fue la solución para escabullirse de los momentos difíciles que está viviendo. Ya bien relajado, termina su baño, se da su tiempo para secar parte a parte de su cuerpo, a la vez que continúa ya cantando la música que suena en la grabadora. ¡Logró su objetivo!, olvidar por hoy el asunto y concentrarse sólo en sí mismo. Va hasta la cocina por un poco de leche caliente, la trae consigo y ya instalado cómodamente en su cama lo saborea mientras se entretiene con la tele. Hecho el efecto del baño unido al calor de su cama se deja invadir por el sueño más profundo que no había sentido últimamente.

Tanto Idalia como Héctor han logrado descansar de tanta tensión, será acaso que en el fondo saben que todo se va a aclarar o será tal vez que esta prueba les dará la razón de si es o no su amor, tan fuerte como creen; la realidad es que el amor no puede existir a medias, o es, o no es, no es posible decir "te amo solo un poco" porque el amor cuando es, destella la eternidad que conlleva, y si no, solo es un reflejo o una ilusión, o solo es un espejismo... un espejismo de amor. El amor existe y cuando fructifica, nada, ni el tiempo ni la distancia puede destruirlo, incluso más allá de la vida misma en otras dimensiones, prevalecerá a través de las generaciones y habrá uno y otro encuentro de tal forma que no existe fuerza alguna que pueda destruirlo, porque la única fuerza infinita e indestructible, es el amor.

Ya es fin de semana, Héctor se levanta con nuevo semblante, aún piensa en Idalia, hoy en particular se ha puesto de acuerdo con sus primos para ir a un partido de fútbol a media tarde y no pretende cancelar el compromiso, así que participa en lo que corresponde de sus obligaciones en casa y más tarde prepara su equipo, tal vez sea esa la manera de no perder su ánimo. La idea de ver a Idalia, sigue latente, solo que cree que esta vez sí tiene que ser ella quien lo busque por lo que el día de hoy no está dispuesto a hacer intento alguno.

Idalia, definitivamente, está convencida de ello, hoy será ella quien lo busque. En casa, ha dicho que tendrá que ir a la escuela por la tarde, es la treta perfecta para no tener que dar explicaciones. Así que se pone bonita para ir, está segura de que al verlo, las palabras saldrán de sobra y con su mirada y un abrazo, terminara todo esto.

Por supuesto, Idalia trae consigo su mochila, de lo contrario no le creerían que va a la escuela, aunque su mamá la ve un poco más arreglada que de costumbre, no dice nada, en el fondo sabe que cuando Idalia hace esto es porque va a verse con Héctor, así que lo único que le dice es que se cuide y no regrese tarde.

Idalia, va emocionada, antes de tomar el camión, va hasta la tienda a comprar un chocolate para Héctor, lo guarda en su mochila y sube al camión que no tarda ni dos minutos para salir, un poco largo el trayecto, sí, pero con la emoción ni cuenta se da de que está a punto de llegar. El paisaje conocido le da el aviso y salta del asiento para no pasarse. Baja y duda un poco antes de avanzar hasta la casa, utiliza esa pequeña distancia para darse valor y finalmente llama a la puerta. No tardan en abrir, es el papá de Héctor:

- ¡Buenas tardes señor!
- ¡Idalia! ¡Pasa! ¡Héctor no está, pasa!
- ¿No está?
- No. ¿No te dijo que iría a un partido con sus primos?
- No.
- ¿No? ¿Y eso?
- No, es... es que... no nos hemos visto.
- ¡Ha! ¿No?
- No, yo... vengo de la escuela y... necesito un libro que tiene él... por eso pase. - tartamudeando un poco Idalia y con la evidente mentira, se sonroja porque le da pena tener que explicar al señor, la razón de estar allí-.
- ¿Un libro?
- Sí.
- Pasa, adentro está mi esposa, tal vez ella te pueda auxiliar.
- Gracias -responde Idalia y pasa directo hasta la cocina, allí está la mamá de Héctor con una de sus hijas, tratando de armar un aparato nuevo de esos de cocina que sirve para decorar postres y no le atinan-
- ¡Buenas tardes! -interrumpe Idalia-.
- ¡Idalia! Qué bueno que viniste, ayúdanos porque no podemos
- ¿A qué?
- A armar esta cosa.
- ¿Qué es?
- Un utensilio para decorar pasteles
- ¿Hizo un pastel?
- No, lo compramos pero no podemos armarlo, que tal que tu si puedes.
- ¿Yo?
- Sí, ven, tres cabezas piensan más que dos.

A Idalia no le queda de otra que involucrarse en el asunto, tratan y tratan hasta que lo logran, luego se pierden en una amena plática de cocina, modos de preparar algunas cosas o mejorar ciertas recetas. Pasa casi una hora, cuando Araceli, la hermana de Héctor pregunta:

- ¿Dónde dejaste a Héctor?
- ¿Yo?
- Sí, ¿No te está esperando?
- No... yo vine porque... este... mmm... necesito un libro que tiene él.
- ¿Por qué no le pediste que te lo llevara? -replica la mamá, con un poco de duda en su pregunta-.
- Lo que sucede es... que no lo he visto y... ahora vengo de la escuela, lo necesito y me dije, de una vez pasa por él.
- Mmm, Héctor no está, fue a un partido, pero pasa, seguro encuentras el libro en su recámara.
- ¿Paso?
- Sí ve, ¡con confianza! Busca lo que necesitas, y si quieres esperarlo... sólo que no sé cuánto tarde.
- Bueno, no... digo sí... lo voy a buscar y si mientras llega, que bueno y si no, le llamo por la tarde para comentarle.
- Bien, sube.

Mientras Araceli y su mamá recogen su reguero y hacen algunos comentarios en voz baja, Idalia va directo a la recámara de Héctor, ella ya sabe cuál es, algunas ocasiones ha estado con él allí, escuchando música, haciendo tareas o viendo tele.

En tanto sube las escaleras, ya está triste y arrepentida de haber venido.

Entra a la recámara y lentamente observa de lado a lado cada detalle ¡todo sigue igual que siempre! Héctor la mantiene ordenada y hasta el último rincón habla de Idalia, está presente aún así, ella sabe que no va en busca de nada, lo del libro fue solo un pretexto, se sienta en la cama y la acaricia como queriendo que fuera Héctor al que estuviera acariciando; con el roce, se lleva en la mano su aroma, algo de él, sólo que preferiría verlo. Espera un rato ahí dentro, en tanto piensa en él, ¡quisiera abrazarlo, besarlo! En fin, se levanta toma su mochila y saca de ella el chocolate que compró para Héctor, le da un beso, toma una pluma y en la envoltura le escribe "te amo", lo coloca justo frente al portarretrato donde posa una fotografía que ella le obsequió tiempo atrás y repite en voz alta... "te amo"... gira para irse solo que un poco antes de salir, Araceli abre la puerta intempestivamente.

-   ¿Lo encontraste?
-   No... no lo veo por ningún lado -contesta Idalia casi al punto de echarse de cabeza ya que ahí dentro hasta del libro se olvidó.
-   ¿Qué libro es? -cuestiona Araceli con el afán de ayudarle a buscarlo-.
-   Es de estadística... lo que pasa es que... el otro día que hicimos aquí mi tarea se lo quedo. Idalia responde lo primero que se le ocurre.

Araceli busca alrededor, sobre la cama, el sillón, abre el clóset y justo allí, hay un libro de "estadística"

-   ¿Es éste? -pregunta a Idalia-.
-   Sí. ¡Ese es! -contesta presurosa Idalia- a mí nunca se me ocurrió buscarlo dentro del clóset, ese es.
-   ¡Qué bueno que lo encontramos! Toma.
-   ¡Gracias!- responde Idalia al tiempo que lo guarda en su mochila, afortunadamente la treta estuvo perfecta.

Araceli intenta sacar conversación sobre Héctor, sólo que Idalia se limita a contestar lo más preciso posible, no desea hablar con nadie de la situación que su relación está viviendo, no quiere involucrados, así que niega estar distanciados y actúa como siempre, con la naturalidad que resalta la estabilidad en su relación y lo felices que son.

Al ver que son ya dos horas desde que llegó y Héctor no aparece por ningún lado, decide retirarse. Con esfuerzo logra disimular su tristeza por no encontrarlo y se niega a quedarse a comer, lo que ella realmente desea, es salir de allí para desahogar su sentimiento. Agradece la ayuda y se despide sin mayor preámbulo.

- ¿Quieres dejar recado a Héctor? -pregunta la mamá de él-.
- No... no... gracias, yo le llamo más tarde... bueno... sí... sólo dígale que me llevo mi libro porque lo necesito con urgencia.
- Muy bien, cuídate.

Se despiden e Idalia se marcha. No espera nada, avanza directo a la parada y mira, viene un camión, sin percatarse que ese sólo llega a mitad de camino, sube, ubica un lugar y se acomoda en él. Nunca nadie va a cobrar su peaje, y a ella no le importa, trata de dejar su pensamiento en blanco y lo logra. Cuando se percata de que el autobús no avanza más, mira a su alrededor y descubre como el conductor está indicando que esa es la última parada, finalmente Idalia comprende que abordó el autobús equivocado y baja sin protestar.

Mientras espera el autobús correcto, observa pasar los autos, las personas, alguna parejita de novios que le hace añorar la presencia de Héctor. Es el momento de reconocer que su esfuerzo no valió de nada, en realidad quisiera arrepentirse de haber ido, pero cree que no importa lo que deba hacer con tal de dejarle claro a Héctor cuanto significa para ella.

En tanto en sus pensamientos entreteje ideas y recuerdos, le llama la atención el auto que se estaciona a unos metros de ella, vienen varios chavos haciendo relajo y carcajeando sin mesura, parece que algo están festejando, dos de ellos bajan hacía una tienda, van inmersos en su entusiasmo ¡es Héctor! y su primo Santiago, ninguno se percata que Idalia los observa, es más porque los estaría viendo si ella no tendría nada que estar ahora por aquellos rumbos. En efecto, ellos andan festejando su triunfo en el partido y nada más les interrumpe.

Idalia quisiera ir tras Héctor, le entusiasmo que observa en él le hace dudar y detener su paso, sólo los mira, mira directo a Héctor, lo que haga Santiago no importa, pero Héctor... él es su vida. Pasmada, observa como entran a la tienda y salen con refrescos y botana. Ninguno advierte la mirada que los vigila, suben a su auto donde esperan los demás y se van.

Idalia, no decide que hacer, ¿Por qué no corrió detrás de él cuando lo tuvo a unos pasos? tal vez la habría ignorado, o tal vez la abrazaría, y ahora, en este momento, además de triste está desconcertada y desilusionada.

La partida del autobús que debe abordar, interrumpe sus pensamientos, sube, paga y después de encontrar un lugar aísla cualquier ruido de su alrededor para concentrarse en decidir lo que ahora va a hacer. Ella creyendo tener responsabilidad, fue a buscarlo para no encontrarlo en casa sino festejando con alegría como si nada estuviere sucediendo. Esa actitud, la confunde más, ella está sufriendo realmente y él, tal parece que ni le importa, por lo que idalia percibió no vio ni la más remota señal de que la extrañe.

En realidad, la molestia que Idalia está sintiendo en este momento, es la que desencadenó la frustración de tenerlo cerca y no poder hacer nada para demostrarle lo que ella está sufriendo.

Un tanto llena de orgullo, entre uno y otro pensamiento Idalia toma la decisión de que ahora sea él quien la busque, después de todo ha hecho más de lo que debería para encontrarse solo con que al niño le importa más el festejo que ella misma. Idalia reconoce de sobra que no es verdad, pero esta circunstancia le recalca que sí es así y repitiendo para ella misma una y otra vez esta afirmación, queda convencida en cederle la responsabilidad a Héctor, ya que de lo contrario, Idalia no moverá un dedo más para darle solución al asunto. Ella, también está sufriendo porque lo ama de verdad y ha intentado todo por demostrárselo pero si él se resiste a reconocer que se equivocó y que ya es momento de darle solución y no hace por buscarla, entonces esperará hasta que ello ocurra.

Convencida con tan orgulloso argumento, las emociones de Idalia se apaciguan y una tranquilidad fingida que está muy lejos de sentir la muestra segura de su decisión y le provoca un comportamiento altanero y caprichoso. Empieza por motivar una plática con su acompañante de asiento y evadir de esa manera, lo que la profundidad de sus sentimientos le quiere hacer notar. No tarda tanto en llegar, con naturalidad termina su conversación y baja, ya para ahora no queda rastro de frustración alguna pero sí muchas ansias de que Héctor la busque.

Idalia entra a su casa con la sonrisa acostumbrada y escucha hacer planes para un domingo en familia se involucra en la plática y propone salir juntos como hace ya algún tiempo no lo hacen, sorprendidas por esa actitud, pero complacidas, sus hermanas aceptan el plan y llegan a un acuerdo; saldrán temprano y ocuparán todo el día para ellas. Después de todo es Idalia precisamente que por andar con Héctor para todos lados, no ha participado en estas salidas y si ahora sí está disponible, no cuestionan, sólo aceptan y planean. Toda la familia se irá de día de campo así que desde ahora, empiezan los preparativos y absorta en estos Idalia se pierde en sus planes y olvida a propósito, por lo menos el resto de este día y el siguiente, lo que pueda o no ocurrir, con respecto a Héctor, es más se hace el firme propósito de no pensar en él aunque cualquier acción o situación se lo recuerde. Idalia procura estar lo menos en su recámara llena de detalles y por supuesto evita a toda costa tocar el tema ese o alguno que lleve relación con Héctor. Es más en esta ocasión no acepta hacer extensiva la invitación a Héctor como ocurre en varias ocasiones, hoy se niega rotundamente buscando cualquier pretexto y antepone la importancia de la relación familiar con el único objetivo de, por ahora, olvidarse de él.

Mientras se sucedía el partido, Héctor en algún momento añoró la compañía de Idalia, poco apoco invadido por el momento, fue dejando esas ganas por un lado. A punto de terminar, ya ni siquiera pensaba en ella. Esa fue la intención de un principio y al fin lo logró. Al término de su juego, ya eran los ganadores y clásico del equipo, habría que festejar el triunfo; como jóvenes, terminan por ingerir bebidas embriagantes y cerveza; otros más reservados, como Héctor, sólo acompañan con refresco. Inmerso totalmente en el ambiente y con un poco de sentimiento en su corazón, lo atrapan en su debilidad y lo convencen de que ahora sí vale la pena un brindis para el festejo. Un tanto dudoso, se resiste al principio prolongando cuanto más puede, ingerir el primer trago, pero después del sorbo inicial, cada vez le da menos trabajo aceptar y sin resistencia alguna se involucra en el festejo, coherente aún se percata de no estar actuando conforme a sus ideales y logra detenerse justo antes de encarrilarse en la quinta cuba; decide en este momento no más alcohol y se la lleva tranquilo con refresco, después de todo argumenta que alguien debe cuidarlos y con tal pretexto logra liberarse de la insistencia de los primos, y al final de todo, él es quien cuida de ellos, por la condiciones inapropiadas en que se encuentran se ve en la necesidad de llevar a cada uno a su respectiva casa; al último en dejar es al dueño del auto que vive a varios minutos de la casa de Héctor, por lo que decide caminar para intentar liberar por completo el efecto de lo que ha ingerido. La brisa del viento le refresca la cara y poco a poco se desvanece el mareo que trae consigo. Ya en la puerta de su casa, se siente en condiciones de entrar y avisa su llegada, su mamá responde desde donde está y comenta la visita de Idalia –vino por un libro- le dice a Héctor.

-    ¿un libro? –pregunta sorprendido-.

-    Sí, lo buscó y se fue.

Héctor ya no responde, contento por un lado y consternado por el otro, va hasta su cuarto, suelta la mochila y se deja caer en su cama, un tanto cansado por el juego, con efecto de la bebida y dudoso por la presencia de Idalia en su casa, sin avisar y por "un libro"; él, no recuerda tener un libro de ella, ahora no quiere pensar, sólo se deja vencer y se queda dormido. Más tarde, ya incluso de madrugada, el frío le despierta; distraído y somnoliento aún mira el reloj creyendo que todavía sea atardecer y se percata que es más allá de media noche por lo que únicamente se introduce por debajo de sus cobijas y nuevamente vuelve a dormir.

Ya por la mañana a Héctor le despierta el dolor de cabeza por la resaca, incómodo se levanta en busca de algo que le libere el dolor y la náusea, ni siquiera sabe que busca, pero él se husmea entre sus cosas por si encontrara algo que le dé el alivio que requiere ahora, sigue sin darle mucha importancia a Idalia, se acerca al tocador y mira en el espejo el aspecto demacrado que proyecta, ni se inmuta ni nada, algo llama su atención, siente como si ella, desde la foto del portarretratos quisiera decirle algo y voltea a mirarla, suspira, y a punto de dar la vuelta de nuevo hacía la cama, alcanza a descubrir algo que sobra por allí... un chocolate, no recuerda haber traído un chocolate, y por lo dulce ahora, seguramente le caería muy mal, no quiere chocolates; sin embargo, estira la mano y lo coge, al acercarlo más hacía él, descubre..."te amo"... no dice más, piensa quien lo dejaría allí, si casi nadie entra a su cuarto, o alguien lo mandaría, es su chocolate favorito, y quien lo sabe es Idalia... -¿Idalia?... -se cuestiona en su mente- ¡de verdad!... dijeron que vino ayer... ella... seguramente lo trajo... para mí... "Idalia, mi amor, yo también te amo" La emoción le invade nuevamente al comprobar de alguna manera que ella también lo está buscando, se lamenta no haber estado para abrazarla y compartirle del chocolate, dirigiendo la mirada a la fotografía le repite una y otra vez que la ama, que la felicidad que siente junto a ella no se compara en nada, despierta en su interior las ganas de verla y abrazarla, quisiera sentirse mejor para correr ahora hasta donde ella está pero además que no tolera el malestar, aún es temprano para ir a buscarla, piensa... el tener aún el chocolate en la mano, le da tranquilidad, ahora, se siente seguro con respecto a Idalia pero físicamente mal, por lo que decide, regresar a la cama dormir hasta que se le quite el dolor de cabeza y más tarde buscará a Idalia.

Vencido por el sueño y huyendo de las molestias, duerme hasta muy tarde, cuando despierta pasan ya de la una de la tarde, tiene hambre y baja en busca de alimento, la familia ya está preparando la comida, están casi todas sus hermanas y sus papás, lo indagan y ofrecen algo para mitigar su necesidad, luego ya más tranquilo, se dispone a dar un buen baño que le libere de las fachas en las que se encuentra. Cuando baja, precisamente lo están esperando para comer, y aunque su plan era ir en busca de Idalia, acepta la invitación y se involucra en el ambiente, participa en las platicas y sobremesa; en la tele, hay partido de fútbol y con todos los hombre presentes, se dispone a ser un espectador más, así sucede la tarde y cuando reacciona está a punto de obscurecer, así que tendrá que dejar su plan para mañana porque por ahora, ya ni siquiera le dan ganas de salir.

Después de despedir a las respectivas familias de cada una de sus hermanas, va directo en busca de más descanso, pues este fin de semana, ha sido de mucho ajetreo para él.

Inicia otra semana, tanto Idalia como Héctor están llenos de nuevas y buenas vibras, el haber compartido con su familia les ha dado entusiasmo y gusto por continuar, por ahora, ninguno de los dos añora al otro, Idalia espera que Héctor la busque, ella no lo hará, y Héctor, se siente seguro y cree que en el momento que la vea, todo volverá a su normalidad. Cada uno se dirige a su respectiva escuela y con nueva cara atiende su clase, Idalia está recuperando su natural encanto y todo va por mejor camino, sólo que empieza la temporada de exámenes en la escuela y como siempre, es la época de más trabajo y tensión para los estudiantes, se acumulan los trabajos extraescolares y la tensión que ejerce la presión de aprobar las materias no les deja tiempo para nada más que para atender su escuela, dura poco más de una semana y en este tiempo, se concentra y dedica todo su tiempo exclusivamente a su escuela.

Un poco desfasada a Héctor también le sucede igual, viene la época de exámenes y entre proyectos, trabajos y estudiar, se le pasan los días; cuando coinciden alguna materia con Idalia estudian juntos, en esta ocasión no, pues no se han visto y prevalece la distancia, no han hablado, absortos en sus responsabilidades aún no se han dado el tiempo de buscarse y aclarar su situación.

La primera en concluir este período es Idalia, pero ella sigue pensando que debe ser Héctor quien la busque, sólo que Héctor sigue todavía con tensiones escolares, lo que hace que ni al menos intente buscarla. Casualmente durante estas dos semanas no han coincidido en el autobús, ni por la mañana ni por la tarde, ni se han llamado por teléfono o intentado cacharse en algún momento.

Idalia, al no ver seña alguna de él, empieza nuevamente a desesperarse y llega hasta molestarse, han pasado ya dos semanas y él no ha intentado nada, ella dejó aquél chocolate con la única intención de que él lo viera y correspondiera buscándola, y no lo ha hecho, así que nuevamente resurge el orgullo y entonces, planea que cuando él la busque ya será tarde.

Al fin, Héctor concluye también con sus exámenes, ahora con toda la libertad buscará a Idalia directamente en su casa, para corresponder el detalle de la visita y del chocolate.

El aún no define lo que hará para reiniciar con Idalia, después de todo ya ha pasado un buen tiempo sin verse y aunque en ambos continua latiendo el amor que se profesan, esta distancia les señala un nuevo rumbo en la dirección de su relación.

Idalia, cansada ya de esperar, hace crecer en sí, un ridículo sentimiento de orgullo, ella cree que hizo suficiente para mitigar la culpa que sentía, pero al no tener respuesta, entonces pretende ahora hacer que Héctor le insista hasta que ella crea conveniente. Encaprichada en tal sentimiento, no procura algún encuentro, al contrario, trata de evitarlo a toda costa, y cuando su interior le avisa que está cerca, pone distancia y cambia su camino. No niega por supuesto que lo sigue amando, más incluso, que a ella misma, pero cree que es necesario esto para darle fuerza a los sentimientos de él para con ella y reasegurarse una vez más ser la única y la mejor mujer de la que Héctor jamás haya estado enamorado.

Este es su plan, ella no dará pie al encuentro, no lo busca más y cuando el venga se negará, lo hará sufrir un poco y después le corresponderá con más amor que nunca, por ahora, antepone su orgullo tanto como cree ser necesario, ya después la recompensa vendrá por sí sola.

Héctor en cambio, reconoce que ha caído de error en error y que es preciso darle fin a ésta situación antes de que empiecen a desvanecerse la fuerza de sus sentimientos, hoy más que nunca está extrañando a Idalia, su cara, su risa, sus manos cuando las une a las de él para caminar, esas miradas y sus besos, las palabras que se puedan decir y sus abrazos, la añora más que nunca, desearía estar con ella en este instante y no esperar a que termine el día.

Falta aún una clase, pero su inquietud por buscarla le hace salirse de la escuela y va directo en busca de ella, a su escuela, seguramente la alcanza, aún es horario de clase también para ella.

Ansioso espera su salida, ve pasar a dos personas que sabe, son compañeros de Idalia y le entra el nervio, espera y espera, pasan más compañeros y sigue esperando y de Idalia, ni sus luces, deja pasar suficiente tiempo como para darse cuenta que Idalia ya no va a salir, y en efecto, ella se retiró muy temprano cuando les avisaron que por ese día ya no tendrían más clase. Desconsolado, Héctor, hecha un último vistazo pero nada, nada de Idalia ni sus amigas. Se va, triste, pero con toda la intención de buscarla, y hoy, no habrá nada que limite esa intención, así tenga que esperar toda la tarde y hasta la noche en la casa de ella para verla, Héctor regresa a su casa, espera un rato, come, atiende algunas cosas, toma el auto y va directo a la casa de Idalia, piensa mientras tanto en lo que va a decir, qué va a hacer, surgen mil ideas, cambia una y otra vez la primer frase que quisiera decir, con el mismo fin cualquiera de las que escoja; hacerle saber a ella, cuanto la ama y cuanto la ha extrañado todo este tiempo.

Héctor se estaciona donde siempre, hoy está seguro de encontrar a Idalia sólo que no quiere verla dentro de su casa porque él piensa que no podría desahogarse tan abiertamente como afuera, así que prefiere esperar a ver si sale y le da la sorpresa si Idalia se da cuenta de que él está allí. Espera con mucha paciencia, el simple motivo de estar ahí, le da tolerancia y no importa el tiempo que deba aguardar.

Dentro de la casa, Idalia ajena de saber que Héctor la espera, anda tranquilamente ocupada de sus deberes, aún no termina no ha tenido tiempo de ir a sentarse a su lugar favorito, en realidad, lo menos que espera es encontrarse con Héctor así que no pone atención a lo que sucede fuera.

Después de un rato, Héctor quisiera tocar la puerta para verla, sólo que su razón le insiste en que lo mejor es esperar fuera, ya saldrá, según sabe Héctor, Idalia siempre sale por la tarde, ya por una cosa, ya por otra, sólo que hoy ha tardado un poco, pero él está dispuesto a esperar el tiempo que sea necesario. En efecto, el papá de Idalia, le pide ir a la tienda y ella por supuesto, obedece como siempre, sólo que antes de salir, siente una energía dentro de sí, hacía mucho tiempo que no percibía una sensación de esas y le queda la duda, entonces sigilosa se coloca detrás de la cortina de la ventana para asomarse hacia afuera, y con un sobresalto en su corazón, se percata de la presencia de Héctor; de inmediato busca quien la sustituya en ir a la tienda, está totalmente convencida de que no saldrá; pero claro que ella también desea verlo, sólo que por esta ocasión dejará que su orgullo triunfe ante el amor que siente por Héctor, le hará entender de alguna manera cuán importante es ella, y si él ha preferido otras cosas, pues adelante, que continúe con esas otras cosas. Idalia, está segura del amor que Héctor le profesa, por ello no se inmuta ante su presencia y con la determinante decisión de no salir pide a su mamá le haga el favor de ir a la tienda y si Héctor le preguntara por ella sólo tendría que decir que salió con su papá y llegará tarde. La señora sin cuestionar, observa y ayuda a Idalia; Héctor al ver salir a la señora, disimula no estarla mirando, la deja ir y mientras regresa piensa la razón porqué en lugar de Idalia sale ella. Al verla venir de regreso, baja apresurado del auto y se acerca a indagar; y en efecto, la señora termina diciendo lo que Idalia sugirió; quien desde la ventana por detrás de la cortina observa todo y concluye al mirar que Héctor regresa al auto, aún voltea insistente en busca de ella y acaba por marcharse.

Esta vez, Héctor no va triste, le creyó a la señora, y cuando volteó de regreso a la ventana, fue para decidir si entraba a esperarla como invitó la señora o si mejor regresaba otro día. El decidió la segunda opción, esto, le permitió a la señora, no quedar mal por un lado y por el otro ayudar a seguir el juego que Idalia ha empezado a jugar.

Héctor queda de acuerdo, se va y decide volver mañana, a Idalia por su cuenta no le queda ni el remordimiento, está muy segura de que él la ama y ella a él también pero quiere comprobar que eso es cierto, tanto como ella lo piensa.

Pasan los días, unos buenos otros no tan tanto y al final de cuentas ambos siguen insistiendo en un encuentro. Héctor ha venido a buscarla más de tres veces, mismas en las que Idalia jamás se ha tomado la molestia de atenderlo, ni dejarse ver, ni salir, ni mucho menos estar con él. Héctor, empieza a desesperarse y llega el momento en que desiste, seguro de que será ella quien lo busque, y en efecto, Idalia, al ver que Héctor no ha vuelto a buscarla en el transcurso de una semana, entonces ahora es ella quien empieza a buscarlo a él, va a su casa, a la escuela donde estudia Héctor, calcula improvisar un encuentro, pero ahora es Héctor quien empieza a hacerse del rogar, después de todo él puso mucho interés en buscarla y ella no le hizo caso alguno. Así que, se voltea la situación e Idalia empieza a insistir, por supuesto Héctor se percata y trata de desquitarse, sólo que se le pasa la mano porque Idalia tiene un poco más de perseverancia y no se desespera tan rápido, además que el sentimiento de culpa le orilla a insistir de más.

Sus respectivas familias, están extrañadas de la actitud de ambos, saben que lo que sienten uno por el otro, no es juego, pero no entienden la actitud que en estas últimas fechas han tomado con respecto a su relación, ninguno ha querido dar explicación alguna a nadie y todos sienten la curiosidad de intervenir, ya que la relación había tomado cierta formalidad involucrando a todos en cada familia. Ahora, esto se está convirtiendo en un tonto juego guiado por el falso orgullo que uno quiere demostrar al otro y ambos están cayendo en la falsedad de una ironía mal planeada porque mientras se están muriendo de ganas de estar el uno con el otro, anteponen una actitud altanera no dejándose encontrar por ninguna causa, y así pasan las circunstancias, pasa el tiempo, girando y girando cada vez su situación, primero Héctor la busca añorando un minuto con ella, Idalia no se lo permite, él insiste tanta veces como considera de acuerdo a su juicio y al no tener respuesta opta por declinar su insistencia, cuando Idalia ve el cambio, entonces empieza la búsqueda por él, añora la oportunidad de encontrarlo e incluso pedirle perdón por su actitud, pero ahora es él quien lo evita a toda costa, pensando que si ella se da la importancia, él también puede hacerlo así, hasta que considera que ya fue suficiente o hasta que se percata de que ahora es Idalia quien no insiste más, ya sea por teléfono, tratando de cacharse en los horarios de la escuela o del camión o de cualquier actividad que ya se conocen o en casa de cada uno, pero no, no logran encontrarse.

Con el paso de los días, aunque la relación se va enfriando, dentro de ellos, el amor que sienten va creciendo y empiezan a valorar que en efecto la manera en que últimamente han estado actuando, no es la mejor para su relación. Reconocen que le están disminuyendo entrega a su vida y poco a poco van entendiendo la importancia de alimentar sus vidas con ese amor que tanto se jactan en sus pláticas.

Para Idalia, Héctor sigue siendo su novio, el amor de su vida, a quien ha decidido entregar su existencia y para siempre, y pese a las circunstancias y al tonto motivo en que iniciaron este juego, ella jamás ha dejado un solo día de mandar suspiros al viento, "te amos" a las estrellas e ideales en sus sueños, todos enfocados a su vida en común con Héctor; con sus amigas y amigos que saben de la relación, se esmera en mantener la misma idea que siempre han tenido de Héctor, no dejando asomar la verdad por ningún motivo y justificando con cualquier pretexto la ausencia que se ha notado en su relación.

Héctor, de igual manera lo hace, pero para él es más difícil, porque además de ir perdiendo interés en la relación por la falta de la convivencia normal, la interacción con sus amigos y primos hombres, que de alguna manera le endilgan a salir a fiestas o reuniones, lo conlleva a vivir ciertas circunstancias en convivencia con diversos tipos de personas y esto no excluye a chicas interesadas en una aventura o en algo interesante para con él. Aunque Héctor ha sido inteligente y cauteloso cuando se ve involucrado en circunstancias comprometedoras principalmente con chicas insistentes o interesadas en él, siempre predomina el instinto masculino que tiende a la debilidad humana y al despego de su pareja, máxime que en estos momentos realmente se encuentran distanciados y no existe tal fuerza para evitar cualquier otro tipo de relación aunque sea ocasional.

Así va avanzando el tiempo, tanto en Idalia como en Héctor, se empieza a dejar ver cierta tristeza por la ya casi perdida relación, entonces, la mamá de Idalia se atreve a intervenir y trata de aconsejarle, insistiendo una y otra vez, que busque a Héctor y le diga lo que siente por él, se lo exprese tan abiertamente que no deje duda alguna de sus sentimientos, pero Idalia, aún sigue pensando que todo volverá a su normalidad sin tener la necesidad de hacer aquello que su mamá insiste; pero lo que no sabe Idalia, es que la experiencia que la vida le ha dado a su mamá es la que le permite ver más allá de lo que una joven puede descubrir en los comportamientos que se pueden dar en una relación de pareja; y por supuesto, ella está tan interesada como Idalia misma en que esto se solucione, pues cuando una madre ve feliz a sus hijas, ella también es feliz.

Una vez, otra vez y una más, el juego de nunca acabar, tanto uno como el otro, empieza a disminuir la búsqueda, se han permitido ser víctimas de su propio juego y en definitiva, ya se dieron cuenta que esto no les lleva a nada. Idalia, un tanto resignada a dejar pasar un tiempo, sin dejar por supuesto de sentir lo que es real por Héctor, se limita a dar continuidad a su vida de la misma manera en como lo haría si Héctor estuviese con ella, pero sin él, imaginando que la relación continua como tanto tiempo atrás, para ella, el sigue siendo el tan querido y deseado novio, nunca le quita su lugar en conversaciones, ni objetivos, sólo que físicamente no está, pero de ella, en su interior jamás se separa; de noches, le manda un beso; de día un saludo y en el transcurso del tiempo, pensamientos, suspiros y sueños, siguen alimentando su amor por Héctor. El encuentro tan espiritual en que vivieron alguna vez no les permite su separación total, siguen unidos porque ya están unidos en la eternidad y a costa de cualquier motivo y a pesar de cualquier situación allá en la posteridad permanecerán amándose, aunque por alguna razón no estén juntos.

Héctor también lo sabe, Idalia es su inspiración, su motivo de ser, su ideal de vivir, ella le enseño a sentir lo que jamás nadie y es para ella precisamente para quien vive, y en efecto, aunque lejos, no deja de sentirla, de pensar en ella y dedicarle alguno de sus logros. El sabe que la ama y sabe que ella lo ama a él también así que la jugarreta en que su destino los ha inducido terminará y entonces retomarán sus vidas con más fuerza y con entrega plena donde ya ningún tonto motivo limitará vivir en máximo éxtasis la plenitud de su amor.

Una vez más, la fuerza en que se mueve el poder del amor, los lleva a encontrarse, pero su orgullo que supera ya el límite consciente de la verdad no le permite a Héctor dejarse llevar por el sentimiento y estrechar a Idalia en un fuerte abrazo.

Es de mañana y el día está ya marcado; Idalia, sin esperar al menos encontrar a Héctor, sube al autobús para ir a la escuela, donde siempre, toma siento y se acomoda, precisamente hoy, tiene muchas ganas de pensar en Héctor, así que cierra los ojos para concentrarse mejor y evitar cualquier interrupción, pierde la noción del tiempo y se pierde en recuerdos y añoranzas, de tal manera que no se percata que Héctor también ha abordado el mismo camión y como ya para esa distancia difícilmente se encuentra un lugar vacío, él se detiene justo al lado de Idalia, con mil ganas de acariciarla pero solo la mira, le cree dormida y no va a despertarla, sólo la observa y en su interior se remueve todo el sentimiento que trae reprimido, pero él no sabe cómo reaccionaría Idalia si la toca, le detiene su intención, y se traga un suspiro de nostalgia. No falta mucho para bajar, así que Idalia quien conoce perfectamente la ruta se reincorpora satisfecha por disfrutar sus pensamientos, toma la mochila y la coloca en sus piernas, hasta ahora no se ha dado cuenta de que Héctor está allí observándola y deseando con todas sus fuerzas tocarla y sentir aunque sea un pequeño roce de ella en su piel, ya está nervioso y un tanto confundido, no sabe si abrazarla o hacer como que no la ha visto, ella sigue sin darse cuenta, pero tiene que bajar porque ya llegaron a su parada. Entonces Idalia se levanta para bajar y tiene justo frente a ella a Héctor se turba tanto que la única palabra que puede articular es "hola" con una mirada profunda pupila a pupila se detiene el reloj en tres segundos de eternidad; tiempo suficiente para darse cuenta que siguen unidos, tanto como si físicamente permanecieran juntos. El autobús está por avanzar e Idalia reacciona y – ¡bajan!- pide súbitamente; Héctor se adelanta rápidamente y aunque no es su parada salta del autobús solo para ayudar a bajar a Idalia tomando su mano, momento que Idalia aprovecha para acercarse a él y darle un beso en sus labios, sólo un roce, pero al fin y al cabo un beso, beso que aunque Héctor trató de esquivar por la sorpresa le dejó sentir las ansiosas ganas de decirle cuánto lo ama; fueron sólo segundos que parecieron eternos y atontado por la perturbación ya habiendo dejado abajo a Idalia sube de regreso al autobús que arranca al instante.

Idalia aún no comprende qué fue esto, acaso trajo a Héctor de sus sueños a su realidad o fue una agradable coincidencia que lejos de marcar el fin retoma la fuerza de los sentimientos en cada uno.

Ella debe tomar otro transporte pero hoy no lo hace, solo camina, está cerca. A cada paso rememora una y otra vez lo que acaba de suceder, "si se hubiera dado cuenta desde que Héctor subió"... tal vez...pero no; lo hizo, finalmente hizo lo que hizo y así, a su manera con un beso le dijo a Héctor que su amor sigue allí y aunque confundida por su reacción, va segura de que él también la ama, pues la temblosa ansiedad transmitida en el roce de los labios al acercarse a él, le confirmaron la necesidad de sentirla, sólo que la premura del tiempo y la inadecuada situación, no les permitieron explayarse abiertamente. Ella está segura, lo está sintiendo, y una mujer enamorada no puede equivocarse, porque la percepción de su inconsciente anda a flor de piel y a cualquier motivo le encuentra la perfecta explicación que en este caso no hace falta; porque el sentimiento no miente, sólo se da y se siente, aunque las acciones y las palabras no lo corroboren el sentimiento jamás miente y se deja notar exactamente cuando menos se planea incontrolado y sincero.

Héctor aún no logra controlar el tan acelerado latir de su corazón ¡eso es lo que deseaba! y se quedó quieto, no quiso corresponder, no quiso que ella notara las evidentes ganas de abrazarla y al no saber expresarse, confundido emprendió la oportuna huida. Sus labios siguen temblando y sintiendo la sensación que les dejó el roce de los labios de Idalia y no atina ni a pensar lo que va a hacer, de lo único que ahora está seguro es de la realidad de sus sentimientos y de saberse correspondido; eso le provee la certeza de que sus caminos volverán a unirse, antes o después, pero se sabe firme y espera reencontrarse con Idalia para no volver a separarse nunca más.

Idalia no tiene interés en nadie más, ella sigue fiel a sus sentimientos y no duda ni un poco lo que Héctor añora, de encontrarse nuevamente por el mismo camino con el único fin de permanecer allí por siempre y sin límite alguno, el uno para el otro y por el uno y por el otro.

Este suceso ha vuelto a inyectarle ganas a su intención, pero ya ninguno de los dos se busca, han tenido la fortaleza de dejarse libres, con la certeza de que su reencuentro está marcado como al principio y a costa de cualquier intento se dará en el momento preciso cuando ya ambos estén preparados para tomar el compromiso con formalidad y evitar que cualquier juego infantil influya en ellos.

Es viernes, un viernes como cualquier otro, nada especial Idalia ha retomado su modo natural de ser, abierta, platicadora y sociable. Como se retiró a buena hora de la escuela, decide ir a dar una vuelta por el centro, las tiendas, los aparadores, las revistas, cualquier cosa es buena para distraerse, un rato, un helado, una caminata y de regreso a la central de autobuses, el camión directo hasta su casa y un buen lugar, sentada a la orilla del pasillo reservando el otro espacio para alguien con quien platicar, y su objetivo no tarda en cumplirse; una chica, joven, dos o tres años menor que Idalia, se acerca y pide el asiento; Idalia, se limita a recorrerse hacía la ventana y le cede el lugar a Guillermina, una muchacha bonita, tez morena clara, ojos verdes con pestañas muy largas y chinas, cabello largo trenzado y una gran sonrisa.

Como era de esperarse, inician una conversación, la tradicional, su nombre, de dónde son, qué hacen, etc. Guillermina tiene tantas ganas de platicar como Idalia, así que a ninguna le cuesta trabajo divagar en la conversación de un lado para otro, hasta llegar al punto que no esperaban con tal confianza que dejan notar hasta el más mínimo detalle de sus aventuras. Así sin percatarse ya generaron un ambiente amigable y, sin demora llegan al tema:

- ¿Tienes Novio?- pregunta Guille a Idalia-.
- Sí, ¿y tú?
- También, ¡y estoy muy enamorada!
- ¿De verdad?
- Sí, y él también de mí.

- ¿Y cómo es? -curiosa pregunta Idalia sin imaginar hasta dónde la llevará la conversación-.
- Bueno -corrige Guillermina- en realidad siempre he estado enamorada de él, es un chavo buena onda, joven y guapo, andábamos tratándonos, a ver qué pasaba y justo el fin de semana pasado nos hicimos novios.
- ¿Y... cómo fue?
- Estuvimos en una fiesta, cada quien por su lado, el iba con sus primos y yo con mis papás, ya con la música, en algún momento me invitó a bailar, ¡era lo que yo más deseaba!, lo había estado observando todo el tiempo y cuando lo vi venir hacía mí, estaba segura que era para bailar y por supuesto no lo dude ni un segundo y de inmediato acepté. Ya anteriormente habíamos coincidido en diferentes fiestas y en alguna, no siempre me hacía la misma invitación y platicábamos un rato; pero este día ¡era mi día!; mientras bailamos, era música movida y no pudimos platicar, la siguiente fue romántica y al suave mecer de la melodía inició la conversación; yo estaba muy nerviosa y me movía con torpeza, cosa que él aprovechó muy bien y preguntó qué sucedía; de ahí, una pieza, otra y otra, conversación sin importancia, pero al final cuando ya ni bailábamos, ya sólo platicando, tome su mano, me acerqué y le di un beso en sus labios.
- ¡Y él! ¿Qué hizo?
- Trato de esquivarlo, pero yo fui más rápida, lo mire y con mi mano cerré su boca para no permitirle decir nada, luego sólo dijo "adiós" y se fue.
- Pero nunca te pidió que fueran novios.
- Pero me besó.
- No. Tú lo besaste a él.
- Sí, pero al no decir nada, el que calla otorga.
- No lo dejaste hablar.

- No importa, lo que sé es que desde entonces ya somos novios, y yo soy la mujer más feliz del mundo, además eso ya ni se usa. No sabes, si me pusieran enfrente a los diez hombres más guapos del mundo, a los diez más ricos y a él; y, me dieran a escoger, cerrada de ojos lo escogería a él ¡es mi ídolo!
- ¿Cómo sabes que él también piensa lo mismo de ti?
- Pues lo dice su mirada cuando me ve, claro, a veces yo se que disimula, porque estando con sus amigos no insiste tanto en mirarme, eso yo lo entiendo, no quiere que se den cuenta. Sólo que yo si lo quiero y además una de sus hermanas me conoce y le caigo bien.
- ¿Y qué tiene que ver la hermana?
- Ella me puede decir si hay alguien más.
- ¡Qué ideas las tuyas! Si yo fuera tú, no me haría tantas ilusiones hasta no estar segura.
- ¿Segura de qué?
- De ser correspondida.
- Dejemos eso, yo se que sí, ya lo considero mi novio y... ya verás, pronto te lo voy a presentar. ¿Y tú? ¿Qué hay de ti? ¿Tienes novio? ¡Anda cuéntame!
- Bien, mi novio es una gran persona, ya pasamos esa etapa en la que te unes espiritualmente y después de eso ya todo se da sin esfuerzo. Yo lo quiero mucho, es más lo amo y sé que él a mí también.
- ¡En serio! ¿Y por qué no viene por ti?
- El estudia por otro rumbo y a veces no le da tiempo - Idalia lo justifica un poco, por supuesto no va a decirle que están distanciados, no necesita hacerlo y además, ella no está diciendo mentiras, ambos se aman, a pesar de esa distancia- y al igual que tú -continua idalia- lo escogería a él enfrente de cualquiera, no importando cuantos ni quienes, sin pensarlo, lo elegiría a él.

- ¡Verdad que sí! -afirma Guillermina- que cuando tú ya sabes lo que quieres ya ni volteas a mirar a otro lado.
- No. ¡claro que no!
- Así me pasa con él –retoma el tema Guillermina- me llena tanto que con solo mirarlo me quedo conforme para todo el resto del tiempo que no lo veo, que pueden ser hasta dos semanas –continua- él también estudia, a veces le ayuda a su papá y de vez en cuando va a algún partido de fútbol; yo lo sé porque mi hermano me cuenta, así se todo de él; es de este rumbo, es alto, güero, piel sonrosada, está trompudito y eso le hace verse bien, a veces usa bigote y otras no...

Idalia se distrae por un momento, ya no escucha a Guillermina, están muy cerca de pasar por la parada de Héctor y el hecho de pensar en la probabilidad de verlo perturba por un momento su atención
- ... -continua Guillermina- lo debes de conocer, también usa este transporte y... vive por aquí precisamente, a lo mejor hasta lo has visto y yo me vengo esmerando en describirlo.
- -rápidamente indaga Idalia- ¿Qué dijiste?
- Que vive por aquí y tal vez lo conoces.
Por un momento pasa una idea por la cabeza de Idalia ¿Acaso es Héctor? Justo estaban pasando frente a la casa de él cuando Guillermina refirió "vive por aquí", así que ahora con más curiosidad Idalia trata de obtener toda la información que le sea posible.
- ¿Y, qué dices que hace?
- Estudia... una ingeniería.
- ¿Ingeniería en qué?
- Industrial
- ¡Ah! ¿Y, tiene hermanas?
- Sí es el único hombre, tiene varias hermanas.
Con esa información Idalia cada vez confirma más sus sospechas, todas las señas que le ha dado, casualmente coinciden con la descripción de Héctor, entonces Idalia insiste:

- ¿Su papá a qué se dedica?
- Tiene un negocio familiar ahí a la entrada del pueblo además de atender sus tierras.

Idalia, ya casi está segura que se refiere a Héctor, ha empezado a sentir cierto coraje pero aún insiste:

- ¿Y...? ¿Cómo dices que se llama?
- Sí, ¡es verdad!, te he contado toda la historia pero no te he dicho su nombre que es lo principal... se llama... Héctor.
- ¿Héctor?
- Sí.
- ¿Héctor el que vive en la casa que acabamos de pasar?
- ¡Efectivamente! ¡Ese Héctor! ¿Lo conoces?
- ¡Claro que lo conozco! Y... ¿dices que es tu novio?
- Sí, es mi novio, ¿apoco no es guapísimo?
- Sí, es guapísimo, pero no es tu novio.
- Sí, claro, entonces, no ya te conté la historia.
- Pero el no te correspondió.
- Ya lo hará, yo lo voy a saber ganar.

Ambas empiezan a defenderlo en una lucha que Guillermina aún no comprende y que sin embargo está dispuesta a hacer cualquier cosa por ganarla.

Comienzan a elevar un poco el volumen de sus respectivas voces y con tono firme ambas continúan:

- ¡claro que no! —Dice Idalia con firmeza en su comentario- ¡Héctor nunca te va a corresponder!
- ¿Y, por qué no?
- Por la simple y sencilla razón de que Héctor, ¡el Héctor del que estamos hablando! ¡ése Héctor!... ¡es mi novio!
- ¿Qué dices?
- Lo que estás oyendo... ¡Héctor es mi novio!
- ¿Qué?... ¿Héctor?...
- Sí,... ése Héctor... es mi novio; y nosotros, ya llevamos tres años de relación, él llega a mi casa y yo a la de él, así que... ¡qué pena

me da amiguita!... pero jamás... escúchalo... ¡jamás!... te va a corresponder, porque es a mí a quien él quiere.
- No. ¡No puede ser!... ¿Entonces?... ¿Porqué me beso?
- Él, no te beso a ti, ¡Tú lo besaste a él! ¡Acéptalo!
- Me estás mintiendo –dice Guillermina con voz quebradiza al punto del llanto-
- No. No te estoy mintiendo. ¡Él es mi novio y yo su novia!, formal y enteramente correspondidos. ¡Nos queremos! te lo dije antes, nuestro amor ya está unido espiritualmente y nada, ni nadie, va a cambiar eso.
- No... entiendo...
- ¡No tienes que entender! ¡Sólo aceptar!; lo siento, tú apenas intentas, y... lo nuestro ya existe desde hace tiempo, así que me da pena, pero más vale que lo sepas de una vez y, si te queda alguna duda, cuando quieras, podemos buscarlo juntas para que él te lo diga, no va a poder negarlo, ¡él a quien ama... es a mí!

Se hace un doloroso silencio, mientras Idalia procura digerir todo cuanto ha sucedido y entender que es probable que él buscase otra oportunidad sólo por estar alejados; pero eso, no se lo dirá a Guillermina, ni de broma. Idalia está convencida de ser ella a quien Héctor ama, a pesar, muy a pesar, de todo lo que han vivido.

Finalmente, con un nudo en la garganta, Idalia hace de tripas corazón para dar una palabra de aliento a Guillermina, trata de tocar su mano, pero ella con un rápido movimiento no lo permite y levanta el rostro por el que ya están rodando lágrimas de dolor, para posar su mirada herida en los ojos de Idalia y decir con voz entrecortada por el llanto:
- Yo... yo lo amo..., yo... yo quiero a Héctor..., él... es mi motivo de vida... y... pensé... que sería el inicio de algo hermoso.

Idalia, al ver este cuadro, por supuesto que siente culpabilidad por haber frustrado de tajo las ilusiones de una chica buena que parece sincera en sus sentimientos y lo único malo que ha hecho es haberse enamorado de la persona equivocada; e Idalia, por su cuenta, a pesar que Guillermina le ha conmovido con su actitud, no está dispuesta a perder, lo que para ella también significa su vida; pero la diferencia es que Idalia ya tiene su historia hecha con Héctor y es plenamente correspondida, a lo que Guillermina apenas quería iniciar algo que seguramente no habría de lograr así que mejor ahora que después, antes de dejar crecer los sentimientos y hacer mayor el dolor por la decepción de no ser correspondida.

Entonces, Idalia trata de suavizar...

- Guille... lo siento, es mejor así. Más vale que lo sepas antes que te hagas más ilusiones.
- ¡Tú que sabes!...
- Yo sé... sí se... y por eso...
- ¡Por eso nada! ¡Ya vamos a ver! -afirma Guillermina limpiando con un movimiento arrebatado las lágrimas que no han dejado de brotar.
- Mejor asimílalo...
- ¡No tienes que decir lo que debo hacer!
- Está bien. Tienes razón, pero que te quede bien claro ¡Héctor es mi novio!

Guillermina no puede contener sus lágrimas, ella jamás imagino y creyó sinceramente que Héctor le correspondería; si por ahora no, haría todo lo que estuviera en sus manos para irlo ganado y que él se enamorara de ella con tal veneración como ella de él.

El autobús está haciendo una parada cualquiera, abruptamente Guillermina se levanta y antes que avance se baja, no se fija ni le importa en qué parte del trayecto se encuentra; con todo y llanto, sólo desea desaparecer de allí para pensar cómo va a salir adelante. No sabe, ni piensa, ni siente, únicamente se pierde entre las calles para ahogar sus lágrimas.

Idalia intentó detenerla del brazo pero no pudo, Guillermina lo arrebato y bajó. Idalia, piensa si hizo bien o si hizo mal, sabe también que podría voltearse la situación si Héctor se decidiera por Guillermina. Trata de mantenerse serena y justo ahora decide buscarlo a él, a Héctor para saber si está interesado en Guillermina y siendo así, Idalia planea hacerse un lado, pero si no, insistirá para volver a ser la feliz pareja que eran.

En el transcurso de los días, no deja de buscar la oportunidad de encontrarse con Héctor sin lograr nada. Pasa una semana, pasa otra y, así, como han ido dejando que el tiempo decida por ellos, así también el tiempo va marcando distancia y más distancia.

La relación ya toma forma individual, la nula alimentación que tienen fortalece el orgullo y reprime el amor, Idalia y Héctor ya ni siquiera se buscan y aunque han estado a punto de encontrarse, la casualidad no les da suerte y se desvían en último momento. La vida es así, cuando buscamos encontramos, pero cuando somos los primeros en demostrar apatía, entonces también la vida nos trata igual.

Es cierto que a veces alguien nos ayuda, sin saberlo ni planearlo, y entonces es cuando viene una nueva oportunidad, que si la aprovechas renace el entusiasmo con mayor fuerza; y si la ignoras de nuevo, te aleja un poco más de la posibilidad de volver hacía tu objetivo inicial.

Esto les ha pasado a Idalia y a Héctor, ya no conviven, desaprovecharon todas las oportunidades que la vida misma les obsequió y aunque están seguros o lo creen estar, que a su debido tiempo regresarán, por ahora, solo se dejan llevar sin hacer ya más nada.

Idalia insiste, pretende confirmar si es verdad lo que dijo Guillermina, entonces se da a la tarea de buscar a Héctor fervientemente, y un día, lo logra.

Héctor está esperando el autobús sentado en las butacas del andén y no se percata de que Idalia se le acerca ella deja su mochila en el lugar de junto y saluda:

- ¡Hola!

Hay un silencio, y después Héctor responde:

- ¡Hola!

Él la mira tan sorprendido que sus mejillas sonrojadas delatan la emoción que le provoca la presencia de Idalia. No atina a responder con propiedad. Idalia se percata y entonces se sienta junto a Héctor para continuar la conversación:

- ¿Cómo estás?
- Bien... ¿Y tú?
- Pues... te diré.
- ¿Por qué?
- No sé qué responder a tu pregunta, estoy nerviosa.
- La verdad es que yo también.

Confundidos al no saber cómo tratarse, si aún como novios, si pueden abrazarse o su encuentro sólo se limita a palabras sin sentido...

- En realidad... –dice Idalia- te estoy buscando
- ¿Para qué?
- Para hablar.
- El tiempo de hablar ya pasó ¿O no?
- ¿Tú crees?
- Yo te busqué mucho.
- Yo también... pero no estoy aquí para dar o recibir reproches.
- De acuerdo... ya no tiene caso.
- Reprochar no. Hablar sí.
- Y... ¿tienes tiempo ahora?
- Sí.
- Entonces ven.

Se levanta Héctor y la toma de la mano, sentir el contacto con su piel nuevamente reaviva sus sentimientos, sin decir nada se dirigen hasta un café que está cerca. Mientras caminan, ambos han empezado a sentir cómo sus latidos remarcan su nerviosismo y piensan hasta dónde... hasta dónde se darán hoy una nueva oportunidad.

Héctor la dirige hasta la mesa del rincón, tiene asiento corrido y podrán estar juntos, allá donde nadie les interrumpa y den libertad a su expresión. Después de acomodarse:

- ¿Quieres tomar algo?
- Un capuchino

Héctor ordena lo mismo para los dos, lo cierto es que están ahí sólo por ocupar el lugar más que por consumir.

- Bien –inicia Héctor- hablemos.
- No sé por dónde iniciar.
- Por donde sea, cualquier cosa debe llevarnos al mismo punto, sólo recuerda, sin reproches ni preguntas acusadoras...
- Está bien... ¿qué paso?
- No se... nunca lo supe... una... insignificancia.
- ¿Y por esa insignificancia llegamos hasta aquí?
- Yo, no he dejado de quererte, sólo que ahora, no sé qué es lo correcto.

Héctor la mira directo a los ojos, acariciando con una mano la medalla que ella le obsequio. Idalia ya había notado que la trae puesta, no se la ha quitado, por lo que deduce que no la ha sacado de su vida. Ella corresponde la mirada y afirma:

- Yo... también te sigo queriendo... para mí, sigues siendo mi amor...nunca ni un momento he dejado de pensar en ti, ante todos sigues siendo mi novio y yo, te he guardado respeto y fidelidad desde siempre. Algunas veces te añoro, otras, con mirarte de lejos me conformo para alimentar mis sentimientos. Insistí tanto como pude para reconciliarnos y así por ti y para ti he vivido todo este tiempo, involucrada de lleno en mis responsabilidades, pero sin dejarte de lado jamás.
- Idalia... no nos lastimemos más yo he sufrido por ti, he querido besarte... abrazarte... y... al ir de frustración en frustración, se ha menguado mi interés y me he dejado llevar por el coraje y el orgullo, no quiero sufrir más.

Aún al estar dejando visibles sus sentimientos, ninguno de los dos da el primer paso, algo les detiene, están muy cerca, hombro con hombro y mirándose de frente; sus ojos no mienten, distinguen con claridad lo que están sintiendo y no saben la razón, no identifican qué los limita, que les impide abrazarse y dejarse de palabras como tantas veces lo imaginaron.

- ¿Seguimos siendo novios? –pregunta Idalia a Héctor-
- Sí. Sí... pero...
- ¿Hay alguien más?
- ¡Claro que no!... ¡Claro que no!... Nadie más hay, pero creo que no va a ser igual.
- ¿Y, Guillermina?
- ¿Quién Guillermina?
- ¡Ella dijo que era tu novia!
- ¿Quién?
- Una chica del centro, estudia en la normal, es hija de...
- ¡Ah sí! ¡Ya se dé quien me hablas!
- Ella dice que es tu novia.
- No, para nada. Si es quien yo estoy pensando, más bien ella quiere que seamos novios, pero yo no, ni siquiera somos amigos. Ella, siempre ha estado enamorada de mí pero yo de ella no, y ahora como se hizo amiga de mi hermana, cree que por ella voy a hacerle caso.
- ¿Y no?
- No. Me manda recados con todos con quien puede, si sabe que estaré en algún lugar, ella también está ahí, y claro, la saludo, platicamos, por cortesía la acompaño y hasta hemos bailado alguna vez, pero no, para nada, no me gusta ni un poco, no para mi novia. Una vez hasta me beso, yo no le correspondí y cuando le quise decir algo cayó mi boca con su mano y no lo permitió, pero nada más.
- Sí, eso es verdad.
- ¿Nos viste?
- No, ella me lo dijo.
- ¿La conoces?
- La conocí el día que me lo dijo.
- Seguro con toda intención...

- No. Ella no sabía que yo soy tu novia... bueno... era... ¿o?...
- Desde entonces que no la veo, yo le pregunto a mi hermana a dónde irán y yo sin decir nada, cambio el rumbo totalmente, trato de evitarla lo más posible para no darle motivos y que se haga más ilusiones. Ya hasta su papá habló conmigo y yo le dejé bien claro que su hija no es de mi interés; y aunque ella insiste, yo estoy firme en mi decisión.
- Guillermina misma me lo dijo... un día se sentó conmigo en el camión, empezamos a platicar y cuando salió el tema del novio empezó a hablar del suyo detallando todo, incluso ese beso que dices y a medida que avanzaba en su plática te describió tan bien que empecé a sospechar y cuando ya no pude esperar más, pregunte el nombre y me dijo "Héctor" corroboré con más información y concluí que en efecto eras tú.
- ¿Y qué hiciste?
- Pues le dije que no eras "su novio" que eres "el mío" desde hace tiempo.
- ¿Y, luego?
- Se puso a llorar.
- ¡En serio!
- Sí, defendí mi postura con firmeza y no tuvo más que bajarse del camión, yo creo para ya no tenerme enfrente.
- Pues ojalá que con eso ya no me moleste, ¿tiene mucho?
- No, unas semanas.
- Espero que le sea suficiente.
- Quería confirmarlo.
- ¿Y por eso me buscaste?
- Sí... no... sí... bueno... sí por eso y porque tengo la necesidad de decirte que te quiero.
- ¡Lo sé! Y... ¡Yo también te quiero!
- ¿Y, entonces?
- Idalia... lo mejor es...

Héctor no termina la frase y la abraza con fuerza, con mucha fuerza. Idalia lo permite corresponde y se deja envolver en la sensibilidad de esa entrega; están unidos, se siente, notablemente se percibe ese círculo de verdad entre ellos y no dicen nada, ella permanece allí aprisionada en los brazos de Héctor, con su cabeza al pecho de él, lo que no le permite ver rodar la lágrima que brota en los ojos de Héctor, así se quedan por un rato. El, mitigando un tanto su desahogo y limpiando con disimulo su rostro, la reincorpora y mirándola fijo le dice:

- Mi amor... te quiero... te amo... pero esto que sucedió debe tener un motivo... debe ser una prueba... y nosotros... tenemos que entender... o tratar al menos... para que... estoy seguro... nuestro reencuentro cuando así tenga que ser... sea para ya no separarnos más y así quede cimentado, con tal fortaleza que nada, ni la peor tempestad tenga el poder de tambalearnos.
- ¿Qué dices?
- Eso
- Si nos alejamos más, todo terminará.
- Ya estamos lejos y no ha terminado.
- ¿Y qué caso tiene?
- Aún no lo sé, alguno.
- Yo... no quiero terminar.
- No estamos terminando.
- No...
- No mi amor... mira, terminar significaría aceptar que ya no sentimos nada ni tú ni yo, y sabes de sobra que eso no es verdad, que nuestros sentimientos están intactos, al menos el mío lo está.
- El mío también ¿Acaso no lo sientes?
- Por eso te digo, nada hará que se termine
- ¿Y entonces?
- Entonces, te propongo... dejemos que las cosas se den como tenga que ser, ¡como al principio! Que sola resurja nuestra

relación, sin evitarla pero sin provocarla, que el tiempo decida, porque esta circunstancia no puede ser casualidad, algo... algo trae de fondo, que tal y es una agradable sorpresa.

- ¿Cómo qué?
- No sé.
- Tal vez tengas razón, tu y yo hemos vivido una magia que ha hecho por nosotros lo que nosotros no para estar juntos, y esa misma debe actuar a nuestro favor aún a costa de las propias circunstancias.
- ¡Exacto! Eso es lo que te estoy proponiendo ¡Tu y yo seguimos siendo novios! ¡Nunca hemos dejado de serlo! Pero no te voy a buscar, ni tú a mí, pon en manos del tiempo nuestro amor, y entonces... Dios decidirá.
- ¿Crees que sea lo mejor?
- Lo que existe y es real, no se puede destruir, no en el campo espiritual.
- Bueno, tal vez el tiempo nos dé la razón.
- Tu y yo estamos unidos y así seguiremos, recuerda nuestro amor es puro y así permanecerá más allá de la vida misma.

Idalia queda convencida a medias, su razón le dice que si no se alimenta la relación, se desvanecerá poco a poco y allá después del tiempo y la distancia, sólo quedará el hermoso recuerdo de lo que fue y el gran anhelo de lo que pudo ser. Por otro lado, su sentir le recalca una y otra vez que la fuerza que tiene lo hará trascender sin importar cuán lejos se esté perdurará y superará tanto tiempo como el propio destino lo señale, porque allá en la posteridad existe el momento justo en que su reencuentro surja y no haya más opción que unirse con una promesa de fidelidad.

Por la manera de expresarse de Héctor, se nota que él está seguro tanto de sus sentimientos como de su objetivo y lo único que pretende es darse un poco de tiempo para eliminar por completo cualquier frustración o resentimiento que prevalezca de la situación que vivieron y con ello evitar cualquier motivo de reproche o discusión, él pretende borrar totalmente cada una de las actitudes que se vinieron dando de vez en vez, incluso reafirmar y confirmar que el amor, su amor, supere y con mucho al orgullo que han mantenido como escudo para evitar lastimarse más. Y después, ya cuando todo esto haya pasado, volver a vivir la gran magia que inunda sus vidas cuando están juntos.

Para concluir, Héctor posa sus dedos en la barbilla de Idalia para fijar su mirada, recordarle que la ama y que su sentimiento sí es fuerte y tolerará lo que sea necesario, que él siempre estará allí y que en la vida de Héctor jamás nadie podrá tomar el lugar que ella tiene porque nadie podrá penetrar tan profundo en su alma y con tal perfección como Idalia lo pudo hacer; acercándola hacía él sella una vez más dando un beso puesta el alma en los labios, con toda la entrega y la veneración que jamás hayan sentido. Los dos corresponden con la misma intensidad, sin límites ni secretos.

Tanto Héctor como Idalia, comprenden su decisión y están dispuestos a esperar lo que se tenga que esperar y con ese beso están confirmando una vez más su unión en el amor. Así que no hay de que angustiarse, a partir de hoy sienten la libertad de navegar hacía el horizonte donde seguramente se volverán a encontrar.

- Tómate tu café -le dice Héctor a Idalia-.
- ¡No quiero! —responde- ¡vente vamos! —jala a Héctor de la mano para salir, sólo le da tiempo a pagar los dos cafés que ni siquiera probaron-.

Ya fuera, Idalia juguetea como siempre, con su natural coquetería, sonríe, bromea y deja notar el gusto que tiene por volver a compartir tiempo con Héctor.

- No quise café pero helado sí. ¿Me invitas uno? —pide Idalia a Héctor-.

Héctor, por supuesto, complace el gusto de Idalia, él también pide uno. Lo comparten como tantas veces tiempo atrás, una probada, una caricia, algunas sonrisas y hasta un beso. Algo que no planearon, vuelve el encanto a su relación y de nueva cuenta buscan alimentarla, la reconquista es recíproca, ahora están juntos y después de hablar se sienten en libertad y aprovechan el momento. Por el acuerdo que tomaron, no saben cuánto tiempo va a pasar sin que vuelvan a encontrarse por ello le exprimen todo a estos minutos.

Con un abrazo o tomados de la mano, se entregan el alma entera, pero irónicamente, tienen que despedirse. Terminan el helado y van de regreso al camión perdieron ya la noción del tiempo y no saben lo tarde que es. Aguardan para abordar el mismo camión y su disfrute continúa, minuto a minuto, aprovechan todos los instantes que la vida les está obsequiando para estar juntos. Idalia, observa que Héctor trae su medalla y esto le llena de satisfacción, cuando menos y a pesar de la distancia no se la ha quitado, señal positiva, lo sabe y ahora lo está viviendo, la quiere y ella a él también. No se podría describir cuál de los dos sentimientos es más grande, más bien ambos hacen uno, uno e inmenso, puro y sublime, uno y único.

Por ahora tienen que despedirse, ninguno está triste, han llenado sus alforjas vacías en este encuentro y, satisfactoriamente están convencido de dejarlo todo en manos de su propio destino, que no va a tener más que revocarlos hacía su mismo torrente, con la fuerza de la tormenta pero sin temor alguno, más bien con glamorosa emoción de volver a verse fructificados en su amor y unificados en el mismo fin: la vida juntos, por siempre y para siempre. Eso tiene más poder ahora que sus propias palabras y así lo dejan.

Héctor está por llegar a su parada y sólo se limita a tomar la mano de Idalia al tiempo que dice:

-   No olvides muñequita ¡Nuestra unión está señalada! ¡Te amo! ¡No lo dudes nunca! ¡Te amo y siempre estaré contigo a pesar de lo que sea! ¡Siempre...!

Idalia, no le permite continuar, después de todo ya lo hablaron y ella lo sabe, no necesita que lo repita otra vez, con su mano calla la boca suavemente, mira sus ojos, la mirada dice más... mucho más que lo que Héctor quiera decir ahora. Resbala delicadamente la misma mano sobre la barbilla de Héctor y sin más lo atrae hasta ella para darle un beso a esos apetecibles labios. Una vez más, ambos se dejan llevar, ya no hay ansiedad, si perciben una vibración es de amor... sólo eso... de amor.

- Te quiero... y... ¡Nos vemos pronto! –afirma Idalia-.
- ¡Adiós! -Es lo único que pudo responder Héctor, porque Idalia lo dejo ensimismado al transmitirle a través de ese beso una inmensa seguridad en sí misma y en el futuro de la relación-.

Héctor toma sus cosas y pide la parada. Al desaparecer de la vista de Idalia, ella sólo susurra para sus adentros "cuídate, cuídate mucho" y se deja envolver en sus sentimientos. Ahora no piensa, se siente plena, finalmente todo está claro. Termina la reprimida incertidumbre y el pesar y, aunque la distancia sigue prevaleciendo, el haber desahogado sus emociones, le da seguridad y certeza en el fin que tanto desea.

Héctor al igual que Idalia, va completo, no desea más por el momento, el desahogar sus sentimientos apagados genera dentro de él la tranquilidad añorada desde tiempo atrás.

Cada uno continúa en su rol normal de vida, avanzando en sus propios objetivos, inmersos en su planes y pensando muchas veces en él o ella, sin buscarse pero sin olvidarse, deseando desde lo más recóndito de sus almas volver a encontrarse y despertar todo cuanto adormece en ellos, para entregarlo al otro en tanto la vida les obsequie esa oportunidad.

Un día, otro, otro y otro... no hay prisa, todo tiene su tiempo, y el de ellos, es seguro, ya está señalado, pronto, muy pronto volverán a verse.

Héctor está emocionado, cumplió su semestre completamente satisfecho que no se apura de nada, el tiempo libre que tiene hasta iniciar el próximo es bastante amplio, así que decide buscar un trabajo temporal, ¡un trabajo!, suyo, con su propia responsabilidad, ¡Uf! ¡Nunca lo había hecho!, está decidido y eso le emociona más todavía. Tiene que compartirlo, ¿pero con quién?, su familia, ya lo sabe..., sus amigos, nada que ver. ¡Idalia!, ¡Sí!, ¡Ella es la persona perfecta con quien compartir! recuerda el plan de no buscarse y no la ha visto, pero tiene que saberlo, ¡es importante para él!, bien... decide... no va a buscarla, pero con toda la intención provocará un encuentro.

Por la tarde va hasta donde vive Idalia, sin auto para no ser sorprendido, observa de lejos la casa con la esperanza de verla salir, después de un rato, entiende y lo deja al azar, decide ir al centro a dar la vuelta, a recordar un poco, aquella primera vez de paseo por allí con Idalia. Quitado de la pena, sin sentir la necesidad de encontrarla, rememora, cada detalle, eso le da más vida a su vida, y aunque su plan era otro, con esto ya está satisfecho y si no la encuentra no importa, el hecho de estar en el lugar donde se hicieron novios le colma su necesidad y lo demás ya no importa.

Va de regreso ya no la espera; distraído entre la gente no advierte que Idalia viene justo de frente a él.

Ella en realidad tampoco lo esperaba, salió porque su intuición así lo señaló, va incluso temblorosa y tampoco se percata que Héctor está a punto de topar con ella, cuando inevitablemente se encuentran sus miradas, ambos se sonrojan de emoción, Idalia pretende disimular su nerviosismo fingiendo una sonrisa casi perfecta que Héctor corresponde sin percatarse.

- ¡Hola bonita! –dice Héctor a Idalia-.
- ¡Hola! -se limita a responder ella para no delatarse-.
- ¡Salúdame! -pide Héctor la mano de Idalia. Ella, sólo se la da, con la evidente sensación temblorosa por el nervio-. ¿Qué tienes? –pregunta Héctor al percatarse de ello, sin relacionarlo con su encuentro-.
- Nada. Responde ella, tomando con fuerza la mano de Héctor para de esta manera evitar se siga notando el temblor en sus manos.

- ¿Qué tienes? –repite Héctor la pregunta ya un tanto angustiado - ¿Te sucede algo?
- Sí –concluye Idalia-.
- ¡Cuéntame ven!- jala Héctor a Idalia de la misma mano que aún no suelta y la conduce a sentarse en los escalones de la casa que está justo allí, junto a ellos.
- ¿Qué quieres que tenga? -contesta Idalia ya resignada a aceptar su nerviosismo y sentándose al mismo tiempo junto a él, rozando suavemente sus piernas por la cercanía-.
- ¿Dime?
- Nada, no tengo nada. ¿No ves?, ¡estoy nerviosa! ¡tú me pones nerviosa!
- ¿Pero por qué?
- ¿Cómo porqué? ¡no te esperaba!
- ¿Y, te molesta?
- ¡Tonto! ¡Si me molestara, no estaría nerviosa!
- ¿No?
- ¡Olvídalo! ¿Cómo estás?
- Enamorado de ti
- ¡Que me vas a poner más nerviosa!
- No... nada de eso...

Empiezan una amena charla, Idalia paulatinamente va olvidando ese nervio, sólo que el encuentro de miradas de vez en vez, genera deseo, deseo desenfrenado de besar a Héctor, así que entre una sensación y otra confunde sus emociones. Héctor está platicando su plan de trabajar y contagia la emoción a Idalia, ella, lo motiva y felicita por esa decisión, sabe que es bueno. Y, como siempre, no ven pasar el tiempo, hasta que ella se percata. Iba a la tienda, por nada en particular pero seguro ya se notó la ausencia en su casa y trata de despedirse. Héctor no lo permite, está tan contento con su compañía que no desea dejarla ir de regreso. Nuevamente, un roce de manos, una expresión cariñosa, una mirada y... sólo eso; con prudencia, sólo eso. Muchos planes, ella también le cuenta qué está haciendo además de la escuela y se comparten las opiniones. El reloj sigue avanzando, Héctor ya entendió y ahora sí, está dispuesto a despedirse pero no quiere; así que prolonga cuanto más se puede su estancia con ella. Casi como hábito, entre sus jugueteos, miradas, plática diez segundos de silencio y... la entrega... de un gran beso. ¡Por fin! ¡Se le hizo a Idalia! Deseaba su boca con tantas ganas, que finalmente ahí está: un beso, tierno y lleno de pasión; un respiro, y... el complemento, ambos con los ojos cerrados y tomados de las manos, ¿qué más puede pedir este momento? Si está lleno de verdad y de sentimiento.

- Me voy, es tarde -concluye Héctor-.
- Sí.

No dicen más, Héctor va directo hasta la parada, toma un taxi y se marcha. Idalia, observa desde donde está todos y cada uno de los movimientos que hace él y no se marcha sino hasta que lo pierde de vista, después de decir adiós nuevamente ya sólo con la mano. Qué hace ella con tanto amor, cómo puede hacerle sentir la desbordada hola de sensaciones que se desparrama en su pecho, con el simple hecho de mirarlo, cuál es la forma exacta de demostrarle cuánto le ama y de hacerle sentir la dimensión de su necesidad por estar cerca de él y eliminar por completo de una vez por todas la angustia que surge cada vez que lo ve partir. Cuanto amor, de verdad, las palabras le quedan cortas al describir la insaciable emoción que perdura en el corazón de Idalia.

Idalia, al regresar a su casa decide continuar con su vida. Héctor por su cuenta, sigue con sus planes y los lleva a cabo; cada día ambos procuran encontrarse, unas ocasiones lo logran, otras no y en cada encuentro, nunca faltan las expresiones de amor, en palabras y en hechos: miradas, cariños, caricias y sonrisas, todos los encuentros conllevan su magia, en cada uno algo surge de especial, algo nuevo y trascendente, pero... además... invariablemente... nunca falta un apasionado beso. Un beso, un gran beso que demarca la necesidad de estar juntos; al principio o al final pero inequívocamente el beso está ahí. Ya se hizo costumbre y ninguno de los dos pone límites: se buscan, se encuentran, uno rato juntos, un beso y un adiós, aquí y allá, sin mayor compromiso más que el simple gusto por disfrutarse.

De momento, esta situación incómoda a Idalia, otras ocasiones es Héctor el que ya no está de acuerdo y quisieran gritarle su amor a los cuatro vientos, después de todo ¿qué les impide estar unidos? nada, nadie, ni las circunstancias, pero hay algo que los detiene y no lo aceptan: su orgullo. Es que aún le dan cabida a su relación, que acaso su orgullo ha sido más fuerte que su mismo amor, los dos están que se mueren de ganas por ceder y pedir la reconciliación completa, plena, como antes, pero uno espera que el otro lo haga y el otro también espera que el uno lo pida y tontamente pierden el tiempo en encuentros ocasionales cuando debieran vivir a plenitud su relación.

Así continúan, sin nada serio ni formal, con esporádicos encuentros y salidas ocasionales compartiendo fragmentos de sus vidas ya sin ningún fin determinado.

Héctor la quiere, realmente la ama, pero la comodidad que le brinda esta situación le permite la libertad de actuar a su gusto y conveniencia e Idalia por no querer presionar, ha permitido llevar de esa manera su relación, después de todo, ella también goza los beneficios, por ahora sin compromiso alguno.

Héctor empieza a tener otros intereses, alguien por ahí a demandado su compañía y él, por dejarse llevar son cada vez más distantes las ocasiones de buscar a Idalia, ahora sí lo deja a la casualidad, ya sin provocar el encuentro, sólo sí sucede y si no, él ya tiene en que entretenerse.

En efecto, en Héctor se ha despertado la curiosidad por probar otra opción, hay una chica que se interesa en él, lo busca, trata de llamar su atención y hasta logra acercarse un tanto sugestiva. Hay algo en ella que cuando Héctor la mira, le hace pensar en Idalia, será acaso esa la razón por la que quisiera conocerla y tratarla más a fondo. Héctor en ocasiones se resiste, otras, entusiasta corresponde. El aún piensa en Idalia, es más, la guarda celosamente en sus sentimientos creyendo que solamente le corresponda a él. Se siente seguro de ella y porque la conoce se atreve a afirmar que no hará caso a nadie más y se enfrascará en la esperanza de esta ilusión. Por ello, Héctor no duda, pero él quiere probar que nadie más lo llene como Idalia, y con esta justificación permite el acercamiento de Sonia.

Sonia es una chica linda de buenos sentimientos y con facciones físicas del estilo de Idalia. Ella solo estudió una carrera corta y ahora ya trabaja, lo que le permite tener mayor holgura tanto en tiempo como en lo económico, por eso se atreve de vez en cuando a invitar a salir a Héctor. Para ella, Héctor significa la posibilidad de estabilizar una relación con proyección a futuro, considera que él es del tipo de hombre con quien le gustaría formar una familia, lo tiene todo; lo considera guapo, responsable y con estabilidad económica que le permita una vida cómoda y sin apuros. En realidad no le interesa si él concluye su carrera profesional o no, si de antemano ya cuenta con una fuente de ingresos que le permitirá proyectar su futuro.

Hay algo en Sonia que a Héctor le llama la atención, aún no lo descubre, quizá el parecido con Idalia o la curiosidad de conocer algo nuevo. El se ha resistido un poco en cuanto a las invitaciones que Sonia le hace, sin embargo, a su insistencia, algunas veces acepta y sale con ella, después de todo, él cree "es sólo plan de amigos".

Las conversaciones que entablan son muy diferentes a las de Idalia, éstas no están llenas de ilusiones, más bien tienden a ser realidad. Poco a poco empiezan a interesarse más el uno del otro; Sonia sabe que Héctor tenía una novia a quien le dedicaba su vida entera, pero si ahora está con ella, quiere decir que aquella persona ya no mantiene la misma importancia que antes; nunca le ha preguntado qué hay de ella, es más, ni lo piensa hacer, a Sonia le interesa Héctor y con el simple hecho de tenerlo cerca, por ahora, es suficiente.

Mientras tanto, Idalia continúa idolatrada en su relación con Héctor, en las ya esporádicas ocasiones en que se encuentra con él, le demuestra infinitamente sus sentimientos, lo que le permite disfrutar al máximo esos momentos y conservar la esperanza hasta su nuevo encuentro. Ella, no tiene ojos para nadie más, aunque no le faltan pretendientes Idalia se colocó una barrera para bloquear a cierta distancia cualquier acercamiento de quien sea. Por ser como es, no falta quien se interese en ella, sobre todo que desde hace tiempo ya casi anda sola, únicamente con sus amigas. A Idalia, no le interesa alguna otra relación, ella vive de lo que Héctor le hace sentir y firme en lograr llegar a la cumbre de su objetivo, pero con Héctor, con nadie más. Su relación está limitada a encuentros ocasionales, todos fuera, ya ninguno de los dos se presenta en la casa del otro, situación a la que sus respectivas familias se están acostumbrando, los comentarios dentro de ese círculo ya no se suceden, casi todos se mantienen al margen, sólo en casa de Idalia su mamá con quien siempre ha mantenido relación estrecha, se acerca a ella con la intención de hacerle notar que una relación así no la va a llevar a ningún lado, propone que Idalia procure retomar la formalidad anterior para no dar pasos en el aire, a lo que Idalia no le presta mayor atención, ella se siente segura así y así seguirá; confiada en la idea aquella de que en algún momento del tiempo ellos vivirán el tan añorado encuentro, le parece que ahora no debe hacer nada más que dejarse llevar por las circunstancias; aunque en efecto, desea con todas sus ansias que ese encuentro no demore más.

Por un lado Héctor, un tanto involucrado ya en la nueva relación y por el otro Idalia, alejada, dejando todo a la deriva; no cabe duda que la distancia genera indiferencia y esta puede terminar en olvido.

Aunque Idalia trae consigo impregnado a Héctor como un lastre en su vida; y él, no se ha quitado la medalla que le representa la unidad con Idalia, a pesar de ello, empieza ya a triunfar la distancia y la falta de alimento ya debilitó esta relación. Sus ilusiones allí están, cuando menos las de ella siguen intactas, Idalia no se permite cambiarlas por ningún motivo; sin embargo, a Héctor sí que le afectó esa separación e inconscientemente se permite invadir por una nueva ilusión. Aunque voluntariamente se niega, cae en el juego y termina arrastrado por la satisfacción que da el simple hecho de conocer algo nuevo.

Su relación se ha encaminado en una convivencia muy cercana con Sonia, pasan más tiempo juntos del que inicialmente planean y poco a poco se va abriendo una brecha de nuevas sensaciones que a su paso hacen por un lado los recuerdos y momentos hermosos que evocan el amor que siente por Idalia. Y en realidad, no es que deje de querer a Idalia, a ella la sigue amando, solo que la poca frecuencia con la que ahora se ven y su necesidad de sentirse querido y aceptado por alguien le lleva a caer en un oasis de amor, deslumbrado por las atenciones que recibe de Sonia y la persistencia con que ella insiste para robarle a Héctor los mayores momentos que él tenga disponibles.

Idalia no sabe de esto, ella sigue crédula en el plan de la casualidad, y no desconfía ni por un segundo en Héctor, sabe que él tiene diversos compromisos y a esa razón le atribuye el severo distanciamiento que empieza a remarcarse en sus encuentros que ya ni siquiera figuran como ocasionales, es más bien como si hubiera hecho efecto el punto final que aún no se escribe en esta relación. Extrañada, por supuesto trata de justificarlo, pero al no haber alguna evidencia de Héctor por ningún lado, inicia una búsqueda exhaustiva hacía él. No va a su casa, prefiere buscarlo en la escuela, después de varios intentos fallidos decide indagar con sus amigos, a quienes busca con cierta dificultad. Con pena y todo, sorprendida descubre que hace ya varias semanas que Héctor no se presenta a clases. Con ésta noticia, sólo regresa a casa desconcertada y dudosa ahora más que nunca continúa buscándolo; sabe los lugares que él frecuenta pero no lo encuentra.

Casualmente, coincide con amigos en común quienes le confirman la noticia y le hacen saber el motivo de la situación.

En efecto, desde que Héctor inició a trabajar, al ver la desahogada disponibilidad con que podía manejar su economía y la capacidad que descubrió para desenvolverse sin complicación alguna, le llevo a tomar la decisión de continuar por allí, abandonando la escuela tras haber obtenido uno de sus mejores logros en muy poco tiempo. Con tanto éxito, decidió cortar de tajo su relación con la escuela y dedicarse de lleno al negocio del que ahora podría cubrir sus necesidades holgadamente y además empezar a formarse un patrimonio para sí mismo y para su futuro. El gusto por la escuela era cien por ciento compartido y apoyado por Idalia, pero con Sonia, se sentía como pez en el agua en aquello del trabajo, dos cosas completamente diferentes. Cuando Héctor tomó esta decisión, Idalia no estuvo allí para motivarlo a concluir su carera; en cambio Sonia, con la nula importancia que le diera a ello, terminó orillándolo a optar por el trabajo, después de todo, con la capacidad y logros demostrados en tan poco tiempo, no dudaba en augurarle un prominente y exitoso futuro, si en lugar de dedicarle medio tiempo, se dedicara de tiempo completo al negocio.

Con tales fundamentos, Héctor tomó la decisión y al reiniciar el semestre, no volvió a aparecer por la escuela para nada.

Sorprendida y decepcionada, Idalia está boquiabierta sin poder articular palabra. Recuerda cuando andaban juntos, nada era más importante, si no tenían dinero para un gusto no les interesaba; Idalia desconoce en su totalidad a Héctor, quien normalmente le daba tanta importancia a la escuela como ella. Después de asimilarlo, comprendió la razón por la que ya no se encontraban pues mientras ella con esperanzas aguardaba una agradable casualidad, él estaba inmerso en sus nuevos planes y desarrollo laboral.

Idalia, tuvo que marcharse a casa, no quería comentar nada, tendría que terminar por entender todo cuando acababa de enterarse y reconocer aunque parezca duro, que la influencia que tenía en él, definitivamente estaba acabada. Muy desconcertada logró llegar hasta su casa, no tuvo ya el mínimo interés por buscar a Héctor, no ahora, tal vez cuando su razón le de alguna explicación aceptable, de momento no quiere pensar en nada, ni en ella, ni en él, ni en nada. Su sorpresa fue más elocuente de lo que creía y tuvo que esperar nuevamente a retomar el interés por verlo.

Después de buscar una y otra razón del comportamiento de Héctor, Idalia terminó por entender que la decisión que tomó Héctor fue muy suya y si él así lo quiso es porque seguramente encontró mayores beneficios que a seguir estudiando. El hecho de no tenerlo enfrente para escuchar su explicación, le hizo formular alguna para ella misma, de tal manera que después de unos días terminó por aceptar y quizá algún día indagaría con él, por ahora aunque quisiera, parece como si su destino se empeñara en no acercarlos ni por error.

Idalia continua con lo suyo, la escuela, sus amigos y... una gran añoranza: encontrarlo alguna vez... verlo aunque un momento... tiempo suficiente para hacer despertar el gran amor que aún siente por él.

Un día cuando Héctor extraño a Idalia y quiso verla, Idalia lo recibió gustosa; al verlo olvidó todo y decidió no tocar el punto, a menos que fuera él quien lo refiera, si no ella se comporto como si no supiera nada.

Todo este tiempo Héctor pensaba en Idalia, la recordaba, en el fondo la sigue amando y aunque por ahora se ha visto ensimismado en otras circunstancias, él también desea que en algún momento su sueño se haga realidad. Aún no se percata, de que su actitud está alejando cada vez más a Idalia, así que para él, no ha pasado nada y el día de hoy viene con toda la intención de obsequiarle su tiempo con la misma y gran entrega que le caracteriza y que aunque lo negara, Idalia le inspira ser así por el simple hecho de que ella se da sin esperar nada a cambio, solo por el placer de buscar la felicidad de Héctor y éste motivo también a él le inspira, así que estar con ella le trasporta a su original naturaleza y le hace volver a esos momentos de ensueño de dicha y felicidad.

En este sentido, Idalia no desea más que disfrutarlo y demostrarle cuánto aún lo ama, es más cuanto y cuan perfecto es su sentimiento, que muy a pesar del tiempo, la distancia, las circunstancias y todo cuanto rodea ahora a Héctor, ella... en ella, sigue intacto el amor que siente por él; pareciera que está creciendo aún más, al permitirle a él hacer su voluntad en todos los aspectos mientras ella se detiene a observarlo y a amarlo desde el perímetro que su relación le permite. No le desea más que felicidad y éxito, y es capaz incluso, de que al sentir que ella le estorbe, hacerse a un lado, porque con todo y ello, no va a dejar de quererlo, ni de aceptarlo, ni de buscar su felicidad. Los momentos en que Héctor la busca son para ella de fantasía, los vive, los disfruta y los atesora de tal manera que le mantienen su esperanza mientras vuelve a llegar la oportunidad de compartir, otra vez, un rato con él.

Héctor lo sabe... lo sabe y también lo vive, sólo que por ahora tiene otros intereses, el dice: "Ya llegará el momento", pero la verdad es que él tiene miedo, miedo de que Idalia no lo acepte por el drástico cambio que ha dado a su vida. Aunque Héctor la ama, le ha mermado importancia y cuando la busca como hoy, es porque su necesidad de estar con ella, verla y abrazarla ya no le dejan tranquilo ni por un momento. Ella en realidad, siempre viene a sus pensamientos, de día, de tarde, de noche, todo el tiempo, incluso mientras está con Sonia, por quien se ha dejado llevar a una relación sin importancia con el afán de aventura.

El encuentro de hoy es grandioso. Idalia al verlo casi junto a ella, se lanza a abrazarlo por el cuello y darle un beso lleno de emoción. Héctor sólo corresponde con la misma intensidad con que ella lo recibe. De inmediato Idalia se despide de sus amigos mientras se percata como cambia el semblante de uno de ellos al mirar que Idalia se marcha con Héctor.

Héctor le da la sorpresa, lleva un auto diferente, ya es de él y lo hace saber. Idalia sólo se limita a felicitarlo, en realidad no le interesa, a ella solo le importa el tener a Héctor allí junto y nada más. Idalia, endilga a Héctor a caminar por un lugar cercano, hay árboles, juegos, espacio para caminar, subir y bajar escaleras, etc., a explayarse un poco, hace tanto tiempo que no están juntos que hace falta algo así para completar el cuadro. No falta el helado, el jugueteo, la convivencia, las caricias, risas, abrazos y... por supuesto... el beso, ese beso que antes de entregarlo ya se deja saborear en los labios de cada uno. Al principio, ninguno de los dos tiene la intención de buscarlo, pero la misma convivencia los orilla y llega el momento siempre, sin excepción, en que se enlacen sus bocas para remarcar la ansiedad de su compañía, con la finalidad de hacer sentir al otro su necesidad de estar juntos y de transmitir transformado en inmensa energía el todavía existente gran amor que entre ellos habita.

Ninguno de los dos toca el tema ni de la escuela ni del trabajo, ni de la familia, ni de Idalia, ni de Héctor, este tiempo es suyo, sólo de los dos y de sus sentimientos, tiempo destinado a desatar todo cuanto sienten y a expresarse sin recato el uno al otro. Realmente son momentos de gran disfrute, de compartir sus vidas y alimentar cada célula de sus cuerpos por la inmensa satisfacción de vivir su amor. El estar juntos les envuelve en cierta magia, no hay nada más que vivir el momento y evitar todo, cualquier cosa que sea, que modifique la indescriptible sensación que les provoca el estar juntos. Es el mundo que desean, sólo ellos, sin pesares ni preocupaciones, ni antes ni después, aquí y ahora, nada más. Héctor exprime del momento hasta la última gota y al final siempre tienen que despedirse. Ninguno de los dos ha querido tocar el tema, después de todo, lo único importante es poder prolongar al máximo su estancia juntos y lo demás no tiene relevancia.

Hay algo que Idalia empieza a tener claro: no hay después, no hay pasado, no sabe que viene y de lo que dejó sólo tiene el recuerdo. La situación que está viviendo, es prueba real de que nada, nada es tan importante como cada momento en sí. En específico, ella evoca todo lo que vivió, la intensidad, los planes, los sueños y ya nada en esos momentos queda, el ritmo y la fuerza de vivir su relación se ha ido transformando hasta quedar sólo en momentos ocasionales, ya sin planes a futuro, y de aquello que algunas ocasiones proyectaron sólo tienen la intención, pero la verdad es que la única realidad es lo que está viviendo y la conciencia de ello le lleva a disfrutar con todo, cada momento que vive cerca de él, eso es lo único que tiene y que no está dispuesta a dejar de vivir.

Héctor por su cuenta considera que su relación está segura y que nada de lo que él haga o deje de hacer va a repercutir en los sentimientos que Idalia le prediga; él se ha dado cuenta que la entrega y gusto que Idalia le demuestra, lejos de parecer disminuir las percibe más fuertes y firmes conforme pasan los días y aún a costa de la distancia que hay entre un encuentro y otro.

Finalmente, cada uno continua su rumbo, tan independiente el uno del otro que llegan a perder contacto y conocimiento de lo que cada cual hace. Ello, no es importante para su sentimiento, porque si algo hay de cierto es "su amor" existe y tiene la fuerza y forma que ambos han aceptado.

Hay más encuentros ocasionales, varios; a veces, sucede que uno de los dos se percata de estar cerca del otro pero no se atreve a interrumpirlo y mantiene la distancia respecto a las circunstancias, con verlo o verla se conforma su sentimiento y así continúa su vida. Muy dentro de cada uno viven con intensidad su emoción, enamorados en silencio con pasión desbordada y añorando con toda la fuerza que ese amor les da, el encuentro final de reiniciar y entregar ya sin mesura todo cuanto desean. Ese, es el gran sueño de los dos.

Idalia, no puede con lo que lleva, es grande, pesa mucho; pero le mantiene viva la esperanza. Ella ama a Héctor tanto o más que al principio y mantiene latente su amor con los escasos momentos que le comparte, las algunas ocasiones que de lejos le mira y él le corresponde con una simple sonrisa le inyecta esperanza del recuerdo y del deseo mismo de querer seguirlo amando con tal fuerza y realidad.

Héctor, al igual que Idalia, la mantiene con él, es su pensamiento, en sus recuerdos y por supuesto en el deseo de en algún momento volver su sueño realidad; pero a diferencia de Idalia, él sí se ha permitido involucrarse emocionalmente en otra relación y, aunque guarda intacto el lugar de Idalia, hay alguien más que llama su atención y le lleva a vivir otro tipo de experiencias.
Héctor ya inició un noviazgo con Sonia, ése era el plan de ella, y lo logró. Es un noviazgo común, como cualquier otro, sin tanta magia, con la finalidad de tratarse y a ver qué pasa, como es normal, empiezan por compartir momentos y a su medida se van involucrando uno en los intereses del otro, paso a paso, poco a poco, la relación va tomando fuerza y su interés crece en base a la constante frecuencia con la que conviven.
Héctor aún trae puesta la medalla que Idalia le obsequio, jamás ha tenido que dar explicación alguna de ésta a Sonia. A Sonia, ni al menos le interesa, no le pone atención al caso, por lo que no importa lo que él haga con la medalla.

Idalia mientras tanto, ya dedicada de lleno a sus compromisos escolares, no piensa en eso; ha dejado que suceda lo que tenga que suceder con respecto a Héctor, sigue aceptando sólo los momentos que él le regala para mantener su esperanza y el sueño que alguna vez construyeron juntos, pero ya no espera día a día, ya sólo recibe y deja pasar. Ella aún no sabe de la nueva relación de Héctor y ciega confía en que él está actuando de la misma manera que ella, impermeabilizando cualquier acercamiento afectivo. Así lo cree y ello le da tranquilidad.

Un día, yendo Idalia de regreso a casa, absorta en sus pensamientos, le distrae la conversación de dos muchachas que platican intensamente cerca de ella, sin demostrar interés en aquella plática, pierde la continuidad de sus pensamientos y casualmente fija la mirada en el auto que viene de frente a ella, auto que vio en algún lugar antes, ¡es Héctor!, es el auto de Héctor y viene manejando él, por supuesto, Idalia percibe dentro de sí la emoción que genera el simple hecho de verlo; emoción que transforma sus sentidos mientras continúa escuchando la conversación de las chicas que dicen:

- ¿Ya viste quien viene?
- ¿Quién?
- ¡Es Héctor!
- ¿Quién Héctor?
- ¿Cómo quien Héctor? ¡El novio de Sonia!
- ¿Quién?
- ¡Pues el del auto!
- ¡Ah, sí! ¿Apoco ya son novios?
- ¡Claro!
- Yo supe que estaban saliendo pero nada más.
- ¡Pues ya son novios!
- ¿Cómo sabes?
- ¿No los viste el sábado en la fiesta?
- ¿Cuál fiesta?
- El baile. ¡Andaban bien abrazados!
- ¿Apoco?
- ¡Sí, y ella se veía contenta!
- ¿Cómo no? ¡Hasta que se le hizo!
- Sí, le costó trabajo, pero finalmente ya lo logró ¡Héctor Y Sonia ya son novios!
- ¡Qué bueno por ella!
- Sí, verdad, hacen bonita pareja

- Se ven felices, eso es lo que importa...

La conversación de las chicas continúa pero Idalia ya no quiso escuchar más, bloqueo su oído y fijó su mirada en un punto. Era evidente y claro de quien estaban hablando. La tristeza en su cara, desvanecía paulatinamente la sonrisa que le provoco ver a Héctor y la noticia heló en su interior cualquier intención de acercarse a esperarlo, lo dejó pasar de largo; Héctor jamás vio que Idalia estuviese ahí y aunque iba solo, el haber escuchado la noticia a Idalia le derrumbó sueños y esperanzas.

Disimulada a fuerza controlo sus emociones y una vez alejadas las chicas, desató en llanto inconsolable. Tal vez ya lo sentía y no quería aceptarlo, tal vez sus ganas de unirse a su destino no le permitieron ver con claridad la realidad. Ahora entendía tantas cosas, esas horas de espera para sólo mirarle, esos escasos momentos, ideas y más ideas, yendo y viniendo a su cabeza, descargas internas estallando con dura verdad en su corazón.

Esa es su realidad en éste momento, cómo defender sus sentimientos si no fue a ella a quien le dijeran lo que escuchó, en este instante en su soledad está luchando contra su decepción y contra el dolor de saber que Héctor ya tiene a alguien más, cuando ella esperaba significar lo único en la vida de él y hoy, darse cuenta que no, le destroza su vida entera.

Idalia, sólo se detiene un poco a desahogar en lágrimas el dolor que apuñala su sentimiento al tiempo que la angustia invade su alma, su cuerpo y toda ella para terminar sin fuerza alguna en la bruma del más intenso sufrimiento.

Invadida por pesar y resentimiento empieza por culparse de lo que escuchó, el no buscarlo, el tantas veces darse su importancia cuando él la buscaba, el permitir una inestable relación; son tantas cosas lo que la llevaron hasta allí, que ahora no quiere entender, no puede entender, porque su razón está bloqueada y su sentir está irrumpido por la desolación del engaño.

Idalia está por llegar a su casa y no quiere que la vean así, entonces, limpia su llanto y toma fuerzas de flaqueza, entra y encuentra a su mamá cómodamente sentada en la sala dando los últimos toques a uno de sus trabajos.

La señora, se percata del semblante que lleva Idalia y de inmediato pregunta, Idalia queriendo hacerse la fuerte, no responde; la señora insiste hasta que ya sin fuerza alguna Idalia deja caerse junto a su madre, llorando amargamente su sentir y sin poder al menos articular palabra se restriega al pecho de mamá para sentir algo de cariño. La señora asustada la abraza, pero insiste hasta saber el motivo; finalmente Idalia responde:

- Héctor... ya tiene novia.
- ¿Y por eso lloras?
- Mama... sí... Héctor ya tiene novia... y... no soy yo.
- ¿Qué?
- No. El sale con alguien más.
- ¿Y tú?
- No se... yo... yo no sé... él nunca dijo nada.
- ¿Terminaron?
- No. Nunca.
- ¿Te está engañando?
- Tampoco...
- ¿Entonces? -pregunta la señora confundida, ella creía que ya no se veían-.

Idalia pocas veces le platico de los encuentros ocasionales con Héctor y jamás hizo saber que dejarían todo al tiempo, así que su mamá pensaba que habían terminado porque hacía ya un buen tiempo que Héctor no aparecía en casa de Idalia ni por error, pero como Idalia no demostró nada al respecto, todo torno en naturalidad que dieron por hecho que ya no había nada entre ellos; y ahora, no entiende. Sí sabe que algunas ocasiones se vieron ella demostraba desinterés, por no evidenciar su alejamiento, per la única realidad es que Idalia seguía profundamente enamorada de Héctor y que usaba aquellas actitudes sólo como escudo para evitar ocasionarse más dolor y sobrellevar la situación. Hoy la máscara está cayendo, no puede disimular tanto sufrimiento acumulado y agredido, su orgullo está quebrantado y su amor herido, lastimado; y ella, esta deshecha, totalmente desmoronada por sentirse traicionada, después de todo, en efecto, nunca terminaron y el hecho de que ella se haya mantenido fiel y firme a un plan imaginario no quiere decir que Héctor también lo haría y hoy que descubre que no es así, su frustración la está llevando al límite de la locura.

La señora, trata de clamarla, algunas ocasiones ella la orientó en su relación para no permitir llegar hasta aquí pero el no atender sus consejos a Idalia le provoca ahora aún más coraje.

- Te lo dije...-dice la señora... y antes de que continúe, Idalia reclama:-

- No necesito reproches, no necesito "te lo dije", necesito sentir que alguien está conmigo, que no estoy sola y que alguien... sea como sea... me ama sin más... que por ser yo.

La señora entiende y la deja llorar, la abraza sin decir una palabra más. Idalia finalmente se reincorpora y decidida define:

- Gracias, me voy a mi cuarto, ya se me pasará -y se va-.

Idalia entra a su cuarto ya sin tanto llanto, mira alrededor suyo todo cuanto le recuerda a Héctor y se deja caer en la cama con la mirada al techo, allá no hay "recuerdos", no piensa, sólo se deja sentir. Concentrada avanza lentamente hacía dentro suyo, a sentir la profundidad de sí misma, a encontrarse consigo, ella y ella, ella y sus sentimientos, ella y nada más. No quiere pensar, ni sentir, ni entender, no quiere saber de nada. Ahí en esa intimidad, se deja llevar por el ritmo de su respiración hasta caer de lleno en la paz que el encuentro con su alma le genera; pasmada, deja pasar los minutos, las horas y sin percatarse de nada ha caído ya en un sueño regenerador de energía.

Su mamá entra a su recámara para saber de ella, quiere entenderla y al creerla dormida la mueve para hacerle despertar y con un poco de trabajo lo logra. Es que idalia en realidad no estaba dormida, sino que se encontraba en comunión con su espíritu, en ese estado donde no existe nada y existe todo, donde la unidad con la eternidad se unen en un mismo punto. Ahí Idalia ha encontrado su recuperación y ahora que reacciona proyecta nuevo semblante y ganas de continuar con su vida.

- ¿Cómo estás? -Pregunta su mamá-
- Bien. Mejor. Bien.
- ¿Segura?
- Sí.
- ¿Vas a comer?
- Ahora voy.

Al salir la señora de la recámara, Idalia se reincorpora sentada sobre la cama con la barbilla recargada a la altura de sus rodillas y tocando con sus manos los dedos de sus pies, se concentra en entender y aceptar lo que está viviendo. Pareciera ilógico, pero ha despertado su razón al grado de aceptar sin dolor el que Héctor salga con alguien más. Poco a poco idalia recorre la memoria de sus últimos encuentros. En realidad era de esperarse, conviven poco y las posibilidades de conocer a otras personas son tan inmensas como el mismo mundo. Dejar distancias prolongadas en encontrarse, permite el acceso a alguien más. Ahora, con toda la lógica de la razón, está tratando de entender para no sufrir, pero quien siente es su corazón, un corazón destrozado. Por Dios, van y vienen los recuerdos, van y vienen las preguntas, cual es la verdad, qué fue lo que sucedió.

Idalia es fuerte, tanto como el amor que siente por Héctor y aunque su mayor deseo es regresar con él y continuar su relación de ensueño para transformarlo en hermosa realidad, hoy tiene que pensar, tiene que decidir. Lo ama, lo ama tanto y nadie más en ella hay a quien le haya dado tanto, nadie más en su vida ha logrado desarrollar con tal magnificencia cualquiera de sus sentimientos, claro que hay más personas alrededor de ella a quien aprecia quiere y valora, pero lo que siente por Héctor, jamás nadie pudo ni podrá compararlo ni por tantito, jamás nadie ni al menos ha podido penetrar más allá a lo profundo de su vida, a su alma, con tal poder y convencimiento como Héctor, nadie en realidad ha logrado la identificación espiritual tan clara, pura y cierta como Héctor en su relación con Idalia; su unión, traspaso con mucho el plano físico y material, su encuentro antes que real fue espiritual y con ello se unió tan fuerte, que a pesar de hoy y de lo que pueda pasar, nadie ni con nada, esa unión, se podrá desbaratar.

Idalia está muy consciente de todo esto, lo sabe y lo está viviendo, pero desea fervientemente no pensar en lo que pueda pasar. Su amor a pesar, muy a pesar de todo, es y será desde su inicio y hasta la prosperidad, estén o no juntos en la realidad.

Finalmente lo entiende, ella lo ama, lo ama y eso no va a cambiar aunque Héctor no esté con ella físicamente, a Idalia, el que Héctor no la vea, no le impide seguirlo amando. Convencida de esta manera, Idalia le da su libertad, no lo ata a ella, no le insistirá para que venga a verla, está entendiendo que este hecho no cambia nada. Idalia decidió amar a Héctor desde lo más profundo de su corazón porque su vida le brindó la oportunidad de conocer a la persona que se identificara con ella en la infinitud de las dimensiones y esta potencia existe unida al hilo de plata que une al universo entero y así, a pesar de lo que Héctor decida, no hay fuerza tan poderosa que pueda destruir lo que Idalia ha construido desde la dimensión donde lo único que existe es el amor. En este momento, cuando Idalia ha llegado hasta este punto, entiende entonces que él sabrá el momento en que finalmente regrese a ella si es que lo hará o decida definitivamente volverse a otro rumbo y aún con que fuera así, en ella jamás cambiará su sentimiento, Idalia jamás en esta vida y en la eternidad, jamás, jamás lo dejará de amar, porque su amor es su realidad.

Ya con la tranquilidad en pleno, Idalia sale a comer, a saborear sus alimentos con el placer que le identifica, sonríe, continúa hoy y continuará en adelante.

Héctor en efecto ya "formalizo" con Sonia, es decir, ya son novios, con el trato y la frecuencia de convivir, finalmente se hicieron novios. Entre Sonia e Idalia, hay cierto parecido físico, son del mismo estilo de persona, por fuera, porque en modo de ser, cada una tiene lo suyo; hay cosas buenas en ambas y también cosas que se pueden mejorar.

Ajeno de saber que Idalia se ha enterado, Héctor continúa trabajando, compartiendo nuevos momentos con Sonia, pero el tiempo, aliado compañero, le retorna en camino a un encuentro con Idalia.

Hoy la casualidad los une de nuevo, ninguno lo espera y tampoco lo presiente, ella viene de hacer compras, trae comiendo un helado y no se percata que alguien, Héctor, la ha visto ya y se acerca gustoso a saludarla:

-   ¿Me convidas? -Pide Héctor helado a Idalia-

Incómoda Idalia, voltea a reclamar con la mirada para sorprenderse y darse cuenta qué es Héctor.

-   No. – responde segura de no querer compartir el helado-.
-   ¿En serio?
-   ¡Claro, es mi helado! ¡Y, no sabes que sabroso está!
-   Se nota

En realidad, el helado sirvió para iniciar la conversación, Idalia no le da importancia y saborea plenamente su helado, es más termina por invitarle la prueba y al terminarlo, entonces sí inician una amena conversación. Idalia, no se ha puesto nerviosa, acaso no le importa la presencia de Héctor. Sí, seguramente sí, pero haber decidido liberarle de la condición de estar sólo para él, a Idalia le ha permitido mantener la serenidad en este momento, con ello, por supuesto, sus sentimientos no están cambiando, sólo los está dejando fluir, con la voluntad que el mismo amor le indica.

Héctor sí está emocionado, ha llegado hasta el punto de extrañarla pese a mantener otra relación, pero no había hecho nada por buscarla precisamente por no involucrar ambos sentimientos y caer en confusión innecesaria. Por ahora, aprovecha la oportunidad que su destino le está regalando y disfruta una vez más de la compañía de Idalia, esta vez, Héctor se sorprende; Idalia tiene cierto aire de fortaleza que no había percibido en ella en las últimas ocasiones que estuvieron juntos, y la indaga, trata de obtener información; por sus pensamientos le acosa la idea de que tal vez ella tenga otra relación, pero no, no es así, aunque él no lo sabe, la realidad es que a Idalia lo menos que le interesa en este momento es iniciar algo que le aleje aún más de él. Héctor insiste tratando de obtener información y lo único que logra confirmar es que ella es fiel a sus ideales, a sus sentimientos y que lo que siente es exactamente lo que Héctor ya conoce y por él, por nadie más. Sin embargo, el saberse culpable y responsable de la relación que él sí tiene con otra persona, le perturban por un momento, situación que Idalia aprovecha para cuestionar y confirmar su relación con Sonia. Sin reclamos ni advertencias, con la misma cordura con que hablaran de cualquier otro tema, Idalia se atreve a preguntar:

- ¿Tienes novia?
- Sí... no... bueno... tú... es decir... sí, salgo con alguien.
- ¿Y, qué tal?
- Idalia... perdón...
- No, no tienes que pedir perdón, no estoy acusando.
- ¿Lo sabías?
- Sí.
- ¿Quién te lo dijo?
- Eso es lo de menos
- ¡Dime!
- No sé, me enteré casualmente

- ¿Nos has visto?
- No. Pero no importa. Tú, ¿estás contento?
- Mm.
- ¡La verdad!
- Sí... no se... no tanto como contigo
- No mezcles lo que hubo entre nosotros
- ¿Hubo?
- No puede ser todo al mismo tiempo ¿O sí?
- Tienes razón
- ¿Entonces?
- ¿Dónde quedó lo nuestro?
- Lo mío, sigue en mí, lo tuyo... no sé.
- También sigue aquí.
- Pero oculto
- No
- ¿No?
- No, es real.
- Sí, pero está oculto porque no es tu presente.
- Sí lo es.
- Héctor no juegues.
- No estoy jugando
- ¿Qué quieres?
- A ti.
- Y... ¿ella?
- No tiene importancia.
- ¡Claro que la tiene!
- Este es mi momento y es tuyo... estoy aquí... contigo.
- Yo no quiero un momento
- ¿Entonces?
- Héctor... de verdad... tienes tu libertad, disfrútala... y cuando libremente hayas decidido entonces me avisas.
- Idalia, yo te quiero.
- Y yo a ti, pero no es nuestro momento; ya no lo es.

- ¿Estamos terminando?
- Héctor no te confundas... hace tanto tiempo que tu y yo...
- No he dejado de amarte
- Pero tienes una nueva relación.
- Es cierto. No sé cómo pasó.
- Como haya sido, ahora la tienes y no es conmigo y créeme, ya lo entendí.
- No te importa
- ¡Claro que me importa! Y por eso, entiende, tú decides... yo... contigo o sin ti, mis sentimientos no van a cambiar... ni hoy... ni nunca...
- ¿Qué quieres decir?
- Mira, la realidad es lo que existe y mis sentimientos existen hoy y han existido desde entonces cuando por primera vez apareciste en mis sueños y mi mágica realidad te trajo hasta mí, ahora, tal vez yo o tú o la misma realidad te ha llevado a otros rumbos pero eso nada va a cambiar en mí, tu decide lo que debas hacer, yo... aquí estaré... siempre... en mí, el amor que nació para ti no va a morir, pero eso no quiere decir que te limite, si tu... ahora no debes o no quieres estar conmigo, tal vez... algún día... lo entenderemos, por ahora... sabes que te amo, pero define tu lo que sientes y después, entonces... entonces volveremos a encontrarnos.
- Idalia... ¿se está acabando?
- No... ¿no lo entiendes?
- No.
- Reacciona Héctor, nada se está terminando, ¿recuerdas? Tú mismo lo pediste alguna vez ¡déjalo al tiempo! Dijiste y el tiempo te llevo hacía otro cauce, por favor, que pretendes, modificar tu destino. Tal vez tengas que probar para que puedas avanzar.
- ¿Probar qué?
- No sé, es un decir. ¿Qué sientes?

- En este momento, estoy sufriendo, siento que te estoy perdiendo y no quiero.
- ¿Entonces qué quieres?
- Entiende, te quiero a ti.
- Y...
- Ya lo sé, está ella, Sonia, pero aún no entiendo porqué estoy con ella.
- Algo debe de haber.
- Quizá la distancia... el no verte... la necesidad de sentirme acompañado.
- ¿Por eso estás con ella?
- No sé.
- ¿Entonces?
- No se Idalia, en realidad, ahora no lo sé, lo único que sé es que yo sí te amo, sí deseo estar contigo, quiero tenerte conmigo como antes... pero tampoco, sé que va a pasar con Sonia.
- Entonces, no hagas nada, deja las cosas como están, déjalas seguir su curso, y solitas te llevaran al lugar que corresponda.
- ¿Y si te pierdo?
- Tú... nunca me vas a perder, ¡seguro! ¡tú nunca me vas a perder!, siempre, cada que lo desees estaré contigo, para lo que necesites, tal vez no como pareja, tal vez no como tu novia, pero a Idalia, siempre la vas a tener contigo, aquí estará, en mí, entiende tienes a alguien incondicional para lo que necesites, lo mío para ti, no cambia ni cambiará, yo siempre estaré incondicionalmente tuya hasta que tu así lo permitas.
- Idalia ¡te amo!
- No digas más, no soy yo quien para destruir tus sentimientos, yo estoy aquí, lo repito, eres tú el que ya no quiso estar, pero de verdad, no importa mi amor... dale tiempo al tiempo... y... ya verás... nunca falla... el sabio tiempo... le dará la razón a la razón y tu y yo, volveremos a encontrarnos cuando así tenga que ser, es decir, como pareja, por ahora recuerda y no lo olvides

nunca... yo estoy aquí y cuando tú lo pidas estaré, cuando tú me busques me encontraras y cuando tú así lo planees estaré, tuya incondicional, tuya y para lo que tú necesites.

- Mi amor...
- Sí, tu amor, te llevará justo a donde tú quieres estar.

Héctor intenta abrazarla e idalia lo permite, corresponde el abrazo con la firmeza de un corazón enamorado, ésta vez, ha habido sonrisas, palabras de cariño, incluso caricias, pero la cordura que Idalia trae ahora, le ha permitido no dejar rebasar el límite acostumbrado y señala con firmeza el punto hasta el cual no quiere llegar el día de hoy. Héctor intenta darle un beso como acostumbraban en todos sus encuentro, pero hoy Idalia no lo ha permitido y propone:

- No... no Héctor... esta vez no.
- Pero...
- No lo hagas, lo único que vas a lograr es confundirte.
- Está bien, como digas.

Héctor siente el rechazo y le incomoda, hay algo de orgullo en su actitud y no se da cuenta que Idalia le ha demostrado abiertamente que el amor es más fuerte que cualquier potencia así que dejando que él decida le está demostrando la verdad y la fuerza de sus sentimientos, pero él, tiene miedo y no quiere perder todo cuanto Idalia le ofrece y a la vez está entusiasmado con su nueva relación y no pretende en absoluto terminarla para regresar con Idalia. Es una lucha de sentimientos encontrados, sólo que la firmeza de Idalia no le deja más alternativa que aceptar su propuesta, por supuesto cerciorándose que Idalia estará allí cuando él la busque, y que no va a perder la posibilidad de si no le fuera bien o si se diera cuenta que es Idalia a quien en realidad ama, ella seguro estará allí como lo ofrece.

- Idalia, de verdad, no olvides que te amo.
- ¡No te preocupes! Si algo no voy a olvidar es eso.
- ¿Y tú?
- ¿Yo qué?

- ¿No me amas?
- Ya lo sabes, sabes perfectamente que sí y cuánto, y sabes también precisamente que esa es la razón por la que estoy tomando esta decisión.
- ¿De verdad?
- Héctor ya lo hablamos, ya terminemos la conversación y bueno... yo me tengo que ir.
- Te acompaño, te ayudo con tu bolsa.

Héctor toma las cosas de Idalia y se marchan rumbo a casa de ella, a partir de ahora, la conversación toma un giro totalmente diferente, Héctor ya no quiso insistir más para evitar una ruptura total, después de todo ni el mismo sabe lo que realmente quiere, así que no insiste ni en hablar ni en darle el beso que intentó antes. Idalia, se ha mostrado ante él con tal entereza que lo confunde, el piensa que tal vez haya otros interés que ella no quiso decir, la inseguridad de las circunstancias empiezan a inquietarlo pero inteligentemente no dice más.

Idalia, está muy segura de lo que ha hecho, ella ya entendió y se definió en plena conciencia de que así sería, no hay más nada que hacer, ella también siente, también está triste y sufre por confirmar lo que ya sabía, sufre por pensar en perder definitivamente la posibilidad de volver sus sueños realidad, pero esa es su decisión y a Héctor no le va a demostrar lo que está sintiendo porque entonces de nada valdría todo cuanto dijo, definitivamente ella también está llorando por dentro, también está sufriendo, y aunque le hizo saber a Héctor cuánto lo ama, jamás hizo nada por retenerlo o volcarlo de nueva cuenta hacía ella. Idalia, está más que consciente que la vida es inteligente y que precisamente lo que es será y lo que no, ni hablar, ahora ya lo entiende y no por ello deja de sufrir, pero hoy, hoy no va a permitir derrumbarse una vez más porque Héctor no esté con ella. Idalia, deseaba tanto besar a Héctor como cada vez en sus encuentros, sólo que con firmeza se lo negó a ella misma, para no sufrir de más, para evitar desprenderse con más pesar de lo que voluntariamente está dejando ir.

Están ya en la puerta de casa de Idalia, Héctor entrega los paquetes y se despide con un beso en la mejilla de Idalia y se va.

Idalia, al intentar abrir la puerta se da cuenta que tiene justo frente a ella a su mamá quien vio perfectamente quien la trajo y cómo se despidió, inmediatamente cuestiona:

- ¿Qué paso?
- Nada.
- ¿Cómo, y, entonces?
- Nada. Nos encontramos casualmente y quiso acompañarme.
- ¿Y?
- Nada mamá, no pasó nada.
- ¡No le dijiste nada!
- No. ¿Qué tenía que decirle?
- ¡Pues algo! ¡Lo que sientes! ¡Reclamarle!
- ¿Reclamarle qué?
- ¡Que tenga novia!
- ¡Hay, mamá!
- Debiste de haberte aprovechado.
- ¿De qué?
- Dile lo que sientes, que deje a la otra, no se...
- No mamá, déjalo así, las cosa pasan por alguna razón.
- ¿Cuál razón? Pasan porque dejas que pasen.
- ¡Claro que no!
- Sí, ¡Claro que sí! Díselo, ya verás como regresa contigo.
- No, a fuerza, no.
- No es a fuerza, pero ya se dará cuenta...
- No mamá, ya, si él así lo decidió, así será
- ¡Tonta!

De alguna manera Idalia entiende lo que su mamá trata de hacerle ver, sin embargo, ella ya entendió que darle libertad total, le ayuda incluso a la misma Idalia a liberarse sin pesar de una carga que no desea venir arrastrando sólo porque Héctor ha decidido andar con alguien más que no es ella. Así que, definitivamente, las circunstancias no van a cambiar y lo mejor es continuar con lo suyo.

Héctor después de dejar a Idalia, quedó algo confundido y dudoso, pero con los días disminuyó importancia y se concentro en su vida, continúa con la relación con Sonia, que poco a poco va tomando fuerza, ahora es ella quien llega a casa de Héctor como novia y en la familia, ha sido recibida bien, al principio con un poco de renuencia por el recuerdo de Idalia, pero finalmente entendiendo todos que si eso es lo Héctor decidió, como familia, no les queda más que apoyarlo. Héctor también se empieza a mezclar más a fondo en la relación familiar de Sonia, y más bien que mal va avanzando y creciendo esa relación.

Porque efectivamente no ha desaparecido por completo el recuerdo de idalia, en Héctor hay un sentimiento que lo persigue por donde quiera que el ande, con o sin la compañía de Sonia, el sigue pensando en Idalia, la recuerda, la busca y de vez en vez, toma alguno de los obsequios que ella le dio para recordar momentos aquellos cuando en cada caso recibió el detalle. Su medalla, ni que decir, es la fecha en que no se la ha quitado ni para bañarse, está ahí asida a él sin la menor intención de desaparecerla, Héctor sabe que quiere a Idalia, pero su adormecido sentimiento opacado un tanto por el flashazo de su nueva relación, no le permite decidir de una vez por todas volver a buscarla y reencontrarse en la manera que ambos, alguna vez añoraron.

De repente, con el pretexto de querer decirle algo, en realidad nada, la busca y ella lo escucha, hablan de cualquier tontería y vuelven a su respectiva rutina, pero en estas ocasiones como la última, Idalia se ha empeñado en no permitir en absoluto el toque amoroso que de repente Héctor trata de dar.

En el fondo, Héctor reconoce que el sentimiento que Idalia hizo crecer en él, dista con mucho de lo que ahora está sintiendo con Sonia. De repente añora los buenos momentos con Idalia y ello le desestabiliza la relación con Sonia, es un estire y afloje, sin embargo la realidad le insiste cada vez con mayor frecuencia , buscar a Idalia y lo hace, la busca hasta encontrarla e Idalia lo recibe con gusto, platican, es más, en ocasiones llegan a salir a dar la vuelta; Idalia disfruta mucho estos encuentros, para ella es alimento al amor que aún siente por Héctor, pero no permite en absoluto que Héctor manipule el momento para sellarlo con un beso, ya no lo admite más, aunque invariablemente él lo intenta, sin excepción Idalia hace todo cuanto es necesario con tal de no permitirlo, aunque en el fondo ella también lo desea no quiere tomar el lugar de "la otra" cuando Idalia desea ser la única.

Con esas escapadas Héctor reanima en su interior todo cuanto Idalia le inspira y se vuelve en una mezcolanza de sentimientos que ni él mismo termina por discernir. Mientras que por un lado la idea de ver a Idalia le emociona y le acelera el latir de su corazón, por el otro la formalidad en que se ha volcado su relación con Sonia le impide correr con ansia en busca de Idalia porque lastimaría a Sonia. Héctor no se define, cree tener responsabilidad en ambas relaciones pero sobre todo, cree querer a las dos, a Idalia más pero ya no convive con ella, a Sonia menos y es con quien comparte su tiempo. Es un dilema para él, situación que de alguna manera, lo mantiene limitado en demostrarle a ambas abiertamente lo que cada una significa para él.

Idalia, en tanto disfruta con todo cada ocasión que le comparte a Héctor; después, cuando él se ha ido, pide con todas sus fuerzas en su interior que termine esta situación y retorne con intensidad la ya olvidada relación. Ahora no hay más que sólo momentos, ratos, convivencia a medias o simples conversaciones que no los lleva a nada e Idalia, desea intensamente volver sentir un poco la fuerza y el poder de ese gran amor que aún late con gran potencia en sus entrañas.

El tiempo, como buen consejero hace su obra, Idalia deja suceder lo que tenga que pasar y sin hacer de lado sus sentimientos continúa con entusiasmo su vida misma; encuentra nuevos y diferentes motivos de avanzar en uno y otro aspectos, con firmeza crece como persona y surgen entonces nuevas ganas de enfrentarse sonrientemente a una vida que tiene en sus manos y a merced de sus decisiones; jamás niega sus sentimientos, pero ya no vive en torno a ellos, tiene otras prioridades en las que concentra toda su energía y de esta manera, llega el momento en que inevitablemente se acerque alguien en afán afectivo. Ella ha permanecido hermetizada en este sentido y hasta hoy nadie ha podido irrumpir ese santuario que construyó para Héctor y jamás nadie tampoco, ha quebrantado la fidelidad que Idalia, pese a toda circunstancia en contra, le ha prodigado al amor que le pertenece exclusivamente a Héctor.

Alguien se acerca a ella y pide una oportunidad, Idalia no está convencida de aceptar pero tampoco de negarse. Lo va a pensar, tal vez valga la pena darse una nueva oportunidad, no para la otra persona, sino para ella misma y por nadie más sino porque Idalia mire hacia nuevos horizontes, empiece de nuevo y tenga la oportunidad de dar a quien si quiera recibir lo que ella puede dar.

Idalia valora, hace ya buen tiempo que no ve a Héctor y sabe que él tiene otra relación, porque no permitirse volver a ilusionarse. La verdad, Héctor va a estar allí siempre, ella de ningún modo va a dejar de amarlo, no puede, no se consigue destruir algo grandioso y verdadero y si logra vivir con ello mientras se da una nueva posibilidad, en realidad Idalia, no lo sabe, no quiere decidir, ya que si está convencida de que en su escenario Héctor anda ya por un rumbo diferente y ella, no debe esperar más porque no sabe lo que pasará adelante, tiene la duda.

Idalia, está terminando su carrera, pronto va a graduarse, era una de sus metas. Por los requisitos de la escuela es necesario iniciarse en la vida laboral, por lo que se da a la tarea de buscar el lugar donde pueda iniciar a practicar su formación profesional, cosa que logra sin mayor dificultad; entonces inicia una nueva etapa en su vida.

De verdad, cada día, cada noche, en cualquier momento, siempre hay un pensamiento para Héctor, ya sea de recuerdo o de invitación a participarle algo de lo que le sucede a Idalia. Ella está perfectamente ubicada en su relación con Héctor, sólo que esto no impide mandar un mensaje a él con todo su amor. Idalia ya lo decidió, eliminar totalmente aquella barrera que evitaba el acercamiento de cualquier persona. A partir de ahora, dejará fluir todo cuanto ella pueda inspirar, obviamente bajo conciencia y real conocimiento de sus propias circunstancias.

El trabajo al que se adhirió, es en oficina, compartiendo funciones con distintas personas; sus propias actividades le permiten conocer e interrelacionarse con individuos de todo tipo, ella feliz en lo suyo, le gusta su trabajo, concentrada al cien por ciento como siempre, hace amigos, amigas, conoce gente nueva y eso es todo. Un día, sentada en el escritorio de frente a la puerta de la oficina, alguien asoma por ella: Octavio, él es abogado, alto, 1.90 mts aproximadamente, fornido, tez clara, bien parecido y... con una boca muy seductora. Sin que él se percate, Idalia murmura para sus adentros "quien besara esa boca que se ve tan sabrosa". Fue sólo un murmullo, en realidad, ni Idalia tiene la intención de besar a Octavio, que ni siquiera conoce, ni Octavio ha volteado a ver a Idalia cuando menos. Varios días después, en el transcurso de su trabajo, Idalia debe entregar cierta documentación en otra área de la empresa y, jovial como siempre, se presenta donde corresponde, la persona que debe atenderle está ocupada, por lo que Idalia debe esperar. Ella se distrae leyendo la colección de pergaminos que penden de la pared cuando de repente una voz masculina pregunta por ella y la hace voltear, ¡es Octavio! Es él, aquél "galán" que paso frente de ella la otra vez. Idalia sonríe, no pasa nada, ella va a lo que va, se presenta y explica el motivo de su presencia allá en esa oficina; el licenciado la atiende con gran placer, con sólo mirarla se detecta lo agradable que es conversar con Idalia y él después de atenderle trata de hacer la plática con intención de conocer quién es Idalia a lo que ella responde con completa naturalidad, no pasa nada, es sólo que acaban de conocerse dos personas agradables que para su fortuna, tendrán que estarse tratando con cierta regularidad debido a las funciones que cada uno desempeña en sus respectivos trabajos. Con mucho gusto se despiden, Idalia ya ni recuerda lo que alguna vez pensó, ella dedicada y concentrada de lleno en lo suyo, evita distraerse con cualquier otra cosa que no tenga que ver nada con su trabajo. Por la naturaleza propia de sus labores, en efecto, el trato del licenciado con Idalia, se convierte en una agradable rutina, cuando menos dos veces por semana deben reunirse a conciliar ciertos datos e intercambiar documentación, de vez en vez, se va entablando una relación armoniosa que se presta de repente a ir un poco dentro de sus conversaciones hacía el plano personal, aunque ambos son muy profesionales y procuran no mezclar situaciones personales con el trabajo, por momentos les es totalmente inevitable divagar por cuestiones que nada que ver con su trabajo, un chascarrillo, algún comentario fuera de lugar o cosas por el estilo. Octavio, como le ha pedido a Idalia que lo llame, es una persona seria, responsable, entregada a su trabajo y muy agradable en su trato y en su conversación, se ve que está muy preparado en lo suyo y que conoce a todas luces lo que hace, además de proyectar cierto nivel cultural que de alguna manera a Idalia le hace admirarlo e interesarse por conversar un poco más cada vez. Por su cuenta Octavio, ha encontrado en Idalia, cierta chispa de tranquilidad que le provoca curiosidad por saber cada vez más y más de ella, le encanta compartir momentos, porque además de interesante siempre lleva un toque de misterio y mucho de entusiasmo en todo cuanto habla con Idalia, se siente bien con su compañía y hay momentos en que piensa en ella cuando han pasado varios días sin verla, la busca e inevitablemente siempre la encuentra disponible para conversar con él y eso a Octavio le complace de tal forma que parece empezar a despertar un interés especial en ella, más allá de lo laboral y un poco allá de una relación personal sin sentido.

Por la frecuencia de sus encuentros, sin darse cuenta, cada vez se buscan más y más, ya incluso procuran cualquier pretexto para verse, siguen entablando sus conversaciones profesionales, pero además han empezado a inmiscuirse uno en la vida del otro y cada uno lo ha permitido porque ambos están interesados ya en buscar algo más que simple relación laboral, pretenden empezar por convivir fuera del trabajo y después a ver qué pasa.

En efecto, finalmente Octavio toma la iniciativa e invita a salir a Idalia, quien después de pensarlo un poco termina por aceptar, irán al cine, la película es lo de menos, la intención es pasar un rato juntos, luego ir a cenar o a tomar un café, no hay malas intenciones, es sólo tratarse y compartir un poco de cada quien.

Así sucede, disfrutan de su respectiva compañía, comparten ideas y pláticas, terminan en una cafetería disfrutando un espumoso capuchino. En la amena conversación surgen temas de todo tipo, incluso bromas y carcajadas, en un buen momento, la están pasando bien y les agrada, tanto Octavio como Idalia olvidan todo lo demás, incluso lo del trabajo, se concentraron en ellos y en el tiempo que ahora están compartiendo. Como todo lo que inicia, el tiempo les señala que es tarde y deben retirarse cada uno a sus respectivas casas. Como buen caballero, Octavio se ofrece dejar a Idalia, justo a donde ella le indique, y ella acepta que la lleve hasta su casa, eso no implica nada más que permitirle ser amable.

Salir con Octavio ya es parte de su vida, engendraron una fuerte amistad que conlleva convivencia sana y placentera. De vez en vez se descubren con cierta intención más allá de la amistad. A Idalia le late, por ahora resguarda sus sentimientos para con Héctor como el mayor tesoro que jamás haya tenido; sin embargo consciente de su realidad quiere darse una nueva oportunidad y tiene frente a ella esa posibilidad, lo está valorando, en realidad Octavio le ofrece mucho:

amor, estabilidad, convivencia y la posibilidad de crecer juntos. El es un gran profesionista y ello a Idalia le genera gran admiración, es lo que siempre había querido, alguien que vaya un paso adelante, dando un buen ejemplo por seguir, alguien que tenga mucho que enseñar y que compartir y por fortuna, todo esto lo encuentra en Octavio. Claro que Idalia hubiese querido encontrar estas cualidades en Héctor y aunque él las hubiera desarrollado, hoy no está Héctor, ¡está Octavio!, y él sólo necesita con quien compartir, porque ya lo tiene todo. Octavio se interesa bien en Idalia, la busca, le comparte y por ahí ya inició un plan de conquista, él ya está enamorado de Idalia, sólo que como conoce la historia de Idalia porque ella misma se la contó, no quiere parecer oportunista, así que mantiene una muy adecuada distancia permitiéndose ocasionalmente un acercamiento que admita ir avanzando lento pero firme en la conquista de Idalia. Octavio se las ingenia, en ocasiones, sorprende a Idalia cuando ella descubre entre sus papeles de trabajo una nota de aprecio, algún piropo y hasta chocolates con mensajes escritos sobre la envoltura; cualquier detalle es bueno. Idalia se siente alagada y le agrada que Octavio se tome la molestia de buscarla, ya sea por teléfono o personalmente sólo para saludarla y saber cómo está. En ese ritmo se desenvuelven. Obviamente con la creciente frecuencia en que conviven ya empiezan a buscarse más y más y es que en realidad Octavio ya pretende hacerle saber sus sentimientos a Idalia quien también ya cree corresponder.

Y, en efecto, a Idalia la ha conquistado, por supuesto no con tal magia como cuando inició su relación con Héctor pero a final de cuentas con agrado y cierta emoción que ya es bueno para los dos.

Llega el momento, ya es imposible ignorar que en esa relación hay algo más, así que Octavio toma la decisión, la invita como tantas otras veces a cenar e Idalia acepta. Octavio le pide a Idalia tomar esta ocasión como una muy especial, así que lo dejan para el fin de semana cuando ninguno tenga compromisos y de ser posible para que Octavio tenga todo el tiempo del mundo de preparar su declaración.

Es fin de semana, Idalia mantuvo discreción todo ese tiempo y no platico mucho al respecto en su casa. Por supuesto, conocen a Octavio porque ella lo ha invitado como compañero de trabajo pero nada más. Su mamá sabe que ha salido con él pero sin mayor compromiso ni interés; Idalia, no está nerviosa pero si un tanto emocionada y se le nota, razón por la que decide platicarle a su mamá, quien la apoya incondicionalmente como siempre, ya que ella más que nadie ha visto sufrir a Idalia y desea con todas sus ganas que su hija vuelva a ser como antes porque aunque Idalia aparente lo contrario, la señora con su experiencia de madre sabe lo que su hija lleva dentro. Entonces, le sugiere ponerse bonita y disfrutar la salida. Idalia ya lo había pensado, ya no es la misma chiquilla inquieta e ilusa, últimamente ha madurado y crecido para bien después de todo lo que tuvo que vivir. Así que selecciona algo lindo, un tanto coqueto y a la vez discreto, un vestido en tono claro, entallado un poco a su cuerpo con un matiz de elegancia, decide recoger su cabello en un chongo que hace juego al vestido; se esmera en verse bonita, está bonita. Es casi la hora en que vendrá Octavio e Idalia ya está lista, sólo lo espera.

Llaman a la puerta y nadie hace por salir a abrir, saben que es para Idalia, en efecto, es Octavio quien se queda mirando a Idalia y dice:

- ¡Estás hermosa!

Octavio normalmente luce bien vestido, pero hoy, será por el gran entusiasmo que trae para ver a Idalia que ilumina su cara y le hace ver resplandeciente. Octavio porta entre sus manos un ramo de flores para Idalia que le entrega de inmediato.

Idalia las toma y lo invita a pasar.

- ¡Ven pasa! ¡Voy a poner las flores en agua!

Octavio va hasta el sillón y espera ¡El si está nervioso pero lo disimula muy bien! Nadie más viene a saludarlo, así que sólo espera. Idalia regresa con las flores ya puestas en un jarrón para dejarlas en la mesita de centro que está junto a Octavio; detrás de ella viene su mamá:

- ¡Buenas tardes!
- ¡Hola Señora! –Octavio se pone de pie y saluda- le voy a robar un rato a Idalia –afirma- Luego se la regreso.
- Está bien, que disfruten su cena y... ¡No lleguen tarde!
- ¡Claro que no! No se preocupe, aquí estaremos a buena hora. ¿Nos vamos? - pregunta dirigiéndose a Idalia quien observa la conversación.
- Sí. –sin decir más reacciona de haberse revocado en el recuerdo cuando alguna vez en esa misma situación quien iba por ella era Héctor, la misma escena y el mismo lugar la remontaron sin problema hasta aquél momento. A tiempo reacciona y sonríe para Octavio. Se despide de su mamá y se marchan.

Octavio es todo un caballero, jamás se permite adelantarse, ni dejar a Idalia abrir la puerta o la del coche; trato al que Idalia ya se está acostumbrando y sólo le permite ser.

Van directo al restaurante donde Octavio reservó, muy acogedor y hasta romántico, en la mesa de una orilla, otro ramo de flores le espera a Idalia, ella está realmente complacida y aunque de repente, casualmente trae a Héctor a su pensamiento, hace todo el esfuerzo por dejarlo atrás y disfrutar la velada.

Como es su costumbre, han divagado por diversos temas en la conversación, e inteligentemente Octavio se va orientando hacía su objetivo. Idalia ya se percató, es más, lo imaginó desde que hizo el comentario de hacer este encuentro "especial" y en realidad, ella también lo desea, hace tanto tiempo que no sentía la emoción. Idalia deja envolverse en las intenciones de Octavio, él ya la conoce muy bien y tuvo el cuidado de armar el ambiente perfecto donde la hace sentir única y grandiosa. Octavio tiene muy buenas intenciones, se ha imaginado a Idalia como a quien ha esperado todo este tiempo.

Por ello, desea hacer lo correcto, complacerla y hacerla sentir tan bien que Idalia no dude en corresponder a sus sentimientos y aunque conoce todo cuanto ella vivió con Héctor cree que ha ganado suficiente atención de ella para poder hacerle olvidar y recompensar con mucho y gran amor lo que Idalia dejó de recibir. El está dispuesto y convencido que no pasará mucho tiempo para que Idalia logre corresponderle abiertamente, después de todo, la nobleza de los sentimientos de ella no le permiten caer en juego de ningún tipo ni mucho menos en afán de engaño o burla, Idalia es buena y también se entrega a sus sentimientos pero trae algo muy pero muy arraigado en lo más profundo de su ser, que definitivamente va a ser muy difícil dejar de lado. Ella está decidida a intentarlo y a ver qué pasa.

Terminan su cena y en la sobremesa deciden saborear un postre. Por momentos, Idalia se permite ser un tanto juguetona, es algo muy de ella que surge cuando se siente bien y ahora lo está, se siente muy contenta. Bien, llegó el momento, Octavio se preparó mucho para este instante y aún así tiene que hacer pasar el trago de saliva que corta la inspiración, él detiene el momento mirándola directo a los ojos, a la vez que con suavidad toma las manos de Idalia entre las de él disfrutando con ternura la tesura de las de ella. Idalia le permite, mientras corresponde la mirada con expresión interrogante, al tiempo que deja notar una mueca de emoción.

Octavio se decide:

- Idalia, te pedí tomar esta ocasión como especial porque hoy... hoy... quiero... tu sabes... tú has hecho nacer en mi... tú has logrado que yo... me... enamore de ti. Idalia... ¡estoy enamorado de ti!... y, deseo... y... quiero... ¡ser tu novio!
- ¿Yo?...
- ¡Estoy nervioso!
- Mira...
- No digas nada Idalia... no ahora... más bien escúchame.

Octavio continua recalcando a Idalia que sus intenciones son buenas y sus sentimientos reales, le recuerda cómo en cada día de convivencia, en él se ha ido entretejiendo el hermoso sentimiento que ahora ofrece vivirlo con toda la intención de caminar a paso firme hacia un futuro juntos. También reconoce saber sus circunstancias y propone darle la oportunidad o que se la dé a él y se encargará de reorientar ése cariño hacía sí.

Idalia no dice nada, sólo escucha, no hacen falta tantas explicaciones, tanto Octavio como ella conocen sus historias y así han mantenido su estrecha amistad que los lleva a sentir ganas de avanzar un paso adelante; Idalia está dispuesta, vale la pena corresponderle, cuando menos hará el intento pues Octavio posee todo lo que a Idalia le atrae y este tipo de personas no se aparecen ni en cualquier lugar ni en todo momento. Idalia sí quiere ¡sí lo quiere intentar! Ya se han tratado lo suficiente como para comprobar que hay química, compatibilidad de interés, pero sobre todo, la satisfacción de estar juntos por el simple hecho de disfrutar al máximo la compañía uno del otro.

Octavio hace silencio, mira a Idalia, le sonríe y pide:

- Idalia... ¿quieres ser mi novia?

Idalia también sonríe, elimina la tensión con complaciente actitud, suelta sus manos de las de Octavio y responde a la vez que se acomoda el cabello:

- Mm... no se... déjame pensarlo... es que yo... ¡Claro que sí! —ya más seria- sí Octavio, sí quiero ser tu novia.
- ¿De verdad? —vuelve a cuestionar Octavio-.
- Sí. Sí Octavio, acepto ser tu novia —confirma Idalia-.
- ¡Gracias! ¡Gracias! Ya verás que no te vas a arrepentir.

Octavio se acerca a besar una de las mejillas de Idalia ¡está feliz!, la verdad es que llegó a dudar de la respuesta, pero ahora, se ha esfumado toda tensión, ¡está muy contento! ¡Radiante!, era lo que deseaba y seguro... seguro piensa aprovechar la oportunidad para que Idalia también se enamore de él, él lo va a lograr. El giro de la conversación toma tono más cercano, Octavio agradece y planea, se ofrece a Idalia para estar con ella en cualquier circunstancia y de ahí hacía adelante. Idalia está satisfecha, ella cree en Octavio y lo

reconoce sincero, acepta de todo corazón y también se compromete a poner de su parte todo cuanto tenga que dar.
- Será increíble –propone- y de eso me voy a encargar yo, -y así, concluyen su conversación-.
- ¿Deseas algo más? -pregunta Octavio a Idalia-.
- No. No, gracias. ¿Nos vamos?
- Sí.

Octavio paga la cuenta y se marchan. Al salir del restaurante para ir hasta donde el coche, Octavio se atreve a tomar la mano de Idalia, al sentir el primer roce ella reconoce algo en su estómago y corresponde, acomoda bien sus dedos entre los de Octavio y avanzan, él, al concebir la reacción presiona con firmeza y atrae la mano hacía sí para regalarle un beso. Octavio va realmente feliz y continua así, ya sin formular palabra alguna.

Regresan a casa, es un poco tarde, Octavio pide las llaves de Idalia ofreciéndose a abrir su puerta, ella se las da y Octavio detiene su mano con todo y llaves y pregunta:
- ¿Puedo darte un beso?
- ¿Un beso?
- Sí. ¿Puedo?

Idalia no sabe que responder y calla por un instante para finalmente contestar: "Sí". Ella se prepara y posa sus manos sobre los hombros de Octavio para ofrecer su boca a la de él; Octavio quiere pero no está seguro, se decide y lo único que hace es dar un leve toque con sus labios a los de Idalia y ya. Ella esperaba más pero no dice nada, sólo sonríe y entrega las llaves para que él abra, se despiden e Idalia entra a casa.

Dentro, su mamá la espera sentada en la sala, con la luz apagada para no hacer notar su presencia:
- ¿Cómo te fue? -curiosa indaga a Idalia-.
- Bien.
- ¡Sólo bien!
- No. ¡Muy bien!

- ¿Qué pasó?
- Me pidió que fuera su novia.
- ¿Y?
- ¡No seas curiosa... no te voy a decir!
- ¡Anda! ¡Ya... dime!
- ¡Pues sí, le dije que sí!
- ¿De verdad? ¡Qué bueno! ¡Es un buen partido! Pero... ¿Y tú? ¿Cómo estás?
- Bien
- ¿Segura?
- Sí
- ¿Y Héctor?
- No sé.

La señora lo sabe, sabe perfectamente que Héctor vive en Idalia y que jamás nada ni nadie lo va a sacar de ahí, pero festeja que su hija quiera darse una nueva oportunidad. Ella sabe que Idalia vive en silencio el sufrimiento que le provoca la ausencia de Héctor pero sobre todo el saber que él ya no le pertenece a Idalia.

Es noche y se marchan a dormir, Idalia entra en su habitación y al encender la luz encaja su mirada en tantos recuerdos, todos los obsequios que Héctor le regalara cuando aún eran novios siguen ahí intactos, en el mismo lugar que Idalia asignara desde un principio y avanza frente a ellos, acariciando uno a uno suavemente, quisiera olvidarse ya de ello y por un momento le surge la idea de recoger todo, pero es sólo una idea, por supuesto no lo va a hacer; todos ellos significan lo mejor que ha vivido y aunque por ahora ya sólo figuran como recuerdos, piensa conservarlos hasta el final; con la profundidad de un sincero suspiro, decide ir a dormir. Ya en cama, esboza una sonrisa dedicada a su nueva relación con Octavio y así se que queda dormida.

Héctor está inquieto y no sabe porqué, regresó de estar con Sonia; por cierto, un rato muy corto porque no estaba tranquilo y se encerró en su recamara, está pensando en Idalia, misteriosamente tiene ganas de verla y abrazarla, recostado sobre los cojines de su cama, tiene la foto de Idalia en sus manos, la acaricia lentamente -"te quiero chiquita"- se dirige a la fotografía deseando intensamente ser escuchado. Hoy en particular, en este momento, Héctor evoca una y otra vez algunas de las escenas donde Idalia lo mira y le dice cuanto lo ama, y aún así, él siente crecer la necesidad de verla y decirle que él también la quiere. Impulsivamente se levanta hasta donde el teléfono y marca el número que de momento confunde por la falta de práctica y suena, suena, suena y suena y nadie responde, después de unos momentos, desiste y cuelga. Regresa insatisfecho, busca sus cartas, las que Idalia le fue dando de vez en vez y empieza a leer, una a una, palabra a palabra y lentamente se va inundando de amor por ella; es que nunca la ha dejado de amar, es que jamás ha desaparecido ese sentimiento, sólo lo mantiene por ahí sumergido entre su indecisión y orgullo, pero que ahora sale a flote y recalca una y otra vez su necesidad por ella.

Absorto entre tanto recuerdo, Héctor no se percata que ya es muy tarde y para cuando lo descubre no le importa, se siente tan pleno que el tiempo es lo de menos; ha disfrutado y vuelto a vivir con tal intensidad como si la magia del recuerdo le remontara hasta la realidad de aquellos grandes momentos. Y lleno de gran amor y placer por vivir aquél sentimiento de gran magnitud decide dormir el poco tiempo que le resta a la noche, para mañana de inmediato buscar a Idalia.

El amanecer le señala a Héctor que hoy no irá a trabajar, completamente recuperado de energía, se levanta animoso y entusiasta, se ocupa de algunos pendientes ahí dentro de casa y dispone un plan para ir en busca de Idalia. Ni siquiera le importa saber qué hora es y si es prudente o no aparecer como si nada en casa de ella. Mientras Héctor planea suena el teléfono y por ser él quien se encuentra cerca, no le queda más que contestar; es Sonia, que se quedó preocupada por Héctor la tarde de ayer cuando lo miró tan inquieto. Sonia trata de indagar para saber qué fue lo que pasó e incluso se siente culpable, sin saber la verdadera razón, insiste un poco a lo que Héctor simplemente una y otra vez niega tener algo. Sonia le pide verse, salir para distraerse y olvidar cualquier otra cosa; Héctor se niega, él ya tiene su propio plan y dice no poder, se justifica con tener pendientes de su trabajo y no disponer del tiempo para salir con Sonia y cómo con su versión no la convence, promete dejarlo todo para mañana y entonces le dice "seré todo tuyo, pero mañana, hoy no, hoy no puedo". Sonia tiene que aceptar, no le queda más, pero siente, siente que algo no está muy bien, ni hablar, tendrá que quedarse con la duda hasta mañana que se encuentre con Héctor y entonces trate de indagar otro poco más. Termina la conversación, Héctor se alista y se va. En el trayecto se detiene en una florería para seleccionar un arreglo de tulipanes amarillos, creativamente colocados en un hermoso jarrón de cerámica, lo coloca cuidadosamente en el auto y continúa su camino. Va muy emocionado, esta vez nada de rodeos, directo a casa de Idalia. Estaciona su auto justo frente a la ventana de la casa, baja y llama a la puerta. Dentro, se extrañan, no esperan a nadie, están preparando la comida e Idalia apenas se está desayunando, se levantó tarde y demoró en salir de su recamara, se puso un pants, hizo una coleta de caballo con su pelo y se apresuró a realizar sus labores; ayer, ceno mucho y no tuvo hambre antes, así que no se interrumpe y deja que alguien más abra la puerta; Ivet que llegó hace un rato:

- ¡Buenas tardes! –dice Héctor a quien abre la puerta-.
- ¡Hola! -Responde Ivet-.
- ¿Está Idalia?
- Sí, permíteme

Ivet deja esperando a Héctor en la puerta, está tan sorprendida que no pensó en invitarlo a pasar. Va hasta donde Idalia para avisar:

- Idalia, te buscan.
- ¿A mí? ¿Quién?
- Héctor.

- ¡¿Quieeen?! –pregunta una vez más deteniendo el bocado que estaba a punto de meterse a la boca-.
- Héctor –repite Ivet tan sorprendida como ella-.
- ¿Para qué?
- No sé. Te busca.

Las tres: Ivet, Idalia y su mamá, se voltean a ver boquiabiertas preguntándose a que vino y por qué hoy, precisamente hoy, después que Idalia aceptó a Octavio, claro que eso Héctor no lo sabe, pero su visita después de una muy larga ausencia, es completamente inesperada.

Idalia no se apresura, toma su tiempo para terminar el desayuno y entonces, ahora sí va a ver qué se le ofrece a Héctor que impaciente espera por fuera de la puerta.

Sale Idalia un tanto seria y saluda:

- ¡Hola!
- ¡Hola! –responde Héctor con una gran sonrisa-.
- ¿Qué haces aquí? –cuestiona Idalia-.
- Te vine a visitar. Tuve muchas ganas de verte y aquí me tienes.
- Pasa.

Idalia no disimula su asombro, por cortesía lo invita a pasar pero Héctor se resiste.

- Ven –pide a Idalia-.
- ¿A dónde?
- Aquí afuera nada más.
- ¿Para qué?
- ¡Ven!
- No. Mejor pasa.
- Bueno espérame tantito, -Héctor la deja ahí y rápidamente va por el arreglo-.
- Mira, te traje esto. –Ofrece las flores a Idalia-.
- Y... ¿a qué se debe?
- Son para ti. Sé que te gustan.
- Sí... me gustan... pero... ¿Por qué?

- Quise traerlas. Tómalas.
- Gracias... -Idalia acepta el arreglo e insiste a Héctor para que pase-.

Ambos se dirigen hasta la sala, Héctor ayuda a Idalia con las flores y cuando busca la mesita para dejarlas, se percata que está ocupada con un hermoso ramo de rosas. Titubea un poco y voltea a mirar a Idalia a ver qué le dice:

- ¡Acá, mira, ponlas acá! –responde presurosa Idalia mientras señala la base del mueble que está junto.
- ¡Están bonitas las rosas! –comenta Héctor con toda la intención de que Idalia explique su origen, aunque definitivamente Héctor ni al menos se lo imagina-.
- Si verdad. –Es lo único que Idalia responde e indica a Héctor tomar asiento en tanto pregunta:
- Y... ¿En qué te puedo ayudar?
- Yo... este... vine... a saludarte.
- ¿De verdad? ¡Y yo en estas fachas!
- ¡No te fijes, estás hermosa!
- ¡Aja!
- ¡De verdad! ¡Tú de cualquier manera te ves bien!
- Bueno, y ya en serio... ¿A qué viniste?
- A saludarte.

Héctor busca la manera de sentarse más cerca de ella para hablarle despacio, sabe que no está sola.

- Me dieron muchas ganas de abrazarte... ¡Te extraño!

Idalia se retira hasta dónde más pueda, no le parece pertinente estar tan cerca.

- ¿Y por qué? –cuestiona Idalia-.
- Idalia ¿Por qué no vamos a tomar un helado y platicamos?
- ¿A dónde?
- ¡A donde tú me digas!
- No... no puedo.
- ¿Por qué?

- Estoy ocupada. Estamos haciendo algunas cosas con mi mamá y la verdad no puedo salir.
- ¡Anda, aunque sea un momento!
- ¡En estas fachas!
- ¿Qué tiene?
- No, como crees.
- ¡Por favor!
- No, Héctor. Realmente no te esperaba y tengo algunas cosas por hacer, pero aquí estamos, yo te escucho; es más, ¿Porqué no nos ayudas?
- ¿A quién?
- A mi mamá, mis hermanas y yo.
- No, me da pena.
- ¿Pena de qué?
- No Idalia.
- Está bien, entonces, dime.
- Idalia, tengo ganas de abrazarte ¡Te extraño!
- ¿De verdad?
- Sí. Anoche estuve pensando mucho en ti, todo te trajo a mi pensamiento a dónde volteaba ahí encontraba una razón para pensar en ti. Idalia yo... aún te quiero ¡te quiero! y no puedo esconder algo que es tan fuerte, muy fuerte.
- ¿Y tu novia?
- Es contigo con quien deseo estar ahora.
- ¿Y ella?
- Hay cosas que no se pueden esconder, yo te amo. A ti, aún a costa de mi relación con ella.
- Eso no es correcto.
- ¡Ya lo sé! Sin embargo, eso es lo que estoy sintiendo horita.
- Lo que pasa es que...
- No digas nada, no tiene caso. Yo vine porque no podía esperar más a una casualidad, precisamente hoy me dieron ganas de estar contigo. ¡ven vamos a dar una vuelta!

- No Héctor. No tengo ganas de salir. Mejor quédate, comemos, luego vemos algo en la tele, jugamos domino o lo que quieras, ¡pero sin salir!

Idalia está confundida, más de una vez piensa "si esto hubiera sido antes de ayer"; en efecto, no habría dudado en lanzarse a sus brazos y corresponder con todo aquello que también lleva dentro. Hoy es diferente, tienen que contenerse y reprimir sus sentimientos, no es pertinente dejarse llevar ahora. Idalia aceptó a Octavio y le guarda respeto, tal cual debe, pero eso no le quita compartir con Héctor un buen momento de sana amistad. No es lo que Héctor planeo antes de venir a buscarla, más sin embargo son tantas las ansias de estar con ella que no le importa si salen o no y acepta quedarse.

Idalia no sabe cómo actuar, hacía ya un buen de tiempo que él no entraba a su casa, quedó fuera de la convivencia familiar y hoy en situación un tanto incómoda para todos, la familia de idalia se esmera en involucrarlo tomándolo en cuenta como si no hubiese sucedido nunca nada.

El no tener tiempo solo para ellos, modifica tanto la conversación como el comportamiento de Héctor. Idalia observa ambos ramos de flores. Las rosas significan la estabilidad que decidió aceptar y los tulipanes le hacen desear fervientemente que todo volviera como alguna vez con Héctor. Ella ya tomo una decisión y debe mantenerse firme por lo pronto.

Ya más tarde, después de comer, vuelven a quedarse solos, Idalia propone ver una película y Héctor no acepta, ya entendió que no van a salir y entonces se dispone nuevamente a hablar con Idalia.

Héctor aprovecha un momento de distracción de Idalia para tomar su mano y hacerla sentar junto a él. Ella, no se resiste, accede y empieza la conversación.

- ¿Cómo te va? –pregunta a Héctor mientras lentamente escapa su mano de la de él.
- Bien. Muy bien.

- ¿Qué tal el trabajo?
- Igual que siempre. ¿Y el tuyo?
- ¿El mío? ¿Quién te dijo que yo trabajo?
- Supongo ¿no?
- Sí.
- ¿Ya terminaste la escuela?
- Sí. Ahora hay que empezar a preparar todo para el examen profesional y obtener el título.
- Es lo que tú querías,
- Sí. Por ese lado estoy feliz.
- ¿Y por cual no?
- Bueno, es un decir.
- ¿Realmente eres feliz?
- ¡Yo sí! ¿Y tú?
- No del todo.
- ¿Por qué?
- Me haces falta.
- ¡No lo creo!
- De verdad. Estar sin ti no es lo mejor.
- ¿Qué quieres?
- A eso vine.
- ¿A qué?
- A decirte que te quiero.
- Tal vez sí, y eso ¿de qué sirve?
- Debes saberlo.
- ¿Y para qué?
- Tienes que saber lo que significas para mí. Debes saber que te amo y eres la persona que espero para mí.
- ¿Y tu novia?
- Es contigo, no con ella.
- ¿Por qué andas con ella?
- De alguna manera su insistencia me convenció, la curiosidad me mantuvo y ahora sigo con ella.

- ¿Y, entonces?
- ¡No podemos comparar! A pesar de la distancia, no desapareces de mi mundo, basta cerrar mis ojos para sentir que sigues ahí, tan dentro de mí, que ni ella ni nadie, podrá sacarte de mi vida.
- ¡Tú me sacaste!
- ¡Claro que no!
- ¡No voy a ser la segunda!
- ¡No lo eres!
- ¿Qué piensas Héctor?
- Tengo miedo.
- ¿De qué?
- De descubrir que seas tú quien ya no me ame.
- Si te quiero, claro que te quiero y tú lo sabes.
- ¿Y entonces?
- Te quiero para mí, sólo para mí y nada más, porque te amo, por eso deje que tú decidieras hacia dónde ir.
- Pues aquí me tienes.
- Me estás proponiendo regresar.
- Sí.
- ¿Vas a terminar con ella?
- No. No sé.
- ¿Entonces?
- ¿Me amas todavía?
- Héctor, el amor es indestructible y lo que yo siento por ti es tan real como el que ahora estemos aquí. Mi amor por ti no cambia ni cambiará.
- Idalia te quiero. –Héctor se acerca cuanto más puede proponiendo son su actitud un beso-.

En otras circunstancias Idalia no se negaría, hoy, busca escabullirse para evitarlo. Héctor la busca con sus manos, la acerca a él:

- Idalia ¡te necesito...! ¡Necesito sentirte...! ¡necesito vibrar contigo!

Idalia está a punto de ceder, dentro suyo grita el ferviente deseo por corresponder, pero sabe que no puede hacerlo, no debe. Tiene que morderse los labios para reprimir las ganas de entregarle su boca a Héctor y con gran esfuerzo, una vez más logra la manera de evitar ese beso.

- No Héctor, no.
- ¿Por qué no?
- Porque si nos amamos, no es así la mejor forma de demostrarlo. Piénsalo. Ya no quiero caer en lo mismo, si lo nuestro ha de continuar que sea total, completo, único, tú sólo para mío y yo igual.
- ¿Qué quieres decir?
- Que en cuanto te hayas definido y tu decisión sea estar conmigo, ven y dímelo, y seguro, aquí entonces estaré con los brazos abiertos para recibirte y derramar en ti todo cuanto hay en mí, que tu sabes que existe y que solo espera el momento de tu completo regreso.

Por un momento Héctor pensó que hubiera alguien más en la vida de Idalia pero esta afirmación le confirma que no.

Idalia sabe que si y no se lo piensa decir, no tiene razón ni caso. Por ahora se da por bien servida si Héctor acaba por entender que ella no está dispuesta más a llevar una relación a medias.

Por último él, Héctor, entiende y valora, no está siendo justo, pero que hace con lo que siente. Para justificarse explica:

- Sonia me pidió que nos viéramos hoy y no quise, dije que estaría ocupado con algo "muy importante", ya había decidido dedicarte este tiempo y ni ella pudo evitarlo.
- ¿Sabe que estás conmigo?
- No.

Idalia no dice más, es claro que Héctor pretende continuar en su mismo juego, que aún no está definido y su indecisión no le llevará a nada. Ella prefiere modificar el rumbo de la conversación hasta el momento en que Héctor decida retirarse.

Así, un tanto desconsolado por no lograr su objetivo, Héctor acaba por entender y decide marcharse, no sin antes hacer su último intento:

- Me voy –dice a Idalia- ¿Me das un beso?

Idalia no responde, sólo ofrece su mejilla para permitirle a Héctor dar el beso que solicita. Héctor se lo da y se despide.

Inmediatamente que Héctor cierra la puerta, salen la mamá y la hermana de Idalia a cuestionarla:

- ¿Qué quería?, ¿A qué vino?, ¿Y esas flores?
- ¿Son muchas preguntas no?
- ¡Ya, cuéntanos!
- Nada, no vino a nada, sólo tenía ganas de verme. ¡Eso es todo!
- ¿Y por qué ahora?
- ¡Eso mismo me pregunto yo!
- No dejes que te moleste –replica la mamá- tú ya aceptaste a Octavio, ¿Ahora qué quiere?
- No te apures, no lo haré.

Idalia nuevamente se deja caer en el sillón, mira ambos floreros y cierra sus ojos. Hay confusión entre su razón y sus sentimientos; sin embargo, con gran esmero le cede el lugar a la razón y no se arrepiente, pero sí se pregunta si no dejó ir una nueva oportunidad.

Héctor regresa un tanto desanimado, esperaba encontrar a la misma Idalia ansiosa por compartir buenos momentos con él, no fue así, ella demostró cierta seguridad disfrazada de apatía con la única finalidad de no permitir más estar en segundo término. Héctor lo que quería era verla y hacerle saber lo que aún siente, y lo hizo. Con tiempo y todo para ir a ver a Sonia, decide que no, regresa a casa y vuelve a sus recuerdos, pero con Idalia, para saborear un poco la dulzura de todos aquellos grandes momentos.

Al otro día, Idalia se pone hermosa, no quedó en nada con Octavio pero casi está segura que vendrá a verla; y en efecto, por la tarde ahí está. El la invita a caminar y acepta, mientras tanto platican con su ya definido estilo, jovial, alegre, pero sobre todo respetuoso y sincero. Octavio se atreve a tomar su mano y ella corresponde. Caminan, platican, conviven y es todo, por ahora ninguno da pauta para más. Hacen un acuerdo por la relación laboral que llevan deciden mantener cuanto más se pueda separada su vida personal de la del trabajo, por supuesto, manteniendo siempre intacto el lugar que cada uno ya le dio al otro. Parece un acuerdo razonable y definitivamente, así lo harán.

De regreso a casa Idalia invita a pasar a Octavio y él acepta aunque por un momento, tiempo suficiente para percatarse que las flores que obsequio a Idalia apenas hace dos días han sido sustituidas por tulipanes amarillos y sin poderlo evitar pregunta:

- ¿Y las rosas?
- Están en mi recámara –Idalia sonríe y contesta-.

En efecto, ayer, Idalia apenas se levantó del sillón donde se quedó pensando después que Héctor se retiró, tomo el florero con las rosas y las llevó hasta el buró de su cama, para poder recordarse cada que las viera que quien ahora tiene toda su atención es Octavio, no Héctor.

Bien, Octavio se despide con un beso en la mejilla, saca de la bolsa de su camisa una cartita que hizo para Idalia, se la entrega y se marcha; Idalia abre el papel doblado en forma de corazón y lee "gracias... gracias Idalia, te voy a hacer tan feliz que no te vas a arrepentir de haber aceptado ser mi novia" "te quiero" "Octavio".

Idalia sonríe, sabe que esas palabras son verdad y más bien es ella quien debe permitir a Octavio, llegar hasta su corazón, allá donde por ahora, aún vive Héctor.

Héctor decidió no ver a Sonia, salió a pasear con "Bonito", su caballo, platicándole de Idalia, él sabe bien a quien se refiere Héctor, sobre todo cuando percibe el timbre especial de voz que resuena al hablarle de ella. Todo el día, nuevamente se lo ofreció a Idalia, con recuerdos, pensamientos y actitudes y, aunque no estuvo cerca, seguro algo alcanzó a llegar a ella a través de su sublime contacto espiritual.

El tiempo retoma su marcha; la vida lleva a Héctor a continuar con Sonia en una relación estable y con tendencia a permanecer a pesar de las diferencias que de repente se presentan. Mientras tanto Idalia, se ha dejado consentir y enamorar por Octavio, él la adora, la conquista cada día detalle a detalle, la trata inmejorablemente, la sorprende algunas veces con atenciones especiales, le da todo y le ofrece su vida entera. Para él, Idalia es su reina y la trata como tal. Ella está complacida y también pone de su parte, Octavio se lo ha ganado a pulso e Idalia ya está encariñada con él, ella trata de corresponder tanto como puede pero aún no ha alcanzado la intensidad que a Héctor no le costó lograr.

Idalia, a pesar de esa gran relación, no deja de lado a Héctor, lo recuerda frecuentemente, su espacio sigue intacto y su amor lo conserva con fiel anhelo de que llegue el día, ese gran día de que a costa de todo vuelvan a encontrarse para ya no separarse más.

De igual manera Héctor finalmente reconoce que nadie jamás, ni Sonia desplazarán a Idalia de sus sentimientos. Ahora él busca con mayor frecuencia a idalia, trata de encontrarla casualmente aunque no siempre tiene éxito. Hoy precisamente, nuevamente desea verla y ese algo que permanece dentro suyo le dice que sí, que hoy es el día y verá a idalia.

Por alguna razón, hoy no hubo trabajo para Octavio e idalia, así que decidieron pasar juntos un rato y comer en el lugar donde se hicieron novios. Para no variar Octavio trajo rosas para Idalia, es un hermoso detalle que ya lo hizo costumbre. No festejan nada, pero el hecho de estar en este lugar convierte en especial el momento. Hasta hoy, Idalia no le ha permitido a Octavio besarla en la boca, cosa que a él no le importa en absoluto. Claro que lo desea, con todas sus ganas, pero ha sabido ser prudente y esperar el oportuno momento para hacerlo más que espectacular, un instante inolvidable para los dos. Sirven el menú y como siempre, se convidan en la boca, en una de esas simultáneamente lo intentan y hacen chocar las cucharas y derramar el bocado; sueltan la risa y al querer limpiar, nuevamente al mismo tiempo, se encuentran sus miradas tan cerca que es inevitable detener el momento y profundizar, el corazón de Octavio late tan aceleradamente que le provoca un casi imperceptible temblor en los labios. El se acerca un poco más, Idalia lo percibe y cierra sus ojos para permitir a Octavio unir sus labios a los de ella en un tierno y exquisito beso. Es una entrega sincera, el sabor entreteje expresiones ahogadas y permite saborear la ansiosa dulzura de un par de enamorados.

Ahí se detiene un momento y con un poco de pena, vuelven a saborear sus alimentos, nadie dice nada, entonces Octavio suelta los cubiertos y toma una mano de idalia entre la das de él, sólo para decirle:

- Idalia, ¡Te quiero! Y en ese beso quise decírtelo.
- Lo sentí y... yo... también. También te quiero. –Hay una pausa, y continúa- Tú sabes que es verdad, que sí te quiero, pero también sabes que hay algo más fuerte en mí.
- No hables de eso, por ahora, saber que me correspondes cuando menos con intención es suficiente, y el hecho de que tengas tiempo para dedicarme a mí, me reconforta y confirma que de alguna manera tu deseo es estar conmigo.
- Eso sí es verdad. Estoy aquí contigo y realmente me agrada.

No dicen más, terminan su alimento y se retiran. Octavio, desea repetir ese beso, así que busca la oportunidad, la detiene justo frente suyo y sin decir nada, acerca sus labios a una mejilla de Idalia, ella, literalmente se inmoviliza, Octavio continúa, recorre lentamente hacia la otra mejilla y al encontrarse con los labios de ella, la incita a corresponder una vez más un encuentro armonioso que provoca cierto estremecer tanto en Octavio como en Idalia, alguna extraordinaria sensación que indica lo que va creciendo dentro suyo, realmente hay algo nuevo y bueno, que los hace vibrar, en Octavio, con más Intensidad que en Idalia, pero ya está ahí, ese no se qué, que, que se yo pero que define claramente el sentir del uno por el otro. Octavio concluye sin decir palabra alguna.

La relación crece, avanza y poco a poco va haciendo que Idalia vuelva a ilusionarse, empieza a girar su vida en torno a la de Octavio y él, no desaprovecha absolutamente nada para compartir con Idalia e irla involucrando en su vida tanto personal, como familiar y social, él la considera lo más importante y pretende específicamente en algún momento proponerle ser su esposa. De eso Octavio no tiene la menor duda, Idalia reúne todo lo que Octavio busca y no sólo eso, con ella, se siente pleno, completamente feliz y sobre todo la ama como jamás a nadie. A él le gusta presumirla, es bonita e inteligente, ha ido sobresaliendo poco a poco profesionalmente y al lado de Octavio. Es la pareja perfecta, sólo que hay un pequeño detalle: Idalia sigue amando a Héctor, a pesar del tiempo y de la relación que vive con Octavio, Héctor sigue ahí, muy dentro, y aunque Idalia procura ya no pensar en él, muchas veces es inevitable y no obstante que Idalia se resista y no quiera, Héctor llega a su mente a recordarle que aún no sale de sus sentimientos ni de su corazón y tal vez nunca salga.

Héctor por su cuenta, vive una buena relación con Sonia; sólo que ella, quiere algo más, pretende que Héctor sea su esposo y al darse cuenta que él, aún no piensa en formar una familia, Sonia busca la manera de orillarlo para llegar a ser su esposa. Ella es lista, sabe lo que quiere y siempre logra sus objetivos, así que este no será la excepción. Planea una salida de todo un día con Héctor; y él abrumado por el trabajo, se deja convencer. En el paseo, deciden ir a un balneario, se divierten juntos en la alberca, caminan, juguetean, etc., disfrutan ese día que lo han dedicado a ellos, están exhaustos y deciden marcharse, aún pretenden pasar a comer a uno de los llamativos lugares de ahí cerca. Cada uno en su vestidor se cambia y prepara para irse, primero termina Héctor y sale a esperar a Sonia, ella, mientras él se apura, está pensando la manera de hacerlo venir hasta donde está y cuando Héctor pregunta por fuera si aún no está lista, entonces Sonia reacciona y dice:

- Es que se me atoró el cierre. ¿Me ayudas?

Héctor confía en ella y le cree, así que entra y en efecto, Sonia está simulando no poder subir el cierre de la blusa que lleva, Héctor se acerca y pide permitirle intentarlo, a lo que fácilmente logra subirlo. No dice nada, después de todo, qué pude pasar.

- Te espero afuera -dice Héctor a Sonia-.

Ella rápidamente lo detiene por su mano y lentamente se acerca, seductoramente empieza a acariciarle subiendo a pausas sus manos por los brazo de él, hasta llegar al cuello, de frente, con mirada fija y sin decir absolutamente una palabra, posa sus labios a los de él en un apasionado beso que Héctor corresponde, él aún no se percata de las intenciones de Sonia y se deja envolver en el tentador juego. Con intención premeditada, Sonia empieza por acariciar a Héctor con mayor efusividad, se sale del límite e intenta quitarle la playera; él la detiene pero su persistencia termina por convencerlo. Sonia acaricia a Héctor por todo el cuerpo y tomando la mano de él, hace que le acaricie sus pechos; Héctor no puede contenerse más y emocionado por el momento se deja atrapar y acepta la invitación que Sonia está haciendo de tomar su cuerpo, embelesado por el momento y extasiado de placer termina cediendo a sus instintos de hombre y después de un rato se sorprende entre la sábanas reposando sus desnudos cuerpos exhaustos de satisfacción desbordada. Aún no aparece palabra alguna y Héctor al percatarse de lo que acaba de hacer, lo único que atrae a su pensamiento es un nombre "Idalia". Si en efecto, él habría deseado con todas sus ganas, haber vivido este momento con Idalia, no con Sonia, si alguna vez lo pensó, estaba destinado a ella, sin embargo las circunstancias lo trajeron hasta aquí y Héctor no supo encontrar la manera de negarse y evitarlo para permanecer intacto hasta que el destino lo permitiera y entregarse por primera vez a la mujer que siempre ha amado: Idalia. Ni hablar, el tiempo no da vuelta atrás y lo que ya hizo, no se puede revocar. Sonia en cambio, está plenamente satisfecha, logró su objetivo, seguro, esto hará que Héctor continúe con ella y refuerce su compromiso, ella así lo cree pues Héctor no es del tipo de hombres que les guste la aventura.

Ella, rompe el silencio y pregunta:

- ¿Te gustó?
- Sí.
- ¿Sólo eso vas a decir?
- La verdad. No lo esperaba

Héctor prefiere no hablar más al respecto, se levanta y viste, pidiendo a Sonia que haga lo mismo, en su pensamiento sólo resuena una frase: "esto era para Idalia". No puede dejar de pensar en ella, siente que la ha traicionado, siente que faltó a su promesa de tenerla siempre consigo, y aunque lleva puesta aún la medalla, pareciera que a partir de este momento, la distancia que les separa creciera con una magnitud indescriptible. Se siente culpable y hasta cierto punto molesto por no saber detenerse a tiempo; y siente un gran compromiso con Sonia, no sabe que va a suceder ahora, lo único que entiende es que no debió pasar lo que paso.

Entre tanto Idalia y Octavio, están haciendo crecer y crecer su relación estupenda y sanamente. Ambos, se han involucrado de lleno en la vida del otro, sus respectivas familias les dan una cordial bienvenida y por supuesto los integran placenteramente; ellos son los más agradecidos, la vida, su vida, les está regalando experiencias maravillosas y oportunidades en todos los aspectos de crecimiento inimaginable, ya conviven un tanto cuanto formal y los dos disfrutan fervientemente cada una de las experiencias que se regalan. Ni en el trabajo ni en la vida personal de cada uno se han negado, ya todos cuanto los conocen saben que existe ese noviazgo y la mayoría lo califica como algo fuera de serie. Idalia sin olvidar a Héctor se ha permitido darse a manera que sus recuerdos no perturben la estabilidad que vive. Es cierto que cuando desea evocarlo, está allí sin demora alguna, también es cierto que de cuando en cuando desea con todas sus ganas cuando menos verlo y saber que está bien; pero ello no limita dejase envolver por los detalles y cariño que le ofrece Octavio, mismos que procura corresponder con toda la sinceridad del mundo.

Hoy, Octavio decidió llevar a Idalia hasta su casa, temprano tuvieron que ir un rato a la oficina pero, en tanto terminaron sus pendientes se fueron. Ella está contenta, hay algo dentro que le provoca una indefinida alegría y lo refleja. Pide a Octavio detenerse a comprar un helado y sentarse a tomarlo en aquél parquecillo por el que van pasando, para Octavio, los deseos de Idalia son órdenes así que de inmediato estaciona el auto, baja para abrir la portezuela de Idalia y la hace salir rumbo a la nevería; escogen el sabor que mejor les agrada y se disponen a tomarlo en la banca que da justo de frente a la carretera. Mientras disfrutan de su helado Octavio se acerca lo más que puede a ella, se comparten helado mutuamente y de repente se dan un pequeño beso, como a Idalia le gusta ser agradecida, se acerca de regreso a Octavio y le da otro beso, más intenso, con mayor entrega y lleno de gratitud, cuando termina, lo mira y le dedica su mejor sonrisa. Esto a Octavio le estremece y alimenta su sentimiento por ella; es grandioso compartir con Idalia tantas cosas buenas. De repente Idalia se queda fija mirando un coche que llama su atención, que está parado muy cerca de ellos y cuál será su sorpresa que dentro está Héctor, observando detenidamente esa romántica escena; Idalia para disimular un poco, saluda con la mano y Héctor responde. Al mirar el ademán, Octavio voltea a ver a quién saluda Idalia y al no identificar, pregunta:

- ¿Quién es?
- Mm... un... compañero de la escuela.
- No lo conocía,
- No. Nunca te he hablado de él.

- ¿Y por qué nos mira así?
- No sé.

Octavio continúa saboreando su helado, después de todo no le interesa quien sea o que quiera y a Héctor no le queda más que retirarse de ese lugar.

Héctor va estupefacto, literalmente se quedo pasmado al ver como Idalia besaba a Octavio y él creyéndola fiel, Héctor aún desea que Idalia lo siguiera esperando hasta que él regresara con ella, desconcertado ha sentido el poder de un golpe fulminante dentro de su corazón, hoy está sintiendo perder definitivamente a Idalia, ¿quién lo pensaría?, ¡jamás lo creyó!, ¿Cómo pudo ser?, ¿en qué momento Idalia olvidó a Héctor?, son una, otra y otra pegunta que retumban con dolor en su pensamiento, ¡la acaba de ver besándose con alguien que no es él!, ¿porqué se atrevió a hacerle eso?. Héctor no sabe hacia dónde dirigirse, desearía perderse y no saber más de él, incontroladamente recuerda una y otra vez el suceso que acaba de presenciar, quisiera que fuera un sueño, desearía regresar un poco el tiempo atrás y volverse a otro rumbo donde no tuviera que encontrar a Idalia, preferiría no haberse enterado y mucho menos de esta forma, ¡Cuánto pesar! ¡Cuánto dolor!, ¡presiona con fuerza su medalla! ¿Qué hace con ella aún? ¿Porqué no se la ha quitado? y sin poder contenerse más, busca un lugar donde orillarse para culparse y romper en llanto cual chiquillo que le han robado su juguete preferido. Héctor no da crédito a lo qué vio, quisiera haberse confundido; ahogado en su propio llanto deja desahogar toda su frustración y desengaño. Cuando por fin, logra contenerse un poco, su primer impulso es encender el auto y retornar hasta donde vio a Idalia para pedir una explicación, pero no, ellos ya se fueron, Idalia quiso apresurar la ida a su casa y Octavio la fue a dejar.
Al ya no encontrarlos, Héctor desata su furia, quisiera desquitarse o hacer algo para ya no sentir más ese tormentoso dolor que no le deja tranquilizarse. Baja del auto sólo para dar de golpes al piso y

de alguna manera desahogar su frustración. Más tranquilo, regresa nuevamente al auto y maneja sin rumbo fijo por horas y horas, en realidad eso le parecen a él aunque sólo han sido unos cuantos minutos; finalmente decide ir a casa, después de todo, el iba a una cita de negocios, casualmente cuando paso cerca de donde Idalia y Octavio estaban, se detuvo al ver aquella cara familiar, sorprendentemente confirmó que era Idalia y después vino todo el tormento; olvidó de lleno su cita y distraído, consternado y sin lógica alguna regresa a casa para darse un tiempo y poder entender ya sin tanto drama aquello que acaba de romper su enorgullecido sentimiento y por si fuera poco, confundido ante tantas cosa que está viviendo con Sonia, el haber observado como Idalia demostraba cariño a Octavio, remató por completo su ya de antemano quebrantado sentimiento. Ahora más que antes, no sabe hacía donde ir, muy dentro suyo, más allá de su orgullo, un sentimiento puro y limpio está sintiendo la dureza del desprecio, aunque en realidad nunca ha sido despreciado, él así lo toma, pareciera haber sido traicionado por Idalia, así se siente y está más que dolido, está plenamente herido y sangrando esa herida, no alcanza a pensar en nada y sin poder evitarlo una vez más desahoga en llanto y quisiera gritar de dolor para intentar disminuirlo, no puede, no cabe en si tanto sufrimiento, no entiende lo que haya pasado para que Idalia cambiara tan fácilmente de parecer, ella siempre le hizo saber a Héctor cuánto lo amaba, y ahora ¿Cuál amor, cual cariño?, nada, simplemente ya no hay nada. Esto es lo que Héctor cree, esto es lo que sus ojos le han demostrado, pero no es así, Idalia lo sabe y ella en este momento, está sufriendo tanto como Héctor, pero ella por saber cuánto dolor le pudo causar a Héctor el que él la haya visto con Octavio, ella está sufriendo de culpabilidad, por sentir que ofendió a Héctor, por creer que debería seguir aguardándolo hasta que Héctor algún día decidiera regresar en su busca y entonces definieran su situación, después de todo, siguen siendo novios aunque hayan pasado ya meses y meses de no verse e Idalia conozca a plenitud la relación que Héctor mantiene con

Sonia y ella por su cuenta haya iniciado ya una con Octavio. Cuanta confusión envuelve ahora ese par de corazones tontos e inmaduros que lo único que desean es lo que su razón no les alcanza a dejar ver: el amor que nunca va a cambiar y permanecerá ahí hasta que alguno decida expresarlo y demostrarlo con la misma libertad con la que alguna vez inicio esa idílica relación.

Mientras Héctor confundido no entiende la situación, Idalia procura no hacer evidente su desconcierto, continua hasta terminar el helado y entonces pide a Octavio llevarla a casa como inicialmente era el Plan. Cada uno dedicaría la tarde a sus asuntos personales.

Dentro en casa, Idalia recuerda el momento en que se da cuenta que Héctor la está mirando, su expresión en el rostro mostraba claramente lo que estuviese sintiendo, ella lo sabe muy bien, alguna vez también lo sintió y el saberlo le provoca tristeza, ella lo menos que desea es lastimar de cualquier manera a Héctor, no importa que para él sea relevante o no, aunque es seguro que sí, puesto que de lo contrario no se habría molestado como lo demostró. Entonces, una vez más Idalia se hace ilusiones, olvida por un momento a Octavio, para entregarse de lleno a evocar los hermosos recuerdos de lo que vivió con Héctor, qué tiempos, cuantas cosas hermosas y finalmente tal vez ahora haya un buen pretexto para volverse a ver, para volver a compartir todo aquello que llevan dentro.

Héctor, no puede estar, su inquietud le provoca una gran necesidad, ver a Idalia y aclarar sus emociones, así que sin pensarlo más, sale de inmediato en busca de Idalia, olvidando por completo el compromiso que había hecho con Sonia para hoy; directo en busca de Idalia, con el objetivo fijo de no regresar hasta encontrarla y hablar con ella.

Por alguna razón desconocida, Idalia lo está esperando, sabe que no tarda en llegar y se prepara, se arregla como sabe a él le gusta mucho, y entre una y otra cosa, no pasa mucho tiempo cuando escucha estacionarse un auto fuera de su casa, al instante se acerca a la ventana sin dejar ser vista y mira que Héctor está ahí; rápidamente, antes de que él baje y venga hacía la casa, ella sale directo a verlo.

- ¡Hola! –Héctor se adelanta y saluda- ¡Venía a verte!
- ¿Venías o vienes?
- ¡Vengo!
- ¡Qué bueno, yo también te quería ver!
- ¿Podemos hablar?
- Sí. Pero no aquí.
- Bueno, ¿Subes? –Héctor abre la puerta y ofrece ayuda a Idalia-
- Vamos a otra parte.
- A donde tú me digas.
- Allá adelante, sólo busca un lugar donde estacionarte y podamos platicar tranquilamente.

Héctor busca aquél lugar donde alguna vez estuvieron juntos, a la orilla del jardín que está cerca, se estaciona y pide que bajen, a lo que Idalia objeta proponiendo quedarse dentro del auto, podrán hablar mejor.

- Bien, dime, ¿de qué quieres hablar? –cuestiona Idalia-

Héctor está temblando, un escalofrío recorre su cuerpo y no puede articular palabra, con esfuerzo desea formular un "te quiero", pero se le atraviesa una lágrima en la garganta y no alcanza a decir más que un confundido sonido que Idalia no puede descifrar e insiste:

- ¿Qué?
- Idalia... -ya un poco más firme- ¿Por qué?...
- ¿Porqué qué?
- ¿Por qué no me dijiste?
- ¿Decirte qué?
- Que ya tienes novio.
- ¿Para qué?
- Para saberlo, nada más para saberlo y evitarme este dolor.
- ¿Cuál dolor?
- Me duele, aunque no lo creas, me duele, y... mucho... -Héctor no puede contener sus lágrimas, está haciendo el gran intento, no

desea que Idalia le vea llorar y presionando sus labios hace todo su esfuerzo para continuar- ...ver cómo estabas besándolo...

- No sigas... yo sé... yo sé porque también lo viví...
- Pero...
- Escucha Héctor. Tu sabes cuánto hiciste en mí, tu sabes más que bien cuánto te amaba... cuánto te quería... lo que sentía por ti... lo... que... te... amo..., tú lo sabes y no es reproche, pero antes, desde antes, tú... ya tienes a alguien y... yo no sé... creí... que yo ya era historia en tu vida.
- ¿Y a él, no lo quieres?
- Es diferente. Muy diferente. Pero no hablemos de él, hablemos de nosotros, él en este momento no importa, lo que importa ahora, lo más importante, somos tú y yo, no hay más.
- Está bien.
- Descubrámonos, Héctor ¡Dejémonos de cuentos! ¡Quitémonos la máscara y seamos claros ahora! ¡es el momento! ¡es el momento que he esperado durante tanto tiempo! Y... bien...
- Idalia, tengo que decírtelo...
- ¿Qué?
- ¡Que te amo! Que no puedo negarlo ¡Te amo! Como siempre, como antes, como nunca lo he dejado de hacer.
- ¡Sólo que no estás conmigo, hay alguien más!
- ¡Tú también tienes a alguien más!
- Sí, es verdad.
- Idalia, no puedo vivir ya con esto, tu eres ¡Mi amor!, ¡Mi vida!, ¡Mi todo!, pero a Sonia no la puedo dejar
- ¿Por qué?
- Hay cosas... cosas de las que ahora no quiero hablar y como dices tú, vamos a hablar de nosotros, no de ellos.

Héctor e Idalia, hablan de todo, de ellos, de lo que sienten, de lo que ha pasado todo este tiempo y de que jamás han dejado ni por un momento de desear con todas sus fuerzas volver a encontrarse, desnudan sus emociones y se dicen la verdad, sin algún secreto, sin

nada, nada que no haya sido realidad y que les haga notar que por
más indiferentes que quieran ser, jamás lo podrán lograr puesto
que se llevan impregnados en lo más profundo de sus vidas mismas
y que nada, ni nadie podrá penetrar hasta ese recóndito espacio
resguardado exclusivamente para ellos. Ya sin dudas, ni mentiras,
ambos aceptan la relación que cada uno por cuenta propia mantiene
con sus respectivas parejas, y proponen, una vez más, darse el
tiempo pertinente para definir y entonces, sólo entonces, entender
la verdadera razón que ni ellos mismos alcanzan a comprender de
seguir prologando ese tan anhelado reencuentro definitivo.

La calma vuelve a sus vidas, entienden particularmente la razón de
quererse y amarse y de a la vez mantenerse lejos cada uno dedicado
a su propia relación, como creyendo que ello, les dará la pauta para
definirse y terminar de una vez por todas el tonto juego que han
querido jugar con la absurda justificación de que por algo, que ni
ellos alcanzan a entender, por ahora deben estar separados y en
adelante, sin saber en qué momento, se dará, sólo porque creen, así
tiene que ser, el grandioso y ansiado regreso a ellos.

En el trayecto de su conversación, ha menguado la tensión con que
inició, ahora ya bromean, juguetean y sonríen, la naturalidad que
les da su satisfactoria convivencia siempre los encausa a generar en
rededor suyo cierto magnetismo y vital quietud que los enmarca en
el mágico mundo inigualable del amoroso entender de dos corazones
identificados en el mismo placer.

Héctor, ya entendido su situación, no desea retirarse, más sin
embargo tiene que hacerlo, ha pasado el tiempo sin que se percataran
de ello y ya es tarde. Debe dejar a Idalia, continuar con lo suyo y él,
satisfecho y relajado, también debe regresar a casa. Pero hace falta
algo, algo que confirme todo cuanto han hablado, algo que selle lo
que se ha dicho y que demuestre ya sin una palabra que la verdad
yace desde el corazón de cada uno y que en verdad no hay nada más
real y sincero que lo que en ellos resurge cada que por laguna razón
se remueve su interior.

Entre una y otra risa, él toma la mano de Idalia y se acerca junto a ella, ella había olvidado esa sensación y no puede disimular la vibración que en su cuerpo recorre al sentir el contacto de la piel de Héctor en la suya, de inmediato se transforma el momento y caen en el embrujo de sus intenciones, ambos lo desean, ya lo sienten, un grueso trago de saliva atraviesa con dificultad su garganta y su mirada permanece fija de pupila a pupila, la cercanía estremece los cuerpos y la ansiedad desborda su pretensión, hay silencio obligado, el lenguaje intencional es plenamente identificado, la respiración ya entrecruza el ansioso aliento y la magia hace cerrar los ojos y posar sus labios en la ferviente frescura del gran beso de un par de enamorados. El infinito y ellos son uno en ese momento, la eternidad trasciende hasta sus huesos y la verdad reluce sin prejuicios, nada más cierto que lo que se dicen ahora, nada más cierto que su necesidad plasmada en este beso, nada más cierto que lo cierto de este momento, esto son ellos, esto es lo que tienen, esto es lo que desean, esto es lo que ahora se entregan con la conciencia plena de no saber cuándo una vez más podrán hacerlo, de ni siquiera estar seguros que volverá a suceder, esto es su realidad de ahora y en esto es en lo que se fundamentan para continuar adelante. No hay palabras ya no hacen falta, sólo se despiden y en su corazón dejan la tranquilidad de saberse en una realidad inconcebible porque teniendo tanto para ellos, deciden continuar en senderos alejados y diferentes.

Héctor regresa a dejar a Idalia, la ayuda a bajar del auto y la mira sin decir nada, ella corresponde esa mirada y entra a su casa sin voltear al menos a confirmar la reacción, no lo necesita, lo que siente es más que suficiente para entender cuánto y hasta cuándo puede y tiene que esperar.

La noche les trae nuevas ilusiones, les hace divagar entre espejismos y deseos, les hace añorar que el tiempo trascurra y en él trascienda el sentir y sus emociones, no hace falta nada, una vez más se han llenado con sus vidas, han recubierto sus alforjas vacías de sueños y anhelos, han descifrado la verdad de su existencia y mantienen en un cirio la esperanza encendida que seguramente adelante podrán ver realizada.

La noche es larga, Idalia y Héctor reposan en su habitación recordando, añorando y agradeciendo lo que la vida les ha obsequiado, el simple hecho de haberse conocido y con ello poder vivir con inmensa fuerza ese sentimiento que desborda dentro de cada uno, igual pueden estar juntos igual lo pueden no estar pero jamás, literalmente, jamás van a poder dejar de percibir la colosal experiencia que han compartido. Cada uno por si solo valora a su manera la vivencia que han tenido, ninguna con alguien más iguala el poder, la verdad y el sabor que en su vida surge al permanecer juntos, ni mucho menos todo aquello que vivieron fecha a fecha, día a día, inequívocamente único y exclusivo de almas que penetraron en lo profundo del infinito y encontraron la dimensión espiritual en que lo único que existe, antes, ahora y después es el amor, ese amor puro y sincero que es, sólo eso, ese amor que es amor, sin otra palabra que pueda describirlo, amor y nada más.

Héctor regresa a su rutina, a su relación con Sonia, pero viene con nueva actitud, no le molesta compartirse con ella, ahora simplemente se da, entrega en cada momento lo que él lleva dentro, convierte cada instante en especial y el dulce sabor que genera su sobria actitud, envuelve en mágico sueño de esperanza la ilusión que Sonia ha clavado en su corazón. A partir de ahora, ella ya no tiene límite alguno con Héctor, se han entregado física y emocionalmente a su noviazgo, conviven enteramente en todo el círculo de vida en que cada uno se desenvuelve, comparten momentos buenos y momentos malos, el mundo les llena de sorpresas y sin darse cuenta avanzan lentamente hacía un dulce encuentro marital. Sonia está fascinada, nada desea más para ella que lograr un enlace matrimonial con Héctor, aunque no debería hacer falta nada para hacer notar sus deseos y sentimientos, ella vive sin recato alguno, pero aquella no deja ser la ilusión hermosa que desea con todas sus intenciones, algún día se haga realidad. A pesar de la claridad en que vive con Héctor, no deja de ser inquietante aquellos momentos en que lo sorprende distraído, ensimismado en el mundo imaginario de sus íntimos momentos en que sólo se comparte con sus propios pensamientos, algún secreto debe esconder y por si no fuese suficiente, también aquellas escapadas en que Sonia pierde la continuidad de las esperanzas cuando alcanza a darse cuenta que Héctor desaparece por momentos sin ofrecer explicación alguna al respecto.

En cambio Idalia, desde aquél encuentro que tuvo con Héctor se libero de la presión de permanecer oculta en su propio recuerdo, ahora, lo conserva pero a un lado de su vida sentimental actual la que ahora destina con todo a Octavio. Ella decidió que no haría más sombra a esta grata relación que está viviendo, con aquél recuerdo, entonces, sólo vive cada experiencia que Octavio le comparte, disfrutan mucho su noviazgo y en verdad Idalia a sabido hacer crecer el amor que Octavio le procura, él se desvive por ella, la ama sinceramente, le entrega a ella su alma y su ser entero, la respeta por sobre todas las cosas y en pocas palabras Octavio vive para Idalia.

Este noviazgo ha ido creciendo paulatinamente, en su relación ha habido de todo, alegrías, tristezas, momentos difíciles, festejos, sorpresas, emociones, trabajo y siempre, invariablemente, han permanecido juntos y fortaleciendo este enlace.

Algunas ocasiones, Idalia busca estar sola, es algo muy personal, Octavio no cuestiona ni refuta, la deja ser y se lo permite abiertamente, por esta razón a él no le sorprende si alguna ocasión Idalia no puede salir con él o tiene otras cosa por hacer; de esta manera, ella evita el que Octavio se dé cuenta que algunas de esas ocasiones, ella se encuentra con Héctor.

Así es, de repente Héctor siente la necesidad de ver a Idalia y va y la busca, ella acepta platicar con él en ratos, salen a caminar, toman helado o simplemente están ahí. En otras, la casualidad los une y aprovechan el momento para platicar de sus proyectos personales, de cómo les va a cada uno y hasta de sus respectivas relaciones sentimentales. Los dos están absolutamente informados de cómo se desenvuelven, ellos saben la verdad, pero también viven una verdad, su verdad, así es, han vuelto a caer en el jueguito aquél de verse ocasionalmente e inevitablemente después de la plática o ya para despedirse, entregarse al ferviente deseo de unir sus labios en un apasionado beso. El beso que se dan, a veces uno, a veces varios, va lleno de sentimiento y emoción, reconforta aquella débil llama de esperanza que aun yace en el alma de cada uno. Viven ese momento como si fuera el último que compartieran y a la vez, deseando que muy pronto vuelva a repetirse, esto es algo que anhelan fervientemente, no se están mintiendo, lo están sintiendo y así lo aceptan, se saben participes con sus respectivos relaciones y aún así, no les importa, lo único que realmente vale la pena para ellos en cada momento en que están juntos, es disfrutarse, compartirse y demostrarse que aún, a pesar de todo y a costa de cualquier cosa, a ellos les sigue uniendo el enlace espiritual con el que inició su relación. En cada encuentro predomina la sinceridad con que se platican, libremente y sin exagerar comentan situaciones que han vivido con sus parejas, los planes que tengan, e incluso cosas más personales. Ellos viven y sienten esa plenitud en la que se desenvuelven cuando están juntos, no hay reproches, ni reclamos, ni promesas ni nada, sólo son lo que son, se entregan al momento y se liberan de cuanta máscara pudiesen llevar, de la manera en cómo no lo pueden hacer con quien mantienen su noviazgo, debido a que sus interés los llevan a detenerse en cuestiones más individuales. Aquí, cuando están juntos, el mundo es suyo, no hay absolutamente nada que les importune y lo que sea, saben que pueden hablarlo o expresarlo porque no hay juicio, solo están para estar con ellos mismos y nada más.

A Héctor le es totalmente indiferente el que su actitud llegase a importunar a Sonia, en realidad, él nunca se lo va a decir y si ella se entera por otro medio, seguramente encontrará la manera de justificarse y hacerla creer que carece de importancia, cuando la

verdad es que lo que vive con Idalia, es lo que más le importa y que
desea, tanto y profundamente, poder lograr que ella olvide a Octavio
y vuelva con él aunque Héctor tenga que buscar la manera de destruir
a como sea su comprometida relación con Sonia. Los instantes que
comparte Héctor con Idalia, son los que alimentan su sentimiento
que en cada ocasión, despierta con más fuerza dentro y fuera de
él. Héctor, haciendo gala de su inmadurez, cree que fácilmente se
deslindara de Sonia, y no es así, en realidad Sonia desea también a
Héctor e inteligentemente lo está llevando por el camino rumbo a
unirse a él en matrimonio y certificar los sentimientos que viven en
ella y que le hacen quererlo y amarlo como lo ama.

Por su parte a Idalia, si le preocupa saber que está engañando a
Octavio, sin embargo, se justifica anteponiendo el amor que siente
por Héctor y cuando se vuelve a ver con Octavio, ni comenta, ni
refiere nada en absoluto, sólo retribuye con mayor interés su
comportamiento hacía él, cosa que complace enteramente a Octavio,
ya que confiado totalmente recibe lo que ella de, sin cuestionamiento
alguno.

El tiempo transcurre y los encuentros de Héctor e Idalia, de nueva
cuenta, suceden cada vez con más distancia entre uno y otro, no
importa... no hay prisa... ya llegará el momento.

El noviazgo de Idalia y Octavio, va creciendo de vez en vez, cada día
se fortalece más, hay entera confianza y entrega por parte de Octavio;
y de Idalia también, excepto por aquellas escapadas que se permite
alguna vez para encontrarse con Héctor, pero de ahí en fuera, todo
es tan cierto, como lo que vive cada día. A Octavio le complace ver la
manera en que Idalia se da a sus compromisos en todos los aspectos,
siempre con plena responsabilidad y mucho entusiasmo, de ahí que
concluye que para con él es lo mismo y esto le hace quererla más.
Profesionalmente la vida de ambos va en ascenso, cada día crecen
más y más, por fortuna, los dos avanzan a un ritmo similar, siempre

se procuran la ayuda que sea necesaria y por supuesto se hacen saber el incondicional apoyo con que cuentan en esta parte de su vida.

Idalia terminó la escuela, la empresa le ofreció continuar con las funciones que actualmente desempeña y ella acepto. Ella, se prepara ansiosa para su examen profesional, es la conclusión del objetivo marcado mucho tiempo atrás. Por supuesto es un hecho para compartirse, Octavio está en primera fila dispuesto a ayudar en todo e Idalia lo agradece, pero hace falta algo, más bien alguien: Héctor. Como hace ya un buen tiempo que no lo ve, Idalia se da a la tarea de buscarlo, lo quiere hacer partícipe de este evento tan importante para ella, sin embargo, esta vez no corre con tanta suerte, por más intentos jamás logra encontrarlo, ni en una ni en otra parte, ni por teléfono ni personalmente. En fin, ella termina por ceder y en parte por entender que si ese es su destino, no lo va a encontrar y el tiempo ya está encima, ya es incluso un tanto tarde para avisarle y que este presente disfrutando con ella uno más de sus triunfos que indudablemente completan su satisfacción profesional.

Idalia no lo busca más, ya habrá oportunidad de informarle, por ahora se concentra en lo suyo y se alegra de tener con ella cerca, a quien realmente quiere estar por su propia iniciativa.

Héctor ni por enterado, él en su trabajo, un poco su familia y Sonia, quien no pierde oportunidad de insistir en que ya es hora y que deberían casarse. Él, no está plenamente convencido de que eso es lo que quiere, el recuerdo de Idalia le impide tomar la decisión y esta situación de repente le pone de malas; al ver tanta insistencia por parte de Sonia, llega a molestarse tanto que opta por no verla en un tiempo considerable hasta que ha bajado el tono de la molestia; y para no crear mayor confusión, en este tiempo Héctor no hace por buscar a Idalia, sólo se aísla con afán de entender y ayudarse a tomar la mejor decisión. En su desconcierto dentro de Héctor surgen dudas, indecisiones, pesares, recuerdos y nunca falta que resuene en él muy dentro, que ese plan es para cumplirse con Idalia, no con Sonia y aunque de repente ya no lo ve tan claro, tiene la esperanza de que retorne a ella y finalmente vuelvan a unirse como antes, como siempre y para siempre; aunque inexplicablemente siempre regresa con Sonia, a empezar de nuevo una y otra vez, tantas como la inconformidad resurja y vuelva a esquivarla.

Una de tantas, Héctor lleno de fastidio por la necedad de Sonia, se molesta a tal grado que termina la relación con Sonia, ella no da crédito, todo esperaba menos eso; Sonia, está segura de él, ella lo ha sabido ganar y aparentaba estar definido en sus sentimientos, pero termina por aceptar, comprende que por fuerza no habrá nada y así ella tampoco lo quiere, es hasta entonces cuando se percata que ha hecho mal en insistir tan frecuentemente en la posibilidad de casarse con Héctor, solo que ella ya no tiene otro objetivo en su vida, no hay más aspiraciones que ser la esposa oficial de Héctor procrear una familia y entregarle su vida como una mujer enamorada y dispuesta a dar el sacrifico necesario para saber sobrellevar en armonía lo que ella dibujaría como la mejor familia que existiese. Sonia, acepta las consecuencias de su actitud de la misma manera que la terminación de su relación, le deja todo a la suerte y su misma seguridad le hace creer en un pronto, muy pronto regreso de Héctor quizá, para entonces, si acepte su propuesta. Ni modo, debe arriesgar, con un poco de sufrimiento pero con muchas ganas de que sea para bien, acepta y deja a Héctor en plena libertad de decidir y continuar por donde él así lo prefiera.

La misma tarde en que Héctor se sintió en libertad, buscó a Idalia quien no apareció por ningún lado, Idalia andaba fuera tuvo que salir por asuntos de trabajo y obviamente esto Héctor no lo sabía. El no encontrarla le permitió pensar muy bien las cosas, analizar sus emociones y determinar con franca autonomía a quien le pertenece su corazón y todo él, se sentó a clarificar tanto sus ideas como sus sentimientos y a final de cuentas decidió dejar pasar unos días antes de seguir adelante.

Idalia regresó, Héctor se decide. Idalia está trabajando y él lo sabe, pretende ir a encontrarla pero no está seguro. Ella quedó con Octavio de ir a cenar, sin motivo alguno en especial, solo por el simple gusto de estar juntos. Después de permanecer inmóvil por la duda, Héctor decide llamarle por teléfono, a ella no le dicen quien le llama y pensando que es de trabajo se apresura a contestar:

- Bueno.
- ¡Hola mi amor!
- ¿Quién habla?
- ¡Como quién!
- Sí. ¿Quién habla?
- ¿Apoco no me reconoces?
- Ah, sí, ya sé quién eres.
- ¿Sí? a ver di mi nombre.
- No. ¿Para qué?
- Para saber que si me reconoces.
- Ya no juegues sí sé quién eres, con tu inconfundible voz, ya sé quién eres pero me extraño que me hables por teléfono, sobre todo aquí, a la oficina.
- ¿Podemos vernos?
- ¿Qué?
- ¿Qué si podemos vernos?
- ¿Para qué?
- Para verte, para platicar, para estar contigo.
- ¿Cuándo?
- Hoy... horita...
- ¿Horita?
- Sí.
- No. Estoy trabajando.
- ¡Vamos a comer!
- No. No puedo.
- Y ¿Por la tarde?
- ¿Hoy?
- Sí.
- Es que... tengo un compromiso.

- ¿De qué?
- Personal, no puedo.
- ¡Por favor!... ¡Necesito verte!... ¡Tengo que hablar contigo!
- ¿De qué?
- Ya lo sabrás... ¿Paso por ti?
- No. No... mejor nos vemos en otro lado.
- ¡No vayas a dejarme plantado!
- ¡Claro que no! ¡Si estoy diciendo que sí... es sí!
- Bien, ¿Dónde te veo?
- No se... tu dime.
- Te parece cerca del parque donde caminamos muchas veces, de lado del centro comercial.
- Bien... ¿A qué hora?
- Tu dime, yo de todas maneras tengo toda la tarde libre, si quieres de una vez, de una vez...
- Te digo que ahora no puedo.
- ¡Ya se! A las 8:oo
- Está bien ahí te veo.
- ¿Me quieres?
- ¿A qué viene esa pregunta?
- ¡Dímelo!
- Sí... ya sabes que sí.
- Pero... ¡dilo por favor!
- No, no puedo.
- Estás con tu novio.
- No. Sólo no puedo.
- Está bien, te veo en la tarde.
- Sí ahí te veo. Adiós.
- Adiós.

Idalia cuelga incrédula, no capta todavía que Héctor se haya tomado la molestia para llamarle, debe ser algo muy importante. Y... ahora... ¿Qué va a decirle a Octavio?

Tiene que recuperarse de la sorpresa antes de intentar comunicarse con Octavio, además se quedó pensando tratando de adivinar el motivo de la llamada y la verdad es que está tan distraída que no logra concentrarse en su trabajo. Se toma unos minutos para intentar volver a retomar sus actividades pero en lugar de ello, crece más la inquietante incertidumbre, o más bien, está cayendo en cierta emoción, provocada obviamente por el encuentro que más tarde tendrá con Héctor.

Mira el reloj y cuenta las horas que faltan para verse con Héctor, una y otra vez trata de formular su justificación con Octavio pero siente que no es lo correcto. No sabe que va a decir y busca y busca pero no encuentra algo convincente. Vuelven a indicarle que hay alguien en el teléfono en espera de que conteste y su corazón se acelera inmediatamente, por un momento piensa que nuevamente es Héctor; y contesta:

- ¿Sí?
- ¡Hola, mi amor! –es la misma frase, pero otra voz-
- ¡Hola! –responde sin identificar quien está al otro lado.
- ¿Qué haces?
- ¡Nada!
- ¿Qué tienes?
- No... nada... es que... -finalmente identifica, ¡es Octavio!- estaba distraída con algunas cosas de trabajo y... me quede pensando...
- ¿En qué?
- En cómo avanzar en esto. ¡No importa!
- ¡Oye!
- Dime
- No vamos a poder salir hoy por la noche
- ¿Por qué? –Idalia deja salir un suspiro de tranquilidad, ya no es ella quien debe justificarse-
- Sucede que tengo que verme con las personas de la negociación que tenemos pendiente. En realidad vamos a cenar juntos, pero en cuestión de trabajo y la verdad no me parece pertinente involucrarte en el asunto.

- ¡Está bien! ¡Ya abra tiempo!
- ¿Lo dejamos para mañana?
- Después vemos, de verdad, ¡ya habrá tiempo!
- Bueno. Nos vemos mañana entonces.
- Está bien.
- ¿Qué vas a hacer?
- Atender un pendiente.
- Bueno. ¡Te quiero mucho!
- ¡Yo también te quiero!
- Un beso,
- Adiós.
- Adiós.

¡Qué suerte! -Piensa Idalia- todo se resolvió sin hacer nada. Y, como siempre, cuando las circunstancias están a favor de este idílico sentimiento entre Héctor e Idalia, todo se resuelve mágicamente. Hoy, no habrá nada que evite ese encuentro.

Idalia apresura su trabajo, la verdad es que solo lo entretiene porque ha empezado a ponerse nerviosa y con esa ansiedad difícilmente puede concentrarse, pero trata, intenta avanzar y atender todos sus pendientes para no tener que retrasar su salida. El tiempo se le hace largo, pero ya es hora de salir, antes de retirarse pasa al tocador a darse una manita de gato, lo considera pertinente, debe estar hermosa para Héctor. Cuál es el fin, no lo entiende pero lo hace. La hora de la cita es más tarde, y en efecto, antes tiene que atender un pendiente personal que tiene que ver con la escuela, así que se traslada hasta la facultad. Aceleradamente procura avanzar y concluir, se encuentra con algunos amigos que interceptan su partida y la retrasan un poco; ellos, después del tiempo que ha pasado sin verla, la invitan a tomar un café para platicar, ella se niega y le insisten hasta que tiene que explicar que ya tiene un compromiso y que no le es posible corresponder su invitación pero amablemente les proporciona los números telefónicos en que pueden encontrarla y se ofrece con gusto ser ella quien invite el café, pero en otra ocasión, porque ahora tiene que irse. Idalia se observa ansiosa y los amigos se percatan; y con lógica curiosidad preguntan y preguntan sin obtener información alguna. Es obvio que Idalia no puede decir nada, ellos, tratan con Octavio, lo saben su novio y no es pertinente decirles que va a hacer. Con un poco de dificultad al fin logra evadirles, se despide y se marcha, vuelve a mirar su reloj y ya va retrasada con unos minutos, así que acelera su paso ya ni siquiera espera el camión que la lleva al lugar donde quedo con Héctor, toma el primer taxi que pasa frente a ella y pide la lleve una cuadra antes del lugar de la cita. Idalia entre nerviosa y emocionada espera, llegan a la parada indicada, paga el servicio, baja y respira. Se toma un minuto para observar el lugar mientras respira una vez más para tranquilizarse, allá adelante, al otro lado de la esquina, está estacionado el auto de Héctor. Es seguro que él esté dentro. Idalia camina hasta él y justo antes de llegar se abre la portezuela dando un sobresalto a Idalia que le hace retroceder un paso:

-       ¡No te asustes, soy yo!- explica Héctor desde dentro- te vi venir y quise abrir la portezuela para que subas, ven, súbete.

Idalia, sube y se acomoda en el asiento. Héctor está fumando, sabe que únicamente fuma cuando está nervioso y aunque se ve muy tranquilo, es evidente que el encuentro provoca la misma reacción que en Idalia, por el simple hecho de encontrarse.

-       ¡Creí que no iba a alcanzarte!
-       ¡Y yo pensé que no vendrías!
-       ¡Ya es tarde!
-       Sólo me terminaba el cigarro y si no llegabas me marchaba. Y ésta ¡es la última fumada!- Héctor le da el sorbo y tira la colilla por la ventanilla de su lado que tiene abierta para no encerrar el aroma, sabe que a Idalia le molesta el olor y procura no fumar cuando está con ella, sólo que hoy, no lo pudo evitar porque en efecto, al mirar que Idalia no llegaba le puso más nervioso de lo que ya venía y al no poder controlase opto por un cigarro para

tener en que entretenerse mientras esperaba su llegada. Exhala el humo hacía afuera y le dice:

- Ahora sí ¡Salúdame! -extiende su mano y se acerca a Idalia para dar un beso-.
- Idalia, corresponde con la mano y el beso, sí se lo da, pero en la mejilla, ¡un gran beso! Un saludo de buenos amigos. Héctor no dice nada. Detiene su mano en la de él y le pregunta:
- ¿A dónde quieres ir?
- No sé.
- Decide.
- No. Donde tú quieras.

Conversación perfecta para dos tontos que no desean más que estar un rato juntos, el lugar que importa, lo único que realmente importa es la compañía y el momento. Héctor insiste y ella termina por decidir quedarse en el auto pero no ahí, sino buscar un lugar más tranquilo donde puedan platicar y nada más. Ella desea tanto la compañía de Héctor pero al mismo tiempo no quiere ser vista por nadie quien pueda ir a contarle a Octavio. Así, que esa decisión es la correcta.

Héctor busca cualquier lugar, uno tranquilo, se orilla, apaga el auto, mira a Idalia y sonríe.

- ¿De qué te ríes?
- De nada. ¿Me das un beso?
- Ya te lo di.
- Pero no de esos. Uno de amor.
- No.
- ¿Por qué?
- ¿Y porque sí?
- Porque me quieres
- ¿Cómo sabes?
- ¿No me quieres?
- Tú lo sabes
- ¿Entonces?
- No. Mejor dime ¿Para qué me buscaste?

- Para verte
- ¿Nada más?
- No.
- Dime...

Héctor no sabe qué decirle, cualquier cosa es buena para evadirse, juguetean, sonríen, el se acerca a abrazarla y ella se deja

- Ven. ¡Abrázame! Lo necesito.
- ¿Qué tienes?
- Me pelee con Sonia.
- ¿Feo?
- Sí. Terminamos
- ¡¿Terminaron?! –Idalia no disimula la felicidad que en parte esto le causa-.

No es que ella quiera ver sufrir a Héctor, es que esto le abre la posibilidad de volver con él, en este momento, ya se dejo cautivar y en lo que menos piensa es en Octavio. Es más, desea ansiosa que Héctor le proponga reiniciar.

- ¿Y?
- ¿Qué?
- ¿Cómo estás tú?
- Bien.
- ¿De verdad?
- Sí... no... no sé.
- ¿Te duele?
- ¡Claro que me duele!
- ¿La quieres?
- Sí
- ¿La amas?
- No... Sí... no se...
- ¿Por qué terminaron?
- Ella quiere casarse conmigo
- ¿Y tú?
- No...

- Díselo
- ¡Ya se lo dije! Pero no entiende, insiste e insiste y sabe que yo no quiero.
- Si no quieres, pues no quieres. ¿Qué planes tienes?
- Aún no lo sé.

Héctor continúa quejándose y a la vez buscando que Idalia le reconforte de una manera más cariñosa, el desea con todas sus ganas que Idalia aproveche el momento y le pida que la deje de unas vez por todas para dedicarse únicamente a ella; él anda un poco confundido y la ayuda que Idalia le pueda proporcionar será definitiva para su decisión. Héctor necesita estar seguro de Idalia y ella no está haciendo nada para convencerlo, le dice que lo quiere, que lo ama, pero siempre con palabras, no propone nada concreto y eso es lo que Héctor espera para reconfirmar que lo que dice sentir idalia es verdad y que ella está dispuesta incluso a terminar la relación con su novio y retornar con nuevos augurios a los brazos de él, dispuesta a dar y hacer cualquier cosa con tal de recuperar aquella mágica felicidad que han permitido se valla colando entre sus manos cada vez que se encuentran y se vuelven a separar esperando uno que el otro actúe y el otro que el primero inicie todo.

Realmente se puede notar, por un lado la inseguridad que va creciendo en Héctor con relación a Idalia y en ella, la ansiedad porque Héctor decida reconozca su amor de manera firme y abandone cualquier cosa que les importune, cualquiera, incluyendo a Sonia y lo que su familia pueda influir. Ella, por su parte, no lo dudaría ni un momento, si ahora está aquí es porque lo que espera es su reencuentro, pero no superficial, sino con la misma espiritualidad con la que alguna vez se unieron, tomada la decisión, desaparecen los límites y se torna a la felicidad deseada durante tanto tiempo.

Héctor insiste un poco para dar pie a que Idalia reaccione y proponga:

- Idalia... ¿tú, me quieres? ¿todavía me quieres?
- Sí.

- Nada más sí.
- Héctor, cómo puedo decirlo. ¡Claro que te quiero! Y tú lo sabes, lo sabes muy bien porque te lo he dicho muchas veces.
- Pero sólo lo dices.
- ¿Qué es lo que quieres?
- Sentirlo, saberlo, vivirlo.
- Seguro lo has sentido, sólo que no lo aceptas. Yo, te amo tanto como antes, como siempre, todo este tiempo, estás dentro, ¡entiéndelo!, vives en mí. Héctor, ¿acaso no lo percibes? ¿Cómo no amarte cuando el sólo verte me estremece?, ¿Cómo negar lo que llevo dentro si se desparrama por mi pecho a buscar una salida?, ¿Qué hago con lo que siento cuando deseo verte y tú estás con alguien que no soy yo? ¿Cómo le hago entender finalmente a mi corazón que deje de provocar tanta necesidad de ti? Si amor se llama, eso que se expande por dentro de mí y llena mi vida con tu recuerdo y con la esperanza de mirarte aunque de lejos, si el amor provoca revolotear mis entrañas cuando alguna vez te miro, si amor se llama, que no importe que haya alguien quien me espera y me busca cuando lo único que yo hago es estar pensando en ti. Héctor si amor es estar aquí ahora a sabiendas que estamos mintiendo a dos personas y no me interese lo que pueda pasar. Si eso es amor... entonces... entonces... Héctor... yo... yo te amo.
- Lo mismo siento yo, así es como puedo describir lo que me haces sentir.
- Eso que dices... ¿Es real? ¿o sólo lo dices porque estamos aquí?
- Lo siento.
- ¿Y Sonia? ¿Dejas terminado de una vez y te olvidas de ella?
- ¿Tú lo harías?
- Sí.
- Yo, debo hablar con ella.

Con esta respuesta Idalia no quiere decir más, sobreentiende que lo que Héctor le está diciendo está muy lejos de sentirlo, tal vez la ama, pero también le importa lo que pase con Sonia, en cambio a ella no le interesaría nada, con tal de congelar este momento y permanecer por siempre al lado de él, a costa de quien y lo que sea. En Idalia ha flotado la realidad, su verdad y no sabe como demostrarlo a Héctor. El hecho de verlo dudoso le genera desconfianza y ella lo ama, lo va seguir amando siempre, incluso, aunque él esté con Sonia o con cualquier otra persona que no sea ella, su amor está lleno de libertad y con esa misma libertad lo deja volar para que sea Héctor quien decida y vaya por donde encuentre la paz y goce la felicidad que visiblemente añora.

Idalia se pregunta si la buscó para ser su paño de lágrimas o porque necesitaba verla para aclarar sus dudas. Ella desnuda de sentimientos, quiere abrazarlo y hacerle notar lo dispuesta que está a colaborar para que él sea enteramente feliz, con ella o sin ella, no importa, pero feliz porque verlo así a ella también le dará felicidad; y si decide la distancia, ella tendrá la inteligencia de resguardar lo suyo con tal recelo que nadie podrá invadirlo en ningún momento de su vida.

Ahora no se queda con las ganas, se acerca, muy cerca de él y ofrece sus labios a los de Héctor al tiempo que recorre su cuello con sus manos hasta enlazarlo y lentamente acercarlo para inevitablemente volver a fundir su sentimiento en la cándida expresión del sabor del más sincero de los besos.

Héctor corresponde, la abraza también y la presiona con fuerza contra su cuerpo, cuando Idalia quiere terminar el beso, él no se lo permite y continua saboreando una y otra y otra vez, esos labios que le llenan tanto con su expresión.

A pesar del momento, Idalia siente la lejanía, a él le preocupa Sonia y aunque lo niegue, hay algo que le impide entregarse por completo a Idalia.

La compañía de Idalia libera a Héctor de cualquier tensión; desahogado y más tranquilo, recuesta a Idalia a su pecho para hablarle en el oído. Ahí, en su intimidad le confiesa lo que su corazón le deja sentir en ese momento y también le pide, ser tolerante con él, hoy reconoce que todo este tiempo Idalia ha estado esperanzada a un regreso y por supuesto él también, pero a diferencia de Idalia, Héctor no ha hecho mucho que digamos para lograr este regreso. La inseguridad que él tiene es lo que le hace permanecer con Sonia y al mismo tiempo buscar a Idalia, Héctor sabe qué lugar tiene cada una en su vida y se empeña en que sean ellas, principalmente Idalia, quien le demuestre directamente con hechos y le proponga sin prejuicios, estar sólo y exclusivamente para Héctor.

Idalia sabe que si desea continuar con Héctor, debe terminar con esos absurdos encuentros a medias y las orgullosas actitudes que recíprocamente se demuestran. Idalia debe liberarse de la prisión que se impuso al permitir que Héctor la mantenga al margen y sólo le busque cuando su necesidad no le permita esperar más. Idalia siente y sabe que las cosas así jamás van a funcionar y mucho menos a llegar al fin que ella planea. El abrir su corazón y mostrar la dimensión en que Idalia resguarda el amor que le profesa a Héctor, es con la única intención que todo termine o empiece ahí, en ese instante, sin ayer ni mañana, olvidando lo que se hayan dicho o hecho y borrando cualquiera de sus planes. Idalia quiere definir, en este momento está aquí con Héctor, abrazada de él, uniendo sus laditos en un solo sentimiento, y esto, esto es lo que ellos desean, esto es lo que les muestra su realidad. El amor que forjaron entre ellos, es así, puro y libre, sano y real y son Héctor e Idalia quien tienen que darse cuenta, ahora es el momento.

El silencio prevalece por unos momentos, nadie dice nada, ella solo deja sentir la emoción que recorre su cuerpo al permanecer tan cerca de su corazón. Y él, no la quiere soltar, para seguir teniéndola siempre así prendida a él y saber que jamás se alejará de su vida. Sin evitarlo, Héctor deja derramar una lágrima por sus mejillas que accidentalmente cae sobre la cara de Idalia. Al instante ella se reincorpora y pregunta:

- ¿Estás llorando?
- No... sí...

Héctor limpia su lágrima:

- No es nada, es sólo la nostalgia, el anhelo, la esperanza.

Idalia entiende, lo que Héctor está tratando de decir y no desea ahondar más en ello, tal vez esta sea su última oportunidad de tenerlo con ella, y no ansía más que disfrutarlo así, tal cual se está mostrando, tal cual Idalia lo conoce: sensible, sincero y cariñoso. Ella busca la manera de salirse del tema, encaja la conversación a otro rumbo y se limita a hacerlo sentir lo mejor que le es posible y tanto como ella misma logra sentirse bien.

Han transcurrido ya algunas horas, es noche y ellos continúan dentro del auto sobre la calle, el riesgo se incrementa con la oscuridad y la soledad en que paulatinamente va quedando el rumbo, así que Héctor plantea:

- ¿Nos vamos?
- Sí.
- Ya por último, Idalia, ¡Gracias por escucharme!, y...
- No digas más, sólo toma tu tiempo, trasciende dentro tuyo y deja que sola fluya la verdad, tu verdad, la que te hará tomar la mejor decisión; y ahí, contigo, no habrá ya más duda, prevalecerá tu seguridad y en automático saldrá a flote tu realidad, la que tu elijas, en plena libertad, sin presiones ni confusiones, ahí en las entrañas de tus sentimientos, la inteligencia te guiará y tu ser sabrá exactamente hacía dónde y para dónde está tu camino, el que debes seguir con la certeza que no habrá más duda ni confusión, con la convicción que eso es lo que buscas y eso es lo que te llevará a tu eterna felicidad.
- Así lo haré, y por supuesto, serás la primera en saber cuál es mi decisión.

Idalia no está segura que Héctor lo entienda tan profundo como ella, de lo que sí está consciente es que ésta es la mejor manera de dejar de jugar este juego que ya empieza por causar problemas y tanto ella como él, encontrarán por fin el camino a vislumbrar la mágica realidad juntos o separados, pero que les llevara a vivir la eternidad en cada momento de su vida.

Idalia se despide, pide que la lleve hasta su casa, lo abraza muy fuerte y él corresponde, mira sus ojos, toca su rostro y besa sus labios; todo con suavidad y lleno de sentimiento; y así, queda gravado uno de los mejores momentos que han pasado juntos, seguro, éste determina el final, éste instante señala lo que vendrá después.

Idalia no dice más ni permite que Héctor lo haga, espera sólo a que él abra la portezuela y baje. Héctor, espera que Idalia entre y se marcha.

Hay magia rodeando el corazón de Idalia, no identifica lo que acaba de vivir, no define si fue reconciliación o término. No quiere saber, sólo desea seguir sintiendo palpitar su corazón en plena armonía. En casa no dice nada al respecto y nadie pregunta porque no se dieron cuenta de con quién llegó. Ella va directo a su cama, se cambia para dormir y posada en su lecho, se deja mecer por el vaivén de sus pensamientos hasta vencerse del todo por la inmensa paz que vive y la tranquilidad en que reposan sus emociones.

Héctor también va directo a casa, no importa la hora ni la distancia, él confirma que su amor sigue vivo tanto en el alma de Idalia como en la de él mismo, sólo que prevalece en él una duda, piensa en las otras dos personas involucradas, Sonia y Octavio, quienes son ellos para entrometerse a sus vidas y qué hacen Héctor e Idalia para lastimar sus relaciones aunque ellos ni se percaten. Porqué han llegado hasta este momento y ninguno de los cuatro pone límite alguno para no permitir más esta situación. Héctor percibe claramente que no le importa lo que Sonia quiera y que a Idalia tampoco le incómoda el reconocer abiertamente ante él que Octavio la crea libre de cualquier engaño.

Aunque en realidad para Héctor e Idalia, la única verdad que viven es la suya y el saber que ni por error se han mentido, les da la certeza de la libertad de sus sentimientos, ambos conocen a detalle la relación que por su cuenta tiene cada uno, y aún con esto, cuando están juntos no permiten que nada les haga sombra, ni un recuerdo ni una intención y lo que viven entre ellos, va plagado de fuerza y vida y va iluminado totalmente por la luz que la verdad proyecta; borrando por completo cualquier motivo que les lleve a ofender su sentimiento o a agredir su relación. Ellos y la paz con la que se entregan les asegura la pureza de su sentir y la grandeza de aquello que hasta ahora es lo más grande que han vivido juntos: el amor que les une.

Sin embargo, la necedad de Héctor de querer hacer lo correcto, pensando ya tanto en Idalia como en Sonia, le orilla a fraguar un plan, para que de lo que resulte, él tenga el poder de decidir sin temor a equivocarse y va arriesgar todo para definirse, va a jugar con la firmeza de reconocer que después de ello, cualquiera que sea la consecuencia, la asumirá con fortaleza y trabajará con todo su entusiasmo para hacer que dicha decisión le lleve a gozar de la felicidad en que siempre ha fundamentado ambas relaciones y así terminar de una vez por todas con tantas inseguridades y vacilaciones entre una y otra.

Bien, Héctor detalla su plan y se prepara, lo primero que hace es buscar a Sonia, dejando por el momento fuera de cualquier tentación la presencia de Idalia. El la convence de darle una nueva oportunidad y así reinician su romance, él le deja claro que cuando sea el momento será él quien inicie hablar de matrimonio y pide que por ahora no toquen el tema ya que esa fue la razón de haber terminado. Sonia acepta y coopera.

Transcurre nuevamente el tiempo, cada encuentro vuelve a reconfortar el amor que cada uno siente por el otro, avanza en firme esa relación y una vez más, Sonia reincide en sus intenciones, pero esta vez es más cautelosa y propone sin insistencia la posibilidad de planear su boda. Entonces, Héctor ya ha reforzado su plan, eso hará. A Sonia le hace saber que sí está interesado en casarse con ella, pero antes debe resolver un pendiente: Idalia. Por supuesto, nunca menciona a Sonia ni por error el nombre de Idalia, aunque él sabe exactamente lo que pretende. Para ocuparse del "pendiente" Héctor pide a Sonia dejarse de ver por una semana a lo que Sonia no pone objeción alguna.

Esta semana, Héctor la destina directamente para buscar a Idalia, y sin hacer tanto esfuerzo, al día siguiente la encuentra.

Idalia, agradece el inesperado encuentro, como siempre, platica con él abiertamente, nadie refiere comentario alguno respecto la última vez que se vieron. Ella considera que aquél día fue muy clara con Héctor y lo que venga, de verdad lo aceptará, sea para estar juntos o no.

Héctor da vueltas y vueltas en la conversación, en realidad, pensó estar seguro de lo que pretendía hacer, pero ya en este momento no quiere arriesgar a todo o nada, de alguna manera sale a flote su inseguridad y ello no le permite llevar a cabo sus planes. Hoy, tampoco intenta besar a Idalia, sabe que ella no se lo permitirá hasta haber definido su situación y como aún no la precisan, más vale no exponerse.

Héctor reconoce que no dirá nada, prefiere despedirse y prepararse para un intento más; entonces, se despide de ella tratándola como la gran amiga que siempre haya sido y eso es todo.

Un tanto desilusionado, Héctor regresa a casa, el plan era perfecto, pero nunca contó con que al ver la sonrisa de Idalia y al reflejarse en sus pupilas surgiría el miedo a perderla definitivamente. Sus intenciones siguen en pie, el también desea con todas sus ganas, terminar con el juego y regresar con Idalia a formar la gran familia que ha deseado durante mucho tiempo, en efecto, Héctor ya tiene ganas de contraer matrimonio, pero con Idalia, no con Sonia; sólo que como aún yace en él cierta inseguridad, quiere que sea Idalia quien de alguna manera le induzca a la propuesta, para estar totalmente seguro que no hay rencores ni remordimientos y en adelante sólo encuentren buena comunicación y sobre todo la correspondencia de un amor pleno y recíproco lleno de fidelidad, esperanza y sobre todo de verdad.

Héctor, piensa y piensa lo que puede hacer, de repente lo duda y más tarde está seguro de que es la mejor manera de convencerse y hace un nuevo plan para el día siguiente.

A Idalia, no le causó inquietud alguna el encuentro que tuvo con Héctor, para ella fue una casualidad y en realidad, no espera que tenga consecuencia alguna.

Algunas veces viene Octavio por ella, hoy no; es nuevo día y debe ir a trabajar, incidentalmente hoy se esmera un poco más en su arreglo personal, toma su bolsa y se marcha dejando como todos los días al despedirse su mejor sonrisa para su mamá; va directo al trabajo, de regreso, avisa va a regresar un poco tarde porque tiene planes de ver a una amiga a quien le entregará un arreglo para su próxima boda y pretende quedarse a compartir un poco la emoción de los preparativos.

Va hasta la parada y escoge entre irse en taxi o esperar el camión, opta esperar el camión. No lleva prisa, pero piensa que va a ser más largo el camino, ya decidió y ni modo.

Mientras aguarda, se distrae con un par de golondrinas que revolotean sobre un cable de luz, parece una pareja de enamorados, saltan, vuelan, se corretean, se acercan como acariciándose y juntan sus piquitos cariñosamente, es obvio que se andan cortejando. Idalia sonríe al tiempo que se da cuenta de tener justo frente de ella el autobús que esperaba, rápidamente hace señas para subir, aunque casualmente éste ya se estaba deteniendo. Lo aborda. Pretende sentarse como todos los días, en el primer asiento, pero hoy está ocupado, no lo piensa y avanza hacia atrás; el segundo también viene ocupado y el tercero... en el tercero hay alguien quien al verla se levanta para ceder el paso hacía la ventanilla: Héctor. Es Héctor quien vino a buscarla, quien decidió recordar viejos tiempos y dejó el auto en casa para sorprenderla. Idalia, acepta la invitación de compartir el asiento y después de acomodarse en él, pregunta:

- ¿Qué haces aquí?
- ¡Vine por ti!
- ¿Cómo sabías que iba en este camión?
- Te estaba observando.
- ¿En dónde?
- Desde la esquina
- ¡Estuve a punto de irme en taxi!
- ¡Me di cuenta y rogué que no lo hicieras!
- ¿Y tu coche?
- Se quedó en casa, quería sorprenderte.
- ¡Lo lograste!
- ¿Cómo estás?
- Bien. ¿Y tú?
- Bien. Oye, ayer nos vimos y... hoy... otra vez
- Si
- ¿Te pasa algo?
- No.
- ¿Entonces?
- ¡Tengo muchas ganas de verte!
- ¡Nos vimos ayer!
- Es que, además... tengo algo que decirte...
- ¿Qué?
- Ayer no me atreví
- ¿Queeé?
- No sé, ahora te lo digo, deja que fluya,
- ¿Qué fluya qué?
- Dame chance, nada más me relajo, porque estoy nervioso y seguro te lo voy a decir, a eso vine.
- Como tú quieras.

Héctor empieza a tomar confianza, en efecto, se relaja y se involucra en una amena y agradable plática, Idalia ya se olvidó hasta de la sorpresa y de la "casualidad", también está disfrutando el momento, es lo único que tienen, esos buenos momentos que surgen cada que están juntos. Idalia hace conjeturas de lo que Héctor pretende decir, pero no avanza en ellas, de inmediato vuelve a integrarse a la plática y a dejar que sea él quien diga lo que tenga que decir. Héctor se decide, además de que ya casi llegan a su destino, porque hoy no va a retirarse sin continuar con su plan:

- ¿Qué crees?
- ¿Qué?
- Pues adivina
- ¡No soy adivina!
- Dime algo
- ¿Qué?
- No sé, algo, cualquier cosa que te imagines.
- ¡Ya déjate de juegos y di lo que tengas que decir!
- ¿Pues qué crees?
- Regresaste con tu novia
- Sí
- ¿Y?
- ¡Nos vamos a casar!

Héctor lo dijo mirando directo a los ojos de Idalia, este momento es el definitivo para que él se dé cuenta de cuánto aún le importa a Idalia y su reacción determinará la continuidad de lo que Héctor pretende. Este era su plan hacer creer a Sonia que se casaría con ella con la única finalidad de no arriesgar y quedarse sólo, además si fuese necesario, la usaría de tal manera de hacer creer a Idalia que sus planes de boda sean reales y esperar hasta el último momento para retractarse y demostrarle a Idalia que con la única persona con quien realmente desea unirse en matrimonio es con ella y nadie más, incluso ni con Sonia, para él nadie es más importante que Idalia y eso ya lo definió, de lo que aún no vive seguro es de que para Idalia sea él también con quien desee continuar su vida hasta el final y esto es lo que Héctor quiere confirmar antes de dar el siguiente paso.

- ¿Queeeé? -Pregunta Idalia desconcertada y sorprendida, todo esperaba menos esto, "¿qué hay de mí?" -se dice para sí misma y en silencio-. No atina a entender y quiere confirmar, desea escucharlo nuevamente de la boca de Héctor para estar segura de que lo que oyó es realmente lo que él dijo.
- ¡Nos vamos a casar!
- ¿En serio? -vuelve a cuestionar Idalia, aún no le queda claro o desea no haber escuchado lo qué Héctor dijo-. En realidad no es sólo no quererlo escuchar, es que no desea que sea realidad.

Inevitablemente surge en ella un volcado de sentimientos, detonando en miles de preguntas y dudas que no puede responder porque en este instante ha perdido la capacidad de asimilar esa afirmación, ¡No quiere! No desea que Héctor se haya definido y no sea por ella; el quebrante de su corazón explota por debajo de su pecho provocando un intenso dolor de impotencia en todo su cuerpo. Permanece unos segundos en silencio, está mirando de frente a Héctor y no puede continuar así, voltea su mirada y termina por cerrar sus ojos, para contener el inmenso sufrimiento que a punto está de aparecer en forma de llanto. Toma aire disimuladamente para aguantarse, hace el mejor de los esfuerzos y con toda su voluntad se contiene. Héctor espera ver la verdadera reacción en Idalia, lo que él está esperando es que ella cuando menos le pregunte ¿Y yo qué?, él está mirando el efecto que provocó en Idalia, pero aún lo duda, busca su mirada y se frustra un poco al no encontrarla, no puede identificar por completo lo que pasa en ella y espera con todas sus ansias que ella le pida que no lo haga.

Sólo fueron unos segundos que a Héctor le parecieron eternos para que finalmente Idalia reaccione:

- ¡Felicidades! ¡De verdad felicidades! ¡Debes estar feliz! ¡Claro que me vas a invitar a la boda! ¿O no?

Con los ojos bien abiertos, Héctor no da crédito a lo que está escuchando, eso no es lo que esperaba oír decir de la boca de Idalia, ella se muestra como si nada, claro que se está tragando su coraje y su sentimiento pero jamás se lo hará notar a Héctor y él, está desilusionado al no ver ni la más mínima expresión de dolor en ella. Héctor deseaba... es más todo lo está haciendo es con la única intención de ver cualquier reacción a su favor como señal del amor que Idalia dice tenerle. Pero no, en lugar de ello, Idalia demuestra indiferencia y hasta cierto punto se muestra complacida de felicidad por festejar la gran noticia que Héctor le acaba de dar. Por favor, ahora quién va a derrumbar su barrera de orgullo.

Héctor insiste:

-   Sí, vamos a... -con esfuerzo se pasa un grueso bocado de saliva para continuar- ... casarnos. Lo platicamos y llegamos a la conclusión de que eso es lo mejor.
-   ¡Tenemos que festejarlo! Podemos....

Héctor ya ni escucha lo que Idalia dice, reconoce haber cometido el peor error, ahora está sufriendo tanto como Idalia, pero él porque cree que lo que Idalia siente por él no representa lo que siempre le ha dicho; pero no importa, no debe caer su propósito ahora, esta vez no funciono, vamos, esta ocasión no logró el resultado planeado pero hay más opciones y él pretende continuar hasta el final. El plan ya está fraguado y de ser necesario la involucrara hasta poder corroborar una y otra vez el efecto, de tal manera que en Héctor no quede la menor duda y finalmente pueda optar por la opción que le muestre lo que el busca en realidad: esa tan deseada relación que lo lleve al altar en plena convicción de lo que se está realizando y con toda la certeza de que al iniciar una familia será para toda la vida y pondrá en ella el mejor esfuerzo de hacer el hogar más feliz del mundo. Por el momento no le queda más que continuar la farsa fingiendo una alegría que está muy lejos de sentir.

-   Así es Idalia y es buena idea ¡vamos a festejarlo! ¡Tú me avisas cuándo y dónde que yo soy materia dispuesta!

Es obvio que su respuesta es solo por no quedarse callado, afortunadamente para ambos, el autobús está a punto de llegar a la parada en la que debe bajar Idalia y ella está ansiosa por desaparecer de la vista de Héctor y entonces, poder desahogar abiertamente su sentimiento.

- ¡Bueno, me avisas! Me buscas y lo planeamos, pero eso sí, ¡no dejes de invitarme a tu boda! -repite Idalia una vez más con la misma intención con que Héctor ha seguido el juego.
- ¡Claro que sí! ¡Tú serás la invitada de honor en esa boda!
- Bueno, yo bajo aquí.
- ¿Por qué?
- Es que... ahora... voy por otro rumbo... bueno... éste es el camino que me deja donde voy.
- Cómo digas -Héctor sabe que no es su parada, cuándo menos hasta donde él quedó enterado, Idalia debería ir en otra ruta, pero de la misma manera que ella, Héctor ya no desea tenerla junto ni un momento más, su coraje y frustración le reclaman espacio para explayarse libremente.

Idalia pide permiso para poder salir al pasillo, Héctor se levanta y al pasar sus miradas quedan directas una de la otra, Idalia quisiera decirle que lo ama y Héctor desea que ella lo diga; pero no, Idalia, esboza una sonrisa fingida pues ya le está costando más esfuerzo contener su llanto e impulsivamente le da un beso a los labios de Héctor, se da la vuelta y sin decir más pide su parada y baja.

Fue tan rápido el impulso que cuando Héctor quiso detenerla para abrazarla y no permitirle irse ni de ese momento ni de ahí en delante de su vida, ella ya estaba abajo. Con el desconcierto encima, Héctor dejó caerse nuevamente en el asiento y con nada de ganas, deja rodar algunas silenciosas lágrimas de confusión.

Nuevamente no puede entender el comportamiento de Idalia, otra vez lo dejó en las mismas, por un lado reacciona fehacientemente por la noticia no demuestra en absoluto nada de tristeza, y por el otro se toma el atrevimiento de besarlo en la boca cuando él acaba de decirle que va a casarse con otra. ¡Valla manera de demostrarse su amor!, uno poniendo pruebas de fuego y la otra saltando en reacciones opuestas que a final de cuentas no delinean nada en específico.

Para Héctor no hay más nada por hacer, ya en adelante buscará continuar con su plan, está dispuesto a jugarle a todo por el todo, después de eso que más puede perder si aún no está seguro de tener lo que tanto anhela: el amor de Idalia.

Por su cuenta, apenas baja Idalia del autobús y se desmorona en sollozo, no espera ni al menos a que desaparezca de su vista, por si Héctor la estuviera observando, ella únicamente se limita a mirar al lado contrario y de inmediato deja salir el ya incontenible llanto que acosa su garganta, no le interesa que los transeúntes que pasan a su alrededor la observen con curiosidad y con intención de ayudar, ¡nadie la puede ayudar!, ¡no quiere que nadie se acerque!, esto es de ella, únicamente de ella.

Idalia camina sonámbula por la acera, avanza y avanza sin definir el rumbo, sólo sigue la dirección que la misma banqueta le señala, qué más da hacía dónde ir, que importa si es tarde o si queda tiempo, nada, ¡en realidad nada le importa ahora! Finalmente se encuentra sola para desahogar el intenso sentimiento que le atormenta y da rienda suelta a él cual chiquilla indefensa incapaz de encontrar aquél tesoro extraviado, porque ahora sí lo ha perdido, ha perdido a Héctor y para siempre.

Sin tomar en cuenta el paso del reloj, Idalia perdida entre las calles de la ciudad, vacía de pensamientos y golpeada de resentimiento, sufre dolorosamente la noticia que ha recibido: "Héctor se va a casar" y no es con ella. Se lamenta el no haberse impuesto desde el principio y evitar una confusa relación de momentos pasajeros y oportunos, ahora suspira ansiosa de retroceder el tiempo y luchar por permanecer al lado de Héctor y ser ella con quien él decida continuar su vida.

Que más dan los minutos, qué más dan las horas, que importa si es tarde, que importa si existe ella, si dentro de sí sólo prevalece el vacío de saber que su amor está herido y que duele profundamente reconocer que no ha sabido ser inteligente para atraer a ella la verdad del amor, la vida que Héctor supo manifestar ante ella y por ella.

Ahora tendría que saber qué fue lo que hizo falta, que hay detrás que aun no descubre y que no ha sabido expresar. Cómo decirle a Héctor que nada le duele más que saberlo de otra y hoy casi perdido, cómo decirse a ella misma que entienda de una vez que se le está yendo de las manos su vida y de su corazón todo aquello que resguardaba con firme anhelo para entregarlo específicamente a ese hombre que ha aparecido en su vida y que representa la plenitud del amor eterno, mostrado en una mirada amagada a todo un gran sentimiento.

Con el rostro completamente húmedo por las lágrimas, detiene el paso y ubica el lugar, sin querer ha llegado hasta donde estuvieron la última vez juntos, cuándo Héctor la buscó y se abrazaron con gran fuerza, el estar ahí sólo le remarca su sentimiento. Llena de coraje enjuga sus lágrimas y respira profundo mientras decide continuar con su vida, ha llorado suficiente para sacar de ella todo lo que le lastime, ha lavado su sentimiento en tanta lágrima derramada que ahora desea continuar.

Decide regresar hacía su trabajo, aunque tarde, no importa seguro no habrá problema alguno para entrar, nunca llega tarde y hoy por ser la primera vez, pasará casi inadvertida.

En realidad sus creencias no son correctas, allá en su oficina sus compañeros y compañeras de trabajo, extrañados por la ausencia de Idalia, han empezado ya a hacer conjeturas, cuando espontáneamente ven entrar a Idalia todo vuelve a la normalidad, excepto por su amiga Leticia quien se percata de cómo viene Idalia y de inmediato se acerca a ella para indagar:

- ¿Qué pasó? -pregunta Leticia-.
- Nada.
- ¿Cómo nada? ¿Entonces porqué vienes así?

- ¿Cómo?
- ¡Has estado llorando, es evidente!
- Sí.
- ¿Qué pasó?

Idalia siente que se quema por dentro y quiere desahogarse, a alguien le tiene que contar y ésta es la oportunidad de hacerlo, así que pide a Leticia ir a un lugar más privado dentro de la misma oficina para contarle lo que paso:

- ¡Va a casarse! —inicia—
- ¿Quién?
- ¡Héctor! ¡Héctor va a casarse!

Leticia sabe muy poco de la historia de ellos, sólo lo que Idalia le ha platicado alguna vez y nada más, en realidad no ubica la magnitud de esa relación, pues Leticia ni siquiera lo conoce, así que su opinión no puede ser tan trascendente.

- ¿Cómo sabes?
- ¡El me lo dijo!
- ¿Cuándo?
- No sé, sólo me dijo que se casaría, de fechas nada, pero eso es lo de menos.
- ¡No! ¿Cuándo te lo dijo?
- Hoy
- ¡Lo viste!
- Sí, fue por mí, sólo para decírmelo.
- ¿Y tú qué hiciste?
- ¿Qué querías?
- ¿Lloraste frente a él?
- No.
- ¡Vaya! ¡No vale la pena! ¡No merece que llores, ni aunque no te vea!

Idalia no dice nada, sólo mira a Leticia, es claro que no percibe el dolor que Idalia está sintiendo y por supuesto jamás va a entender porqué Idalia es tan aprensiva y no logra desapegarse de una vez por todas de ese recuerdo; ella ya no dice nada pero Leticia continúa:

- No es para ti. ¡Acéptalo!, si al menos te valorara ya hubiera regresado contigo hace tiempo. Además, no debe ser tan bueno como para que estés llorando por él. ¡Ya deja de llorar! Es más, piensa en Octavio, él sí que te quiere y tú tonta llorando por otro.

Por supuesto Idalia, no quiso escuchar más, sólo dio la vuelta de regreso a su escritorio, ella sólo quería que alguien entendiera y compartiera ese momento, en realidad está sufriendo y aunque ha llorado como nunca antes, aún no se desahoga por completo; por supuesto no es Leticia la mejor persona para ayudarle en este momento, así que calla, no dice más. Cómo se atreve a decir que Idalia no le interesa a Héctor, ¿Qué sabe ella de lo que han vivido?, ¿Qué sabe Leticia del amor que existe entre Héctor e Idalia si ni al menos los ha visto juntos? ¿Qué sabe de amor si es obvio que para Leticia eso no existe? Y, además están de sobra sus comentarios, porque con el simple hecho de ver el dolor que proyecta Idalia, con eso es más que suficiente para entender la magnitud de la herida que le aqueja en este momento.

Idalia entiende, Leticia no es quien va a reconfortarle, ni ella ni nadie lo puede hacer, así que opta por intentar trabajar aunque el esfuerzo que hace no es suficiente para olvidarse del asunto.

Inmersa en sus actividades y con mucho pesar, recuerda que hoy habría de comer con Octavio, pero por supuesto no es la mejor opción, en realidad no puede ni al menos verlo, porque seguro él sí se percataría del sufrimiento que está viviendo y tendría que dar una explicación muy convincente para justificar su estado de ánimo; no lo recordaba. Mira el reloj, es casi hora de comer, qué le va a decir; absorta en sus pensamientos no alcanza a escuchar cuando le avisan que tiene una llamada telefónica, hasta que le insisten con tono más alto; entonces va contesta el teléfono y es Octavio quien está hablando para disculparse, un imprevisto de último momento le impide acudir a la cita con Idalia. ¡Uf! ¡Le salvo la campana!, por no saber a qué hora quedará libe Octavio, deciden verse hasta el otro día; Idalia acepta muy complacida las disculpas y agradece que esto haya ocurrido precisamente en este momento tan difícil para ella. Entre recuerdos, pensamientos e ilusiones quebradas, transcurre el día y justo a la hora de salida, Idalia está lista para retirarse. Decide caminar, debe despejar su mente, debe liberar sus emociones que continúan prensadas a su corazón con férrea voluntad, debe terminar de entender que está perdiendo la batalla y la verdad es que ni al menos ha luchado tanto para ganarla. Idalia da vueltas por algunos lugares que le recuerdan momentos compartidos con Héctor, y piensa, piensa y piensa. Confundida entre la gente, le pierde sentido a sus pasos, va de un lado para otro y nada le hace borrar de su mente las palabras que esa mañana salieron de la boca de Héctor. Es momento de tornar a casa, ya ni siquiera fue a llevar el arreglo a su amiga, debe hacerlo pero ya no hay más tiempo para prolongar su regreso. No quisiera que la vieran en esas condiciones, pero no hay otra opción. Sin ganas de nada, entra a casa y sólo avisa para ir directo a su habitación, alcanza a escuchar cuando su mamá desde la cocina le ofrece de cenar pero ella se disculpa argumentando sentirse con el cuerpo cortado razón por la que decide descansar.

Cansada de tanto absurdo pensamiento que cree ya no tiene razón de ser, decide acostarse e intenta poner su mente en blanco para lograr un momento de paz. Cuando a punto está de lograrlo, alguien toca a la puerta diciendo que tiene una llamada de Héctor, razón que la hace saltar de la cama para ir de prisa a contestar el teléfono:

- Bueno...
- Idalia... ... ...

En efecto, es Héctor que con sentimiento de culpabilidad ha tenido un día inestable y con la esperanza de haber movido el interior de Idalia, quisiera no haberla hecho sufrir y por si acaso, intenta decir la verdad, quisiera hacerle saber que lo que dijo fue sólo para hacerle reaccionar y entender que él espera que Idalia objete su decisión y anteponga sus sentimiento como único argumento para no casarse con Sonia.

Pero no, eso haría rebatir su plan así que, después de escuchar la voz de Idalia, se convence de no continuar y decide colgar.

Sin percatarse de las intenciones de Héctor y ansiosa de escuchar que no es verdad lo que dijo, Idalia continúa:

-      Héctor... te amo... no te cases con Sonia... yo...

La interrumpe el intermitente sonido del teléfono que le hace notar que Héctor ha colgado.

¿Por qué colgó? ¿Para qué le habló? Y justo cuando él no se atrevió a permanecer al teléfono Idalia ha dicho las palabras que Héctor tanto ansiaba escuchar, es acaso su destino que se ha involucrado en el juego que todo este tiempo ellos han piloteado, o es que se empeñan en estar lejos a costa de que su naturaleza misma les exige ese reencuentro que los hará volar hacía la eterna felicidad.

Idalia sólo cuelga para de inmediato regresar a su habitación y reintentar obtener algo de paz.

Pensando en él se queda dormida.

Héctor, se quedó junto al teléfono, de hecho ni colgó la bocina, sólo presiono con su mano y permaneció así por más de dos minutos, esperando que Idalia regresara la llamada y contestar de inmediato. Al mirar que no fue así, terminó por soltar la bocina y dejándose caer en el sillón hizo todo el intento por quedarse dormido hasta que lo logró.

Por las ganas de estar juntos, el intenso deseo de encontrarse y derribar cuanta barrera se presente, les lleva a mezclarse en un sueño común donde cada uno por su cuenta proyecta su energía justo en aquél lugar donde alguna vez estuvieron juntos, allí llega Idalia y toma asiento, sonríe, ve todo lleno de hermosas flores y árboles frondosos, está observando cuando siente la llegada de alguien por detrás de ella, es Héctor que al reconocerla la toma por la cintura y se acerca para dar un beso a la mejilla de Idalia, ella voltea y hace aún mayor su sonrisa, se abrazan fuerte y permanecen así por un rato, sin decir absolutamente nada, sólo sintiendo el poder que en ese abrazo están transmitiéndose, dejando fluir a través de ambos aquél amor que dentro suyo sigue vivo y reclama ser expresado. Es Héctor quien toma la iniciativa y explica su presencia ahí, le hace saber a Idalia que no es verdad lo de su boda, que fue una treta para corroborar lo que ella siente, le pide perdón por el atrevimiento y también le propone que sea ella quien se case con él. Idalia, está confundida, quisiera creer pero algo muy dentro de ella le dice que no es realidad lo que está viviendo y se rehúsa un poco a responder a la propuesta de Héctor. Ella, corresponde el abrazo y mientras Héctor habla, escucha con toda la atención, se emociona al saber de la mentira y a pesar de aceptar las disculpas, reclama el haberla hecho sufrir por la noticia; además, le hace saber que ni aun con tal tipo de reacciones, hará que Idalia niegue sus sentimientos, una vez más le hace saber la magnitud de su amor, pero por alguna razón a cada palabra le inyecta el sentimiento y logra que Héctor sienta vivo lo que representa cada frase que Idalia dice; se están comunicando con el alma, no con palabras y tanto Idalia como Héctor están sintiendo la realidad que tanto han ocultado durante todo el tiempo que se distanciaron. Idalia, se abriga con el cuerpo de Héctor y permite que los brazos de él la reconforten mientras hablan. Que palabras deben usar si están transmitiendo todo con sólo estar ahí, a través de cada célula que se rozan, se hacen vibrar y sentir sin reservas todo aquello que han mantenido escondido, disfrazado con la máscara de un falso orgullo. No hay resentimientos, ni ofensas, en estos instantes sólo son ellos, sus almas y su amor quien inunda el momento con toda la paz que les brinda la certeza de amarse y saberse correspondidos, sólo es la verdad que deseaba salir a flote para ser entregada y compartida con todo el deseo de que permanezca como ahora a través de la eternidad. Y ellos, saben que es así, aunque no se han permitido llegar a esta identidad en la vida material, pero en su alma con todo lo que más vale, logran esta entrega y se integran sin límites ni esfuerzos con tal facilidad que no les permite anteponer nada ante ellos más que lo que sienten que ya no lo pueden negar ni ocultar.

Así permanecen por un buen rato, sin hablar más, Idalia entre los brazos y Héctor arropando con ellos. Idalia, siente que algo no está muy bien y se reincorpora para mirar a los ojos de Héctor y decirle "te amo... te amo" "te amo y es tal este sentimiento que aunque decidas estar lejos, siempre me tendrás como ahora, contigo y sin condiciones" "te amo... y... estoy aquí sólo para ti, esperando todo el tiempo únicamente por ti" "te amo y... si... sí quiero ser yo quien se case contigo". Héctor celebra la respuesta, la toma por la cintura y la eleva para girar con ella, "es lo único que esperaba escuchar", dice mientras gira y gira, está lleno de fuerza y energía, que no le da trabajo hacer malabares de felicidad, celebra la respuesta y cuando al fin la pone sobre el suelo, toma su cara entre las manos, con delicadeza le llena de caricias y la sostiene mirando fijamente para decirle: "Yo... también te amo" "Se que he sido muy tonto al permitirme estar lejos de ti, pero ahora... ahora voy a recompensar todo este tiempo y... y ya lo veras... no te vas a arrepentir" "chiquita, te amo y..." Héctor queda en silencio para acercar lentamente a ella sus labios ansiosos de trasmitir el deseo de hacerla sentir feliz y entregar en sólo un beso, su vida entera ofreciendo el derroche de amor en que se sumergen por el simple hecho de permanecer juntos. Idalia corresponde dejando aflorar a través de los labios, el cúmulo de sentimientos que brota desde la dimensión espiritual en que permanece cuando se encuentra de frente con Héctor. Ambos viven el momento más sincero y completo de toda su vida y reconocen en éste la verdad y la unión de que no deben huir más. Y, seguros de saber ya cuales son los auténticos deseos en su relación, dan por hecho que está unión permanece y permanecerá desde ahora y por toda la eternidad, en esta vida y en todas las demás por que la perenne dimensión de su sentimiento, les certifica la permanencia de la paz y de la felicidad.

Concluyen la expresión de ese beso y al quedar mirándose a los ojos, los dos sonríen y se vuelven a abrazar. No hace falta palabra alguna, ya no, todo está dicho y entendido, que más que las evidencias para saberlo. El amor fluye por todos lados y en ese ambiente, nada interrumpe ni hay lugar para mentiras o necedades. Permanecen otro rato juntos, caminan, juguetean, se hacen bromas, se abrazan, se besan y vuelven a caminar. Están llenos de paz y tranquilidad, ahora ya no les preocupa nada en absoluto, han resuelto sus dudas y finalmente desmantelaron el cuadro de resentimientos que resguardaban por detrás de su orgullo. Hoy ha sido el mejor de los días que se han encontrado, están radiantes, felices y desean permanecer así por todo el tiempo que más se pueda. Entre el ir, venir y juguetear, por un momento vuelven a abrazarse y a besarse y antes de decir nada, Héctor escucha que alguien le llama por su nombre y al momento de voltear para identificar de quien es la voz, abre los ojos y se percata que a quien tiene enfrente es a su mamá que le está despertando para que vaya a dormir a su cuarto. ¡Estaba dormido en el sillón de la sala!, entre confuso y distraído sin decir algo se marcha a su cama, va lleno de paz, está totalmente relajado y aunque al llegar a su cama finalmente descubre que lo que estaba viviendo sólo era un sueño, él siente como real todo cuanto apareció en su fantasía y ello le llena de tranquilidad porque nada puede prevalecer más que la gran verdad y esa ya fue descubierta ahora, por los dos.

Héctor intenta dormir para continuar ese maravilloso sueño, le es imposible, entonces empieza a recordar, mira la hora y en efecto, es muy tarde, seguro Idalia también está dormida. No está seguro de haber hablado con ella o no por teléfono, aunque en sueños dijo lo que desea hacer saber a Idalia y fue totalmente correspondido, así que lo mejor es volver a dormir y esperar con toda la certeza de que mañana o el día que se encuentren volverá a ellos su mágica realidad.

Idalia, dormida también participó de ese extraordinario sueño, la realidad es que una vez más se encontraron en el plano espiritual y se permitieron destilar todo cuanto llevan dentro. No fue un sueño común, fue consecuencia del intenso deseo de recalcar su verdad y entregarse como solo ellos saben, al vivo amor que se profesan, fue como esperaban para evitar tanto sufrimiento y de una vez por todas terminar con tanta falsa fantasía y volver a permitir amarse con la libertad y expresión como solo con su amor lo pueden lograr.

Ya de mañana, Idalia despierta con cierta tranquilidad y paz que no entiende, al instante recuerda el sueño vivido y entonces comprende. Ella termina por admirar una vez más la magia que usa el destino para hacer notar la realidad y dejar claro que a costa de cualquier circunstancia, la vida te entreteje exactamente cual tienes que lucir, sólo tienes que dejarte llevar por tu existir.

Idalia, recuerda escena tras escena de su sueño y visualiza que si Héctor es para ella, entonces, él estará ahí en el momento preciso, de lo contrario debe darle la libertad que él mismo pidió para permitir que valore cuanto ella le puede dar, entonces se reincorpora a sus actividades cotidianas, incluso a la relación con Octavio, sin hacer comentario alguno de lo sucedido, actuando como si nada pasara dentro suyo y haciendo el mejor de los esfuerzos por ser como siempre ha sido para con él.

Héctor también entendió y aunque a su manera, ya hizo saber a Idalia su verdad, entonces, él considera dejar pasar un tiempo para volver a buscarla y verificar el avance en su plan para dar continuidad con él.

Día a día la vida retorna a su normalidad, Idalia entregada a la relación con Octavio y Héctor fortaleciendo sus lazos de unión con Sonia quien no quita el dedo del renglón ahora que ha sido Héctor quien propuso unirse en matrimonio. Con más sutileza pero con la misma persistencia insiste cada vez orillando a Héctor a formalizar planes y poner fechas en que finalmente harán su idea realidad. A

Héctor le inquieta un poco la incertidumbre que genera el avanzar de manera firme pero no tan convencida, ya que en realidad su plan es casarse con Idalia, no con Sonia y de repente repara en no estar haciendo lo correcto pero en el fondo reconoce que ésta es la herramienta perfecta para lograr su objetivo y continua delante.

Ellos ya han fijado la fecha en que contraerán matrimonio, Sonia se encarga de investigar todos los requisitos y de buscar la Iglesia de su preferencia, tiene libre la fecha perfecta, justo el día que festejan aniversario por haberse hecho novios, así que ella no duda más y de inmediato aparta el lugar para la celebración, incluso sin tomarle parecer a Héctor, seguro que no tendrá inconveniente, después de todo, él no dispone del tiempo suficiente para ocuparse de estos grandes detalles, así que Sonia prefiere avanzar antes que el tiempo les gane la carrera y dejen pasar más y más sin ver avance alguno.

Idalia por su cuenta sigue compartiendo cada momento con Octavio, su relación se torna estable, de momento sin verse por cuestiones de trabajo y a otro tiempo con toda la disponibilidad de salir, compartir y disfrutar, paseos, cine o el simple gusto de permanecer juntos. Ella aun no busca a Héctor, sin embargo, poco a poco va creciendo la curiosidad de saber el avance de sus planes de matrimonio, Idalia mantiene la esperanza de que Héctor se arrepienta y vaya en su busca ya sin objeción alguna. En ocasiones frecuenta sitios en que considera pudiera coincidir con él, intentos fallidos que sólo incrementan el interés por verlo. Ella es muy cuidadosa en no hacer notar nada al respecto mientras comparte con Octavio, en su relación ha desaparecido por completo las conversaciones que refieran experiencias afectivas anteriores y ella respeta ese acuerdo, aunque en su interior permanece constante el recuerdo de su amor por Héctor, en la realidad no lo menciona ni por error ni refiere acción alguna que permita aparecer algún fantasma en su relación. Sólo ella en su interior, sabe lo que vive y a nadie lo platica, incluso ni a sus amigas que de alguna manera conocen la historia.

Héctor trata de encontrarla y tampoco logra su objetivo, hasta que decide ir directo a buscarla a su casa. Idalia se encuentra platicando con su mamá, la señora quiso hablar con ella precisamente con la intención de hurgar los sentimientos de Idalia para detectar lo que aun exista respecto a Héctor. Idalia deja notar muy poco, sabe que su madre es inteligente y bien que puede descubrir que él permanece ahí. La señora ha notado que últimamente Héctor ronda muy seguido la casa con la intención de encontrar a alguien y a quien más sino a Idalia, pero no le ha dicho nada a Idalia hasta no estar segura que todavía sea de su interés.

Idalia le dice a su mamá que Héctor va a casarse y justo con la expresión de su rostro y la tristeza que se refleja en sus ojos, la señora descubre que todavía hay mucho en Idalia por Héctor. Y en efecto, Idalia se decide y desahoga todo cuanto no ha podido hablar con nadie y que trae consigo desde el día en que Héctor le dio la noticia. Su mamá la escucha, la entiende y como conoce tan bien su historia, busca la manera de reconfortarla, le orienta pero sobre todo le insiste con mucho ahínco en que haga lo que su corazón le dicte, que esta ocasión sí permita ir a donde sus sentimientos la lleven porque de lo contrario como consecuencia lo único que va a provocar en ella es sufrimiento y dolor, más del que ya está viviendo. Idalia reconoce la razón que tiene su madre y desea con toda intención tener la oportunidad de hacerle notar a Héctor que de verdad lo ama como a nadie ni a mismo Octavio.

En eso están cuando escuchan llamar a la puerta, la señora se adelanta y pide a Idalia espere para continuar su plática. Abre la puerta y cuál es la sorpresa que ahí frente a ella está el aludido Héctor. Perturbada por la coincidencia, no atina a decir más que preguntar que se le ofrece, Héctor indica buscar a Idalia y antes de decir nada, la señora busca con la mirada a Idalia para darle la sorpresa.

- Pasa, Idalia está en la sala.

Por supuesto Idalia está igual de sorprendida por la casualidad, pareciera que Dios le concedió su deseo instantáneamente y no va a desaprovechar la oportunidad que está buscando.

- Hola, pasa, estábamos hablando de ti –expresa Idalia con alegría-
- ¿Bien o mal?
- Bien, ¡pasa, siéntate!

La señora únicamente ofrece algo de tomar y les permite hablar a solas, ella se retira mientras pide por que éste sea el momento definitivo y de una vez por todas tengan la inteligencia de terminar con su orgullo y dejen fluir en ellos el amor que de por sí ya no cabe en sus adentros.

Ambos están tranquilos, les invade una paz difícil de sentir cuando traen un pendiente de tal magnitud, sin embargo, hoy saben lo que son, lo que quieren y lo que deben hacer. Ninguno va a empeñarse con necedad absoluta, hoy van a hablar y a decir sólo lo que sienten, nada más.

Héctor espera a quedarse solos para iniciar, a él no le importa el lugar a donde están, se sienta cerca de ella, sabe la razón por la que buscó a Idalia y eso es suficiente para decir:

- Bien, sólo vine a decirte algunas cosas.
- Yo también tengo que decirte algo.
- Yo empiezo ya luego me dirás, no quiero que me interrumpas, sólo escucha y al final tú decides... Idalia... tienes que saber que lo que dije la última vez que vine a buscarte, es verdad... me voy a casar, ya existe un compromiso de matrimonio... pero... no quiero, bueno... si quiero... si quiero casarme... pero quiero casarme contigo... quiero ser yo la persona con quien pases el resto de tu vida... a quien amo es a ti... lo sabes... ¡tienes que saberlo!... pero todo esto que ha ocurrido nos ha ido llevando por rumbos desconocidos que ninguno de los dos deseamos, cuando inició esta hermosa relación, la magia que nos unía era indescriptible, ambos supimos entendernos incluso sin

palabras... y después, un verdadero capricho destruyó aquello, bueno... no el amor... pero si la magia... y la fuerza de nuestro orgullo pudo más... fue más importante para nosotros que nosotros mismos, todo esto nos ha traído de un lado a otro, nos ha llevado a refugiarnos en otras personas, y de verdad, yo considero que ni tu novio es más importante para ti que yo, ni Sonia es más importante para mí que tú. Eres tú mi motivo de vida y es por eso que ahora estoy aquí, yo quise usar este absurdo como un plan para definir que realmente me amas como dices y aunque todavía resalta un tanto tu vanidad por sobre el amor, al demostrarlo no al decirlo, creo... quiero creer... que en ti todavía hay mucho para mí... todo. La otra noche tuve un sueño...

- Yo...
- No me interrumpas, permíteme terminar... un sueño donde me pediste ser contigo con quien formalizara mi compromiso y heme aquí en este momento, vine porque estoy seguro aquello no es mentira y, por mi parte no lo es... hoy.. escucha... yo... te amo... te amo como jamás he amado a nadie... y quiero... deseo con toda la fuerza que mi alma pueda expresar... que seas tú la mujer a quien yo ofrezca y dedique mi vida entera. Es verdad lo del compromiso, pero sólo después de saber si tú me correspondes o no, entonces, buscaré a Sonia para terminar y deshacer esa promesa. Hoy, yo creo si hacen falta las palabras y quiero escuchar lo que debas decirme. Piénsalo muy bien... decídelo con toda la tranquilidad que requieras, analiza cada una de las cosas que te digo y después, entra en ti y usa lo que sientes para expresarme tu respuesta. Idalia... tu vida y la mía son una... incluso... desde antes de conocernos.

Idalia está literalmente con la boca abierta, hace unos minutos pidió esta oportunidad y ahora que la tiene Héctor no la ha dejado ni hablar y ella está convencida de que sus sentimientos y su vida misma son de él, sólo de él y para él, sin embargo, no tiene que decirlo, Héctor dijo ya todo lo que Idalia deseaba escuchar, ha caído en cuenta que en aquél sueño estuvieron los dos, fueron dos personas con una misma intención, hacer saber al otro su verdad y lo lograron, se juntaron allá, donde efectivamente, se unieron antes de conocerse. Idalia está tan sorprendida que no alcanza a creer que esto sea la realidad de este momento. Está mirando a Héctor y no ha dejado de escucharlo, pero de entender las palabras que salen de su boca, eso... eso... es... verdaderamente... un milagro...

Idalia no puede articular palabra alguna, se ha transportado ya a aquella mágica escena donde identificó que Héctor sería lo mejor que ha vivido y cerrada de ojos, como sonámbula responde:

- Héctor... ¿escuchas la celestial marcha nupcial?... ¿miras aquellas cascadas de gardenias y claveles blancos?... ¿observas los floreros con listones de tul blanco y organzas bordadas?... Héctor... ¿sabes de lo que estoy hablando?... -Idalia abre los ojos y mira cómo Héctor también ha ido ya hasta donde ella y al igual que Idalia, también con ojos cerrados, contesta:

- ...Y, al final de la larga alfombra roja aparece la figura de una mujer con pomposo vestido blanco... todos la voltean a ver y giran al avance de ella hacía el altar... ya junto a mí, me detengo a mirar la corona de azar sostenida por los rizos ondulantes cubiertos por la parte larga de un velo...

- ¡No sigas! ¡No sigas!... no sigas... -interrumpe Idalia ya con lágrimas en los ojos- ... ¡no sigas!... –repite una vez más-.

- Héctor reacciona y también está llorando, no puede decir más, ni una sola palabra más, sólo mira a Idalia esperando que la respuesta sea la que él desea escuchar quién después de un prolongado silencio, sólo responde:

- ¡Soy tuya!... ¡Soy tuya Héctor y de nadie más!... yo... ... ...

Héctor no la deja terminar, con un fuerte abrazo y un gran beso en su boca, le interrumpe y no le permite continuar.

Esas mágicas palabras son las únicas que Héctor deseaba escuchar, no falta nada, hoy no, juntos han trascendido en espacio y tiempo para remontarse al principio de su historia, al momento de su encuentro y desde entonces está señalado el camino, está marcado el destino y a costa de todo lo que han hecho para vivir separados, hoy, nada se interpone, están integrados uno al otro y sólo pueden mirar a través de las verdades de ambos que desde entonces y hasta ahora es sólo una, la misma verdad que pretendía ocultar, la misma realidad que querrían no demostrar. Esa es su evidencia y en ella no hay nada más claro, tangible y visible que el puro, sincero, único y gran amor que hicieron nacer en ellos desde las entrañas de la grandeza de su alma.

En ese beso, funden sus emociones, su alma y espíritu; dejan demostrar su verdad vertiendo sobre ambos una aureola desbordada de grandeza y la pureza del momento les permite penetrar hasta lo más profundo de su ser desde donde ahora, y desde entonces, viven en unión, en lo único que existe: su amor.

La mamá, quien ha estado escabulléndose para enterarse de lo que pasa, finalmente respira tranquila, ella cree, es más está segura, que este es el inicio de una nueva relación y se pone a pensar que a partir de ahora, debe aprovechar más a su hija, porque tal vez ya no dure mucho tiempo con ella. Después de todo, vuelve a perderse entre sus quehaceres permitiendo que ellos definan con plena libertad lo que desean y lo que ha de continuar.

Idalia, está más que campante por el resultado, la paz que le genera el haber expresado sus sentimientos y el saberse totalmente correspondida, no les permite ni al momento ni a ellos establecer barreras o imponer condiciones, todo ha fluido con libertad y con excelso albedrío, hoy después de tanto, sale a relucir la autenticidad de todo aquello que han dicho y hecho en afán de reencontrarse.

Cualquier palabra a estas alturas ya va de sobra, con su mirada, con una caricia o con la simple presencia, saben lo que ambos desean y, seguro, de ahora en adelante volverán a aquella idílica relación con un objetivo bien fijo: unirse en matrimonio.

Héctor, repleto de emociones, no alcanza a articular la más mínima palabra, mira de frente a Idalia, la abraza y la vuelve a besar. Finalmente, después de algunos minutos dice algo:

-   ¡Bien, ya estoy tranquilo, a partir de ahora volvemos a empezar!, que digo volver a empezar, más bien, es: vamos a continuar. Está de más que te diga que todo lo que estoy demostrando en este momento, ha permanecido adormilado dentro de mí, esperando únicamente el momento de hacerlo salir, y ahora, qué te digo, si... espero, estás sintiendo lo mismo que yo. ¿O no?

Idalia sólo mira a Héctor, ella aún no regresa de su fantasía, ella permanece idolatrada por todo lo que la vida le ha dado y por tanto amor que en este instante está sintiendo, sólo sonríe y cierra sus ojos para apreciar como dentro suyo le recorre un torrente de energía y entusiasmo por continuar viviendo, pero de esta manera, junto a Héctor, para derramar sobre él, tanto, tanto y tanto amor que le ha permitido crecer y permanecer en su interior. Todo ese amor y las bendiciones que Idalia siente, son gracias a lo que ha vivido con Héctor, es él y su amor lo único que Idalia necesitaba para trascender una vez más y con grandeza y libertad a través de su vida. Sabe que debe responder, simplemente confiesa:

-   ¡Te amo!

Héctor toma su barbilla, como aquélla primera vez, suavemente y con ternura, posando dos de sus dedos en el mentón y acariciando con el pulgar los labios de Idalia, la mira, recorre despacio con la yema de su dedo el contorno de los labios de Idalia, con su mirada saborea el rostro entero y se detiene nuevamente ante sus ojos para decirle:

-   Yo... Yo... también... te amo.

Una vez más detienen ese instante para conservarlo como cuadro de fotografía y poder recordarlo cada que deseen volver a vivir el momento. Al no tener que decir nada más, Héctor concluye:

-   Bien, me voy, tengo algunas cosas por hacer, pero créeme, mi vida ha vuelto a cambiar rotundamente y a partir de hoy, nuevamente retorno a mi mágico mundo, para vivir única y exclusivamente para derrochar junto a ti el tiempo y compartir contigo todas las aventuras que la vida nos regale, descubriremos cosas nuevas, haremos de nuestras vidas un ensueño de ilusiones realizadas y estaremos de aquí y para siempre unidos a este amor que seguro, en mucho tiempo no volverá a existir otro igual.

Héctor se despide con un beso en la mejilla de Idalia y se marcha, ella no se esmera ni al menos en acompañarlo hasta la puerta, Héctor conoce el camino e Idalia no quiere romper el hechizo en que ha caído, desea estar segura que no es un sueño y decide no moverse para no despertar y volver a caer en una indeseada realidad. Ella sabe lo que está viviendo y de verdad no quisiera que sólo fuera un espejismo, un... espejismo de amor.

Ensimismado es sus sentimientos, Héctor parte directo a casa, en realidad no tiene más cosas que hacer, ni desea estar en otro lugar, sólo desea única y exclusivamente disfrutar este momento como jamás haya disfrutado alguno, y sabe que en la intimidad de su recámara, nadie en absoluto interrumpirá esa concentración y mucho menos, le cuestionará la actitud que ahora proyecta.

Idalia permanece inmóvil desparramada en el mismo sillón ahí donde se quedó cuando Héctor se marchó, con la mirada perdida en los recuerdos ella continua reviviendo cada escena, cada sentimiento, cada momento, uno a uno, alimentando su amor y reafirmando hasta el cansancio que a pesar de la distancia y de todo el tiempo que han permanecido lejos, a pesar de ello y de lo que cada uno ha buscado y aceptado, en ambos permanece vivo su amor, puro, limpio, intacto pero sobre todo, tan real como al principio.

El confirmar cada uno su propio sentimiento y poderlo expresar sin prejuicios, hace renacer una vez más la ilusión casi perdida de entregarse en cuerpo y alma el uno al otro de una vez y para siempre.

Su rutina retorna a la normalidad, Héctor se desenvuelve en sus compromisos con más habilidad que nunca, su estado de ánimo permanece avante a costa de los inevitables desacuerdos por los que debe transitar y sin darse cuenta rápidamente conquista la cima que arduamente deseaba alcanzar. Está tan lleno de entusiasmo que el tiempo le pasa inadvertido y la motivación que siente por estar muy pronto unido a Idalia, le lleva a ignorar aquél plan en el que había caído, por lo que se sorprende cuando Sonia le recuerda que se acerca la fecha de su compromiso y que deben definir los últimos detalles. Héctor jamás terminó con Sonia y aunque en este tiempo la ignoró por completo, ella permaneció siempre cerca de él, esperando que el tiempo transcurriera y concluir con su proyecto.

Con la sorpresa en las manos, Héctor no supo que decir y aceptó continuar adelante, mientras pensaba la manera en desbaratar tal compromiso y hacer saber a Sonia la verdadera razón de tener que terminar con todo esto.

Sonia, con la hábil inteligencia que le caracteriza, se ha mantenido al margen y aunque se percató del cambio que Héctor tuvo los últimos días para con ella, no hizo alarde alguno, se concentro en darle avance a los planes por su propia cuenta, para que ella lograra finalmente el objetivo de casarse con Héctor.

En este sentido Héctor no ha pensado más que en Idalia, quiere casarse pero con Idalia, no con Sonia, y ahora se le hizo fácil, darle por su lado a Sonia hasta encontrar la manera perfecta de no lastimarle para terminar el compromiso.

Mientras él se enmaraña en sus locas ideas, Idalia permanece ufana a sus intenciones, también trata de hacer saber a Octavio lo sucedido, y, aunque él conoce la existencia alguien muy importante en la vida de Idalia, también reconoce que ha sabido avanzar muy certeramente en la conquista de los sentimientos de Idalia, esto no le quita la posibilidad de que ella retorne a su pasado, pero Octavio bien sabe que la vida es adelante y que aquella es sólo una remota posibilidad que espera no suceda, mientras tanto, él se esmera de vez en vez en hacer de los momentos que comparte con Idalia, encuentros llenos de paz y felicidad, entre respeto y entretenimiento, los dos se hacen disfrutar y vivir con mucha intensidad todo en cuanto participan juntos.

Por azares del destino o porque la vida está llena de mágicas casualidades, Octavio debe salir fuera del país, tendrá que ausentarse por un par de meses, esto por supuesto, no incomoda en absoluto la relación que mantiene con Idalia, de hecho, lo han querido tomar como la oportunidad de encontrarse íntimamente en la individualidad de sus pensamientos y entender la razón de permanecer juntos, para después, tomar la decisión que les lleve a continuar o a terminar.

Octavio e Idalia, toman la decisión de dejarse en libertad durante este tiempo, él le hace saber a Idalia cuán intenso y puro es el sentimiento que le procura, le hace saber también, que jamás impedirá verla feliz, aún a costa de no estar cerca de ella, porque lo que Octavio siente, es tan parecido a lo que existe entre Idalia y Héctor, con la diferencia que Idalia no corresponde de igual manera, aunque ha sabido entender, aceptar y recompensar tanto esmero hacía ella.

Idalia, noche tras noche busca la mejor manera de pedirle a Octavio esta ausencia y sus súplicas fueron escuchadas y le presentaron a Octavio la necesidad de salir.

Idalia, quisiera decirle a Octavio lo que está viviendo en realidad, pero no se decide, sólo se concreta en recordarle que si existe un sentimiento que la une a él, pero que aún sigue latente con un poco más de fuerza aquél que alguna ocasión le comentó; y que por supuesto, en este tiempo tendrá que definirse y sobre todo, concretarse a lo que ella desea con toda su alma.

Un poco triste pero resignado, Octavio acepta, es más, él desea tanto como Idalia que de una vez se precise su decisión porque así Octavio se concentrará de lleno a lo que resulte. Es verdad que desea con toda su alma que Idalia decida por continuar con él, y entonces, se esmerará con toda sus fuerzas para hacerla feliz y evitar que se arrepienta; y si no, buscará concentrarse otra vez a su vida profesional, desde donde tal vez haya otra nueva posibilidad y entonces Dios dirá.

Idalia resuelve no decir nada, continua con Octavio hasta la hora de partir a ese viaje, al despedirse empezará la tregua, así lo acordaron y a su regreso, el recibimiento que Idalia le dé a Octavio, definirá lo que en adelante suceda.

El día de la partida llega, el vuelo será por la tarde así que Octavio se toma el día para ultimar algunos compromisos, y por supuesto, no se olvida de Idalia. Por la mañana va por ella hasta su casa, todos saben que siguen siendo novios, es más, la única que conoce lo sucedido con Héctor es su mamá quien ha sabido mantenerse al margen para no influir en la decisión de su hija, además de no hacer comentario alguno al respecto con ningún otro integrante de la familia; así que para ellos es natural y lo reciben con toda la comodidad que Octavio ha sabido ganarse.

Al llamar a la puerta, abre una hermana de Idalia quien invita a pasar a Octavio, él no acepta prefiere esperar fuera a Idalia, en realidad se siente un poco emocionado y nervioso no sabe lo que vendrá después pero por lo mientras hoy, no dejará pasar la oportunidad de entregarse a Idalia con toda la pasión que genera la pureza de sus sentimientos. Ivet avisa a Idalia que están por ella, con un poco de sorpresa Idalia se apresura y sale a su encuentro. Al verla Octavio le sonríe con la expresión que jamás haya tenido en su cara, es una mezcla de amor, emoción y todo aquello que quisiera hacerle saber a Idalia para convencerla de esperarle, pero no dice nada, la saluda con el acostumbrado beso en la mejilla pero esta vez acompañado con una caricia con ambas manos en el rostro de Idalia, es algo que normalmente no hace pero que Idalia entiende por saber que es el último día que se ven para no saber lo que vendrá después. Al acercarse al auto, Octavio no le permite subirse a él sin antes sacar un hermoso arreglo de flores, rosas y gerberas, ella sólo sonríe y lo acepta, agradece el detalle y se regresa a dejarlo de una vez en casa, lo lleva hasta su recámara y sale de nuevo hasta donde la espera Octavio con la portezuela abierta sólo para que ella suba al auto y se marchen. En el trayecto Octavio empieza a evocar todos los buenos recuerdos que tiene con Idalia, algunos detalles especiales y cada aventura que vivieron, bien dicen ¡recordar es volver a vivir! Y en este caso, así es. Esta experiencia les sirve para darse cuenta que en verdad existe algo importante que los une, que si hay amor entre ellos y que han hecho crecer poco apoco cada sentimiento que comparten, sin embargo y a pesar de todo el esfuerzo que han puesto, no han logrado el nivel que Idalia alcanzó con Héctor. Octavio está dispuesto a ser paciente el tiempo que sea necesario con tal de que Idalia decida corresponderle y entonces, sólo entonces multiplicará el derroche para hacerla feliz.

La deja en la puerta de la empresa donde los dos trabajan, Octavio explica sus actividades para toda la mañana y queda con Idalia de regresar con ella para comer juntos y de ahí marchar al aeropuerto de donde más tarde debe partir hacía la incertidumbre de un regreso indefinido.

Idalia se dedica de lleno a sus funciones en la oficina, prefiere no pensar en lo que pueda suceder, más bien el deseo de ver a Héctor le mantiene aunque por prudencia y agradecimiento, no puede, o más bien, no quiere decir nada a Octavio. Idalia es quien va a tomar la decisión sin alguna presión, simple y sencillamente guiada por sus más poderosos sentimientos.

Octavio regresa por ella, él ha pasado ya por su maleta y aprovechó para vestirse con ropa más casual que le permita viajar con comodidad y descansar mientras se traslada. Desde fuera, marca al teléfono directo de Idalia para hacerle saber que la espera, ella hizo los arreglos necesarios para no regresar por la tarde y dedicarse por completo a Octavio.

Al bajar, Idalia se da cuenta que Octavio no bajó del auto para esperar, es algo inusual pero no le da importancia, se acerca hasta donde él aguarda y sube al auto. Octavio le reserva una gran sorpresa. El seleccionó el lugar donde van a comer y no le dice nada, sólo le da su beso y arranca el auto. Ella trata de hacer conversación pero Octavio responde con frases cortantes, no está molesto, más bien se le nota afligido, pero con mucha confianza, de repente voltea, la mira y le sonríe pero no dice nada, sólo la observa y el poder de su mirada empieza por poner nerviosa a Idalia, ella lo quiere, es cierto, muy cierto, pero no como ama a Héctor, sino con un gran cariño sincero pero diferente.

Después de unos minutos, observa como Octavio entra al estacionamiento del restaurante, aquél donde aceptó ser su novia, y cae en cuenta de los planes de Octavio, quien mandó arreglar la mesa en la misma forma y por supuesto sin olvidar un segundo arreglo floral cuya tarjeta dice "espero que nunca... nunca... olvides que te amo", es el plan perfecto para dejar en Idalia muy claro que la distancia física que está a punto de separarle, no disminuirá lo que Octavio siente por ella.

Sobre la mesa, los servicios están puestos, Octavio invita a sentarse a Idalia, acercando caballerosamente la silla del lugar justo donde ella se sentó en aquél entonces. En ese mismo lugar, frente a ella, hay un paquete envuelto en papel china de colores y con listones enchinados por todos lados:

- ¿y esto? – pregunta dirigiendo la mirada a Octavio quien ya está sentado frente a ella-.
- Es para ti.
- ¿Qué es?
- ¡ábrelo!

Idalia quita la envoltura para encontrarse con un estuche de joyería de terciopelo negro y antes de continuar, Octavio la toma de la mano, detiene frente a sus ojos los de ella y continúa:

- Es para ti, es porque te amo... y... es algo que quiero obsequiarte... pero... no quisiera que lo abras hasta que hayas tomado la decisión, si es a mí a quien aceptas para compartir tu vida, ábrelo y recibe lo que hay dentro y si no, sólo deshazte de él de la manera en como tú lo prefieras, ya sea regresando el obsequio, tirándolo, destruyéndolo o como sea pero no lo guardes, porque no tendría caso alguno.

- ¿qué es?
- Sólo abriéndolo lo podrás saber pero me tienes que prometer algo
- ¿Qué?
- Que no lo vas a abrir sino hasta entonces,
- No
- ¡Sí! ¡Promételo!
- No Octavio, mejor ahora.
- No, ahora no, no es el momento.
- ¡Por favor!
- No.

Idalia escapa sus manos de las de Octavio y rápidamente abre el estuche, Octavio sólo mira y ella se detiene porque ante sus ojos sólo encuentra una tarjeta que dice "recuerda... ábrelo sólo cuando te hayas decidido"; entonces Idalia comprende el mensaje y acepta el trato, no lo intentará y cuando la voluntad de gane, estará esta tarjeta para recordárselo, con resignación lo cierra y se disculpa con Octavio.

- ¡Perdón! ¡me aceleré! Pero...
- No digas nada, te entiendo, yo haría lo mismo.
- Bien, que padre detalle, todo es perfecto, igual que...
- No lo digas, tú y yo lo sabemos, no lo digas, sólo disfrútalo y déjame gozar al cien por ciento tu compañía porque seguro voy a necesitar de estos recuerdos cuando esté lejos y sin ti.

Octavio decide dejar el sentimentalismo para después y enfocarse en lo que toca:

- ¿Ordenamos? – pregunta sonriente a Idalia-.
- Por supuesto, pide por mí, lo que tu elijas seguro me va a gustar.

La verdad es que Idalia tiene remordimiento de conciencia, pero no quiere echarle a perder a Octavio el momento y mucho menos dejarlo ir con la incertidumbre de que tal vez a su regreso esto no podrá repetirse, ella de verdad lo siente, pero prefiere esta vez sí hacerle caso a su corazón sin temor alguno, así que se esmera cuanto más puede para despedir con agrado a Octavio y para dejar en él, el mejor recuerdo que pueda llevarse.

Octavio, disimula muy bien el dolor que está sintiendo él entiende a Idalia, la conoce y ya se percató de que algo hay detrás, pero no está dispuesto a insistir ni a entrometerse donde ella aún no le permite, es más, por ello es por lo que aceptó salir de viaje y proponer la tregua para que así Idalia resuelva todo el embrollo en el que está inmiscuida y finalmente sin presión alguna, decida por sí sola cual rumbo es el que desea tomar. Octavio, está triste, de repente tiene que hacer un sobreesfuerzo para reprimir sus lágrimas, sabe que este viaje le puede costar perder a Idalia, pero también sabe que existe la remota posibilidad de que sea lo contrario y entonces, la felicidad no cabrá dentro suyo. El también se esmera en hacer sentir bien a Idalia y no pierde oportunidad alguna para reafirmarle una y otra vez sus sentimientos. Mientras disfrutan la comida, se divierten, se comparten de sus respectivos platos y hasta llegan a juguetear un poco. Para terminar, él ordena vino tinto, a Idalia le encanta, y hace un brindis por su amor, por la pareja que forman, por los grandes momentos que han vivido y por la esperanza de que esos momentos se multipliquen a través de los años. Idalia dejó fuera ya cualquier pensamiento que no le permita entregarse de lleno al momento, ella ya se involucró de tal manera que la emoción empieza a brotar por su cuerpo, no hace esfuerzo alguno para dejar salir alguna lágrima que no sabe si es de emoción de tristeza o de nostalgia por lo que viene. En fin, es la comida deseada para dejar el mejor sabor de boca antes de despedirse.

En la sobremesa, ya no tocan el tema, todo está dicho, claro y perfectamente definido, ambos divagan entre múltiples temas hasta que Octavio mira de reojo su reloj y se percata que es hora de partir al aeropuerto, nunca quedaron en nada, pero Idalia quien también mira la hora, se ofrece.

- ¡Te acompaño al aeropuerto!
- No, tengo que pasar a dejar el coche en casa y luego tomo taxi.
- No, te acompaño.
- No quiero que regreses sola, va a ser tarde.
- Mira, no dejes el auto, nos vamos en él y de regreso yo lo traigo, lo paso a dejar a tu casa y de ahí ya me voy a la mía.
- No, va a ser tarde y queda lejos.
- ¡Anda déjame llevarte!, bueno déjame acompañarte aunque no sea en auto, quiero ir a despedirte allá y aprovechar hasta el último minuto para estar contigo.

Octavio se acerca y le da un beso, el interés que Idalia demuestra mueve sus entrañas y no puede negarse.

- ¡Está bien!, pero entonces, nos vamos en el auto, luego te regresas en él, lo llevas a tú casa y ya mañana lo traes a la mía, o te lo quedas por si lo usas.
- No ¡cómo crees!
- Solo así acepto, si no, mejor te llevo yo a tu casa ahora.
- ¡Se te hace tarde!
- No importa pero no te quiero sola por la calle ya muy noche.
- ¡Está bien! Me regreso en el auto.
- Pero lo regresas hasta mañana o después de mañana.
- Sí.
- ¿Segura?
- Sí. ¡Anda vamos porque es tarde!

Octavio pide la cuenta mientras Idalia va al tocador, el vuelve a abrir el estuche y besa el contenido, detrás de la tarjeta hay un segundo compartimiento donde puede levantar la base y ahí es donde se encuentra lo que él desea fervientemente Idalia acepte y ésta sea la señal concreta de saber que ha decidido por él. Ahora cuando Idalia no lo mira, deja expresar un profundo suspiro y cae justo a la tarjeta la lágrima que reprimió durante toda la tarde. Rápidamente retorna el paquete a donde estaba, limpia su rostro y vuelve a sonreír; duele y lo sabe, lo siente, pero no hay más nada por hacer, lo reconoce y piensa, si debe hacerse un lado para que Idalia sea feliz lo hará, seguro lo hará en nombre del amor que le tiene; vuelve a suspirar, toma el paquete de idalia y se levanta para interceptarla en el camino, porque si no llegarán tarde para su vuelo.

Idalia, va contenta, conforme, toma su paquete y lo guarda en la bolsa, no sabe si podrá contenerse y no abrirlo, pero hizo una promesa, es una promesa y procurará cumplirla, cuando menos, lo va a intentar.

En el trayecto hasta el Aeropuerto, son pocas las palabras que se dicen, los dos van envueltos en sus pensamientos, cada uno a su manera y con su esperanza, imaginan su futuro y no quieren perder el hechizo, estacionan el auto donde corresponde y bajan. Al bajar, Idalia lo abraza fuerte, muy fuerte y lo besa como nunca antes, un exquisito beso que deja tatuado a los labios de Octavio, quien corresponde sin prejuicio alguno. Concluyen su beso, no dicen nada, él baja la maleta y de la mano con ella, avanzan hasta la sala de espera. Octavio realiza el rutinario trámite y regresa con ella, esta vez es él quien la abraza, también la besa pero con menos efusividad, termina el beso y detiene su rostro muy cerca frente al del, la mira y le dice casi rozando sus labios:

- ¡Te amo chiquita... te amo! Y te veo a mi regreso, es poco el tiempo y trascurre pronto, pero no lo olvides... ¡te amo!

Octavio la vuelve a besar para no permitirle responder nada, ya no quiere escuchar su voz, porque entonces titubeará y no podrá disimular más su sufrimiento y explotará en llanto para decirle que sabe lo que ella está viviendo y rogarle que no lo deje porque para él su vida sin ella nunca... nunca volverá a ser igual. Un poco de orgullo y un tanto más de entereza le ayuda a no perder la serenidad y al concluir su beso, sólo la detiene para abrazarla nuevamente y decirle:

- Me voy... te amo... cuídate... te veo a mi regreso...

Sin terminar su frase, toma su maleta suelta la mano de Idalia da la vuelta y se marcha hasta donde Idalia ya no puede avanzar.

Ella se ha quedado pasmada sólo escucha, siente y mira, porque aunque no es tan intenso lo que siente por Octavio, si lo quiere y también está sufriendo su partida, sobre todo porque se sabe responsable de su secreto y se siente culpable de no poder explayarse tanto como él lo hace con ella.

Ella definitivamente ya no tiene ninguna palabra por decir, sólo lo escucha y lo mira partir, intenta sonreírle, pero no lo puede hacer, y aunque sus ojos no lo dejan de mirar hasta que se pierde entre la gente, no logra expresar nada, lo dejó ir y no supo más que decir. Cuando Octavio desapareció, Idalia exhala un profundo suspiró y dice entre dientes "yo... también te quiero".

Presiona con fuerza las llaves que Octavio dejo en su mano al despedirse y regresa hasta al auto para volver de regreso a casa. Idalia maneja lento, pero no tanto como esta vez lo va haciendo, está pensando, no quiere llegar hasta su casa, donde seguro se enfrentará al juego de no saber a dónde voltear, si a los arreglos de Octavio o a los recuerdos de Héctor que aunque un poco empolvados siguen ahí en el espacio que sólo ellos pueden ocupar.

Lentamente avanza, de repente toma la ruta más larga, entre sus pensamientos y sus confusiones ahora no quiere saber nada más. Por un momento piensa en dejar de una vez el auto en casa de Octavio, pero al mirar la hora se arrepiente de sus intenciones, es demasiado tarde y seguro no alcanzará transporte, entonces, no lo duda más y vira para tomar el camino a casa, continúa lento, pero disminuye mucho más la velocidad cuando está a punto de pasar frente a casa de Héctor, se detiene un poco y observa, una luz encendida al fondo de la casa, es la recámara de Héctor, seguro que él se encuentra dentro y ella, quisiera estar ahí, con él, solo por estar, sólo por... "olvídalo" se dice en su pensamiento y vuelve a arrancar el auto, avanza y avanza, no sabe ni lo que piensa, está más confundida que antes y bueno, el término de la carretera le hacen salir de sus pensamientos. Busca un lugar seguro para estacionar el auto y entrar a dormir. En su casa, la única que lo espera es su mamá, quien regularmente espera a que todos estén dentro para poder irse a dormir.

- Hola Má ¡ya vine!
- ¿Quién viene contigo?
- Nadie.
- ¿Y ése coche?
- Es el de Octavio, fui a dejarlo al aeropuerto y me lo traje, mañana paso a dejarlo a su casa.
- ¿Y... Héctor?
- No sé.

La señora trata de acomodarse para saber en qué quedó todo, pues desde entonces no ha tenido oportunidad de platicar con Idalia y ahora la confundida es ella.

- ¿En qué quedaron?
- ¿De qué?
- De ustedes, de su relación, qué hay en adelante, tu... Octavio... Héctor... es decir, ¡Yo ya no entiendo nada!
- Bien mamá. Es muy sencillo. Yo traigo dentro de mí gravado, impregnado a mi vida, el amor que le tengo a Héctor, y ahora él ya lo sabe, además que parece que siente lo mismo. Este amor, mami, fue, es y será por toda la eternidad, ahora y después, por siempre y para siempre, eso ya está dicho y bastante claro. Pero...
- ¿Pero?
- Pero cada uno de nosotros mantiene otra relación, en mi caso, también aprecio a Octavio, lo quiero y aunque no se compara una cosa con la otra, no puedo hacer nada hasta saber que Héctor esté dispuesto a olvidarse de todo, cualquier cosa que sea y venga conmigo.

La señora se queda pensando, sigue sin tener bien clara la situación y antes de decir nada, Idalia continúa:

- Mamá ¿Cómo puedo hacer para estar segura que la decisión que tome es la correcta?
- Mi amor... eso no se sabe, todo tiene su riesgo, aunque inequívocamente te puedo decir, que lo mejor es hacer caso a tu corazón, él nunca se equivoca y si adelante las cosas no son como imaginaste, continúa escuchando tu corazón y él te llevará justo por el camino que más te conviene y que a final de todo, seguro tendrás la tranquilidad y entonces obtendrás la respuesta que ahora buscas.
- Eso voy a hacer. Por ahora sólo te digo, quédate tranquila, lo que ha de pasar, seguro pasará y es más, Octavio me ha dado la libertad de decidir, antes siquiera de decir algo al respecto, se fue y va a tardar en regresar, para entonces, todo deberá estar ya definido.
- Escucha tu corazón es lo único que puedo decir.
- Gracias mami, vamos a dormir y mañana ya Dios dirá.
- ¡Hasta mañana!

Ambas van a sus respectivas habitaciones, la señora de inmediato cae rendida e Idalia, se queda mirando la caja que Octavio le dejó, no imagina lo que viene dentro y divaga entre conjeturas y anhelos, más de repente la asalta el recuerdo de Héctor y vuelve a caer en la nostalgia de su ausencia, es un ir y venir de sentimientos, se alienta recordando su último encuentro y se desalienta al percatarse que desde entonces no hay más señales de continuar con todo aquello. Por el peso de las horas, Idalia termina durmiendo para el siguiente día continuar como si nada.

Idalia vuelve a involucrarse de lleno a sus actividades, ya sin presión alguna. En tanto Héctor, cada vez está más presionado porque la fecha que fijo con Sonia ya se encuentra muy cerca, aunque él ya no ha querido darle seguimiento, Sonia no deja pasar detalle alguno y se encarga de llevar todo tan preciso que no exista pretexto alguno. En ocasiones es preciso involucrar físicamente a Héctor, cosa que para él sigue siendo difícil, pero no se niega, ha caído en su propio juego. Por más intentos que hace desaparecer, no logra terminar de una vez por todas y lo único que está provocando es hacer crecer el entusiasmo de Sonia.

Héctor no es capaz de detener el torrente a punto de explotar, él no sabe cómo terminar y tampoco pide ayuda. Nuevamente prepara un plan donde pretende dejar hasta el último momento las consecuencias de su indecisión. Acepta la invitación que Sonia le hace para formalizar el compromiso en una cena con sus respectivas familias a la vez de recordar la fecha en que contraerán matrimonio. El acepta, qué más da, si ha llegado hasta ahora, porqué no continuar, después de todo, confía en que sucederá un milagro que haga que todo esto se rompa súbitamente y el pueda partir de inmediato en busca de Idalia y entonces sí, con todas sus ganas ser él quien proponga y organice lo que en sus ilusiones siempre ha estado presente para el día en que junto a la persona que ama, reciba la bendición divina y continúe para delante.

Héctor vuelve a caer, Sonia organiza una cena discreta donde invita a sus amistades más cercanas, su familia y nadie más, por cuenta de Héctor únicamente sus papás asisten a la pedida de mano. Héctor olvidó algo importante que Sonia espera: el anillo de compromiso.

Mientras el evento sucede, los asistentes se percatan de la distracción de Héctor, pareciera que anduviera en otro mundo, todos lo atribuyen al nervio que por la naturaleza de la situación se origina, pero nadie sabe que es por el anhelo que persiste en su interior de ser Idalia con quien debiera estar viviendo esta emoción.

En la cabeza de Héctor da vueltas y vueltas la idea de escabullirse y no proceder la pedida, pero están allí sus papás y obviamente no les va a hacer quedar en mal con la familia de Sonia. Todos ellos ya están ya contagiados por la emoción que Sonia les trasmite, le hacen saber a Héctor que están de acuerdo y sobre todos que les da gusto por ser él quien se lleva a su hija, "harán una gran pareja", le dicen.

Los papás de Héctor quienes desconocen el enredo que su hijo ha provocado, también hablan al respecto de aceptar a Sonia, es más argumentan que mientras Héctor así lo decida ellos sólo están para apoyarle. En ese momento, cuando Héctor escucha el argumento, arrebatadamente intenta interrumpir para decirles que él no quiere, pero no se lo permiten, su padre ha empezado a hablar y su mamá le toma la mano para indicarle que deje decir lo que el señor tenga que decir y después le tocará a él hablar. Héctor se molesta un poco, ahora que estaba decidido no le es posible expresar todo lo que está sintiendo, ya para cuando su papá termina sólo escucha:

- ¡Muy bien hijo!, te casas con una buena mujer, y... en vista de que sus papá no tienen inconveniente alguno, damos por formalizado el compromiso y... así que lo demás les corresponde a ustedes, entonces ... ...

Los presentes interrumpen con un aplauso, Héctor trata de decir algo:

- yo... ... ...

Argumento que una vez más no le permiten terminar porque los papás de Sonia proponen el brindis ofreciendo a la pareja una copa de vino para celebrar.

Sonia se adelanta a tomar las dos y al darle a Héctor la suya, le dice:

- ¡Te quiero! Y prometo que no te vas a arrepentir.

Todos al unísono brindan por el nuevo compromiso empieza el festejo, más vino para los presentes, empieza a servirse la cena y pasan todos a la mesa, disfrutan del suculento menú que prepararon y finalmente alguien recuerda que Héctor quería decir algo, así que lo inducen:

- A ver... ahora sí... Héctor... dinos algo,
- ¿Yo?
- Sí, o ya se te olvidó lo que ibas a decir
- No. Pero... la verdad... no sé qué decir

Sonia hace mueca de no te preocupes, si no quieres decir nada, está bien, pero disfruta conmigo. Hay música puesta y para ayudarle a salir del aprieto en que lo pusieron, Sonia le toma la mano, lo jala hasta donde hay espacio y dice:

- ¡ven vamos a bailar!

A Héctor no le queda más que continuar con su farsa, todos están disfrutando, excepto él, quien a ratos se involucra y de repente se lanza en pensamiento hasta donde cree en esos momentos se encuentra Idalia. No hay más, con severa ansiedad espera el momento de salir de ese ambiente que empieza a molestarle, los papás han empezado a beber de más y seguro van a terminar muy ebrios, por lo que insiste que deben irse argumentando que han sido muchas emociones para un rato.

Su mamá quien es la única que hasta ahora se percata de la inconformidad de su hijo, convence al papá de retirarse y se marchan.

En el trayecto, Héctor no permite que su papá conduzca, ha tomado mucho y no es pertinente y su mamá apoya la decisión, hacen subir al señor en la parte posterior del auto, mientras la señora sube para ir a lado de Héctor. Ya en el camino, mientras el señor se queda dormido, ella aprovecha para hacer plática con su hijo, obviamente sobre la pedida de Sonia:

- No te veo muy convencido -inicia la señora-

Héctor viene distraído, clavado de lleno en tantos y tantos pensamientos que no alcanza a escuchar muy bien, y pregunta:

- ¿Qué dices?

Que no te veo muy convencido

- ¿De qué?
- De quererte casar con Sonia
- ¿Por qué lo dices?
- Por que se te nota, tal vez los demás no lo noten pero yo te conozco, soy tu madre y se perfectamente que hay algo que te angustia.

- No, no me angustia nada.
- ¡Hijo! No me engañes, no te engañes a ti... ¿Qué te sucede?
- Nada.
- Tal vez no quieras decir nada, pero si no te quieres casar no te cases, por nosotros no te preocupes, desbaratamos el compromiso y ya, más vale antes que después de casado.
- Sí me quiero casar.
- Y... ¿entonces?
- ¿Entonces qué?
- Entonces, ¿Qué te sucede?
- Sí me quiero casar mamá, sí me quiero casar pero no... -Héctor se detiene, no termina la frase porque no cree pertinente decírselo a su mamá, después de todo ella no está enterada de nada cuanto últimamente ha pasado con Idalia-.
- ¿No con Sonia?
- Yo no dije eso...
- Termina la frase.
- No mamá, mejor deja las cosas como están, me voy a casar y ya.
- No se trata sólo de casarte hijo, se trata de ser feliz y si tu felicidad no es Sonia, no continúes adelante.
- Es que...
- ¿Es Idalia? -La señora pregunta sólo por intuición de madre y Héctor al verse descubierto aprovecha la oportunidad y deja salir lo que siente, está completamente confundido pero dentro de su confusión tiene excelsamente claro que la mujer de su vida es Idalia, y a pesar de ello, de repente se atreve a negarlo:
- No.
- ¿Hay otra persona?
- No mamá, no hay otra persona.
- Y entonces... Héctor si no estás seguro no lo hagas, es normal que te aborden los nervios en este tipo de situaciones pero tú no estás nervioso, estás distraído y eso no dice más que algo

sucede dentro tuyo que no dices o que no quieres decir. Mi amor, cualquier cosa que sea tenme confianza, tú eres mi hijo y te voy a apoyar en lo que decidas, siempre que esas decisiones no te perjudiquen en absoluto.
- Gracias, la verdad es que sí hay alguien más.
- ¿Quién es?
- Idalia
- ¿Idalia?
- Sí, ella después de todo este tiempo, sigue ahí esperando a que regrese con ella...
- ¿Y tú?
- ¿Yo qué?
- ¿Qué es lo que sientes?
- ¡La quiero! ¡La quiero!, todo este tiempo la he querido y hoy me doy cuenta que nada de lo que haga hará que salga de mi corazón, ella es mi complemento, mi alma gemela, la mujer con la que yo me quiero casar.
- ¿Y Sonia?
- ¡Sonia!. Sonia ha sido muy lista para hacerme llegar hasta aquí.
- ¿Ella sabe de Idalia?
- No, no sabe nada, tal vez se imagina, pero se ha mantenido al margen en la inteligencia de creer que si me da motivo de discusión seguro que voy a aprovechar y a terminar de una vez y la verdad no sé ni cómo decirle que no la quiero.
- ¿No la quieres?
- Bueno, sí la quiero pero es distinto, ella me gusta, es muy bonita, siempre está dispuesta cuando necesito estar con alguien, ahí está, me escucha, me apoya y me deja hacer mi voluntad pero nada de eso me ha hecho cambiar lo que siento por Idalia.
- ¿Idalia sabe que te vas a casar?
- No. Bueno, sí, es decir... yo use ese argumento para comprobar sus sentimientos para conmigo y lo logré, ella siempre me ha

dicho cuanto me ama, pero yo tenía miedo, estaba inseguro y lo quise corroborar, sólo que lo único que termine por comprobar es que el que se está muriendo de amor por ella soy yo y que con el hecho de saber que estaba sufriendo por decirle, me hizo buscarla y al verla, lo único que pude hacer fue desnudar mi alma y mostrarme ante ella, con lo grande y real que es lo que me hace vivir, el amor que le tengo. Cosa que con Sonia, jamás ha sucedido a pesar de... a pesar de...

- ¿A pesar de qué?
- A pesar de todo lo que he vivido con Sonia.
- ¿O sea que tú y Sonia...?
- No me preguntes más, la verdad es que no obstante que Idalia siempre se ha dado su lugar, yo tampoco he tenido intenciones, porque nace desde dentro las ganas de respetarla y de amarla con inocencia y si alguna vez se llegara a dar, la tomaría como la más grandiosa de mis acciones al robarle a una princesa su nombre y hacerla reina de mi vida.
- ¿Y ella, Idalia, qué dice?
- Ella me ama, lo ha demostrado, me dio mi libertad para que yo decida y yo, tontamente no logro tomar valor y terminar de una vez con todo esto.
- ¿La has visto?
- Algunas veces, pero no es necesario verla para saber que la quiero, y ¡cómo la quiero!, ella vive en mí desde el inicio y hasta ahora; y es más, sé que no importa en dónde yo esté ni hacía dónde me dirija, ella seguirá estando conmigo, porque la llevo dentro, impregnada a mi alma... impregnada a mi vida.
- Entonces, no te cases. ¡No te cases con Sonia si crees que no será tu felicidad!
- Ya veremos qué pasa.

Van entrando a la cochera de su casa, la conversación se interrumpe para bajarse del auto, ayudar a bajar al señor y llevarlo hasta su cuarto.

Héctor se sienta un rato en el sillón de la sala a obscuras, quiere pensar, en Idalia tal vez, en el compromiso y en tantas cosas. Quiere definirse.

Su mamá va hasta la cocina en busca de agua y se da cuenta que Héctor sigue ahí, por lo que se acerca hasta él sólo para decirle:

-   Mi amor, lo mejor es que tú mismo llegues a tomar la decisión, yo te diría que hagas caso a tu corazón pero la única persona que sabe lo que tiene y debe hacer eres tú, sólo tú; y después que hayas elegido, no te preocupes por nada, no te angusties, yo te apoyo incondicionalmente, lo único que deseo con toda mi alma es tu felicidad sea con Sonia o con Idalia, o con cualquier otra; pero eso mi amor, ¡eso sólo lo decides tu!. Te quiero mucho, ya vete a dormir, inténtalo cuando menos y más tranquilo mañana podrás pensar mejor.

Lo abraza y le da un beso al tiempo de tomar sus manos y apretarlas para hacerle sentir que ella está ahí y siempre estará pase lo que pase.

-   ¡Gracias mamá! ¡Hasta mañana!

Ambos se retiran a su cuarto, Héctor continúa ensimismado, lentamente cambia sus ropas, no desbarata la cama, se recuesta sobre ella sólo para intentar seguir su respiración, lo que pase fuera es lo de menos, quiere sentirse bien y la opción que encuentra, es tratando de olvidar todo cuanto haya sucedido. La necedad de volver a sus pensamientos le desconcierta pero con férrea voluntad lo vuelve intentar hasta lograrlo y lleno de paz termina dormido.

A la mañana siguiente ya un poco avanzado el día, Héctor aún no sale de su recámara, no tiene ganas de hacer nada, tranquilo pero confundido prefiere encerrarse en su soledad para intentar terminar con su indecisión, ni hambre tiene, se despertó pero ahí sigue, intentando una vez más dejar de lado sus pensamientos para liberarse de tanta tensión.

En tanto, Sonia se levantó temprano, es día de no trabajo y decide ir en busca de Héctor con la intención de sonsacarlo para irse por ahí a festejar su compromiso. Apresura sus quehaceres de casa, se esmera un poco en su habitual arreglo personal y sale dispuesta a todo; no quedo en nada con Héctor, pretende darle la sorpresa, así que de inmediato se dirige hasta su casa, nada le impide llamar a la puerta, para su infortunio le abre la mamá de Héctor, quien después de conocer la verdad que abruma a su hijo, no le cae con nada de agrado la llegada de Sonia, no interfiere y la hace pasar, eso sí, con un poco de indiferencia pues hasta ella está confusa y no sabe cómo reaccionar.

Sonia, sonriente y en espera de una mejor atención se sorprende con el frío recibimiento, por lo que sin hacer comentario alguno, de inmediato pregunta por Héctor:

- Vengo a ver a Héctor, ¿Si esta?
- Sí. Aún no baja, parece que sigue dormido.
- ¿No se ha levantado?
- No. Permíteme voy a llamarlo
- No... no se preocupe, yo... yo voy a buscarlo.

En distintas ocasiones Sonia ha pasado hasta la recámara de Héctor y ya es normal, por lo que ahora le sorprende la actitud que la señora tiene para con ella, pero no le importa, ella a lo que va, a ver a Héctor y sobre todo a festejar.

- Sí, yo subo... ya conozco el camino... gracias.

Sonia insiste y se dirige hasta donde se supone encontrará a Héctor quien sigue acostado, ya está tranquilo, despejado y no espera a nadie pero mucho menos a Sonia. Héctor escucha llamar a la puerta y creyendo que es su mamá sólo responde:

- No tengo hambre, no voy a bajar todavía, gracias.

Nadie responde y mira abrir la puerta, para ver con sorpresa que quien lo busca es Sonia, lo menos que desea es verla, pero no es grosero, rápidamente se endereza y pregunta:

- ¿Qué haces aquí?

- Te vine a buscar
- ¿Para qué?

Sonia no responde, cierra la puerta y disimuladamente le pone seguro, se acerca hasta donde está Héctor y de forma muy sugestiva entonces responde:

- Para festejar.
- ¿Qué vamos a festejar?
- ¿Cómo qué? ¡Nuestro compromiso!
- ¡Ya festejamos ayer!
- No, nosotros no, compartimos el evento y disfrutamos de la convivencia y el festejo, pero ¡tú y yo no hemos festejado nada!
- ¿A qué te refieres?
- Pues a darnos nuestro tiempo, ahora ya soy tu prometida ¡y eso es para celebrar! ¡debemos celebrar y a eso vine! La verdad no sabía si te iba a encontrar pero nunca pensé que todavía estuvieras en cama, ya es más de medio día.
- No me he querido levantar, estaba... pensando.
- ¿En qué?
- Muchas, muchas y diferentes cosas.
- ¿En nosotros?
- Sí, algo de eso hay.
- Bien, yo quería salir, ir por ahí, pero... ¡pensándolo mejor! No es necesario.

Sonia aún no saluda y aprovecha, se acerca a darle un beso en la boca y antes de que Héctor no lo permita, comienza a seducirle, lo provoca, se insinúa, besa una y otra vez sus labios mordisqueando alguno, acaricia su cabello, luego el cuello, resbala sus manos por los hombros de Héctor, restregando con un poco de fuerza la pijama a su cuerpo, baja hacía el pecho y busca los botones, juguetea con ellos mientras continúa besando a Héctor, luego, deja de besar sus labios, va hasta su cuello, besos suaves y seductores, relamiendo suavemente para encender a Héctor. El trata de contenerse, no tiene ganas, no quiere que suceda, Sonia se percata pero insiste, desabrocha un botón, desabrocha uno más, resbala con sus manos la prenda por la espalda de él, Héctor empieza a excitarse, es hombre y no sabe controlar sus instintos; algunas veces ha estado con ella y le complace; Sonia continúa, ella no va a parar, su idea es festejar y de que mejor manera sino siendo suya, ya es suya y lo será en adelante.

Ella, termina de desabrochar su pijama y se la quita, también le quita la camiseta y se desabrocha la blusa, quiere sentir a Héctor y le toma sus manos para llevarlos hasta sus senos, Héctor se resiste resbalándolos por su cintura, ella continúa sin recato, continua y continúa hasta hacer que Héctor reaccione a sus caricias y corresponda. Héctor es hombre perdido, no puede aguantar más y se deja llevar hasta el final, le corresponde completamente y ella satisfecha por lograr su objetivo, lo permite y es más, lo disfrutan tanto que se prolonga por un buen rato.

Embelesados por esos momentos, reposan el cansancio y desahogo que sus cuerpos les regala, abrazados en silencio, permanecen ya muy quietos, nadie dice nada, sólo se sienten y se relajan.

Espontáneamente Sonia se endereza y Héctor la sigue, apresurados como si lo supieran, toman sus ropas y se visten, Héctor pone su pijama y se sienta al borde de la cama meciendo como niño mientras observa terminar a Sonia, quien rápidamente va hasta la puerta, quita el seguro y regresa a sentarse en el sillón de junto.

Sorpresivamente se abre la puerta asoma la mamá de Héctor que interrumpe:

- Aún no te levantas -dice mientras observa a su alrededor-.

- Si, ya voy, me voy a bañar, pero me quedé sentado.

- ¿Y Sonia?

- Ahí está.

- Si ya veo. ¿Bajas mientras termina Héctor? -pregunta dirigiéndose a ella-.

- Sí, voy.

Toma su bolsa que dejo ahí junto y se va con la señora. Héctor va, se baña, hace su cama, se viste y baja a buscarlas. Ya hicieron la comida y la señora propone de una vez comer, aprovechando que ni su hijo ni su esposo han probado bocado en el día, uno por la resaca y otro por la flojera. La señora observa detenidamente a Sonia, quisiera tocar el tema pero no se atreve, le tiene un poco de recato y nunca se decide, divagan en distintos temas de conversación y finalmente se convence de no ser con ella con quien deba de tratarlo, más bien considera que es su hijo quien debe decidir y entonces, ella lo va a apoyar, sin importar lo que resulte. Héctor sigue un tanto abrumado, se despejó un poco con el baño y propone salir a Sonia, luego la llevará de regreso a su casa y después el volverá a la suya.

El tiempo pasa, las circunstancias no se modifican, la muy próxima boda de Héctor sigue en pie y el no intenta nada que pueda impedirla, se ha dejado llevar, tal vez en el fondo él así lo desea o es tan inmaduro que aún cree que un milagro lo salvará. Las decisiones que uno toma, van dando figura a nuestro destino y aunque a veces uno quiera rehusar de él, por más empeño que se le ponga, siempre el objetivo final llega aunque se den mil vueltas al asunto.

Héctor está emocionado, pero no por su boda, sino porque le ha ido muy bien en sus negocios, cada vez crece más, ha desarrollado mucha habilidad y perspicacia para desempeñarse.

Hoy está feliz porque cerró un gran negocio y quiere compartirlo con alguien, ¡Idalia!, sí, Idalia es la persona perfecta para compartir sus logros, pero como buscarla si hace tiempo que no sabe nada de ella, si se ha envuelto de lleno en el trabajo y dejó de lado todo, hasta sus planes de boda. Faltan solo dos semanas, para ese gran día, y él continúa dejando que Sonia se encargue de todo.

Sentado frente al escritorio de su negocio, Héctor se deja llevar por los recuerdos, trae a su mente muchas imágenes, desde un pasado muy lejano hasta estas fechas; meciéndose suavemente en su silla, sonríe para evocar aquélla imagen tierna de Claudia, la dulce y cariñosa novia de su adolescencia, hermosos recuerdos en realidad. Luego, con un cosquilleo en todo su cuerpo observa la imagen de Idalia, toda ella es amor para Héctor, aún con lo que han pasado ella le representa amor y nada más; cuantas cosas, cuándo se conocieron, cuando se hicieron novios, aquél primer beso que se dieron, su encuentro espiritual, sus buenos momentos, el día que se distanciaron, etc., tantas y tantas cosas, un mundo de evocaciones y añoranzas. Y por último, Sonia, la mujer que da todo por Héctor sin pedir más que su compañía, quien le ha hecho ser hombre y a quien está a punto de llevar al altar.

Con un calambre en el alma Héctor reacciona, es necesario poner un alto, de Claudia sólo queda el recuerdo de algo hermoso, de Sonia, la esperanza de un buen deseo, pero de Idalia, de Idalia queda todo, una vida, su amor, su alma y el júbilo que le deja el saber de ella. Con sólo cerrar los ojos, Héctor siente la presencia de Idalia y deja escapar un suspiro mientras pronuncia dos palabras "te amo".

Cuál remolino enloquecido siente como se estremece dentro suyo su corazón repleto de amor y de deseo, es por Idalia; y vaya sacudida que le hace reaccionar, no puede perderla, mucho menos por una indecisión suya, no puede dejar ir su amor, dejar ir su vida porque quedaría de alma desnudo, Idalia representa todo y ahora lo sabe y siente, además en este momento está creciendo en él la necesidad de estar con ella y para siempre, siente entusiasmo, deseo, pasión, todo su cuerpo se estremece y desborda con tanto sentimiento, todo lo que Idalia provoca en él, miles y miles de añoranzas. No hay más nada que ir en su busca.

Precipitadamente se levanta de su asiento, toma las llaves del auto y va a encontrarse con Idalia, por la hora, seguro la alcanza en su trabajo, arranca el auto y agarra camino, en el trayecto una vez más, otra sensación lo aborda, Sonia, ¡es verdad!, ¡primero debe terminar con Sonia!, mira su reloj y gira de inmediato para ir a ver a Sonia, ella ha dejado de trabajar desde que decidieron casarse, para dedicarse de lleno a la preparación de su boda y es muy seguro que ahora la encuentre en casa. Sin pensar en nada, continua directo a ver a Sonia, ratificando una y otra vez que nada, el día de hoy, nada impedirá dar fin de una vez a esa ilusa relación.

Sonia, viene del doctor, se ha sentido un poco inquieta últimamente y desconoce completamente los síntomas que le aquejan, pero se observa demacrada y ojerosa, un tanto desganada y con un poco de náusea. Acudió a consulta la semana pasada, le mandaron unos análisis y el día de hoy, va por los resultados. Independientemente del aspecto que muestra, ahora trae una emoción interna, que discrepa un poco con sus planes pero que a fin de cuentas no pasa nada, solo aceptarlo, adaptarse y si está Héctor con ella, pues mejor.

Sonia, se encierra en su recámara, quiere descansar, de alguna manera le hace falta, Héctor que va llegando a su casa, baja del auto proyectando toda la energía del mundo y con la decisión de terminar en la punta de su lengua. Entra y pregunta por Sonia, le indican que está en su recámara y de inmediato va hasta allá. Al abrir la puerta la observa y se percata de que algo anda mal:

- ¿Qué tienes? -trata de indagar-.

A Sonia se le ilumina la cara, es lo mejor que pudo haber pasado en este momento, ver a Héctor y saber que la respalda, de inmediato desaparece el malestar para dar paso a una sonrisa iluminada llena de esperanza.

- ¡Mi amor! ¡Qué sorpresa! ¡No esperaba verte! ¡pero qué bueno que viniste! ¡Tengo algo muy importante que decirte!
- ¡Sí, yo también vengo a hablar contigo!

Se acerca a saludarla, Sonia lo abraza por el cuello y lo aprieta algo fuerte, fuera de lo común en ella, lo besa y lo vuelve abrazar. Héctor corresponde, después de todo, sigue siendo su prometida, cuando él trata de insistir, con suavidad se separa de ella y se percata que Sonia está llorando.

- ¿Qué tienes? -insiste una vez más-.
- ¡Nada! ¡Tenemos que hablar!

Por un momento cruzan miles de ideas por la cabeza de Héctor, una y ojalá fuera esa, le domina insistente, "deben terminar", eso quisiera él, pero está muy lejos de la realidad. Sonia, limpia sus lágrimas y continúa:

- Tenemos que hablar, pero no aquí, vamos algún lado y platicamos por allá. ¿Y tú? ¿Qué me tienes que decir?
- Tienes razón, vamos fuera, es mejor, así hablamos libremente. Pero no te angusties, todo está bien.

Sonia, sólo toma su bolsa, salen de la recámara, avisan que van a salir y se marchan. Héctor decide llevarla a un lugar que ellos normalmente frecuentan, donde se puede platicar, es en un jardín donde van siempre que tienen algo importante que hablar, y hoy, para los dos, la importancia del asunto es máxima, así que Sonia queda de acuerdo. En el camino no han dicho ni media palabra, ni uno ni otro, están esperando el momento, ni siquiera bajan del auto, Héctor lo estacionó en un lugar donde no estorba y desde ahí pueden hablar libremente.

- Bien dime -propone Héctor-.
- ¡No!, ¡mejor te escucho y después te digo yo!
- ¿A ver? -responde Héctor, acercándose a ella y tomándola de la mano- Ven, te veo triste, rara, angustiada y hasta molesta, dime ¿qué te pasa? Y después te digo yo a que vine.
- ¡Está bien!

Sonia se queda en silencio, mira a los ojos de Héctor fijamente, baja la mirada y vuelve a mirarlo a los ojos, toma un respiro y no sabe como decirle a Héctor, tarda un poco más y vuelve a voltear a otro lado, empieza a brotar una lágrima y Héctor la limpia preguntando una vez más.:

- ¿Qué tienes? ¿Qué pasa?
- Héctor... mi amor... es que... ¡Estoy embarazada!

Héctor siente como un gélido relámpago rompe sus ilusiones y vibra incandescente dentro de él provocando oleadas de frustración y de emoción al mismo tiempo, mira derrumbar sus ilusiones y a la vez proyecta el nacimiento de un hijo.

- ¿Qué?
- Sí, ¡estoy embarazada!
- ¡¿Pero?!
- ¿Recuerdas la última vez? ninguno de los dos tomó precauciones y...
- Pero... ¿ya lo confirmaste?
- Sí, vengo del doctor.
- ¿Por qué no me habías dicho?
- Ni yo lo imaginaba al menos, también fue sorpresa para mí, apenas tengo unas semanas, pero me siento muy mal y por eso fui al doctor.
- ¿Qué vamos a hacer?
- ¿No te da gusto? ¿Ya vamos a casarnos o no?
- Este... sí... pero... lo que pasa... es... que... no me lo esperaba. ¡No estoy preparado para un hijo!
- Yo tampoco, en realidad yo deseaba disfrutar contigo un tiempo de nosotros, salir, viajar, no sé, hacer cosas juntos antes de tener hijos pero... ¿No lo quieres?
- ¿Cómo no voy a quererlo es un hijo? ¿Es un hijo mío?

Eso sí, Héctor está plenamente consciente de lo que ha hecho con Sonia y su caballerosidad y la confianza que le tiene, no le permite dudar de ella, es más está seguro de ser el padre de esa criatura, pero todo eso destroza sus planes, hoy venía decidido a terminar y ahora no puede hacerlo, además de lastimar a Sonia, ya haya alguien más que sufrirá las consecuencias, de cualquier manera se llena de dudas, quisiera decirle a Sonia a que iba pero no puede, quisiera abrazarla y festejar pero tampoco puede, está como paralizado, sólo pensando en lo que viene, falta poco más de una semana para su boda, ya todo está listo y aún así estaba dispuesto a terminar, ahora no sabe, en realidad ya no puede ni atreverse a insinuarlo. Finalmente decide y abraza a

Sonia, la recarga sobre su pecho y dejando escapar en último aliento un buen deseo para Idalia le dice:

- No te apures, estoy contigo, no voy a dejarte. Además, como dices, nos vamos a casar, así que no te preocupes, todo va estar bien.
- ¿De verdad?
- ¡Claro!
- Por un momento creí que me ibas a terminar, tuve miedo y no sabía cómo decírtelo.

Sonia, respira tranquila, aunque no estaba en sus planes, afrontara la situación y continuará hasta el final, mientras Héctor esté con ella, Sonia tendrá la suficiente valentía para continuar, así, que sólo se acurruca entre los brazos de Héctor.

- ¡No me va a quedar el vestido! -dice para relajar la situación y ambos sonríen con muecas de angustia-. Ahora sí les importa lo que digan sus familia, pero sabrán cómo abordar la situación y todo volverá a la normalidad.

Héctor lleva sus pensamientos a Idalia, es el final, y desea de verdad todavía poder hacer algo, pero no sabe qué. Mientras divaga entre tanta idea Sonia le interrumpe:

- ¿Qué piensas?
- Nada... nada.
- ¡Qué me tenías que decir!
- Nada... no sé.
- Sí, ¿A qué viniste?
- A verte.
- Pero para decir algo.
- Sí, tenía que decir algo importante, pero ya se me olvidó.
- Si era algo importante, entonces no se puede olvidar.
- Tienes razón, pero ya no tiene caso.
- ¡Claro que tiene caso! A ver dime, qué me tienes que decir
- ¡Este!... que... -Héctor tarda un poco en responder, en realidad está buscando algo que decir, por supuesto no puede decir la

verdad, que venía a terminar, más bien tiene que encontrar la justificación correcta y contesta lo primero que se le ocurre-Bueno... es que... se me ocurrió que... ahora que está tan cerca nuestra boda, deberíamos pasar unos días solos, sin vernos, para... para asegurarnos de que lo que vamos a hacer es lo correcto.

- ¡Yo no tengo dudas de quererme casar contigo! ¿Tú sí?
- No... no, claro que no, pero me parecía una buena idea, en fin, ¡ya no tiene caso!
- Si tú dices que no. ¿De verdad no tienes duda en casarte conmigo?
- No...no... no las tengo.

Héctor hace un esfuerzo para no decir la razón de buscar a Sonia, la verdad él quisiera y desea con toda su alma, que esa boda no se lleve a cabo, la realidad es que en efecto no tiene dudas de casarse con Sonia, está convencido que no debe casarse con ella pero es incapaz de decirle ahora eso y además ya lo está pensando, pues ahora sí tiene un motivo importante para hacerlo: su hijo. Además sí quiere a Sonia, no con toda la fuerza y profundidad con que ama a Idalia, pero sí la quiere, es más se atreve a decir que también la ama, le agrada estar con ella, se divierte a su lado y también le satisface como le trata cuando están juntos; y por si fuera poco, va a tener un hijo de él.

Obviamente Héctor desearía que todo esto le estuviese sucediendo con Idalia, pero el infortunio de su indecisión le han traído hasta aquí y ahora tiene que aceptarlo, él sólo ha forjado este camino, con cada uno de sus actos, se ha ido alejando poco a poco de Idalia y aunque dentro suyo continúa la misma fuerza, el no estar juntos, el haberse alejado paulatinamente, le han colocado una barrera difícil de derrumbar, ahora cuando finalmente lo había decidido con firme determinación, nuevamente la consecuencia de una decisión mal tomada le lleva a cambiar de opinión y a regresar otra vez a dejar su destino en las caprichosas manos de sus acciones. Debe doblegar su resistencia, darse por vencido y aceptar las consecuencias, ya está comprometido, en una semana se casa y hoy no hubo acto alguno que ayudara a romper ese compromiso, es más al contrario, su obligación está forzada y él, muy a su pesar, va a continuar.

- Bien, si no hay más nada que decir, ¡vamos a comer! –invita Sonia-
- Sí ¿A tu casa?
- No, invítame algo.

Héctor enciende el auto y van en busca de un restaurante, cualquiera es bueno, en realidad, ninguno de los dos está muy a gusto, lejos de que la noticia debiera inyectarles alegría, se sienten un poco afligidos, es una confidencia agradable pero inesperada, no lo planearon y esto provoca un giro exorbitante en sus acciones; para Sonia, es la imposibilidad de disfrutar enteramente el matrimonio con Héctor por un buen tiempo; y para Héctor es el olvido completo de la esperanza añorada de nombre Idalia.

Héctor piensa y piensa una y otra vez en Idalia, la está perdiendo y él es el responsable, no puede ni quiere entender que no habrá más oportunidad, tal vez un milagro, todavía tiene esperanza, aunque ya muy desgastada. No dice nada, tampoco Sonia, ninguno quiere hablar, cada quien para sus adentros hace conjeturas y se lamenta. El tiempo interrumpe sus pensamientos. Bajan al restaurante, comen y poco a poco empieza a desvanecerse la pesadumbre para dar paso a una nueva emoción, Sonia, empieza a hablar de su casita, ya la está decorando, le darán un buen lugar al bebe y empiezan a hacer sus planes. Más por convicción que por voluntad, Héctor entiende y se involucra más, ya no queda de otra, si va a comprometerse y a responder por su hijo, más vale que de una vez lo haga, y finalmente acepta y abraza a Sonia.

- No te preocupes por nada, todo va a pasar.
- Ya sé, y si estás conmigo, yo estoy bien.
- Así es, estoy contigo y siempre voy a estar.
- Te quiero.

Terminan su comida y Héctor lleva a Sonia a su casa, la deja y se marcha de inmediato, tiene muchas cosas en que pensar, toma camino sin rumbo y en algún lugar estaciona su auto para recapacitar. Ha decidido responderle a Sonia, no sabe todavía qué va a decirle a Idalia. Después de conjeturar y conjeturar, termina por entender que en el momento oportuno sabrá exactamente qué va a decirle a Idalia; y precisamente, le interrumpe su celular, es de su negocio, para decirle de algo urgente. Héctor regresa de inmediato y se ocupa. Entre tanta premura se olvida del asunto, pasan uno o dos días más y no vuelve a pensar en nadie, hasta que el tiempo le recuerda que debe hablar con Idalia.

Idalia, sin presión alguna, no piensa en lo que va a pasar cuando Octavio regrese, seguro su situación se definirá como consecuencia real de lo que suceda respecto a su situación con Héctor quien hasta el momento no ha vuelto a aparecer ni por error, desde aquél día en que se dijo todo con ella. Por cierto, Idalia ya tampoco está empeñada en encontrarlo, no lo busca, ni lo intenta, ella decidió que no hay nada por hacer, que su realidad es esa y que si Héctor viene a ella será porque su amor puede más que cualquier otra cosa por fuerte que parezca y si no, entonces, se resignará a conservar ese lugar muy dentro suyo donde no permitirá ser invadido o sustituido por nadie más.

Hoy Idalia sabe que ama a Héctor, sabe que por él ella ha logrado vivir y entender la poderosa y mágica fuerza que le da a una persona el conocer el amor, ese amor real omnipotente y trascendental en donde lo único que existe es eso: amor. Un sentimiento que rebasa los límites de la belleza física, ese amor, que propasa condiciones y advertencias, donde no hay más que libertad completa y entrega total. Ahí se encuentra Idalia, en esa dimensión, la del amor, la del amor eterno e infinito.

Idalia está trabajando, por alguna razón que desconoce empieza a sentir cierta premura, inadvertidamente avanza la tarde hacía la hora de salida e Idalia presurosa se adelanta un poco. En realidad ni ella entiende cual es la prisa, pero su máximo deseo de este momento es salir cuanto antes del trabajo. Como siempre, toma sus cosas y hoy no espera a sus compañeras, solo dice adiós y se marcha. Afuera, no mira a su alrededor, ella sale y camina directo a la parada donde debe esperar el autobús, sin embargo, al llegar, decide no detenerse y continúa avanzando, cruza la calle y la otra, camina sin rumbo, está por cruzar una calle más, pero el cambio del semáforo le detiene, debe esperar a que la circulación se detenga, mientras tanto, se entretiene observando los carteles de oferta que se muestran en la tienda de junto, cuando considera vuelve la mirada al semáforo para darse cuenta que puede avanzar, intenta dar un paso cuando sorpresivamente debe detenerse porque frente a ella tiene un auto que la espera, ¡es Héctor!, quien iba en su busca, pensando encontrarla a la salida de su trabajo, pero como ella se adelantó, no le dio tiempo y aquí está, abriendo desde el interior la portezuela del auto para que suba:

- ¡Sube!, ¡Anda! ¡Que el semáforo está en siga!

Invita Héctor a Idalia, ella no se resiste y de inmediato sube.

- ¿Qué haces aquí? ¿No se supone que deberías estar trabajando?- Indaga Idalia a Héctor-.
- ¡Lo mismo digo! ¡Qué tal que no te veo, me paso de largo, voy a buscarte y no te encuentro!
- ¡Fueron sólo unos minutos!
- ¡Unos minutos hacen la diferencia!
- Pero ya estoy aquí, hasta arriba de tu auto, así que no reclames. Y... ¿A qué viniste?
- A buscarte.
- ¡Eso ya lo sé! Pero ¿Para qué?
- Para platicar.

Judith Gomez Martinez

Idalia hace su expresión de "nunca vas a cambiar" y deja que él proponga a donde ir, ella, a diferencia de todas las otras veces, ya se encuentra muy tranquila, hoy no hay nada que disimular ni que ocultar, todo está claramente dicho y eso les envuelve en una dimensión de paz y de verdad.

- ¡Vamos a tomar un café! ¿Quieres?
- No. No quiero café... o bueno... sí pero con churros.
- Bien, te voy a llevar a un lugar muy agradable.

En efecto, Héctor no pregunta y va directo a un lugar muy tranquilo, donde se puede disfrutar un suculento capuchino o un espumoso chocolate como sabe le gusta a Idalia, y por supuesto, pueden servir churros como la señorita lo está pidiendo. Cuando se lo dispone él siempre sabe como agradar y complacer a Idalia. Buscan la mesa más apartada, la más tranquila y una vez que ordenan, Héctor inicia la conversación:

- ¿Conocías éste lugar?
- No. ¿Es nuevo?
- No, ya tiene, sólo he venido dos o tres veces.
- ¡Es muy tranquilo!
- Sí. ¡Puedes conversar muy bien!
- ¡Ya lo creo!... Y... ¿Bien?... ¿A qué debo el honor?
- ¡Mi muñequita! ¡tenía tantas ganas de verte! ¡tengo tantas ganas de abrazarte y de besarte!
- ¡No empieces! ¡Ya!
- Es en serio, tengo muchas ganas de platicar contigo, hay algo muy importante que tienes que saber y antes de que alguien más lo diga tienes que saberlo por mí.
- Me asustas.
- Por favor, debes escuchar y al final, me dirás lo que piensas o lo que quieras pero procura no interrumpirme porque no sabría como continuar.

Héctor hace una pausa, respira profundo, la mira directo a los ojos, le toma sus manos entre las de él y luego continúa:

- Mira, cuando te dije que me iba a casar... era verdad.
- Pero...
- No interrumpas, escucha. No quiero que dudes de mí y de lo que siento por ti, lo que dije aquél día en tu casa es verdad y de sobra lo debes de saber. Pero lamentablemente no supe deshacer ése compromiso, que sólo hice por un capricho, por querer usarlo para convencerte a ti.
- No necesitabas...
- Mi amor, no digas nada, yo sé lo que sientes y de verdad yo estoy sufriendo. Cada vez que me decidía a romper el compromiso con Sonia, algo sucedía para impedirlo, nada menos en la semana, venía directo a buscarte para pedirte te casaras conmigo, a medio camino me di la vuelta porque entendí que primero debía terminar con ella, fui a buscarla y antes de decir nada, ella me dijo... me dijo... que... ¡espero que me entiendas!... me dijo que... está embarazada.

Idalia zafa su mano de las de él para llevarla hasta su boca y detener una expresión de sorpresa, sus ojos lo miran directo y no puede entender lo que Héctor le está diciendo. Abriendo los ojos lo más grande posible, pregunta para entender:

- ¿Está embarazada?
- Sí.

Ella cierra los ojos y se deja caer al respaldo de la silla, en un suspiro deja desvanecer su alma y vuelve a preguntar:

- Es... ¿tu hijo?
- Sí.
- ¿Por qué?

Idalia está al borde del llanto, está destrozándose su alma en mil pedazos, está derritiéndose el amor en su corazón, se están desmoronando lentamente todas sus ilusiones.

Idalia, no sabe qué decir, solo mira a Héctor y sin poderse contener más deja salir una lágrima de sus ojos, no dice nada, pero no hace falta, Héctor entiende perfectamente, porque él lo vivió de igual manera. Héctor se atreve a tomar nuevamente las manos de Idalia y ella lo permite, está paralizada, no puede ni hacer un solo movimiento ni decir media palabra y Héctor trata de suavizar las cosas:

- ¡No llores! ¡Por favor no llores, no merezco tus lágrimas! ¡Sé lo que he provocado y yo mismo me arrepiento! ¡Pero no quiero verte llorar, no por favor!

Idalia continúa igual, separa sus manos de las de él para limpiar las lágrimas que siguen rodando por sus mejillas, intenta agachar la cara pero Héctor no lo permite, la toma de la barbilla y le endereza:

- Mi amor, no me puedo justificar, yo te quiero a ti, pero... pero... no sé en qué momento perdí el control de mi vida y ahora estoy aquí, suplicándote que me perdones y pidiendo una oportunidad.
- No... no... no...
- De verdad, si tú me dices que no importa y que a pesar de todo me amas y me aceptas ahora mismo voy, es más vamos a ver a Sonia para romper el compromiso y a poner las cosas en claro respecto a mi hijo, porqué de él seguro me hago responsable esté o no con ella.

Idalia, toma aire, respira profundo una vez y una más, necesita llenarse de aliento, necesita entender y aceptar, las circunstancias no van a cambiar, ya todo está hecho, es sólo admitir. Después de un momento de silencio ella responde:

- No, Héctor, no hagas nada por mí, yo... debo entender... debo... aceptar... y debo darme cuenta que también soy responsable de que las cosas estén sucediendo así; te amo... lo sabes... pero no he tenido la inteligencia lo bastante clara para percatarme de no estar haciendo las cosas de manera correcta y el permitir tanta libertad y anteponer tanto orgullo, te orilló a buscar a otra persona y lo demás vino por sí sólo... no Héctor, tienes razón... ¡Ya ni llorar es bueno!
- No hables así, por favor... ¡parece que no te importa!

- ¿Qué no me importa?... ¿No me miras?... ¿No te das cuenta cómo estoy sufriendo?... ¿No vez que me siento impotente ante esta situación?... ¿no te percatas que todo está perdido entre nosotros?... ¿Qué no me importa?... Si en realidad no me importara... yo... yo... no estaría ahora aquí, contigo y ansiosa de verte, ansiosa de abrazarte y de besarte, ansiosa de que finalmente fuera yo... fuera yo para ti y de ti, si no me importara Héctor,... si no me importara, no estaría esperándote como sonsa día con día, mes tras mes, año con año, y... ... ... ¿para qué?

Idalia no quiere hablar más está herida, derrotada, lastimada, Idalia tiene al borde toda la frustración que cabe en su alma, todo el dolor de su desencanto. No hay nada que esperar, Héctor... ya no le pertenece aunque él diga lo contrario, Héctor ya tiene su camino señalado y ella, tendrá que aceptarlo.

El silencio vuelve a ellos, dejan pasar varios minutos sin decir nada, Héctor no se atreve a decirla ni media palabra e Idalia ya no quiere hablar, quiere llorar, se quiere desahogar. En un parpadeo se ha marchado su felicidad, ¡qué lástima!

Idalia reacciona, después de todo retoma su cordura, seca muy bien sus mejillas, sus ojos y se propone no llorar más, cuando menos por ahora. Debe terminar, ahora sí para siempre, debe concluir, perdonar y olvidar, ya cada quien toma su camino y ella debe comenzar a andar.

- Bien... gracias... gracias por venir a decirlo.
- No lo agradezcas, la verdad es que estoy cambiando un brillante por una lágrima y no lo merezco, yo quería... proponerte matrimonio y mira...
- ¡Olvídalo!... ¡Olvídame!... es lo mejor.
- ¿Si tú quisieras...?
- No, no Héctor, yo... siempre he querido pero con esto... estoy entendiendo y es mejor así, olvida lo nuestro.
- ¿Podrás olvidarlo tú?

- ¿Qué importa lo que yo haga? No tengo que responder, no quiero responder, tú lo sabes, pero también sabes que yo no sería capaz de dejar a un niño sin su padre.
- El me va a tener, aunque no esté con su mamá.
- ¡Hay que aceptar las consecuencias de nuestros actos! Héctor, si quieres saberlo te lo voy a decir: Te amo... y por eso... te doy tu libertad, eres libre mi amor, libre para decidir lo que debas hacer, mi amor te acompañará siempre y a través de él sentirás la fuerza para continuar, no importa que esté lejos, todo este tiempo lo he estado y seguimos aquí, juntos, porque no hay distancia que destruya lo nuestro, no hay dimensión que nos separe y por ello no podemos estar juntos y que haya algo que se interponga. Mi amor, te dejo libre, busca tu felicidad, que quede claro que conmigo no va a estar, ya Dios lo quiso así y lo tenemos que aceptar. ¡Sé feliz, has feliz a Sonia y a su hijo, ámala, respétala, quiérela y entrégate a ella de verdad! yo, por mí no te preocupes, sabré buscar y divagar en el mundo hasta encontrar en donde es mi lugar.
- Idalia, jamás creí vivir este momento, nunca terminé mi relación contigo porque siempre quise tenerte segura y ahora, mi inmadurez me lleva a perderte.
- No me estás perdiendo, estás ganando una nueva vida, yo seguiré aquí.
- Pero no conmigo.
- Mientras tú quieras, me traerás contigo; en tanto yo jamás, jamás dejaré que salgas de mi vida. Cuando se ama como yo te amo, no hay nada que logre destruir ese sentimiento. Recuerda que lo único que realmente existe es el amor y tú y yo nos amamos.
- Así es, así es. Ahora soy yo quien te agradece...
- No digas más; por cierto... es tiempo que quites esa medalla de tu cuello.

Efectivamente, Héctor trae consigo todavía aquélla medalla, y no pretende quitársela.

- ¡Claro que no!
- Sí, ya debes quitarla, recuerda, si vas a hacer un compromiso, cúmplelo y si no mejor no lo hagas.
- ¡Lo voy a pensar!
- ¿Qué tienes que pensar?
- Si me la quito o no.
- No seas necio, tú y yo sabemos lo que significa y créelo Sonia ya no va a permitir que la traigas. Más en fin, ¡haz lo que quieras!
- Entiendo, sí me la voy a quitar pero la voy a conservar, tal vez la deje en casa de mi mamá.
- ¿Ella sabe de esto?
- Después de pedir a Sonia le platiqué todo y fue quien me insistió en no hacer las cosas si no quería, pero jamás pensé, ni yo ni ella ni Sonia, que nuestros actos traen consecuencias y ahora, lo mejor es afrontarlas.
- Así es... así es... mi amor... enfrentemos nuestras consecuencias.

La plática genera cierta tranquilidad, la libertad que se están dando les permite quitarse máscaras, es mejor así, la verdad por delante y lo de ellos ya fue, es y siempre será aunque no estén juntos, además, tal vez no sea su tiempo o en esta vida donde deben disfrutarse, tal vez a alguno le hace falta evolucionar más y allá en la siguiente volverán a encontrarse, porque están unidos, volverán a amarse y cuando estén listos, entonces y sólo entonces no habrá nada, ni nadie que evite permanecer juntos en la vida material, porque en la espiritual han estado juntos desde el principio y hasta hoy y para siempre.

- Muy bien Idalia, es todo lo que debo decir, recuerda que en mí siempre vas a estar, pase lo que pase, serás por toda la eternidad el amor de mi vida.
- ¿Y yo qué te digo?
- Ya no digas nada. Mejor prométeme algo.

- ¿Qué?
- Que vas a venir a mi boda.
- ¿Queeé?
- Sí, ¿vendrás?
- ¿De verdad quieres que esté ahí?
- Claro que sí, serás mi invitada de honor.
- ¡No inventes!
- Sí, ven, es más, mira, en la Iglesia quiero verte en primera fila, yo reservaré tu lugar.
- No.
- Sí.
- No, no quiero, no podría.
- Ven, en prueba de que no hay rencores.
- ¡Tonto!, ¡claro que no hay rencores!
- Entonces ven.
- No sé.
- Te llevo tu invitación, pero no faltes.
- Es que...
- Ya decídete.
- Está bien.
- ¿Segura?
- Sí, trataré.
- Por favor, ven, el verte me dará fuerza.
- ¿Fuerza de qué?
- De hacer lo que deba hacer.
- ¿No entiendo?
- No tienes que entender, sólo di que sí vas a venir.
- Está bien, si voy a ir.
- En primera fila.
- Sí, en primera fila.

Héctor tiene ganas de besarla, tiene ganas de abrazarla y ella, también pero ninguno de los dos se atreve, tituban de repente, están aflorando los nervios y ya ninguno sabe que decir, Idalia ya ni

ESPEJISMO DE AMOR

al menos tolera mirarlo a los ojos, acaban de hablar y no se puede
resistir más, dentro crece inexplicable el deseo ferviente de besar a
Héctor y sin que él lo sepa está sintiendo la misma necesidad, Héctor
se atreve a acariciar el pelo de Idalia y ella se estremece completita
con sólo sentir el calor de su mano, se hace de lado para evitarlo
pero el persiste, Idalia se da cuenta de cómo tiemblan las manos de
Héctor y la leve vibración en sus labios, es evidente el nerviosismo y
la ansiedad que va creciendo a cada segundo, no pueden contenerse
más y arrebatadamente Héctor besa a Idalia, ella corresponde
intensamente, lo estaba deseando, lo estaba necesitando y no va a
desaprovechar. Le entrega sus labios sin recato, lo besa, lo acaricia,
lo abraza y vuelve otra vez a besarlo. Pasan varios instantes y ya
desahogado ese deseo Héctor muy cerca de ella, casi rozando sus
labios con los de él dice despacito:
-   ¿Vamos a otro lado?
-   ¿A dónde?
-   A un lugar donde podamos estar solos.
-   ¿Qué quieres decir?
-   Que muero en deseo de estar contigo.
-   Pero...
-   Que quiero amarte completamente, me quiero dar a ti en cuerpo
    y alma, tal vez sea nuestra única oportunidad, quiero ser tuyo...
    ¿vamos?
-   Mm, no se... no... no...
-   Vamos, déjame demostrarte cuánto te amo, por favor, te deseo
    con toda mi alma, deja entregarte lo que tengo para ti... por
    favor.
Idalia se separa de él para responder:
-   No Héctor, no. Si esto lo hubieras propuesto en otra ocasión, ni
    al menos lo hubiese pensado... ¿tú crees que yo no lo deseo?...
    me habría hecho muy feliz y no me habría negado, pero en estas
    circunstancias, es mejor que no suceda nada.
-   ¿Pero...?

- De verdad, si lo hubieses propuesto antes... no lo habría dudado, por ti habría dado cualquier cosa, entiende ¡cualquier cosa!, pero no fue así y ahora... no...no... mejor no.
- ¿Tú quieres?
- Sí... si quiero, pero no debemos.
- ¿Por qué no?
- Porque solo servirá para confundirte más y a mí para que me cueste más trabajo aceptar la despedida, mejor no.
- ¡Idalia, te necesito!

Idalia no dice más, está a punto de ceder, ella también lo desea con todas sus fuerzas, pero su razón le lleva a tomar la decisión y tomando fuerza del mismo deseo, confirma:

- ¡No!, no insistas más, esta es mi decisión. ¡No!.
- Como digas, pero de verdad si cambias de opinión, sólo dilo, no importa ni donde ni con quien esté, tú sólo llama y aquí me tendrás, más que dispuesto.
- ¡No me digas! ¡Olvídalo, es lo que estoy diciendo!
- ¡Está bien! Está bien, pero...
- Ya, no digas más.
- ¿Vas a ir a mi boda?
- ¿Ya quedamos no?
- Promételo
- ¿Otra vez?
- ¡Sólo promételo!
- ¡Está bien lo prometo! ¿Nos vamos?
- No quiero.
- ¡Sí, es tarde vámonos ya!
- ¿Te llevo a tu casa?
- No. Gracias.
- ¿Por qué?
- ¡Ya sabes que sí, pero ya anda!

Héctor paga lo que consumieron y toma a Idalia de la mano, ella se resiste un poco pero termina por aceptar, que más le queda.

Se marchan juntos, con las manos unidas, tal vez es la última vez que suceda, van a despedirse y luego no sabrán lo que venga, no esperan mucho, es más ¡ya no esperan nada!

Héctor agradece nuevamente a Idalia la oportunidad de haberla conocido, agradece el amor que le brindó, porque gracias a eso, él también conoció lo que es el verdadero amor, nada será igual sin Idalia en su vida, pero que puede hacer ahora.

Idalia no piensa en nada, sólo disfruta de la compañía de Héctor, el roce con su mano, su mirada, su sonrisa y los besos que se dieron y, hasta su voz, procura conservarlos para ella, tal vez pase mucho tiempo antes de volverlo a ver o a escuchar o tal vez nunca, por eso quiere sellar este momento y dejarlo gravado para ella y nadie más, para tener algo que recordar cuando la añoranza se vuelva en la nostalgia y deseen momentos que no podrán regresar.

Idalia lo disfruta con todo el entusiasmo posible, mientras van hacía casa de ella, se recuesta en su hombro, acaricia su pelo, su cara, sus piernas, toma la mamo y la lleva a su cara, mil cosas hace por dejar en ella impregnada hasta el aroma de Héctor. El corresponde con toda la naturalidad de saber que son el uno para el otro, sin importar nada más que ellos, nadie más.

Héctor insiste un poco a Idalia:

- Vamos a otro lado.
- ¿De qué hablas?
- Quiero estar contigo.
- Ya dije que no.
- ¡Por favor!
- No, llévame a casa.
- Idalia... ¿Sí?
- No. No. Y no insistas porque puedo cambiar de opinión.
- Entonces insistiré hasta convencerte.

Idalia sonríe con sonrisa picarona y concluye muy firme:

- Mi amor entiende, tu y yo sabemos que no ha habido necesidad de tener un encuentro sexual para demostrarnos lo que nos queremos pero... pero...
- ¿Sí?
- No. Me encantaría y tú lo sabes, lamentablemente, no va a suceder a menos que...
- ¿Qué?
- Que una vez más la suerte esté con nosotros y evite tu casamiento, sólo así, tal vez... entonces, lo pensaré.
- De una vez.
- ¡Sólo entonces!

Héctor se orilla en la carretera para insistir y tratar de convencer a Idalia, sin darle tiempo a nada, en tanto él detiene el auto, ella lo abraza y lo besa con gran efusividad, también lo desea pero no quiere hacerlo, no porque su ideal no es de esa manera, su ideal es tomarlo tal cual debe como regalo de bodas y si habrá una boda, sólo que no es la de ella. Así que empiezan a encender sus ímpetus un poco, él la besa y la acaricia, ella corresponde. Sin seguir más que el impulso de su instinto, Héctor empieza por acariciar zonas prohibidas y súbitamente ella lo detiene llevando su mano de regreso a su cintura, lentamente Héctor insiste una vez más y sin dejar de besarlo Idalia toma otra vez la mano para enlazarla con la suya y de esta manera evitar completamente la seducción.

Héctor se sonríe y termina por entender que no habrá forma de avanzar hasta donde él desea. Ambos besan una y otra vez sus bocas, acarician sus rostros y se vuelven a besar, hasta dejar satisfecha esa ansiedad. Finalmente Idalia insiste:

- ¡Ya anda, que es tarde vamos!
- Tienes razón, vamos.

Se marchan, hoy han dejado finiquitado cualquier pendiente emocional que hayan tenido, ya no hay nada más que decir, todo está dicho ya no hay más nada que hacer, todo está hecho y lo que venga es definitivo, ni Idalia ni Héctor harán algo por cambiar lo que ya es una

ESPEJISMO DE AMOR

realidad, los dos lo aceptan y se resignan, con dolor y mucho pesar, pero a final de cuenta admitiendo que ésta es sólo consecuencia de sus propios actos y que hagan lo que hagan, ya nada va a cambiar, lo único que queda es continuar adelante.

Llegan a casa de Idalia, Héctor se despide y se sonríen como jamás lo han hecho, no cabe duda que el poder del amor es magnificente y este mismo les permite actuar con la libertad y entereza que ya han logrado.

Héctor le da un último beso, suave pero lleno de amor y le dice:

- Idalia, te amo... te amo y... por siempre eres y serás el gran amor de mi vida, no lo olvides; no olvides que a pesar del tiempo y la distancia, mi amor por ti permanecerá y tal vez algún día o en la otra vida, entonces seré más inteligente y no te dejaré perder, mientras tanto ¡Qué Dios te bendiga!, ¡Que Dios cuide de ti por siempre! Y que te premie con grande recompensa todo lo que has hecho y estás logrando en mí. ¡Te quiero muñequita... te quiero!

- ¡Yo... también te amo! ¡Cuídate y... sé muy pero muy feliz!

Idalia corresponde el beso con otro en la mejilla de él, acaricia su cara y baja del auto. Héctor se inmoviliza y sólo la mira hasta ver que ha entrado en su casa, vuelve a poner el auto en marcha y se va.

A pesar de saber que está perdiendo la probabilidad de vivir lleno de magia, va muy tranquilo, ha hecho lo que debía y considera ha sido lo mejor, toca su medalla y piensa qué va a hacer con ella, le da un beso y la restriega contra su pecho, ése es su lugar pero ya no puede continuar portándola, Idalia le dijo algo cierto "si te vas a casar con Sonia, dale su lugar y quita esa medalla de tu cuello" y tiene razón, mucha razón.

Idalia de igual manera, está muy tranquila, todo se ha resuelto sin que tenga ella siquiera que esforzarse por hacerlo, Héctor toma su camino y ella, está libre para decidir lo que seguirá adelante. Con la misma firmeza decide dejar pasar el tiempo y él, nuevamente le indicará su camino. Eso sí, tiene toda la intención de presenciar esa boda, que de alguna considera podría ser la suya.

En casa su mamá la está esperando, se dio cuenta que llegó con Héctor y pregunta:

- ¿Qué paso?
- ¡Nada!
- ¿Y Héctor?
- Me vino a dejar.
- Sí, ya me di cuenta, pero...
- Se va a casar
- ¿Entonces a qué vino?
- Me fue a buscar para decírmelo.
- ¡Yo creí que ustedes habían regresado!
- ¡Yo también! Y no sabes qué feliz me sentí, pero algo muy dentro me decía que no me hiciera ilusiones y mira ¡He aquí el resultado!
- ¿Y cómo estás?
- Bien, bien...
- ¿De verdad?
- Sí, ¿qué quieres que haga?
- ¡Lucha por él!
- No mamá ya no, él sabe que es mejor así.
- ¿Por qué?
- Va a tener un hijo con ella
- ¿Qué?
- Así es, y contra eso, dime tu ¿Qué puedo hacer?
- No sé, no sé.
- No mamá así sucedieron las cosas y con todo el dolor de mi corazón y por el gran amor que le tengo, es mejor, que él haga lo que tenga que hacer.
- ¿Y tú?
- Yo... por mí no te preocupes... ya Dios me ayudará a salir adelante.

- Mi amor...
- No te apures madre, de verdad, sabré salir adelante. Pero eso sí, ¡esa boda no me la pierdo por nada!
- ¿Tuvo el descaro de invitarte a su boda?
- Ningún descaro mamá, y... ahí estaré.

Al mirar la tranquilidad de Idalia, también la señora se siente tranquila, pero le preocupa un poco la actitud de Idalia, no es normal, en fin ya verá que continúa. Se despiden y se marchan a dormir, la señora reconoce la inteligencia con que su hija ha sabido manejarse en ciertas situaciones difíciles y esto le reconforta, después de todo, el mundo no para ahí, tienen que continuar y es mejor tomar las cosas positivamente que aquejarse y de esa manera todo será diferente.

Un nuevo día, Idalia está muy tranquila, marcha a su trabajo, se ocupa de él y ya en la tarde decide dar una vuelta por la zona comercial de la ciudad, va en busca de su vestido, el que usará en la boda de Héctor, tiene que ser espectacular, busca algo que vaya de acuerdo a su personalidad pero que resalte sus atributos y la haga ver hermosa, muy hermosa. En realidad no pretende usarlo a su beneficio, sino más bien cree que la ocasión lo amerita. Observa detenidamente los aparadores, nada le llama la atención y continúa, una y otra y otra tienda, no importa cuántas tenga que recorrer, es necesario. Por fin, algo le agrada, es un vestido café, tejido en hilo de ceda con fondo de tela de raso, no es entallado más bien recto, pero el corte remarca la figura, con escote discreto manga corta y largo por debajo de la rodilla, sobrepasando un poco el raso las extensiones del mismo tejido. Luce elegante. Entra a la tienda y pide ver el vestido, la encargada, muy atenta por cierto explica:

- Es un modelo exclusivo, se ajusta a la talla por ser único y su elegancia permite usarlo tanto de día como de noche, acompañados de zapatos cafés en juego con una pequeña bolsa, le garantizo ser la atención del evento.
- No, no busco llamar la atención, sólo verme y sentirme bien.

- ¡Garantizado! Ya verá que así será. ¿Gusta probárselo?
- No se...
- Sólo pruébelo y después decide.
- ¡Está bien!

Idalia, no tan convencida, acepta probarse el vestido y vaya sorpresa, que al mirar cómo le queda, ¡es precisamente lo que estaba buscando! Algo discreto pero elegante, a su estilo y que le hace sentirse muy bien. El atuendo, marca tenuemente la figura de Idalia le hace resaltar su imagen y de alguna manera expresa exactamente lo que ella desea. De inmediato se lo quita y sin dudarlo, pasa a pagarlo a la caja, la persona que atiende, hace algunas sugerencias del uso a Idalia quien escucha sin tanta atención, pues desde que lo vio puesto en su cuerpo supo que es el que ella busca.

Es el vestido perfecto, sabe cómo combinarlo, tiene los accesorios perfectos para hacer toda una elegante indumentaria. No piensa más en ello, feliz y contenta, con vestido en mano y pendiente solucionado, se marcha.

Idalia ha pensado muy poco en Octavio, toda la atención ha estado puesta en Héctor, aún ahora, cuando es un hecho que él parta por otro rumbo. Idalia, no piensa más que en la muy próxima boda que seguro no perderá detalle alguno. Sin tener que dar a nadie explicación alguna, organiza su día, planea ir a la boda y para no acudir sola, invita a un amigo, justificando con la muy oportuna ausencia de Octavio, todo está perfectamente planeado y listo. Idalia acudirá a la boda, Héctor ya hizo llegar la invitación y seguro estará ahí como lo prometió.

Los pocos días que faltan no inquietan a Idalia, ella ha caído por fin en la tranquilidad de saber que hizo lo que tenía que hacer para ganar a Héctor, pero hoy no lucharía más, si fue él quien con sus actos hizo que la distancia fuera más real. Ella está consciente de lo que viene y sólo se prepara para disfrutar y compartir el gran momento que Héctor está por vivir.

Mientras tanto Héctor, todavía busca alguna oportunidad de evadir el compromiso y retornar a brazos de Idalia, pero su destino ya estaba trazado, él se encargó de diseñar a detalle cada acción y ahora sólo es cuestión de asumir todas las consecuencias.

Un tanto resignado pero con algo de resistencia, intenta buscar una vez más a Idalia, pero al recordar las palabras que ella misma dijera la última vez que se vieron, retrocede en sus intenciones y se concentra en alistarse para su boda.

Su mamá quien sabe todo lo que está pasando, le insiste en recapacitar recalcando que no hay necesidad de unir su vida a Sonia si él no quiere y no por ello dejar de atender la responsabilidad de su hijo. Héctor escucha sólo que sabe que el bebé no tiene culpa alguna de lo que ellos han hecho y no será él quien sufra las consecuencias de los errores que Héctor cometiera.

Están en la víspera de la boda, Sonia está radiante, muy nerviosa y angustiada, después de prepararse con toda la vanidad que conlleva su estilo, hoy surge la duda, sabe de la existencia de alguien muy importante para Héctor y sabe mucho de lo que pasaron en un tiempo, sin embargo desde el inicio de su relación con él, quiso ignorar y hacer de cuenta que no había nada, pero hoy viene a su mente y le provoca inseguridad. Muy a pesar de todo, la emoción es más grande y termina cayendo en el entusiasmo natural del evento que está por vivir. De cuando en cuando le distrae el hecho de pensar que Héctor pudiera arrepentirse en último momento, pero las múltiples actividades que le ocupan, hacen que vuelva a olvidarse del asunto.

Héctor recuerda y añora, piensa en Idalia e imagina lo que habría de estar viviendo si fuese con ella la boda, sugiere arrepentimiento pero vuelve a lo mismo: la decisión está tomada y a estas alturas no se arrepentirá; aunque, quien sabe mañana al mirar a Idalia, tal vez... algo pueda suceder. Está ansioso, entre nervios y confusión pasa la noche casi sin dormir con la esperanza de que al amanecer no tenga más que continuar con lo que ya está bien decidido.

Idalia, regresa del trabajo, acude a realizar unas compras y al pasar cerca de la casa de Héctor recuerda la intención de bajar a buscarlo y darle su despedida, al modo como él lo pidió con insistencia. Todo el día lo estuvo pensando, a ratos decía estar de acuerdo y a ratos se retractaba, y ahora no tiene más tiempo para pensar, o actúa o será tarde para hacerlo. Precipitadamente levanta del asiento sin darse cuenta que en él deja olvidada la bolsa de las cosas que fue a comprar, pide la bajada y el chofer del autobús voltea sorprendido a mirarla pues sabe que ésta no es su parada, esa mirada le desconcierta y entre la confusión se percata que le hace falta algo; entonces, regresa hasta el asiento mientras el conductor sobreentiende que no va a bajar y arranca de nuevo para continuar con su ruta, al llegar hasta el asiento y revisar que la bolsa este intacta, se entretiene un poco y cuando endereza la mirada, observa que han avanzado y ya quedó atrás la casa de Héctor, además no está segura de encontrar en ése momento a Héctor ahí, debe tener mucho que hacer un día antes de su boda. Idalia, se resigna y vuelve a acomodarse en el asiento, se hunde en él como queriendo no ver su realidad, sabe lo que está por suceder y todavía se resiste. Más adelante intenta pensar en otra cosa, se distrae mirando por la ventanilla, sólo que el mundo se encarga de recordarle que no hay más tiempo, que es ahora o nunca; fija su mirada en un grupo de personas que avanzan presurosas, no distingue quienes son, en tanto se va acercando alcanza a descubrir que se trata de las hermanas de Héctor, todas están haciendo alboroto y algarabía entre ellas, indudablemente es por el evento de mañana, están ultimando detalles para que todo resulte a pedir de boca y no haya pormenor alguno olvidado.

Una vez más, la realidad se ensaña con Idalia y le recuerda insistentemente que está dejando partir al hombre y amor de su vida. Por un momento duda en asistir a tan aclamada boda, pero con tanto recordatorio cae en cuenta que será la única manera que de una vez mire cómo Héctor decide otro rumbo y entonces no quedará más remedio que entenderlo y aceptarlo.

Entre el vaivén de sus pensamientos, no percibe que está llegando a su destino se asegura de no olvidar nada y se levanta para bajar. Cuando está al frente el conductor vuelve a mirar a Idalia y con dudosa sonrisa argumenta:

- ¡Mañana se casa!

Idalia lo mira con sorpresa y él recalca

- ¡Mañana se casa y nunca se dio cuenta que está perdiendo a lo mejor que pudo encontrar en esta vida!

Idalia detiene un momento su paso con la intención de cuestionar el comentario, pero decide no darle importancia y baja. El camión avanza hasta donde lo tiene que hacer e Idalia, se queda pensando a qué vino ese comentario. Es como si toda la gente supiera que está viviendo y quisiera ayudarle a decidirse a raptarlo.

Al llegar a casa y ver que nadie hay por ahí, entra a su recamara a dejar sus cosas y mira el gran arreglo de flores que está en su buró. ¡Son tulipanes amarillos!, las flores de su preferencia. Se acerca a buscar la tarjeta y lee en voz alta: "Mi amor para que nunca olvides que te amo y que... nunca voy a dejar de hacerlo". La tarjeta no lleva firma pero es obvio que fue Héctor, quien por amor o por indecisión se las envío, mientras Idalia desea con todas sus ganas no tener más motivos para intentar buscarlo. Guarda la tarjeta, mira si las flores tienen agua y busca un buen lugar para colocarlas. Sobre la cama había dejado el vestido que va usar para asistir a la boda, mismo que llama su atención y entre suspiro y recuerdo se deja envolver por la nostalgia al grado de permitirse dejar salir alguna lágrima para lavar sus emociones. ¡Es el fin! ¡No hay una nueva oportunidad! ¡Ya no, ni una más! ¡Ahora sí, todo termino!

Cobijada tiernamente con el vestido, se recuesta sobre la cama y se envuelve en sus recuerdos hasta que asalta el sueño y se queda dormida.

Los papás de Idalia salieron de compras porqué el señor debe salir de viaje y decidió aprovecharlo para llevar a la familia; cuando menos a su esposa, a Idalia y a otra de sus hijas. Al ver que nadie hace ruido en la casa a su regreso, buscan hasta encontrar a Idalia completamente dormida, sin saberlo le hablan hasta despertarla:

- ¡Idalia, Idalia ya llegamos!
- Mm mm
- Ven, tenemos que apurarnos
- ¿Apurarnos a qué?
- Mañana nos vamos con tu papá y hay que hacer maletas
- ¿Irnos? ¿A dónde?
- Mandaron de viaje a tu papá y como se atraviesa el fin de semana, quiere aprovechar para llevarnos.
- ¡Yo no voy!
- ¿Cómo no, si ya compró los boletos?
- ¡No puedo! ¡No puedo!
- Tienes que venir, venimos ahora de comprar los boletos y no hay manera de cambiarlos porque son para mañana.
- ¡Dile a Ivet o llévate a una de las niñas!
- Ya sabes que ellas no se van con nosotros regularmente.
- ¡Es que... yo... no puedo!
- ¿Por qué?
- Tengo... tengo... que trabajar mañana.
- ¡Pues llamas que no te vas a presenta y ya!
- ¡Tengo... tengo... que estar en la facultad para un examen!
- ¿Examen de qué si no habías dicho nada?
- Es que... no quiero ir... yo... tengo un compromiso importante.
- ¿No puedes posponerlo?
- ¡No, no se puede!
- Pues a ver qué haces pero haz tu maleta porque salimos por la mañana.
- ¡Pero... mamá...!
- Anda, haz lo que te digo.
- No quiero ir, que no vez que...
- ¿Qué, qué?
- ¡No nada! ¡Olvídalo!

- ¿Dime?
- ¡No puedo ir mamá, dile a papá que no puedo!
- El ya organizó todo y precisamente lo hizo por ti, porque dice que podrán visitar aquél lugar que dejaron pendiente la otra vez.
- ¿Cuál lugar?
- ¡No sé, ve y pregúntale a él!

Con gestos de resignación Idalia sale en busca de su papá, sabe que si no convenció a su mamá de quedarse, mucho menos va a convencer a su papá, así que sale para preguntar a dónde será el viaje y qué van hacer, a Idalia no le queda ya nada que objetar y muy a su pesar, empieza a hacer maleta, mientras piensa que hacer que le impida ir con ellos.

Tanto la Señora como el Señor, conocen a Idalia y miran que de verdad le interesa quedarse, aunque no entienden la razón, por un momento comentan la posibilidad pero al recordar que tienen boleto y reservaciones listas y sobre todo que estaban esperando esta oportunidad, deciden insistir para que sea lo que sea lo posponga y vaya con ellos.

Idalia no dice nada, simula aceptar pero la verdad es que intentará todo por quedarse, nadie conoce la razón y ahora menos que nunca la dirá, pero si logra quedarse ya se arreglara la manera de asistir a la boda de Héctor. Su destino está marcado pero ella le prometió asistir a su boda, y no lo reconoce abiertamente pero lo cierto es que en el fondo cree tener ahí la última oportunidad y no quiere dejarla ir. A estas alturas ya no importa lo que pueda pasar, pero y... ¿si...Héctor se arrepintiera de último momento? o ¿Al verla en lugar de casarse dijera que no quiere casarse con Sonia?, Idalia tiene que estar por si esto pasa, salir huyendo con él sin importarle nada, lo ha pensado y tal vez hasta deseado con tales ganas que podría hacerse realidad. Sólo que la insistencia de sus padres no le dejan quedarse y ella... en realidad... no tiene las más mínimas ganas de salir de viaje y mucho menos el día en que el amor de su vida contrae matrimonio con otra y sobre todo porque está invitada a esta celebración y piensa, tal vez, puede salir ganando.

Con tanta angustia, Idalia empieza a ir al baño, una y otra y otra vez, se siente mal, pero no es algo delicado, le duele el estómago pero es más por la preocupación que por otra cosa y trata de aprovechar este malestar para justificarse e intentar convencer a sus padres de que la dejen en casa. Su mamá le ofrece un té, una pastilla, todo con tal de que esté mejor y su papá le recalca que eso no hará que la dejen, ya para mañana, seguro se siente mejor.

Ya es muy tarde e Idalia se resigna, preparó su maleta y se fue a dormir sin cenar. No puede dormir de pensar y pensar que no irá a la boda de Héctor aunque se lo prometió. Ya es de madrugada, se levanta, mira y acaricia las flores que Héctor le envío, va y se detiene junto a la repisa donde conserva todo lo que Héctor le obsequió desde siempre, suspira, toma entre sus manos alguna cosa y luego otra, regresa a la cama a intentar dormir y cuando con mucho trabajo casi lo logra, entra su mamá a pedirle que se levante porque de lo contrario se les hará tarde y perderán el vuelo.

- ¿Cómo te sientes? –cuestiona la mamá-.
- ¡No quiero ir mamá... no quiero ir!
- ¿Cómo amaneciste? –insiste sin hacer caso alguno del comentario que Idalia hace-. ¿Ya no saliste al baño... o sí?
- No, ya no.

Idalia contesta y se queda en cama, está haciendo hasta lo imposible por quedarse y nadie le hace caso, así que espera ahí hasta el último minuto posible y luego sale malhumorada y mal arreglada demostrando con ello su desacuerdo con este viaje. No le dan importancia y finalmente se marchan como lo habían planeado. Qué pesar para Idalia, pero no le queda más que aceptar y conformarse. Una vez más, las cosas suceden por algo y ella tiene que verlo de esta manera.

Héctor, tampoco ha dormido, es el día de su boda y a él le sigue inquietando Idalia, toda la noche se la pasó pensando en ella y esta es la razón de su insomnio, él, también cree tener en la presencia de Idalia una última oportunidad, tal vez el verla le de valor y decida no casarse, no sabe que va a pasar pero ansía con todas sus fuerzas verla antes de decir el "sí, acepto" a Sonia. La boda es hasta la tarde pero él prefiere levantarse temprano, se pone un pans y para despejarse sale a dar una vuelta en bici, tarda un poco, cuando regresa ya todos en casa se han levantado, su mamá muy oportunamente preparó un delicioso desayuno para despedir la soltería de su hijo, todos lo esperan y hay emoción, sólo él es quien de repente muestra silencios prolongados y se pierde en sus pensamientos, todos le argumentan este comportamiento al nervio que seguro lo ha atrapado.

Héctor deja pasar el día, todo está listo, él sólo se concreta a disfrutar su último día, pero hay algo que no le tiene tranquilo: Idalia, es un ir y venir en los recuerdos es un añorar y desear grandes anhelos, no hay más nada por hacer, pero él cree que sí, se imagina, si fuese Idalia la novia, todo sería diferente, pero así lo decidió y hoy, hoy es el gran día de su boda.

Con mucha distracción, Idalia, su hermana y sus papás llegaron a su destino, de inmediato el papá se dispone a atender su asunto de trabajo, más tarde regresará por ellas para salir todos juntos, mientras tanto, propone que busquen algo por hacer. La señora y la hermana están entusiasmadas, pero Idalia, está muy apachurrada y ellas no terminan por entender. En el intento de contagiarle algo de emoción le hacen bromas y juguetean con ella, es difícil entender porque no saben lo que pasa dentro suyo, y le insisten tantas veces que terminan por desesperarla. Su mamá al mirar con más detalle su actitud, insiste en hablar con ella pero Idalia se resiste, no quiere que sepa; la señora sabe cómo orillarla a desahogarse y cuando Idalia ya no puede más, finalmente se deja caer a las piernas de su mamá que está sentada a su lado en el borde de la cama y con lágrimas en los ojos le dice:

- Es... que... hoy... se casa Héctor.

- ¡Qué!
- Sí, hoy se casa y...
- Tú dijiste que ya estabas bien
- Y lo estoy, sé lo que está pasando pero...
- Pero es mejor que dejes ya de pensar en él...
- Mamá... él me pidió que fuera a su boda
- ¿Y?
- Y... tal vez tenía algún plan.
- ¿Para qué?
- No se...
- ¿Para que querías ir, para lastimarte más?
- No... para darme cuenta que éste si era el final.
- ¡Ya lo es, ya fue su final... es hora de que reacciones!
- ¿Reaccionar a qué?
- A darte cuenta, Héctor nunca fue tuyo ni lo será porque él así lo quiso.
- ¿El si me quiere?
- ¿Y de qué sirve?
- ¡Mamá!
- Está bien pero no quiero verte más así por él, ¡entiende! Héctor debe ser historia para ti.
- Yo sé, yo sé, pero eso no quita el que me sienta mal ahora.
- ¡Entiendo... entiendo!, pero si te quedas ahí pensando y pensando jamás vas a lograr sentirte mejor.
- ¡Yo quería ir a su boda! ¡Yo... quería... impedir esa boda!
- ¿Qué? ¿Estás loca?
- Siempre lo he estado mamá... pero de amor por él.

En ese momento la señora siente la intensidad del dolor que su hija está viviendo y lo único que hace es abrazarla con toda la ternura que una madre puede dar y le consuela dejándole llorar hasta que logre desahogarse, ha sido un poco dura con ella pero lo único que desea es no verla sufrir más y tal vez así lo logre. Una vez que sabe lo que le aqueja, la actitud para con ella cambia un poco y ahora con más ahínco intenta distraer e involucrarla en su diversión.

Más a la fuerza que por su voluntad, sale con su mamá y su hermana y poco a poco se involucra en las compras y demás. Cada rato mira su reloj, es evidente que lleva la cuenta de las horas que faltan y que ella estaría dispuesta a dar todo con tal de que fuese ella la novia. Sabe y reconoce cual es su realidad pero eso no quita el tener una remota esperanza, porque considera, la esperanza no muere hasta que muere, y todavía algo puede suceder, Héctor todavía se puede arrepentir.

Ya es Hora, el novio debe llegar antes que la novia, todos en casa de Héctor están listos y él aún no baja, tomó hasta el último instante para recordar a Idalia, de repente dudaba y pensaba no ir a su boda, pero el hecho de saber que ahí la vería le dio el entusiasmo necesario para alistarse; entro la mamá a ver que no se le ofreciera algo, sus hermanas a ayudarle a ponerse la corbata, otra a desearle buenos augurios, la otra a preguntarle si estaba feliz y así una a una contribuyeron a culminar el arreglo y bajaron a esperarlo. Héctor antes de marcharse dio un repaso con su mirada y de repente con sus caricias a todos los recuerdos de Idalia, a todo cuanto tenía de ella, tomó entre sus manos la medalla que representaba su unión y dejo mojarla con una lágrima que limpió para que nadie se diera cuenta. Apretó con fuerza contra su corazón la medalla, le dio un beso y la colocó en la bolsa de su saco; a pesar de todo Idalia, está con él ahí en su medalla y por supuesto en su corazón. Finalmente decide salir, mira el reloj y es el tiempo justo, al bajar las escaleras, mira como todos lo esperan y sonríe con nerviosismo:

- ¿Listo hijo? –dice en tono orgulloso el papá-.
- Sí.

Aplauden al novio, hacen algarabías, su madre se acerca lo abraza y le da un beso, mientras le dice en el oído:

- Todo va estar bien mi amor, ya lo verás.

Héctor sonríe porque sabe a lo que se refiere su mamá y apresura:
- ¡Vamos! ¡Llegó la hora!

Todos parten rumbo a la Iglesia, cada uno en su auto, Héctor su mamá y su papá en uno sólo, el Señor va manejando. Mientras llegan nuevamente Héctor se pierde en sus pensamientos y desea ver a Idalia antes que a Sonia. Está nervioso, eso es real, pero no entusiasmado como debiera. Llegan, en la Iglesia hay poca gente afuera, la novia aún no llega está a buen tiempo y Héctor decide esperar un poco. Con insistencia busca entre los presentes, espera ver una cara, sólo a una persona desea ver en este momento: a Idalia.

Mira pasar a todos sus invitados, algunos ni los conoce o tal vez es que no le interesa saber quien está ahí. Con la mirada busca una y otra vez y ansioso observa a quien va llegando tal vez por ahí aparezca Idalia. Algo le hace pensar que quizá esté dentro, pues ocuparía un lugar de primera fila y para ello debe estar temprano. Decide bajar, justificando que no falta mucho para que llegue Sonia. Entra a la Iglesia y mira directo a las primeras filas, no está, no la mira por ningún lado, entretenido en su búsqueda, le interrumpe la algarabía que hace la gente para recibir a la novia, Sonia viene llegando, se ve hermosa, lleva un vestido entallado, con escote prominente y sensual, peinada con el pelo recogido adornado con su corona de azahares, y bien, muy bien maquillada. Héctor ni siquiera se fija en eso, sonríe por cortesía pero no deja de buscar, aunque ahora disimula un poco más.

El sacerdote aparece y hace venir a Héctor hasta el altar para esperar a Sonia, quien lentamente avanza por la alfombra, luciendo galantemente en el día de su boda. Mientras tanto Héctor aprovecha para echar otro vistazo a toda la gente, una a una y no mira a quien desea encontrar. Está sonriendo, de nervios y de coraje a la vez, Idalia le daría fuerza y tal vez hasta valor para no casarse, pero no está ahí, no la encuentra por ningún lado

Su mamá quien lo ha estado observando todo el tiempo, se acerca misteriosa y dice:

- Todavía estás a tiempo, si no quieres, es sólo cuestión que te decidas.

Héctor sonríe como si no le hubiera dicho nada, no hace caso alguno, el sabe que no puede hacer su voluntad sin importarle los demás principalmente ese pequeño que no tiene la culpa de nada y aún con todo el sentimiento y el deseo que tiene ahora de ver a Idalia, todavía piensa y se detiene.

El sacerdote se coloca al lado de Héctor y esperan a que termine por llegar la novia, Sonia está feliz, radiante y lo demuestra completamente con la expresión de esa gran sonrisa. Le indican a Héctor quitar el velo a la novia, lo hace y se presentan juntos ante el altar. El sacerdote empieza la ceremonia:

"Nos hemos reunido aquí hoy para celebrar el enlace matrimonial de Héctor y Sonia quienes... ... ..."

El padre continúa con el sermón, mientras Héctor está nervioso e intenta buscar a Idalia por ahí, tal vez se demoró y no tarda en aparecer, él no está concentrado, a diferencia de Sonia quien escucha con toda la atención que merece, la celebración de su boda. El tiempo transcurre y la celebración avanza, la inquietud de Héctor va en aumento al no ver por ningún lado a Idalia, está dejando que todo avance y está llegando al límite de la tolerancia. Por fin el momento del enlace, el sacerdote se acerca y pide se tomen la mano para dar inicio al compromiso; primero ella:

- Yo, Sonia, te acepto a ti Héctor... como mi esposo... y prometo...
   ... ...

Mientras Sonia habla y se compromete Héctor sólo piensa en Idalia, la busca, aprovecha la posición para voltear y buscar por última vez, no la encuentra e insiste cuando el sacerdote le interrumpe para indicarle ser él a quien le corresponde comprometerse, Héctor cierra los ojos y demora dos segundos en empezar, reacciona y al no tener otra alternativa inicia diciendo lo más pausadamente posible:

- Yo...Héctor... te acepto... a ti... - ahí se detiene un poco más, el nombre que tiene en la cabeza es el de Idalia y quisiera ser con ella con quien estuviese casando, pero no es así, vuelve a cerrar los ojos y de inmediato se trasporta a aquel sueño que alguna vez vivió donde precisamente se está casando con Idalia, algo que su encuentro les obsequió y que esperaban hacer realidad, esa iglesia llena de gente, adornada con gardenias y... y... debe continuar, abre sus ojos y el intenso deseo que siente le hacen mirar en Sonia el rostro de Idalia, aunque sabe que no es ella, cuando menos al mirarla tiene la fuerza para continuar- ... Sonia... como mi esposa... y prometo... serte fiel... en lo próspero y en lo adverso... en la salud y en la enfermedad... y amarte... y respetarte... todos los días de mi vida.

Héctor termina y sonríe, el sigue mirando la cara de Idalia en la de Sonia, sabe que no es real, pero esta ilusión le permite continuar hasta el final, ya no busca más entre la gente, recibe su anillo, le entrega el de Sonia, le entrega también las arras, se postran ante el altar y les colocan el lazo, las medallas, le entregan su Biblia y su cirio y juntos terminan el enlace matrimonial. Todos los invitados comparten la felicidad, pero la señora, su mamá de Héctor, quien sabe la realidad de los sentimientos de su hijo, no comparte la misma alegría que los demás demuestran, terminó todo, o más bien, empezó la nueva vida de Héctor. El Sacerdote concluye la ceremonia, pide un aplauso para los nuevos esposos y todos piden un beso. Es hasta este momento que Héctor vuelve a su realidad, es Sonia... es Sonia y ya está casado, no tuvo valor para decir que no, no tuvo valor de arrepentirse y salir corriendo, nuevamente busca a Idalia, debe estar presente, ella lo prometió y él lo desea, está casado pero eso no cambia nada, él aún prefiere a Idalia.

La marcha nupcial resuena en el eco de la Iglesia, vienen los abrazos, las felicitaciones y demás, a todos mira Héctor, a todos agradece pero no encuentra por ningún lado a Idalia. La gente empieza a salir de la Iglesia y ellos deben salir también, Sonia toma la mano de Héctor y le induce a caminar, afuera todos le esperan, el tradicional arroz, más abrazos y más felicitaciones, alguien se acerca a Héctor y concluye –"ya deja el nervio, todo pasó"-. Por supuesto que no ha pasado, y no es nervio, es ansiedad por la decepción de no tener el motivo que tanto deseaba, tal vez si hubiese llegado Idalia él habría tenido el valor para desistirse, si cuando menos la hubiera visto, se habría intensificado el deseo y habría terminado por huir, o quizá ella, se habría atrevido a interrumpir cuando el sacerdote preguntase "si hay alguien que conozca algún impedimento para que esta boda no se realice que hable hoy o calle para siempre", pero no, de Idalia ni sus luces y Héctor como hasta hoy, permite que todos los demás conduzcan su vida a conveniencia de ellos, en especial Sonia.

Deben partir a la fiesta, en el salón, una gran recepción les espera, todo fue cuidadosamente organizado por Sonia para hacer de ésta la mejor boda que haya habido jamás y así es, salvo porque Héctor tiene la cabeza en otro lado, todo es perfecto, todo está saliendo tal cual Sonia lo planeo, aquélla inseguridad ha desaparecido por completo, y lo que viene adelante, seguro también se va a encargar de que resulte como ella lo desea, es el día de su boda y por ahora sólo se detiene a disfrutar, en adelante, ya Dios dirá.

Héctor termina por desistir su búsqueda, entiende que Idalia prefirió no estar para no sufrir, eso es lo que él cree. Al bajar del auto, a Sonia se le cae una flor de su corona, Héctor la levanta y la hecha a la misma bolsa donde lleva la medalla, ya no lo recordaba y al sentirla, inconscientemente dice en voz muy bajan "Idalia", pero Sonia quien está muy atenta esperando que le de la mano, alcanza a escuchar algo y le cuestiona, de inmediato Héctor se retracta niega haber dicho cualquier cosa. A Sonia le queda la duda, pero no le da importancia, "eso", no va a echar a perder el mejor día de su vida, ya habrá tiempo para tratar el asunto, pues escuchó perfectamente la palabra que Héctor dijo.

La fiesta transcurre, el brindis, el menú, el inicio del baile, la tradicional víbora de la mar, el ramo, la corbata, etc., todo, Héctor aunque quisiera no puede disfrutar con la misma intensidad que Sonia, y para evadir su sentimiento empieza a tomar más de lo

correcto, todos le incitan., de alguna manera es el festejado y se deja
llevar, ingiere más de lo que debe hasta que su madre pone límite y
no le permite continuar bebiendo.

Pasado un rato, Héctor vuelve a la normalidad y quiere comprender
que fue su decisión y que ya no hay marcha atrás, así que termina
por involucrarse en el ambiente, disfrutar el evento y continuar por
delante.

Idalia, todo este tiempo ha estado muy pendiente de su reloj,
aunque aceptó salir con su familia no ha dejado de pensar en la
boda y de darle minuto a minuto el virtual seguimiento que merece;
imagina lo que habría sucedido de haber estado en la boda, sólo son
pensamientos que le hacen conjeturar en la posibilidad que ahora
está muriendo. En efecto, la esperanza no muere hasta que muere y
la de ella, está expirando ahora, Héctor, seguro a esta hora ya está
casado, y a Idalia sólo le queda conservar los recuerdos de todos los
grandiosos sucesos que compartió con él, ahora sí, ya es pasado,
todo debe quedar atrás, e Idalia debe tomar la fuerza necesaria de
donde lo tenga que hacer, para despedir por última vez a quien fue
para ella su mundo entero.

Ni hablar, nuestra vida genera muchas sorpresas y a ella le aguarda
alguna para cuando Idalia menos lo espere, así es el destino, las
cosas suceden por una causa buena, siempre, sin que de momento
uno no lo entienda, siempre hay algo grandioso detrás de lo que en
apariencia es una desgracia, por eso, debemos continuar adelante, a
costa de cualquier impedimento que se interponga, no importa cuál
es su fuerza, siempre la de la bondad es más intensa para destruir el
amargo sabor y el sufrimiento que nos quede.

Idalia, sabe la realidad y pretende aceptarla con cordura, desde
hace días intentaba hacerlo pero el cosquilleo de su esperanza no le
permitía lograrlo, hoy, es definitivo, Idalia debe resignarse, sabe que
lo debe hacer y tiene toda la disponibilidad para lograrlo, entonces
opta por involucrarse en el viaje con su familia, pues todos reciben

la energía que ella les aporta, pues sin su acostumbrado entusiasmo, nada es igual.

Mientras tanto, en la fiesta, ya un poco tarde, empiezan a retirarse los invitados, todo estuvo excelente, disfrutaron el evento tanto como Sonia lo esperaba, ya para estas alturas Héctor también está disfrutando; poco a poco se van quedando solos Héctor, Sonia y los papás de ambos, incluso hasta los y las hermanas se están marchando, es hora de partir.

La mamá de Sonia, se acerca a ellos, pide a Héctor cuidar de su hija con toda paciencia que una mujer requiere, le recomienda quererla y amarla siempre como ahora; él solo escucha. Cuando termina, la Señora abraza a Sonia, y también a Héctor, les pide que se respeten y que se cuiden y les ofrece su ayuda, por si alguna vez la necesitan. El papá de ella, también dice algunas cosas, Sonia está muy emocionada, tanto que casi deja salir alguna lágrima. En cambio, los padres de Héctor, sólo les desean lo mejor:

- Debemos irnos ya -argumenta la madre de Héctor dirigiéndose a su esposo-
- Sí. ¿Vamos a llevarlos a su casa?
- No. – Responde Sonia- Hoy vamos a dormir en un hotel donde reservamos y ya mañana partimos a nuestra luna de miel.

Héctor sonríe, ni siquiera recordaba que saldrían de viaje y olvidó hacer maleta, por lo que decide interrumpir:

- ¿Está lista tu maleta?
- Sí. -Contesta Sonia entusiasmada- viene ya en la cajuela del auto de papá.
- Entonces, dormiremos en mi casa, que suban la maleta a la camioneta y nos vamos a casa, porque yo no preparé nada.
- ¿Cómo?
- ¡Con los nervios, olvidé la maleta!

Héctor sólo se justifica, no recordó el viaje, no estaba pensando en su luna de miel, él sólo pensaba en Idalia. Más de fuerza que por su voluntad, Sonia acepta y pide a su papá cancelar la reservación que ella misma hizo, también solicita pasar su maleta al auto de su suegro y después que todos se han marchado, ellos también se van.

En casa de Héctor, entre prisas y todo, nadie se detuvo a recoger la recámara por si acaso, por lo que Héctor pide esperar un poco a Sonia, mientras tanto su papá ofrece hacer el brindis por la llegada de su nuera a casa, el pretexto es lo de menos, ya estando encarrilados, el chiste es brindar. Sirve tres copas y ofrece a su hijo y nuera mientras la señora, sube a levantar rápidamente la recámara de Héctor. En el atareo algo llama su atención, Héctor jamás recogió todo cuanto le recuerda a Idalia y la señora sabe que ése lugar es sagrado para él, sin embargo, ya no debe estar allí. Decidida, toma una bolsa y deposita cuanto le es posible en ella y la guarda en el closet, después verá qué hacer con ello. Cuando la recámara está lista, baja en busca de los dos, a quien encuentra disfrutando de la copa de vino que sirvió su esposo.

- Cuando gusten pueden pasar.

Héctor recoge la copa de Sonia y con las dos en una mano, toma a Sonia con la otra y se despiden de sus papás. Van directo al cuarto, el señor ofrece bajar la maleta de ella y ellos ni se enteran. Una vez en la recámara, ella espera que Héctor empiece a seducirla, pero como Héctor esto ya lo ha vivido, ya no demuestra la ansiedad que ella espera, es Sonia quien comienza todo el rito, y ahora más que nunca, Héctor lo permite. Ya recostados en su cama, mientras descansan un poco, Héctor mira que algo falta frente a él, y alcanza a darse cuenta como movieron todas sus cosas, no dice nada y reconoce que hicieron lo correcto, está con Sonia, ya es su esposa y así es mejor. Mirando fijamente el espacio vacío, trasporta un poco de ese hueco a su alma y así se queda dormido abrazado a Sonia.

Ya es otro día, nadie les interrumpe hasta que ellos se despiertan, Sonia, recuerda a Héctor que su maleta está en el auto y él se adelanta a traerla, sólo necesita abrir la puerta para ver que la maleta ya está ahí, la levanta y la deja sobre la cama. Ambos se apresuran, saben que tienen que marcharse, mientras Héctor empaca rápidamente, Sonia toma un baño y se arregla, después le sigue Héctor. Cuando bajan, está servido el desayuno en la mesa agradablemente decorada en su honor y sus papás los esperan para desayunar. Héctor agradece el gesto y lo disfruta pacientemente, Sonia también. Mientras desayunan informan el día de su regreso y la decisión de vivir independiente, donde ya lo habían preparado ellos. Sus papás lo sabían y lo aceptan, además de ofrecer su ayuda para lo que requieran. Finalmente se marchan.

Por la prisa de partir, ya no alcanza el tiempo de recoger su ropa, es entonces que la mamá de Héctor se ofrece a hacerlo, levanta tanto el vestido de ella como el traje de él y los dispone para la tintorería, justo antes de dejarla, un impulso le hace esculcar las bolsas del traje de su hijo y le llama la atención la medalla que encuentra en la bolsa del saco, la mira bien, es una medalla pequeña pero muy hermosa, no es la que pusieron al cuello e su hijo en la boda, la mira insistente y decide voltearla solo para sorprenderse al darse cuenta a qué se refiere cuando lee "Idalia". Ella había visto esa medalla al cuello de Héctor días antes, pero nunca estuvo enterada del significado de ésta. La señora entiende, porque conoce los sentimientos de su hijo, y su primer impulso es tirarla a la basura, sin embargo se arrepiente y prefiere conservarla para ella, después de todo es de su hijo y nadie, incluso ni él, se enterará quien tiene la medalla.

Héctor y Sonia van rumbo a su luna de miel, la primer semana de casados y el inicio de una nueva vida. Ella está radiante, logró su objetivo, es lo que más deseaba; Héctor en cambio, está atravesando con dificultad por el largo proceso de la resignación y aunque está tratando de no traer a Idalia a su pensamiento, de repente no lo puede evitar, disimula muy bien con Sonia y procura todas las atenciones que siempre le ha dado para no causar inquietud en ella.

Disfrutan de un viaje hermoso, conocen lugares, comen sabroso, pasean, y se complacen con todo cuanto el paradisíaco lugar donde se encuentran les ofrece y, también, Héctor le cumple como esposo a su mujer, y así pasa la semana entera.

Ya para entonces, Héctor permitió fluir las circunstancias tal cual debieran transcurrir, acepta su realidad y se ofrece a ella con buen interés, Sonia, de repente resiente un poco los achaques del embarazo pero se da alientos para no desperdiciar la compañía que ahora tiene de Héctor sólo para ella, porque sabe que a su regreso, entre familia y trabajo todo va a cambiar un poco.

Deben regresar y con pesar lo hacen, su casa les espera, van a forjar el hogar que han formado, decorar acogedoramente, darle a su nido el toque familiar para verse agradable y sentirse deseable. Sonia lo sabe hacer y Héctor queda complacido en ello.

Héctor debe regresar a su trabajo, sólo que durante todo este día ha traído un pensamiento recurrente en su cabeza: Idalia, no tendría porque, ni el mismo entiende con exactitud pero no lo puede evitar, ahí esta constante, es domingo y siguen haciendo arreglos en su casita, sin embargo, por la tarde busca cualquier justificación, argumentando que hace falta algo y sale de casa directo a buscar a Idalia; Sonia, está cansada y no hace pregunta alguna, va derechito a su cama a reposar mientras Héctor regresa, puede pensar en todo, menos en lo que Héctor va a hacer en realidad, así que se despreocupa y espera.

Idalia y su familia, regresaron del corto viaje, vienen descansados, felices y con mucha energía, después de todo fue tan placentero como lo esperaban y sirvió incluso para quitarle a Idalia el mal genio que mostraba.

Con nadie quiso compartir la noticia de la boda de Héctor más que con su mamá, y decidió no tocar más el tema cuando la señora lo intentó, se rehusó por completo y no permitió avanzar más. Es mejor así, de cualquier manera ya era un hecho y nada cambiaría. Mejor no pensar más en ello.

Al entrar en su recámara y mirar los tulipanes marchitos por falta de agua, sonríe con resignación y decide conservar algunos, los corta y pone dentro de un libro que también le obsequió Héctor. Mira todos sus recuerdos y suspira muy profundo intentando sacar todo lo que lleva dentro y desahogar de una vez para siempre la angustia y sobre todo la tentación de seguir pensando en él. Las otras flores las lleva a la basura y conserva también el florero de cristal. No mueve nada del lugar que dedicó por muchos años para él, ya tendrá motivo y limpiará todo, de momento no, está dispuesta a seguir adelante aún con lo que sienta y piense, es joven, bonita y además una persona encantadora, lucha por su misma vida y con tales pensamientos vuelve a sus compromisos, a sus rutinas, se hace el firme propósito de evitar pensar en Héctor, procura concentrarse en su trabajo, se inscribe a una escuela de idiomas y toma algunas otras actividades con la finalidad de no contar con un minuto libre que le lleve a pensar en Héctor, todo esto lo hace en la misma semana que Héctor anda de luna de miel. Idalia no espera encuentro alguno con él, es más ni siquiera lo desea, ya no le interesa más que la busque o que al menos lo vea, no quiere, debe hacer todo cuanto sea necesario por olvidarlo y esta vez sí que lo hará y lo intentará hasta lograrlo.

Ya es la tarde del viernes y después de una ardua semana de informarse y buscar entretenimientos queda organizada su nueva rutina. Aprovecha el fin de semana para reajustar sus actividades y programar nuevos horarios, en general, para darle un vuelco significante a su vida. Idalia se mira contenta, por fuera, y también lo está sólo que necesita un poco de tiempo y ya verán que todo vuelve a la normalidad.

El domingo por la tarde, todos salieron, incluso sus padres y ella prefiere quedarse en casa a ultimar detalles y si le sobra tiempo, a derrochar flojera y desparramarse en el sillón a ver una película en la tele, ¡hace tanto tiempo que no lo hace!, le parece justo y se le antoja. Una vez terminadas sus actividades, busca una buena película, la selecciona cuidadosamente, a ella no le gusta la violencia, más bien el romanticismo, la comedia, el drama y hasta el suspenso, pero nada más. Alista todo lo necesario y se dispone a verla. Sólo que no lo previó pero siente ganas de un helado, sí que sería buena idea, una paleta helada para degustar relajadamente; detiene el DVD, busca dinero y llaves y sale rumbo a la nevería, mira las paletas y todas se le antojan, observa los helados y también quiere de alguno, se decide por más de uno y lleva consigo todo, suficiente para la tarde.

De regreso, hay un auto desconocido estacionado frente a la ventana de su casa, mira con curiosidad y se queda pasmada al cerciorarse que es Héctor, atónita no sabe ni que decir. Héctor al mirar que viene Idalia, rápidamente baja del auto y va a su encuentro, ahora es él el nervioso, se nota un ligero temblor en sus manos y su voz se oye entrecortada, Idalia lo mira incrédula con ojos de interrogación no hace falta cuestionar si es evidente que a cualquiera habría esperado ver en ese momento, menos a Héctor a sólo una semana de haberse casado con otra.

Con cierta dificultad es Héctor el primero en hablar:

- ¡Hola!
- ¡¿Qué haces aquí?!
- Necesitaba verte.
- ¿Y, como para qué?
- ¿Por qué no viniste? ¡Lo prometiste!
- No tiene caso explicarlo
- ¿Por qué lo hiciste? ¡Estuve esperándote todo el tiempo!
- ¡Por favor...!
- ¿No lo entiendes, o no te quieres dar cuenta?
- ¿Cuenta de qué?
- Idalia... tendrías que haber estado ahí... si yo te hubiera al menos visto... yo...
- No lo digas... no digas nada...

Héctor calla porque Idalia se lo pide, pero se traga el complemento de la frase…"yo no me habría casado".

- ¡Vete, por favor! –pide Idalia-.
- No. Vine a verte y no me voy a ir hasta que sepas que te quiero
- ¡No empieces, no desgastes más esas palabras!
- Idalia, yo esperaba verte para no hacerlo.
- ¿No hacer qué?
- No casarme.
- ¡Ya estuvo… ya no digas más!

Es evidente que a Idalia le molesta el comentario, tal vez la molestia es de arrepentimiento por no haber estado en esa boda o de frustración por haber dejado ir por última vez esa oportunidad. Ahora es tarde y ya no tiene caso, ya no.

- Es mejor que no sigas… por favor ya no.
- Idalia… tienes que entender, ya me case pero…

Héctor intenta acercarse a ella a tomarle la mano y acariciar su la cara, cosa que Idalia no permite.

- ¡El que tienes que entender eres tú!
- ¿Qué debo entender?
- Empieza por aceptar lo que hiciste y lo demás ya vendrá.
- No quiero
- ¡Ya es tarde para no querer! Héctor, responde como hombre, acepta tu responsabilidad y cumple.
- Pero… … …

Ahora el intento es tratar de darle un beso a los labios de Idalia, quien con firmeza lo rechaza y concluye:

- Mira Héctor, todo esto ya no puede ser y está de sobra una explicación, solo ve, responde, cumple, pero sobre todo respeta, respeta a la madre de tu hijo que ahora es tu esposa y dale su lugar; que por lo que respecta a mí, por favor, ya olvídame, ¡olvídate de mí de una vez!
- ¡Acaso tú podrías!
- ¿Qué? ¿Olvidarte? ¡Ya pude!

Idalia tiene que morder sus labios al responder esto, de sobra es decir que está mintiendo pero cuando menos tiene la firme intención de hacerlo y esta vez así tendrá que ser.

- ¡Estás mintiendo!
- Aunque así fuera Héctor, yo no tengo compromisos y tú, lo tienes que hacer aunque no quieras.
- ¡Dame otra oportunidad!
- ¿Qué pretendes?
- Verte.
- ¿Y que yo sea la otra?
- No quise decir eso
- ¿Y, entonces?
- Idalia, ¿cómo puedo estar sin ti?
- No sé, solo sé que debes hacerlo.
- ¡Por favor!
- Así es Héctor. Por favor termina por aceptar que tú ya trazaste tu camino y a mí, déjame, deja que yo decida por donde quiero ir.
- Idalia, dame un beso.
- ¡Ya basta! Ya sabes que no.
- ¡El último!
- No.
- ¡Idalia...!
- No. No. No insistas y... ... ...

Idalia se muere de ganas por dar el beso que Héctor pide, sin embargo sabe que si lo hace no podrá cumplir el objetivo de dejar atrás todo lo que con Héctor tenga que ver. Está haciendo un sobreesfuerzo por contenerse, casi brotan lágrimas de sus ojos, pero no quiere que Héctor la vea llorar, después de tanta sinceridad que hubo entre ellos, ahora, no quiere que la vea sufrir, ella sabe y reconoce la fuerza que todavía habita en su interior a favor de Héctor, pero debe creer, tiene que aceptar y entender, porque si ahora cede, seguro jamás podrá intentar alejarse. En plena convicción, le está costando trabajo

contenerse, así que, respira profundo para volver a tomar entereza y después vuelve a pedir:
- No insistas más y vete, por favor.
- Está bien... ya me voy... pero cuando menos... dime que... podremos ser amigos.
- Sí tú lo quieres.
- Tan lo quiero que te lo estoy pidiendo, dame la oportunidad de cuando menos verte, saludarte y saber de ti de vez en cuando.
- Está bien
- ¿Lo prometes?
- ¿Tengo que hacerlo?
- Mejor no, confío en ti se que lo harás.
- ¡Que Dios te bendiga... a ti... a tu hijo... y... a tu matrimonio!
- Gracias, me voy y disculpa por haber venido a importunarte.
- No te preocupes, tal vez yo también lo necesitaba.
- Espero guardes algo bueno de mí.
- ¡Todo Héctor...! contigo todo fue bueno y créeme, en efecto, son cosas que no se olvidan jamás.
- Me llevo ese consuelo.
- Adiós.

Héctor la mira directo a los ojos, ahí descubre que no hay más intento por hacer, Idalia está decidida y sabe que no la hará cambiar de opinión, en cuanto a él, finalmente acepta que ella tiene razón y que es hora de darle a su esposa el lugar que merece y si decidió pues ni hablar, a cumplir y a construir un buen matrimonio. Héctor da la mano y presiona fuerte pero con delicadeza la de Idalia, intenta un acercamiento y se detiene a tiempo mientras con la mirada pide permiso a Idalia quien sin palabras sólo expone la mejilla para recibir el beso que ofrecen los labios de Héctor y que con esto queda sellado para siempre el recuerdo de un gran amor, de algo realmente hermoso y sobre todo, queda la evidencia de la gran pureza de sentimientos que siempre existió, es más que existe entre ellos, pero que con la misma fuerza y dignidad sabrán conservar oculto en las profundidades de de su alma al fondo de sus sentimientos para evitar lastimar a terceros o a quienes estén a lado de cada uno.

Héctor da ese beso lleno de ternura y agradecimiento, se lleva el sabor de su mejilla, su olor y hasta el ritmo de su respiración con él, así como la firme mirada amorosa de la pupila de Idalia que le observa marcharse.

¡Ahora sí, es el fin! El fin de una gran aventura y de hermosas ilusiones, el fin de un sueño idílico de grandes esperanzas, el fin de un sueño no hecho realidad, el fin... el fin de... un espejismo... de un espejismo de amor.

Dónde quedó todo el sentimiento, donde quedaron sus tan añorados sueños, ¡no importa!, ahora ya no importa, Idalia ya está resignada y Héctor se debe conformar, ella no dará entrada a situaciones que no le agradan, mucho menos pensando que ahora sería "la otra".

Héctor se marcha cabizbajo pero consciente de tan cruda realidad. Ya lo sabía pero un intento nada le costaba. Conoce de sobra a Idalia, sin embargo, por todo cuanto se hicieron sentir, tenía la esperanza, hoy reconoce su falta de voluntad y esa incapacidad de aprender a manejar su vida sentimental con la fortaleza necesaria para no permitir que alguien manipule sus acciones.

Va despacio, no quiere llegar a su casa aunque sabe que debe regresar, Sonia lo espera, no está impaciente ni desesperada, pero lo espera al fin.

Idalia, entra a casa, iba a ver una película pero se fueron las ganas. Las paletas heladas están derritiéndose y ella no ha saboreado ninguna, las deja sobre la mesa y va directo a su recámara a encerrarse en sus pensamientos, a volcarse de lleno a los recuerdos; desanimada, recostada sobre su cama le sorprende un pensamiento, pareciera como si alguien le hablara:

ESPEJISMO DE AMOR

"¿Qué haces ahí? ¿Agobiada, decepcionada, sufriendo? ¿Qué haces?
¡Mírate! ¡No sufras! ¿Arreglaras algo dejándote llevar por tu dolor?
¡Despierta!"
Son ideas que llegan sin pensar, sin saber de dónde, pero traen algo
de verdad, lo hecho ya está y no habrá marcha atrás: "¿Qué haces?"
–Insiste su pensamiento– "¿Ibas a ver una película no? pues bien
¡disfrútala! ¡Haz algo! ¡Deja de compadecerte de ti misma y ponte a
hacer algo!" Aunque Idalia pretende ignorar aquella vocecilla, ésta
insiste e insiste, Idalia sabe que en el fondo es ella misma quien ya
no quiere sufrir más porque no es necesario y porque además no le
gusta sentirse así, de un salto se levanta de la cama, siente ganas de
volverse a recostar pero es más fuerte el deseo de sentirse mejor,
asoma por su ventana, nada le llama la atención, regresa y se queda
mirando directo a su cama, la cajita que está en su buró le recuerda
que algo le espera, aquélla que Octavio le dejo al irse de viaje, la toma
e intenta abrirla sin pensar, la había olvidado por completo al igual
que la nota que sugiere que sólo cuando haya tomado la decisión quite
la segunda tapa, ya no tiene porqué esperar más, siente curiosidad
e intenta abrirla, se detiene justo antes de lograr su objetivo, no
está segura, de querer realmente saber que hay dentro, no ahora.
Voluntariamente vuelve a dejarla en el buró y sale dispuesta a ver
su película, tiene un poco de tristeza pero si no hace nada, ésta se
volverá depresión y entonces costará más trabajo salir de ella, así
que lo intenta. Se acomoda nuevamente en el sillón, al ver la tele
en pausa recuerda su paleta helada que a estas alturas está casi
derretida sobre la mesa de la cocina, sin importarle, toma la bolsa,
la vacía en un traste y las lleva con ella completamente dispuesta a
disfrutar de la película, se acomoda plácidamente y entonces nada
le interrumpe.

Héctor ha regresado a casa, Sonia pregunta a dónde fue a lo que
Héctor sólo responde, "a dar la vuelta", ella está cansada y no quiere
discutir, no insiste en saber más, tal vez sea su inteligencia femenina

329

que se lo prohíba, más tarde, sugiere a Héctor salir a cenar porque ella no ha preparado nada, él ya no quiere salir y se ofrece a ser quien prepare la cena. Mientras cocina, Héctor en su pensamiento está terminando por digerir todo cuanto Idalia le dijo, hay mucha razón en sus palabras pero él todavía se resiste, y piensa, tal vez más adelante, cuando ya todo esto haya pasado, entonces, tal vez quiera platicar conmigo, Héctor piensa y desea que así sea, él mismo tiene claro de que deben esperar, esperar a que una vez más el tiempo les indique el camino a continuar, aunque ya está definido, se resiste cuanto puede. En sus ratos de lucidez, acepta y se promete darse a Sonia como Idalia se lo dijo, ella es su esposa, Héctor así lo quiso y pronto será la madre de su hijo, debe darle su lugar, sólo eso.

El tiempo pasa, mientras Héctor se adapta a su nueva vida, Idalia, continua esmerada en su trabajo, entregada a su vida profesional y a las nuevas actividades que adquirió, no le queda tiempo libre para pensar en Héctor, ya ni siquiera lo intenta; tampoco en Octavio, de él no sabe nada y no lo busca, es buen compañero, buen amigo y lo quiere pero está tan ocupada que entre todo esto olvida el pendiente que tiene con Octavio.

Una mañana después de regresar de entregar un reporte, casualmente a la persona que quedo en lugar de Octavio, encuentra sobre su escritorio una caja que aparenta ser un obsequio, indaga a quien pertenece y descubre que la trajo un mensajero y por estar ocupada una de sus compañeras la recibió. No dice nada y le inquieta. Cuando decide abrirla encuentra una hermosa orquídea dentro con una nota que dice "por nuestros recuerdos" y nada más. Idalia busca y busca para encontrar más información y saber quién se la envío, pero no. Busca un lugar para ponerla, ahí mismo en su escritorio y de momento, se olvida del asunto. Cada que Idalia observa la orquídea desea descubrir de dónde viene, su corazón late fuerte al creer que es de Héctor, sólo que reacciona y rechaza la posibilidad.

Con la duda y sin darle tanta importancia, ya para el fin de esa semana, hace planes para salir de antro con su amigas, todas llevan a su novio o incluso a su esposo, pero Idalia decide ir sola, podría haber invitado a algún amigo pero decidió que no. Pasan una noche agradable, a pesar de no tener pareja no dejó de bailar y disfrutar al cien por ciento el momento, dejaron pasar la noche y ya de madrugada, Gela y su esposo la llevaron a casa. Por la mañana, un poco tarde, su mamá despierta a Idalia porque tiene una llamada, muy a su pesar por el desvelo y un poco de exceso, indaga quien es y ella no le sabe decir:

- ¡Contesta, es para ti!
- ¿Quién es?
- ¡No sé, es larga distancia!
- ¿Larga distancia?
- Con dificultad, alcanza el auricular, se deja caer en el sillón y luego responde:
- ¿Bueno?
- ¿Recibiste mi obsequio?
- ¿Quién es? –adormilada pregunta-
- ¿Me has olvidado acaso?
- ¡Octavio!
- ¡Mi amor! ¿Cómo estás? ¡Tengo tantas ganas de verte! Es decir,... perdón,... olvidaba,... pero... ¡Me da tanto gusto escucharte!... ¿Estás bien?
- Sí, sí, gracias. ¿Dónde estás?
- Todavía fuera de México... pero... es tiempo de regresar...
- ¡Ya!
- ¿No quieres?
- Sí... sí... pero... pensé... quiero decir...
- ¡Está bien, yo sé! Solo llamé para avisarte que en una semana llego a México y... si tú quieres ¡me encantaría que seas la primera persona con quien me encuentre!
- ¿Yo,... este...?

- Piénsalo te hablo el martes.
- Está bien, cuídate.
- ¡Claro que sí! ¡Adiós!
- ¡Adiós!

Idalia se queda con el teléfono en la mano y pasmada, lo había olvidado de lleno y hoy que se siente tan mal, tan... desvelada... no supo ni que decir. Regresa a la cama y vuelve a dormir.

Por la tarde con toda la tranquilidad, Idalia recuerda la llamada de Octavio, busca su cajita y quisiera destaparla, a qué decisión se referirá, piensa en mil probabilidades pero no le atina. Intenta abrirla pero no se convence y opta por dejarla así hasta encontrarse de nuevo con Octavio. Idalia, considera que no es correcto que sea ella a quien Octavio haya decidido ver primero, así que de antemano sabe que va a responder cuando Octavio llame.

Inicia la semana e Idalia empieza a sentirse nerviosa, emocionada y, hasta alterada, sabe que Octavio le llamará puntual a la hora de la comida y, con un poco de ansiedad espera a que le indiquen tener esa llamada. En efecto, es Octavio:

- ¿Bueno?
- ¿Idalia?
- Sí, ¿Cómo estás?, ¿Qué tal te va?
- ¡Bien, bien! Mi vuelo arriba el sábado a las 12:00 hrs. ¿Vendrás por mí al aeropuerto?
- ¿Tu familia sabe que llegarás a esa hora?
- Sí.
- Entonces no, prefiero que veas a tu mamá que debe tener tantas ganas de verte.
- ¿De verdad?
- Sí de verdad, seguro después de todo este tiempo querrá abrazarte, besarte, verte.
- ¿Y tú no?

- Sí, yo también, pero yo te busco más tarde o el domingo.
- ¡Como tú prefieras!
- Bueno, te busco y... y...
- ¿Qué?
- Y... te quiero mucho.

Idalia no espera más respuesta y cuelga. No sabe ni porqué dijo la última frase pero la dijo. En la oficina todos comentan la llegada de Octavio, al parecer la única que no se había enterado de su regreso es Idalia, quien sin embargo es la más interesada en saberlo, por cuestiones más personales que por su relación laboral.

Octavio, quedó emocionado, todo el tiempo que ha estado lejos, se concentro exclusivamente al objetivo de su viaje, cuestiones de negocios, capacitación y preparación para regresar a implantar a la empresa un nuevo proyecto, está casi listo y aunque tuvo oportunidad de conocer otras chicas y entablar cierta relación, nunca se prestó en cuestiones afectivas, pues se reserva para Idalia hasta que ella misma sea quien le pida lo contrario. El está entusiasmado en su regreso, el escuchar a Idalia decirle que lo quiere, le dejo lleno de ganas de regresar, porque cree, va a aceptarlo como esposo y él no perderá instante alguno en demostrarle todo cuanto siente por ella. Octavio deseaba verdaderamente ver primero que nadie a Idalia, pero entiende que su mamá deseará más que nada abrazar al ausente hijo, se resigna y así se programa.

Finiquita sus últimos pendientes, va de compras a traer un detalle para cada una de las personas que extraña en México, hace maletas y en el justo momento parte de regreso a casa. Está nervioso y emocionado, son muchos sentimientos los que se mezclan dentro suyo, por un lado, su mamá, toda su familia a quien no ha visto en tanto tiempo; y por el otro volver a ver y estar cerca de Idalia, además de esperar encontrarla como siempre sonriente, alegre y trayendo puesto el anillo guardado en aquél obsequio que dejó antes de partir.

El tiempo se hace eterno, el vuelo es un tanto largo y él ya está ansioso. Tiene la esperanza que Idalia le dé la sorpresa y acuda con su familia a su encuentro.

En el transcurso de la semana Idalia estuvo maquinando la posibilidad de darle la sorpresa, y lo pensó casi al punto de decidirlo justo cuando recibió una llamada de la mamá de Octavio, para avisar su llegada e invitarla a la fiesta de bienvenida que organizaron para él. Esto, hizo que Idalia desistiera de su intención y esperara en casa, para atender los últimos detalles y que todo estuviese perfecto.

Son pasados de las doce y finalmente la edecán informa el próximo aterrizaje, todos abrochan sus cinturones y a Octavio le cuesta un poco de trabajo por la emoción, ya su corazón late aceleradamente y cada vez lo siente con mayor fuerza. El avión se detiene, todos bajan en el orden indicado y se disponen a recoger el equipaje, tanto trámite a Octavio le pone más ansioso.

Con maletas en mano, avanza hasta la sala de llegada donde rápidamente la suelta para abrazar a su madre quien al lado de su padre lo espera gustosa. Es una bienvenida muy emotiva, después de algunos abrazos y besos, ayudan a Octavio con las maletas para ir hasta el auto, se acomodan y van de regreso a su casa. Mientras su mamá cuestiona las experiencias de su viaje, él se sorprende cuando recuerda a Idalia, con tanta emoción no se percató de no verla a su llegada que por cierto, era lo que venía deseando todo el trayecto. Es entonces que interrumpe para preguntar:

- ¿Idalia, no vino?
- No, dijo que no podía –responde la señora-.

Octavio no profundiza más en el tema y vuelve a involucrarse en su conversación contando sus logros de negocios, sus visitas turísticas y todo cuanto viene a su mente en ese momento. La espera hasta llegar a casa será un poco larga así que aprovechan muy bien el tiempo para enterarse recíprocamente de los sucesos más importantes del tiempo que estuvieron distantes.

Idalia, informa a su familia de la llegada de Octavio, excepto por su confidente y confiable madre, nadie sabe que terminaron, ni mucho menos lo que sucedió con Héctor en este tiempo, así que todo mundo escucha interesado cuando Idalia les invita a la reunión de bienvenida que la familia de él organizó para hoy. Su papá no está muy convencido de asistir y se justifica de algún modo, por supuesto, entonces tampoco su madre ira, así que avisa que estará fuera toda la tarde y sin algún inconveniente, se prepara para salir.

Idalia, saca la cajita que dejó Octavio, quisiera abrirla pero decide que no, que será en presencia de él cuando la destape. Se pone bonita, se esmera un poco en su arreglo personal y va a casa de Octavio. Antes, pasa por una tienda de regalos y busca un detalle para Octavio, un perrito de peluche que trae un mensaje "¡Te extraño!", le parece propio y se lo lleva sin envoltura, prefiere darlo de sus propias manos.

Su familia tiene todo listo, prepararon la comida preferida de Octavio, adornaron con globos y serpentinas y hasta contrataron un mariachi para recibir al ausente.

Todo está listo y al no haber más que hacer se queda en una amena charla con los hermanos de Octavio, ya todos tienen ganas de verlo, incluso ella, quien a pesar de todo, siente tanta ansiedad y nerviosismo como él mismo. Está inquieta, no sabe cómo va a reaccionar al verlo, se supone que ahora ya no son nada, o al menos en eso quedaron cuando el partió, en fin, no se distrae más con eso, el momento lo dirá todo. Las manos de Idalia van libres de cualquier accesorio, sólo colocó su reloj y nada más.

En la cajita que dejó Octavio, viene una anillo de compromiso, que él especialmente escogió para proponerle a Idalia se case con él, pero al sentirse inseguro de su respuesta, quiso dejar pasar este tiempo y de alguna manera darle la oportunidad de libremente decidir si era lo que quería o no. Octavio está por entrar a casa todos se preparan con confeti en mano para dar una alegre bienvenida, Idalia permanece hasta el último, siente tantas ganas de verlo como los demás pero prefiere esperar.

"¡Sorpresa!" – Gritan todos al mismo tiempo cuando ven entrar a Octavio-. Lo llenan de confeti y serpentinas y empiezan los abrazos y las preguntas. Entre el relajo no se fija que Idalia lo espera, pero sus ganas de verla le hacen buscar con la mirada y con gran sonrisa ilumina su cara al ver que ella lo espera con los brazos abiertos aguardando el turno de darle esa bienvenido. De inmediato Octavio ignora todo lo demás y se acerca a ella, la mira a los ojos y la estrecha con tanta fuerza que pareciera que es él quien la recibe a ella. La besa en su mejilla y ella a él también, le toma las manos y la vuelve a abrazar.

-       ¡Qué bonita estás! –dice Octavio mientras tomado sus manos busca encontrar el anillo puesto en señal de aceptar un compromiso. Al darse cuenta que no trae nada, ni su anillo ni ningún otro, pregunta- ¿Abriste mi regalo?

-       No. Aún no.

El no dice más por ahora, verla y que esté aquí con él es suficiente. Aunque debe hablar y agradecer a todos, no deja sola ni un minuto a Idalia, siempre la lleva de la mano y ella va detrás. Platican con unos, platican con otros y hasta con una ex de él quien supo de su regreso y se coló a la fiesta sin ser invitada, con la finalidad de buscar un reencuentro con él. Octavio está tan fascinado con todo que no le da mayor importancia, le presenta a Idalia como su novia mientras ella hace gestos de inconformidad, él continua festejando con los suyos. Más tarde los familiares empiezan a retirarse, Idalia también empieza a despedirse, Octavio le pide que lo espere, él la llevará a su casa; ella quisiera no aceptar por ser el festejado, pero viene sola y no le queda de otra.

Un rato más deciden escabullirse sin avisar, porque Idalia ya tiene que marcharse. Octavio pide prestado el auto de su hermano para llevarla hasta su casa.

- ¡Tengo tanta emoción de volver a verte! –Inicia Octavio la conversación-.
- A mí también me da gusto verte.
- ¿Qué has hecho? ¡Cuéntame!
- No. Mejor tu platícame de tu viaje, que hiciste, los lugares que conociste, no sé.
- Yo... prefiero por ahora, no hablar del viaje... más bien... quiero hablar de ti... de mí... de nosotros.
- ¡Pero...!
- ¿Abriste mi regalo?
- No.
- ¿Por qué?
- ¡Más de una ocasión lo intenté, pero en último momento me arrepentía!
- ¿Por qué?
- Al leer el mensaje, siempre dudaba y lo dejaba para después. ¿A qué decisión te refieres?
- ¿No lo sabes?
- No.
- Idalia, que te parece si por el momento dejamos el tema, déjame disfrutar tu compañía los minutos que nos faltan de llegar a tu casa.
- Me agrada la idea.
- Pero eso sí tengo algo muy importante que decirte
- ¿Qué?
- ¡Te extrañe, te extrañe mucho! ¡contaba los días que faltaban para mi regreso, cada hora, cada minuto, todo el tiempo pensaba en ti, cuando salía a alguna parte añoraba tu compañía y jamás ni por un momento deje de compartir contigo aunque de lejos, de muy lejos, todas mis acciones! La verdad... es que... yo si

confirmé que te amo... y... que a nadie jamás he querido tanto como a ti, jamás nadie ha profundizado en mis sentimientos como tú y sólo por eso y por ser como eres... te amo... te amo...

Idalia no responde nada, es muy pronto para oír esto y poder corresponder, por ahora no desea relación alguna, todavía está muy fresca la partida de Héctor y no quisiera actuar solo porque no le quede de otra, y mucho menos con él, con Octavio quien le ha demostrado tanta sinceridad y le ha esperado pacientemente a que sea ella la que decida.

- ¡Ya llegamos! −concluye Idalia-.

Es obvio que tampoco desea tocar el tema y Octavio lo entiende, no presiona, está ansioso por saber qué paso este tiempo pero no insiste.

- Te dejo, debo regresar,
- ¿Quieres pasar?
- No, gracias. Todavía hay gente que me espera en casa.
- Bueno.

Idalia sonríe, lo abraza y le da otro beso en la mejilla, donde Octavio la inmoviliza para girar lentamente y corresponder con otro beso pero en sus labios, un beso suave pero lleno de amor y de gran deseo por ser correspondido.

Sin decir una palabra más, Octavio baja, abre la puerta, le ayuda a bajar del auto, le sonríe y espera a que entre en casa para luego marcharse.

El regresa a su casa, hay tantas cosas de que hablar con su familia, ya sólo están, sus papás, sus hermanos y ella, su ex quien al ver que Octavio regresó sólo lo aborda de inmediato y se muestra tan interesada en él que sería grosero darle por su lado. Octavio está contento y tan enamorado de Idalia que no se percata de las intenciones de Brenda, para él es asunto olvidado, algo bonito pero sin trascendencia, perteneciente a un pasado que no le interesa revivir. Brenda insiste, pide que la lleve a su departamento pero Octavio se niega argumentando cansancio, él al mismo tiempo solicita a uno de sus hermanos que lo haga y sólo así se deshace de ella.

Todos están cansados y optan por despedirte:

- ¡Ya habrá tiempo que nos cuentes todo! –dice su mamá hablando por todos – por ahora vamos a descansar¡

Octavio acepta, ni siquiera deshace maletas, cae rendido y emocionado sólo que hay algo que le inquieta, quisiera estar seguro que Idalia le corresponde como antes, él alcanzó a descubrir en idalia una misteriosa mirada, hay algo que trae dentro y por supuesto ni se lo dijo, ni se lo va a decir y él quisiera saber cuál es su esperanza o si de plano tendrá que hacerse a un lado. Octavio sabe cuánto ama a Idalia y precisamente por este amor él está dispuesto a hacer lo que sea necesario únicamente para verla feliz, o sea que si Idalia decide no querer nada con Octavio, él sabrá hacerse a un lado y no la molestara más pero si es al contrario, si Idalia si quiere compartir su existencia con Octavio, si esto es así, él dará su vida entera entregando todo por ella, la amará por siempre y para siempre, es un hecho real que su amor existe y que no hay nada más grande para él.

Entre pensamiento y cansancio transcurre la noche, Octavio sólo tiene un día más para descansar porque el siguiente tendrá que presentarse a su oficina a poner en marcha el proyecto para el que fue capacitado. Ya de mañana desbarata su equipaje, toma todos los obsequios que trae y se dedica a repartir, hay uno, una cajita musical con delfines flotando que es para Idalia, éste lo separa, ¡es muy especial!

Octavio, ocupa toda la mañana para estar con su familia, por la tarde desea ver a Idalia y decide darle la sorpresa yendo a buscarla sin avisar, lleva con él el detalle que trajo para ella.

Para Idalia el día transcurre muy normal, hace tiempo que no tiene compromisos personales que intervengan en un fin de semana muy familiar y hoy, no es la excepción, en ocasiones programan una salida familiar, visitar parientes, reuniones sociales o visitas turísticas cercanas pero hoy no, hoy sale con sus papás temprano por el almuerzo y regresan sin tener plan específico, cada uno descansa y se distrae a su manera, todos dentro de la casa. Idalia no quedó de verse con Octavio, sin embargo se atreve a asegurar que irá a buscarla por lo que toma sus precauciones evitando las fachas y esperando sólo por si acaso.

Casi al fin de la comida, llaman a la puerta y es Octavio, quien trae entre sus manos la cajita musical para Idalia.

Bere quien se levanto antes que nadie a abrir la puerta, sin preguntar nada grita desde la puerta:

- ¡Te hablan tía Idalia!

Idalia sale a recibir a Octavio y lo invita a comer, el acepta, saluda a todos con un fraternal abrazo recibe las bienvenidas que cada uno le da.

Octavio se involucra fácilmente a la conversación, mientras disfruta su comida, hace comentarios de la buena sazón y de haber extrañado el delicioso sabor mexicano. En sobremesa comparte algunas de sus experiencias del viaje y finalmente pide tiempo a Idalia para conversar un rato. Idalia propone quedarse en casa y Octavio acepta:

- Traje esto para ti, espero te guste

Octavio entrega el obsequio a Idalia quien con mucha curiosidad abre, observa y hace funcionar. Es una hermosa caja musical, decorada en tonos azules que simulan un hermoso paisaje entre mar y cielo, al centro tres delfines flotan y se sumergen al ritmo de la música y dentro un mensaje por debajo del agua "para alguien muy especial".

- ¡Está hermosa! ¡Gracias!.
- ¿Si te gusta?
- ¡Claro! ¡Sabes lo que significa para mí una caja musical!
- ¡Por eso la traje!

En efecto, Idalia le ha dado cierto valor a las cajas musicales, le proporcionan tranquilidad y son su arma preferida en contra del estrés, suele tener una sobre su escritorio y cuando le abordan las prisas siempre la abre y escucha un poco. Octavio lo sabe y además sabe que le gustaría estar siempre cerca de ella, por ello, esta cajita le recordará siempre que para él es lo más especial de su vida.

Platican un rato, hay muchas cosas por contar, divagan en diversos temas, desde el trabajo, las aventuras, lo que viene, lo que va, su regreso, la felicidad que sienten al volver a verse y casi llegan a tocar el punto de reiniciar su relación, pero Octavio con la inteligencia que le identifica prefiere esperar un poco más.

Decide marcharse pronto para descansar, mañana debe regresar al trabajo y seguro habrá miles de cosas por hacer. Planean verse temprano sólo para saludarse y después se buscarán en tanto coincidan con tiempo libre para salir sin prisas y sin interrupciones, y así lo hacen.

En el trabajo, Idalia no tiene que ver ya directamente a Octavio, pues hay otra persona quien ahora realiza sus anteriores funciones, él tendrá que dedicarse de lleno a la implementación del nuevo proyecto y a obtener los resultados esperados, es un trabajo que involucra a todos a la vez y a cada uno para el desarrollo de la función específica que aporte al plan.

Ni Octavio ni Idalia se interrumpen en su trabajo más que para saludarse y saber cómo están, hay mucho por hacer y después de la jornada Idalia tiene más actividades por cumplir, así que no queda tiempo más que el necesario para preparar el siguiente día.

El fin de semana llega, Octavio no pierde oportunidad de invitar a cenar a Idalia, ella de alguna manera también lo deseaba, necesita sentir que alguien la quiere, pues en ocasiones todavía le asalta la nostalgia por Héctor y aún con todo el esmero que pone en no decaerse, de repente no puede lograrlo y se deja llevar para después darse ánimos a sí misma y volver a empezar de nuevo. Le hace falta sentirse bien, que alguien esté con ella por amor y se lo demuestre así que quien más que Octavio que vive sólo para ella.

Idalia decide no asistir a sus clases de la tarde y va directo a casa a ponerse bonita para salir con Octavio quien más al rato vendrá por ella. Su mamá la ve emocionada y lo celebra, sabe que Idalia ha sufrido y también reconoce que le hace falta distraerse. Sugiere algunas cosas en su arreglo y le desea buena suerte, aunque en realidad no la necesita, más bien, necesita voluntad para olvidar todo lo pasado y darse la oportunidad de empezar de nuevo ya con la certeza de no haber otra opción más que la de continuar adelante.

En punto a la hora que quedaron está Octavio por ella con una flor en la mano, sólo una y es para Idalia:

- ¡Te ves hermosa!
- ¡Me vas a incomodar!
- ¡Es verdad!
- Gracias.
- ¿Nos vamos?
- Si.

En el trayecto hay poca conversación, Octavio puso música tranquila en el estéreo y prefieren escucharla. No pregunta a donde irán, él decide, donde han pasado sus momentos más especiales.

Hoy, no hizo reservación, ni preparó flores para recibir a Idalia, hoy sólo la quiere a ella para disfrutar su compañía, mirar su reflejo en las brillantes pupilas de ella, deleitar su oído con la dulce voz de Idalia y contagiar su alma con toda la buena vibra que siempre logra en él.

Escogen una mesa alejada del ruido, como siempre, Octavio hace gala de su flamante caballerosidad y no escatima en atenciones para ella.

- ¿Deseas tomar algo antes de la cena?
- Mm, sí, pero tú escoge.

Octavio sabe que le gusta el amaretto y no le queda mal, pide uno en las rocas para ella y otro igual para él.

- Idalia, estoy tan feliz de haber regresado... y con tantas ganas de disfrutar muchos momentos como éste, cerca de ti, sonreír contigo, mirarte, sentirte... no sabes cuánto te extrañe.
- ¿Y qué tal las chicas?
- Pues te diré.

- ¡Ya confiesa!
- Sí, si hay, por dondequiera que vayas hay chicas, muchas y muy hermosas, hay de todo y para todos los gustos.
- ¡Y ninguna atrajo tu atención!
- No. ¡Ninguna!
- ¡Hay una que la tiene por completo! Cerca o lejos siempre llama mi atención.
- ¿Y qué tal?
- Y... bien que lo sabe pero se hace la desentendida.

Ambos sonríen, Octavio se lo está diciendo abiertamente y ella bien que lo sabe pero continúa porque eso es lo que necesita, alguien que le ayude a sentirse mejor, a sentir que la quieren tal y como ella alguna vez quiso a Héctor, incondicional.

- ¿Oye? Y...

Idalia se adelanta, tal vez descubre lo que Octavio quiere decir y si se equivoca ni hablar:

- ¡Ya se! ¿Adivina que traje?
- No sé.

Idalia alcanza su bolsa y extrae de ella aquél regalo que Octavio le dio en ese mismo lugar el día que iba a marcharse y que nunca abrió.

- ¡Ta-rán!
- Se la enseña y el espera:
- Mira, aquí está "el pendiente"
- ¿No la has abierto?
- No. Cada que lo intentaba me arrepentía con sólo leer la nota.
  ¿Qué es?
- ¡Ábrela!
- ¿Ahora?
- ¡Ábrela!

Mientras idalia detiene la cajita en sus manos, mira a Octavio con expresión de interrogación y duda en intentarlo... espera un poco y cuando se ve decidida, Octavio toma sus manos y las detiene sólo para decirle:

- Antes que la abras, me gustaría saber qué pasó con tu vida sentimental cuando no estuve, aún ahora, eres libre pero cuando menos, ahora debes saber qué es lo que deseas.
- ¿Qué deseo de qué?
- De lo que deseas hacer
- ¿Pero de qué?
- De ti... de tu vida... de nosotros...
- ¿De nosotros?
- Sí. Si tú así lo decides yo con todo el gusto y amor que pueda surgir de mi alma, dedicaría a ti el resto de mi vida.
- ¡Ha, ahora ya entiendo! ¿Y sólo hasta que sepa qué voy a hacer lo voy a abrir?
- No. ¡ábrelo ahora!

Octavio suelta las manos y permite que Idalia destape la caja, saca la nota quita la segunda envoltura y... claramente se nota como se hela su expresión al mirar fijo lo que hay dentro: un anillo... un anillo de compromiso y nada más.

Idalia cierra los ojos e inevitablemente resuena una palabra en su mente "Héctor", sabe que no puede ni debe pronunciarla por ningún motivo en este momento, vuelve a mirar el anillo y sonríe levemente, levanta la mirada para encontrar la de Octavio quien ansioso espera la respuesta pero Idalia no dice nada, sólo lo mira queriendo expresar sus sentimientos y el dolor que todavía le causa el simple hecho de tocar el tema, ella está a punto de soltar una lágrima pero hace todo por evitarlo, pues tendría que dar alguna explicación y eso es lo menos que desea. Continua sin decir nada, pareciera haberse detenido el tiempo y no articula palabra alguna, Octavio la comprende o al menos eso intenta, pero sigue esperando una respuesta hasta que su voluntad decae y entonces pregunta:

- ¿Qué dices?

Idalia no responde, sólo lo mira fijo a los ojos, no puede decir nada, no quiere decir nada porque las lágrimas se adelantarían a las palabras, aún no se desahoga por completo, está muy fresca la pérdida de Héctor y no quiere, no quiere que Octavio sepa.

El la abraza y espera, su expresión le inquieta y quisiera saber qué está pasando por la mente de Idalia, mostrándose paciente insiste de nuevo:

- Si quieres responder ahora hazlo si no, lo hablamos después.

Finalmente Idalia comprende la ansiedad de Octavio y reconoce ser injusta, porque él le ha dado todo, incluso tolerancia y paciencia y ella se resiste a responder:

- ¡Es... que...!
- ¿No quieres?
- ¡Yo... no se... no...!
- ¿Tienes miedo?
- ¡No, no es miedo... no se... no estoy segura...!
- ¿No estás segura de que te amo?
- No. No es eso... es que... no... no... ¡no estoy preparada para tomar esta decisión ahora!
- ¡Pero creí que...!
- No te adelantes, es sólo que aún no estoy lista para tomar esta decisión... eso es todo... no estoy preparada.

Octavio querría escuchar un sí, pero ésta fue la razón por la que decidió dejarla en libertad mientras estaba fuera, él sabe, es más, siente que hay algo que los separa, hay algo que evita que Idalia se dé con él sin límites y entregue todo su amor como él lo hace con ella. Octavio, ha sido muy paciente y lo seguirá siendo sólo porque para él no existe nada más que lograr que Idalia lo acepte, ella es su vida y si tiene que esperar más tiempo, lo hará y mientras eso sucede, luchará y luchará hasta que ella misma sea quien lo acepte o quien le pida que deje de intentarlo y entonces, sólo entonces, dará la vuelta y se alejará de ella, pero mientras eso no suceda, aquí estará haciendo crecer su sentimiento y conquistando a cada minuto el amor de Idalia, con toda la firme esperanza de que ella lo acepte y le corresponda.

- No te preocupes Idalia, si aún no sabes que responder, entiendo... de verdad...
- Pero...
- Créeme, me habrías hecho muy feliz escuchar un sí de tus labios.
- Octavio yo... no quiero... no quiero lastimarte, te quiero, sí te quiero, pero la verdad aún no me siento lista para tomar esta decisión.
- ¡Está bien!, ya te digo que entiendo y que esperaré lo que sea necesario, de cualquier manera lo que yo siento por ti, no va a cambiar, a lo mucho crecerá poquito más cada vez, pero eso es todo y con ello, me daré ánimo de continuar hasta que tú misma me lo indiques.
- ¿Quieres que sea yo quien te proponga...?
- No, no quiero que propongas nada, quiero que estés segura... quiero que el día que aceptes sea porque tú también lo deseas, eso es lo que yo quiero.
- Octavio... gracias... gracias por entender y... el tiempo nos ayudará.

Idalia cierra la caja que contiene el anillo y se la ofrece a Octavio:
- No, no me lo des, es un regalo, tómalo como tal
- Pero... ¿Y?...
- No pienses mal, yo se que el que te quedes con el anillo no significa nada, guárdalo, si no quieres no lo uses ahora, pero es tuyo, lo escogí especialmente para ti, quédatelo por favor.
- ¡No se... no sé si sea lo correcto!
- ¡Es tuyo... sólo tuyo!

Con sus manos Octavio insiste para que se lo quede, cubre las de Idalia para presionar la cajita e invita a quedárselo.
Idalia lo acepta y propone:
- ¡Está bien, me lo quedo! Y,... -sonríe coquetamente- ¡tal vez te de una sorpresa! —concluye para no dejar desanimado a Octavio, quien al escucharlo sonríe y deja ir la tensión del momento.

- ¡Cenemos! ¿Qué vas a pedir?

Da un vuelco a la conversación para eliminar por completo la incomodidad que provoco esta situación, ordenan, cenan a gusto, disfrutan el menú, se comparten y juguetean, vuelve a sentirse lo agradable de su compañía y así terminan su agraciada velada.

Idalia está realmente complacida, tantas atenciones, tanto amor, tanto todo y sólo para ella, cómo se atreve a despreciar tal afecto, ella no quisiera, en realidad no quisiera pero sabemos lo que aún lleva dentro, Idalia por un lado siente luto por una gran pérdida y por el otro lado desea fervientemente poder corresponder a Octavio abiertamente. No se quiere presionar, si ya alguna ocasión pudo despertar en ella el amor que él desea, seguro renacerá y tal vez con más fuerza, Idalia está dispuesta a intentarlo pero quiere tomar su tiempo, no desea precipitarse.

Mientras tanto Octavio es condescendiente, sabe cuánto la ama y sabe también que no cambiaría por nada los momentos que ella le hace vivir con su simple compañía, solo por poder sentirla cerca y mirar su encantadora sonrisa, ya con eso, por ahora Octavio queda complacido.

La vida continúa, Octavio está repleto de actividades, compromisos y más compromisos, todo un plan que ejecutar laboralmente hablando y miles y miles de cosa en qué pensar.

Idalia, sin tanta presión pero también ocupada todo el tiempo, concentrada y dedicada a lo suyo, dejando pasar los días y recuperando poco a poco la estabilidad emocional que le quito la boda de Héctor. Con insistente dedicación hace todo por olvidar y dejar atrás aquello por lo que tanto sufrió. El pasado ya pasó y ella se esmera arduamente en eliminar los hirientes recuerdos cada vez que asaltan su pensamiento. En ocasiones a tanta insistencia se deja llevar o quizá por un poco de sensibilidad no tiene fuerza suficiente para evadirlos, pero después al darse cuenta de haber vuelto a caer en el innecesario sufrimiento, retoma la cordura y comienza una vez más. Idalia está dedicando su tiempo de lleno a lograr otros objetivos, todos los días recibe llamada de Octavio muy a pesar de que éste se mantenga ocupado siempre encuentra el momento oportuno de escaparse y buscarla, en otras ocasiones la sorprende con algún detalle o simplemente con una nota de halago para ella que deja en su escritorio antes de que ella llegue o después que se ha ido.

Octavio la quiere y se esmera en hacerlo saber y demostrarlo, a ella le agradan todas las atenciones que recibe de él, pero todavía hay barreras que le impiden corresponder de igual manera, los recuerdos de Héctor que no terminan por irse de su vida. Idalia es inteligente y poco a poco le permite a Octavio inmiscuirse más y más en su vida, él la está ganando sin darse cuenta, Octavio busca siempre el momento oportuno para seducirle, intenta reconquistarla y lentamente va avanzando, sin importar cuán ocupado esté él o no siempre encuentra un momento para compartir con ella, la invita a comer o a cenar, algunas veces se escapan al cine aunque sea el fin de semana, otras a caminar y de momento incluso salen de compras , no importa a dónde ni cuándo, a Octavio lo único que le interesa es tener momentos cerca de Idalia y aprovecharlos para demostrarle todo el interés que le tiene.

En casa de Idalia reciben a Octavio como el novio de ella, porque Idalia jamás les ha dicho que ya no lo es, pero no le importa, el que sigan con la idea, le evita dar explicaciones de las frecuentes salidas con él y de alguna manera a ellos les da la tranquilidad de saber que nadie la va a cuidar mejor que Octavio.

Idalia regresa a su normalidad emocional, vuelve a sentirse contenta, llena de entusiasmo por emprender nuevas actividades, retorna a sonreír con la facilidad que le identifica y su estilo refleja a la simpática y alegre Idalia de siempre; cada vez son más las cosas en que involucra a Octavio por lo que llega el momento en que él propone reanudar su noviazgo, cosa que a Idalia le agrada y acepta sellando con un delicado beso la nueva relación.

Paulatinamente desaparecen por completo las miradas perdidas, los prolongados silencios que sucedían mientras estaba con Octavio y la relación vuelve a estar llena de emoción. A Idalia le nacen las ganas de ver a Octavio con sólo pensarlo, si sabe que por la tarde van a encontrarse, en su estomago existen indescriptibles sensaciones y la vida poco a poco le regala una nueva ilusión llena de sueños y esperanzas que Octavio desea corresponder con toda la expectativa que Idalia añora.

El más complacido en esto es Octavio, tiene la oportunidad que tanto deseaba y por supuesto no la va a desaprovechar, sin embargo, no quiere apresurase "despacio es sagrado" tomará el tiempo que sea necesario hasta asegurarse de llegar al momento oportuno para proponer matrimonio a Idalia, por ahora se concentra en alimentar día a día, detalle a detalle y atención tras atención, el interés que Idalia está poniendo a la relación, viven muchas aventuras, conocen nuevas cosas y sobre todo están siempre dispuestos a ayudarse en todo, incluso en situaciones muy particulares del trabajo de cada uno.

Con el ir y venir de los días a Idalia se le ocurre aprovechar sus vacaciones para darse un espacio de esparcimiento, olvidarse de todo y a todos y dedicarse única y exclusivamente para ella, para retomar las riendas de su vida, fijar nuevos objetivos, limpiar completamente su vida de recuerdos innecesarios y en pocas palabras volver a empezar de nuevo. Ella se ha encariñado mucho con Octavio, cuando no lo ve lo extraña, cuando él no la llama ella lo hace, se buscan recíprocamente y disfruta mucho la compañía de él y aunque Idalia sabe que hay una propuesta en pie, no quiere adelantarse ni tomar ninguna decisión sin antes estar completamente segura de querer hacerlo.

Es definitivo, está ya en la puerta su período vacacional y después de platicarlo con su mamá a quien le parece una gran idea, hace maletas y de dispone a partir el mismo día en que ya no haya pendiente alguno en su trabajo.

El último día que se presenta a trabajar, sale a comer con Octavio y le hace saber de su deseo, le explica la necesidad que siente de ausentarse por unos días y él no dice nada, deja que ella decida lo que desea y por supuesto, hace buenas recomendaciones, le hace saber cuánto la va a extrañar y permite que se vaya sin mayor preámbulo.

Es tarde para partir el mismo día, pero se prepara, una maleta ligera, nada que no sea muy necesario y eso sí, todas las ganas del mundo por aprovechar esta oportunidad en estar sola, pensar y meditar, desea encontrarse consigo misma y descubrir lo que lleva dentro, quiere soltar todo aquello que lleva a cuesta y que pesa demasiado. La noche se le hace larga y mientras espera ver el primer rayo de luz del siguiente día, piensa lugares a donde ir, sin decidir por ninguno. Amanece y está lista, entusiasmada y decidida, con maleta en mano, Idalia parte, sólo se despide de su mamá y su papá que se ofrece a llevarla al aeropuerto.

- ¿A dónde irás? –cuestiona el señor–.
- No lo sé, aún no decido, veré los destinos y en el que encuentre lugar, allá iré.

El señor no pregunta más, conoce a su hija y sabe que lo que dice es verdad, a ella le gusta la aventura, siempre seguir sus instintos y dejarse llevar por sus deseos, sabe que tiene un objetivo y el lugar es lo de menos, lo importante es que allá encuentre el ambiente que necesita para hacer examen de conciencia y redimir sus culpas y resentimientos y buscar aquella paz interior a la que estaba acostumbrada y que le hace sentir tan bien.

Ya en el aeropuerto, Idalia escoge ir a una playa tranquila, sólo va a descansar y a relajarse, consigue su boleto y espera la partida. Llegada a su destino, pide recomendaciones para un buen lugar donde hospedarse y escoge una habitación con vista al mar, muy cerca de la playa.

Instalada, toma un baño de agua caliente, se le antoja algo fresco para comer y sale al restaurante del hotel, ahí mismo se informa respecto los lugares que puede visitar, actividades de diversión que ofrecen y todo cuanto pueda interesarle para hacer más agradable su estancia en este lugar. Después de terminar sus alimentos, pide una naranjada y se sienta en una de las mesas de fuera para mirar directo y de frente hacía el mar.

Idalia fija su vista en un velero que va mar adentro, lo sigue con la mirada mientras pasa de ser un punto hasta desaparecer sobre la marea. No sabe que va a hacer, aún no, tiene que tomar un tiempo para organizarse, entonces decide regresar a su habitación. Es una semana completa la que va a pasar ahí, todo el tiempo para ella sola, no habrá interrupciones porque ni ella misma sabía hacía donde iba. Revisa las posibilidades, se siente un poco cansada por el ajetreo del viaje y la emoción de salir, ahora que ya está acá, no sabe por dónde empezar. Se pone algo cómodo y sale a caminar por la playa. Toma sus chanclas en la mano y avanza descalza, para sentir la frescura de la arena en la planta de su pie, avanza lentamente, se acerca de tal manera que el vaivén de las olas alcance a colarse entre los dedos de sus pies, cada piedra, cada arena que pisa le recuerda su objetivo, el reflejo rojizo del sol que brilla sobre el mar le hace notar que la noche está por caer, pero no hay prisa, nadie la espera, nadie la corretea, aún no sabe lo que sigue, pero sabe cuál es su objetivo y no va a regresar hasta lograrlo.

La brisa del viento que rosa por sobre su cara y los rayos del sol que empiezan a descender, le transmiten tranquilidad, empieza a relajarse, avanza y avanza, allá adelante, algo llama su atención: una apareja de enamorados que seducen el momento por el evidente deseo de estar juntos, se detiene para observar pero un suspiro que se le escapa sin querer, le hace regresar a ella y a continuar su caminata. Las risas de los niños que juegan con sus pelotas y se mojan en el agua la distraen en otro momento, ella continúa, sigue caminando, el tiempo transcurre y ya está oscuro, Idalia decide regresar, acelera un poco más su paso y en poco tiempo está otra vez en su habitación. Las sandalias que nunca dejó de traer en la mano, las coloca sobre la cama y se deja caer encima de ellas. Cierra sus ojos para descansar y nunca se da cuenta en el momento que se deja vencer por el sueño. Transcurre tal vez una hora o dos antes de que Idalia reaccione por la incómoda calor, nunca se fija la hora, se endereza y empieza a quitar sus ropas, no le interesa quedar completamente desnuda, va directo al baño, pidió habitación con jacuzzi y tiene su mente fija en él, abre la llave, deja que la tina se llene y busca la temperatura perfecta, no le gusta el agua fría; despacio, empieza por sentir el agua con sus pies, luego sumerge todas sus piernas, para entrar por completo y sentarse cómoda a disfrutar su baño; en realidad no se va a bañar, sólo se quiere refrescar, dentro del agua empieza a relajar sus músculos, se envuelve por la agradable sensación de tranquilidad y recubre su cuerpo con el agua dejando solo por fuera la parte de su cara. Encuentra la posición perfecta para reposar y así permanece. Su pensamiento comienza a dar varias vueltas en ideas entrecortadas, piensa en su trabajo, en su familia, recuerda a Octavio y sonríe, en realidad no sabe lo que viene detrás suyo pero sonríe, luego desvanece esa sonrisa al traer a su mente a quien ahora no quería, pero ahí está puntual e insistente, a sabiendas del daño que le hace. ¡Héctor, otra vez está pensando en Héctor! Idalia se había hecho la firme promesa de no recordar ni a él ni nada que tuviera relación, pero en este momento, es quien le acompaña, lo recuerda con tanta realidad como si estuviera junto a ella. Idalia divaga por un momento pero al final no se resiste y decide dejarse llevar, se remonta hasta el principio, cuando apenas conocía a un chico que llamaba su atención sin saber que sería una sombra que jamás la dejaría, repasa cómo fue cuando él se atrevió a saludarle, cómo empezó su relación y llega al punto donde más le duele, aquél encuentro espiritual donde se unían en matrimonio, fue una alucinación porque nunca se hizo realidad, fue tal vez un deseo de añoranza que jamás fue cristalizado, ahora ya no entiende, mucho tiempo vivió con esta esperanza y ahora ya no sabe.

Continua su recuerdo, piensa en él, en sus besos, en sus abrazos, en su mirada en su sonrisa y en la muy, pero muy, marcada luz en su rostro que destellaba cada que estaban juntos. "Tal vez –piensa- si hubiera accedido a estar con él, si yo hubiera permitido..." no continua, no tiene caso, son solo recuerdos de anhelos frustrados, ella lo deseaba, con toda su alma, pero mejor fue así, mejor no tener otro pretexto que le hiciera querer volver. Idalia continua, sabe que debe olvidarse y lavarse esos recuerdos, olvidar de lleno esas presencias en su vida, sabe que debe terminar pero no quiere, pensar en él todavía le hace sentirse viva, mal correspondida pero viva de solo recordar la intensidad de sus experiencias con él. Idalia está completamente quieta dejando sentir en cada célula de su piel la calidez del agua, la sensación de limpieza y percibir como el agradable aroma del jabón envuelve toda la habitación le reconforta.

Empieza a mecerse sobre el agua como si estuviese bailando, sacude lentamente todo el cuerpo, vibra al ritmo del movimiento del agua, y continúa pensando.

Idalia sabe lo que ha sufrido por un amor inconcluso, sabe también que este amor le hizo conocer las dimensiones exorbitantes de un placer inalcanzable y ello le llena de emoción, es agradable volver a recordar lo bueno, lo hermoso y las maravillosas experiencias que tuvo con Héctor, pero al final sigue siendo decepcionante que él haya elegido otro camino a pesar de siempre seguir demostrando interés en este amor.

Tranquila y muy consciente de lo que está sucediendo, Idalia encamina sus pensamientos hacia el olvido, sabe que debe hacerlo, sabe que debe concluir este capítulo en su vida pero es difícil, muy difícil dejar de pensar en él. Ahora que no hay mayor distracción es en lo único que desea entretenerse, recordando y recordando y recordando hasta el cansancio. -¿Cuál es el caso?,- se pregunta de repente, -¿Para qué vivir en el pasado? Ella reconoce su necedad y quisiera ya no hacerlo más, de una vez y para siempre pero cualquier cosa le hace regresar al mismo, a pensar en Héctor.

El agua se está enfriando e Idalia está lista para salir de la tina, toma su bata se envuelve para ir a poner una bata ligera, secar su cabello e intentar dormir.

La noche pasa pronto, de mañana Idalia está llena de energía se alista, unas bermudas, una playera y su larga mochila al hombro. Va directo a adquirir un boleto para hacer uno de esos paseos en barco sobre el mar. Hoy va a divertirse, para lo demás ya tendrá tiempo.

Alcanza muy a tiempo el yate que está a punto de zarpar, a bordo va gente de todo tipo, nacionales y extranjeros, mayores, jóvenes y hasta niños, el anfitrión promete un buen programa de diversión e Idalia se involucra, empiezan por ofrecer un suculento desayuno, para continuar con botana y lo que gusten de beber, organizan algunos juegos en los que hacen participar a todos, sin que Idalia sea la excepción, ya para medio día, ya participa en la charla de un grupo de jóvenes que viene de fuera, la integraron a su conversación y poco a poco ha ganado confianza y es recíproca. Los temas de conversación son agradables, divertidos, hay risas y bromas, se están divirtiendo plenamente, mientras transcurre el día, bailan, juegan, se entretienen, conversan, descansan, toman el sol y vuelven a bailar, el yate tiene música permanente para amenizar el paseo, los más mayores han organizado un relajo que parecen los más jóvenes, mientras éstos últimos sólo descansan, aquéllos se divierten como enanos. Idalia está muy entretenida, comparte vivencias con sus nuevos conocidos, hay uno entre ellos, que llamó la atención de Idalia de manera muy especial, por la forma en que actúa, lo interesante de su plática, lo espectacularmente que baila y por cierto, por la especial atención que pone él en cada una de las palabras y acciones de Idalia. Es un tipo bien parecido, alto, blanco, cabello castaño claro y una sonrisa encantadora, mirada coqueta y se esmera en hacer sentir bien a las chicas del grupo pero especialmente a Idalia, parece tener cosquillas en los pies cuando suena un buen ritmo para bailar, siente la música y el estilo le brota por todas partes, tiene la mejor manera para bailar que cualquiera de los que andan a bordo y esto es lo que atrae a Idalia. Luis es su nombre.

Casualmente a la única que invita a bailar es a ella quien por supuesto no desaprovecha la oportunidad para disfrutar de la música, hacía tanto tiempo que no bailaba que volver a hacerlo le llena de más y más energía, a Idalia le encanta bailar y ¡hoy es su oportunidad! Entre baile, comida y bebida, transcurre toda la tarde, el yate viene de regreso a tierra y la diversión termina. Todos bajan del bote y cada uno va por su rumbo, el grupo de amigos invita a Idalia a integrarse con ellos para continuar sus vacaciones, tienen planes para la noche y ella acepta, quedan de verse en el hotel donde ella se hospeda y antes de que se despida, Luis se ofrece a acompañarla y ella acepta.

Regresan caminando hasta la habitación de Idalia, ellos están hospedados en un hotel de junto, así que no tiene que desviarse mucho:

- Bueno –dice Idalia- gracias por la compañía, nos vemos más tarde.

Luis sonríe e intenta decir algo y antes de que nada salga de su boca se arrepiente y con una mueca de aceptación sólo concluye:

- Pasamos por ti a las nueve.

Idalia entra al cuarto, no está cansada y estar sola dentro le provoca flojera, se apresura, toma un baño para despejarse, se pone una minifalda de color con una blusa blanca, zapatos cómodos en combinación con su atuendo y sale, camina un poco por el hotel, va de la alberca al hobbie, busca un sillón que tenga vista al mar y se sienta a contemplar la inmensidad, allá al horizonte, donde todavía se miran resplandecer los rayos del sol, el movimiento del agua le da tranquilidad y se queda quieta, contemplando las gaviotas revoloteando, escucha el sonido de las olas que van y que vienen, el salpicar del agua en las rocas de la esquina, algunas voces sin detectar lo que dicen, murmullos y ruidos, Idalia se pierde y no sabe cuánto tiempo transcurre que cuando reacciona, tiene enfrente a Luis con sus amigos que la esperan para irse de antro.

- ¿Estás lista?
- Este, sí... ¿a qué hora llegaste?
- Hace poco, dos minutos tal vez, te vimos tan entretenida que no queríamos distraerte. ¿Nos vamos?
- Sí.

Idalia deja su cómoda posición para enderezarse con la ayuda de la mano de Luis. Cuando la mira de pie, no puede evitar admirarla y decirlo:

- ¡Estás hermosa!
- Te perdono

Idalia contesta, todos ríen y se marchan, buscan un buen lugar donde haya música de todo tipo, espacio al aire libre y espacio sobre techo, piden algunas bebidas y se disponen completamente a recrearse, primero bailan en bola, comparten emociones, intercambian experiencias y poco a poco cada uno se va integrando al ambiente. Aprovechan la música al máximo, entre ellos bailan con uno bailan con otro, pero Idalia sólo baila con Luis, él no ha dejado que nadie más lo haga, no tiene problema alguno para bailar la música que pongan y esto a Idalia le agrada, pues hace tanto que no disfrutaba de un baile como hoy. Casi nadie se excede, al parecer son jóvenes conscientes, pero por quien sí lo hizo, es que deben regresar al hotel, ya es de madrugada y sin pesar se marchan, deciden abordar un taxi y por un momento se olvidan de Idalia y piden la dejada en su hotel. Estando ahí, Idalia se despide y por supuesto, Luis no la deja irse sola, la acompaña y mientras caminan le cuestiona:

- ¿Te divertiste?
- Sí, mucho. ¿Y tú?
- Es la mejor noche que he pasado, y...
- ¿Y?
- ¡Es por tu compañía!

Idalia no responde y Luis continúa:

- ¿Por qué vienes sola?
- ¡Tengo muchas cosas que pensar!

- ¿De qué?
- Debo despejar mi pensamiento, limpiar mis telarañas para saber lo que sigue.
- ¿Lo que sigue de qué?
- De mi vida.
- ¿Estás casada?
- No.
- ¿Entonces?
- ¡Hay cosas por definir!

Luis no busca más se percata que Idalia no quiere hablar y él no insiste.

- ¡Bailas muy bien!
- ¡Mira quien lo dice! Si alguien baila bien aquí eres tú. A mí me gusta bailar pero no se mucho, pero tu... hasta envidia me das.
- ¿Por qué?
- En tus movimientos expresas el ritmo y lo que la música hace sentir.
- ¿Quieres bailar?

No hay música, no hay nada, Luis toma una mano de Idalia y la lleva hasta su hombro, la otra la entrelaza a la suya, la acerca a él y comienza a mecerse como si estuvieran escuchando música romántica. A Idalia le complace la actitud y también baila, un minuto después interrumpe:

- ¡Ya bailamos mucho por ahora, me voy a descansar!

Fuera de la puerta del cuarto de ella, Luis la mira, tiene ganas de decirle que le agrada pero no se atreve, le sonríe y la observa con tal detenimiento que inquieta a Idalia quien pregunta:

- ¿Qué tanto me vez? ¡Ya me voy!
- ¡Estás... muy bonita! Y... de verdad... gracias por hacerme pasar un excelente momento.

Idalia se gira para meter la llave al cerrojo y Luis la detiene:

- ¿Puedo acompañarte?

Idalia, cuestiona con la mirada, no pregunta, sólo responde.

- No.
- No mal interpretes, sólo... no me quiero ir.
- Pero...
- ¡Nos quedamos afuera! Aquí, podemos contemplar la luna, platicar otro poco, sólo por estar contigo.

Idalia no responde, piensa un poco, mira a su alrededor, están los sillones para descansar y por fin se decide:

- ¡Espera!

Ella entra a la habitación, cambia la falda por un pantalón y sale con dos refrescos en la mano, y propone:

- ¡Está bien! Ten. Vamos a esas sillas.

Luis está complacido, el no busca más, parece que Idalia lo flecho en buena ley, él quisiera ir un poco más allá, decirle a Idalia, proponerle andar, pero en realidad sabe que por las circunstancias y por el lugar, se presta a malas interpretaciones, se desiste de su intención, por ahora se conforma con estar con ella.

Mueven los sillones en dirección directa hacía la brisa, se ponen cómodos y después de un corto silencio, inician una buena charla.

Luis, sabe ser agradable, conoce diversos temas de conversación y por un buen rato, divagan en tantas cosas que se hace interesante el momento, sin percatarse llegan al punto que Idalia no quiere tocar:

- ¿Tienes novio?
- Mm... mm...
- ¿Es con él el problema?
- No... no es con él... y sí... si tengo novio y el problema es... conmigo.
- ¿Por qué?
- Perdona... pero prefiero no hablar de ello, estoy pasando un rato muy agradable contigo así que mejor no toques el punto.
- ¿Pero?
- No. Ahora no... tal vez... después.
- ¿Acaso nosotros tendremos un después?
- ¿A qué te refieres?

- Idalia... no te das cuenta... ¡me has atrapado!
- ¿De qué hablas?
- Hablo... hablo... de que... me has flechado.
- ¡No inventes, acabamos de conocernos!
- ¡Por eso te hablo de flechazo!
- Yo...
- No tienes que esforzarte, pero mírame estoy aquí y... no quiero irme.
- ¡Yo no vine a buscar una aventura!
- Yo lo sé...
- ¿Entonces?
- Yo vengo con mis amigos, algunos vienen en pareja pero los que no, siempre esperamos conocer a alguien y...
- ¡No es mi caso!
- Espera... y, en efecto... esperaba conocer a alguien, como tú dices, alguna aventura pero... te conocí a ti... y... lo que quiero no es una aventura... quiero... quiero... ir más allá.
- ¡¿De qué hablas?!
- ¡Espera! ¡No malinterpretes! Te repito que no quiero una aventura.
- Yo tampoco. ¡No vine a eso!
- Idalia, me has flechado, es sólo un día que he compartido contigo, pero quisiera poder seguir viéndonos.
- ¡No inventes! Vivimos en polos opuestos.
- ¡Yo sé pero no hay imposibles!
- Mira tienes que saber, yo vine a despejarme, lo menos que ahora deseo es involucrarme en alguna relación, me halagan tus comentario, me haces sentir bien, bonita, incluso hasta vanidosa pero no sé si deba decírtelo.
- ¿Qué?
- Luis yo, no quiero una relación ni de paso ni permanente, no contigo, pase un súper agradable día, ustedes son gente buena,

se nota, pero no, yo no estoy aquí con esa intención, yo vine a buscar una respuesta.

- ¿De qué?
- A definirme, hay alguien que da todo por mí, es una gran persona, pero...
- ¿Pero...?
- Pero yo no me he liberado aún de algunos recuerdos que pesan, es una historia larga y la verdad... no quiero platicar de eso.
- ¡Cómo quieras! Pero... Idalia, ten toma, - Luis da una tarjeta- por si alguna vez quieres hablar conmigo búscame que me dará mucho gusto saber de ti y aunque... soy yo quien quisiera buscarte, te entiendo.
- Gracias.
- Idalia, debes saber que te admiro, te conozco casi nada pero con sólo escuchar cómo hablas de lo tuyo, es fácil saber lo que sientes. De cualquier manera si quieres darme la oportunidad de cuando menos ser tu amigo, mándame un correo para saber que hay y por supuesto, si necesitas algo, con todo gusto, no dudes en buscarme. Además, déjame ser tu amigo, conocer a personas como tú es privilegio de pocos y no se da con frecuencia.
- ¡Claro que sí! ¡Gracias! ¡Claro que podemos ser amigos! Yo no traigo tarjetas, pero seguro te escribo, ya verás que sí.
- Bueno. –Luis hace señas para brindar con refresco e Idalia también-
- ¡Es tarde, más bien temprano, hay que descansar!
- ¡Claro!

Luis lleva de nuevo hasta el cuarto a Idalia, antes de despedirse le toma la mano, la mira a los ojos y le da un beso en su mejilla.

- ¡Gracias por dejarme conocerte! ¡Te busco mañana!
- No. No. Yo... quisiera estar sola.
- ¿Cuándo te vas?
- El sábado.
- Bueno. Descansa.

Luis se marcha, pero lleva consigo la sensación de estar perdiendo algo que nunca fue suyo, medio confundido pero seguro de haber conocido a una gran mujer.

En su hotel, su compañero de cuarto quien se percató de su tardanza le espera para saber el chisme:

- ¡Pensé que no vendrías!
- ¿Por qué?
- ¡No te hagas es obvio te atrapo!

Luis sonríe y se dispone a dormir, pero su amigo insiste:

- ¡Cuenta! ¿qué tal?
- No es lo que piensas.
- ¡Cómo no! ¡Mira cómo te dejó! ¡Debe haber estado muy bien!
- ¡No te atrevas!
- ¡Ya, cuenta!
- Idalia me agrada, no sabes cuánto, pero no es mujer de aventuras, estuvimos platicando y eso sólo sirvió para corroborar que es una gran persona, una gran mujer y... es el tipo de persona con quien bien vale la pena una relación, pero una relación estable, formal y definitiva.
- ¡Tanto te gustó!
- ¡Ya deja de decir tonterías! Ella no busca aventura y yo... a mí... me habría gustado pero si lo hubiéramos hecho, la impresión que tengo de ella se habría derrumbado y en efecto, automáticamente se habría convertido en aventura, pero créeme, quien conoce a Idalia sabe que no es una mujer de aventura, que es una gran mujer y que... desearía tanto cuando menos tener la oportunidad de luchar por ganarla para mí.
- ¡Órale, si que estás grave! ¡Yo pensé que...!
- ¡No pienses y ya, déjame dormir!

Luis termina la conversación, él quiere pensar y entender lo que pasa, deducir como una encrucijada es capaz de cambiar tu destino en dos instantes, cómo la vida te pone oportunidades y como uno se empeña en hacerlas inalcanzables, habría sido tan fácil, buscar sólo una aventura y quedar satisfecho, pero no, a fuerza busca uno en que enredarse emocionalmente, a fuerza el destino se empeña en colocar trampas para hacerte madurar, la vida es un juego y si te distraes un poco, entonces, pierdes en ese juego. Después de todo es agradable, haber conocido a Idalia, haber aprendido que siempre hay alguien que nos hace poner los pies sobre la tierra.

Idalia está cansada, desvelada y duerme hasta agotar todo el cansancio, el sol ya va muy alto cuando ella abre los ojos, es muy tarde pero no importa, no tiene planes para hoy, no se apresura, se acomoda en la cama, enciende la tele, busca algo interesante y pide servicio a la habitación, va a desayunar ahí.

Ya más tarde, decide levantarse, toma un largo baño y va hasta la alberca, dispuesta a asolearse, a pasar un día completamente tranquilo, pide algo de tomar y se desploma sobre el camastro, no hay poder humano que le evite tener una rica y deliciosa tarde de sol cerca del mar. Un rato de espalda, un rato de frente, se acomoda de lado, luego del otro, pide otra bebida y cierra los ojos para permitirle al sol penetrar en cada uno de sus poros, broncear cada célula de su piel y dejar en plena libertad la agradable sensación de un profundo descanso y de un completo relajamiento. Idalia pasa todo el día asoleándose, en la playa hay mucho murmullo, gente va, gente viene, unos pasan, otros llegan y luego se van, y ella sigue ahí, desparramada reposando, no hay nada mejor en este momento que el placer de un día de completa ociosidad. Un poco más tarde, cuando el sol empieza a descender casi a punto de desaparecer, Idalia se reincorpora, unos ruidos en su estómago le recuerdan que se olvidó de comer, vaya casualidad, se pendió completamente en un abismo de relajación y no advirtió ni al menos sus necesidades fisiológicas, tiene que comer algo, porque ahora que se percata, se hace más intensa la necesidad, se incorpora, toma su toalla y va directo a su cuarto que no está muy lejos de ahí. Mira en el espejo, realmente es otro el color de su piel, y sonríe, no le importa, busca algo cómodo que vestir, se da un regaderazo rápido y sale dispuesta a disfrutar el resto de ese día. Lo primero es ir al restaurante y ordenar un suculento platillo para combatir su hambre. Mientras ingiere sus alimentos, recuerda haberse olvidado de todo, mientras estuvo al sol, no pensó nada, no durmió, no imagino dejo de lado toda preocupación y se concentro en descansar. "Qué bien" advierte, "esto es lo que necesitaba".

Cuando termina toma su pequeña bolsa blanca la cuelga al cuello y sale a caminar. No sabe a dónde ir, va para un lado y no le convence, pretende ir de compras y se arrepiente, opta finalmente por continuar hacía la playa. Se introduce un poco hacía el mar, deja mojar sus pies y sus zapatos, no le importa, solo quiere sentir cómo el agua refresca su piel bronceada, avanzar se dificulta un poco y decide retirar sus zapatos, como puede los introduce en la bolsa y continúa, juguetea un poco con las olas, marca sus huellas sobre la arena y deja que las olas las borren para luego volver a hacerlo. Idalia está contenta, aunque sola, parece niña chiquita retozando entre el vaivén del agua que salpica desde sus pies hasta su cabeza, permitiendo dar rienda suelta a su diversión. Hace figuras sobre la arena muy cerca del mar y espera a que una ola la destruya para volver a hacer otra, remarca siluetas sin sentido, solo rayas, sus huellas de las manos, sus huellas de los pies, su nombre muy grande, un corazón, una flor, una casa, otro nombre y otro y,... al que no deseaba llegar: Héctor, sí, sin pensarlo escribe el nombre muy grande, usando su pie, "Héctor", se aleja un poco más del agua para darse tiempo suficiente a hacerlo a su gusto, grande, dentro de un corazón con una sonrisa dibujada, y completa la frase "... te amo", cuando termina se queda inmóvil mirándolo y repitiéndolo en su pensamiento una y otra vez "Héctor... te amo". De repente viene una ola grande y alcanza a borrar la frase, Idalia observa que con la misma habilidad con que la ola borro su frase, así ella debe borrarlo de su pensamiento y en realidad lo ha intentado tanto que ha momentos parece que lo logra, que se olvida por completo ya de él, aunque más tarde o días después se da cuenta que no. Idalia avanza otro poco más sobre la playa, alejándose un tanto ya del alcance de las olas, vuelve a escribir la misma frase "Héctor... te amo", y coloca muchos corazones alrededor, pensando en él, recordando un poco de sus buenos momentos, una sonrisa llega, otra se va, de repente un suspiro y hasta el deseo de una lágrima, Idalia se sienta justo frente a lo que escribió, no está muy lejos del mar y mira la inmensidad, así de grande era lo que sentía por él, le regala al viento la profundidad de un suspiro y sentada en la playa encoge sus piernas para rodearlas con sus brazos y recargar la barbilla en sus rodillas, mirando fijo lo que ella misma escribió, vuelve a repetir la frase tantas veces como el mismo tiempo se lo permite, una y otra y otra vez, hasta dejarse absorber por completo en ese mundo de ilusiones, empieza recordando la sonrisa de él, luego su voz, casi siente en su oído la vibración de un te quiero como algunas veces Héctor lo pronunciaba despacio y sólo para ellos, lo siente tan cerca como si estuviese junto de ella, Idalia ha trasportado la energía de él y la trajo acá, con ella, está sacando todo lo que aún lleva dentro con tanta intensidad que le permite materializar sensaciones que compartió con él. Ella no deja de mirar su nombre, ese "te amo" y desea con toda su alma poder decirlo una vez más pero con tal fuerza que él lo escuche en dondequiera que esté, desde el fondo de su corazón siente el inmenso deseo de abrazarlo y de besarlo, de decirle que lo ama y sucumbir a lo que sea, no le importaría, ahora está vibrando en la misma dimensión que él y sabe que por alguna razón Héctor debe estarlo sintiendo. Con la caída de la noche la marea comienza a subir, poco a poco y lentamente, entre una ola y la otra, van alcanzando a salpicar el cuerpo y el rostro de Idalia, pero a ella no le importa, sigue concentrada en su pensamiento, reviviendo momentos y más momentos. Ya la luna viene a combatir la oscuridad, su brillo es intenso y refleja en el agua la pureza de su ser, misteriosa testigo de sus tantos desvelos, Idalia se distrae para mirarla, nadie como ella, aunque lejos de todo, cerca de ella, está ahí para acompañarla. Ella sí sabe lo que Idalia siente porque la ha mirado suspirar, la ha contemplado añorar y la ha acompañado en su llorar. Idalia regresa de su ensueño cuando una ola llega hasta su cara y la baña completamente, al tiempo que arrasa con la frase hecha sobre la arena, precipitadamente, Idalia reacciona, y antes que advertirse mojada, mira como le fue arrebatado el recuerdo de Héctor, tal cual él se fue, casi sin avisar. Idalia sigue sin moverse, reacciono y se volvió a distraer, ahora se concentra en la luna y se vuelve a transportar, no hay más a donde ir que otra vez a sus recuerdos, sabe que está ahí para olvidar de una vez, pero también sabe que hay cosas más por hacer. En el fondo ella sugiere que esta sea la forma de olvidar, recordando y dejando ir, de repente a cada pensamiento le da una posición, mira venir otra ola y no se mueve, es grande y no le importa, justo antes de ella se desvanece y va de regreso, eso le da una idea, tal cual ellas vienen y van así es como debe llegar un pensamiento y dejarlo ir. Nuevamente vuelve a suspirar, sería hermoso poder proseguir idolatrada a Héctor pero es necesario desprenderse y dejarlo ir, a donde nunca más lo vuelva a encontrar. Mientras avanza la noche, recuerda cada momento, cada beso, cada sonrisa y cada una de las tantas y tantas cosas que vivió con Héctor, una a una, ola a ola, va desprendiéndose de tanto recuerdo, es tarde y la brisa se torna fría, ella no lo siente, sólo quiere y desea liberarse, limpiarse y erradicar por siempre de su vida todo aquello que lejos de ayudar, yace haciendo daño. Idalia deja salir cuanto lleva dentro, no sabe en qué momento ha empezado a llorar, solo sabe que con lágrimas va enjugando el dolor que siente, de repente confunde el salado sabor de la brisa con el amargo sabor de las lágrimas, está bañada en llanto, salpicada en recuerdos y desgastada por el esfuerzo, permanece inmóvil, sigue recostada en la arena aún cuando cada vez la marea alcanza una parte más alta de ella, va lenta hacía arriba y ella sigue exánime a su cometido, se está limpiando, está purificando ese sentimiento, se está liberando de la pesadez que presiona su alma, poco a poco se percata que duele menos, de repente deja de llorar y se siente ligera, húmeda aún por la brisa percibe la frialdad de la madrugada, la luna sigue ahí, mirando desde otro ángulo como Idalia va siendo capaz dejar todo detrás.

Idalia está agitada, en estas horas ha vuelto a vivir inmensos episodios de su vida, cosas buenas y cosas no tan buenas, momentos encantadores y momentos desalentadores, uno a uno ha pasado por su mente y por su vida y cada vez, ella va dejando ir al ritmo de las olas la carga que ha traído durante tanto tiempo.

Hace frío pero Idalia sigue ahí, sin moverse para nada, no siente necesidad más que seguir liberándose de pesares, más y más y más, la luna avanza y el reflejo se está perdiendo, minuto a minuto han pasado muchas horas, el mar empieza nuevamente a desvanecer su alcance, la brisa se torna más fresca y se intensifica de repente, Idalia entonces empieza a sentirse incómoda, su piel no alcanza a tolerar la frialdad de la mañana que se torna más tensa cada vez, así son las cosas, cuando más duro son los golpes, más pronto viene la cura; es entonces que Idalia alcanza a mirar por allá en el horizonte, un claro de luz pretende aparecer e Idalia comprende que está por amanecer y también entiende, que la intensidad del frío es porque está a punto de desaparecer y lo lleva a su entendimiento de tal manera que comprende que cuanto mayor dolor por Héctor pueda sentir, al final se quedará libre y volverá todo a su normalidad. Y se mira, hace rato que ya no llora, hace rato que solo mira, piensa y deja ir. Ya no está sufriendo, ya está entendiendo, Idalia está renaciendo en un nuevo sentido y finalmente se siente libre de pesar. Se concentra en los miles de colores que van tomando forma en el cielo, se alimenta con la paz que genera el despertar con el nuevo amanecer ante sus ojos, cuantas figuras desordenadas, cuanta pasión en el paisaje y cuantas ganas de ver que al fin llega la luz de un nuevo día para iluminar por completo ese renacer de nuevas ilusiones. Todo parece indicar que algo grande viene por delante, Idalia está llena de energía y ganas de continuar, sabe que lo que paso, finalmente ya pasó y entiende que ahora es seguir, primero con este día y luego con los que vengan, es continuar y vivir, sin promesas y sin proyectos, sólo disfrutar de cada momento. Idalia ha llenado su vida, el día le ha traído esperanza, el trino de las aves que saludan el amanecer le recuerdan que el alma se alimenta de la música que genera el transcurrir de la vida. Poco a poco va avanzando la luz para dar paso por completo a otro nuevo día, termina por salir el sol que destella de esplendor e Idalia se reconforta y se anima, ha terminado el martirio y ahora se siente en paz, está en paz.

Idalia decide irse, toda húmeda por la brisa, con su pequeña bolsa y sus sandalias, avanza despacio y retorna su mirada, allá al horizonte mira la inmensidad y la magnitud del poder de la naturaleza, hay un poco de viento que resbala sobre su cara y eleva su cabello. Detiene su paso y mira fijo lo más lejos posible, desde la raíz de su alma eleva un pensamiento "Héctor" con lo que queda de su recuerdo forma una gran burbuja y mete dentro su pensamiento, lo eleva tanto que puede ver como el viento lo toma y se lo lleva, despacio hacía la lejanía, despacio hacía el horizonte, tan lejos como se pueda, para no alcanzarlo, tan lejos para ni siquiera verlo, mientras en su imaginación mira como se pierde ese pensamiento, se desvanece por dentro el resto de su tristeza, se aleja tanto y a medida que la distancia disminuye su dimensión, en esa medida Idalia se despide de todo de una vez y para siempre.

Es ahora que Idalia comprende cómo puede finalmente continuar hacia adelante, ella está segura de haber dejado todo, pero lo que se vive y se lleva impregnado a tu vida, jamás lo vas a dejar aunque tu empeño insista e insista. Los recuerdos, serán quizá los mismos pero ya no habrá más daño. El dolor ha desaparecido y al aflorar el entendimiento, surge también una nueva ilusión llena de esperanza, afortunadamente para Idalia cuenta con la persona que le da todo, que la ama y que sólo espera el momento en que ella decida corresponder.

Idalia recarga hacía atrás su cabeza en sus mismos hombros y siente la ligereza de su cuerpo, libre de tensión y sin pesar alguna, retoma su camino, avanza primero despacio, poco a poco acelera su paso y cuando se percata está corriendo, llena de energía, abre los brazos y gira sobre sí misma, levanta la mirada al cielo y gira y gira, mira la belleza en las nubes, en el sol, en todo cuanto le rodea, cierra los ojos y mira hacia adentro, nuevamente resplandece la luz de su espíritu, limpia, fulgurante y excesivamente radiante, nuevamente se siente bien, sonríe, grita, primero despacio luego fuerte y más fuerte sin que le importe la gente que va pasando y la mira con curiosidad, satisface la necesidad de explayarse y finalmente, ya más tranquila, va directo a su habitación, debe tomar un baño y salir a disfrutar, planea ir de compras, visitar algunos lugares y divertirse, ahora sí, de lleno y sin distracción alguna.

Mientras Idalia hace todo por olvidar a Héctor, él está pensando en ella. Héctor anda un poco atareado en su trabajo, va, viene, lleva, trae, pero en todo el ajetreo hay algo permanente: Idalia en su pensamiento. Casualmente no puede quitar a Idalia de su mente, está empezando a inquietarle tanta insistencia a tal grado que empieza a desesperarse, de repente desea ir en su busca, pero recuerda la promesa de no volver a hacerlo, pero ¿y entonces? Cómo va a dejar de pensarle. Ya muy tarde, busca en que ocuparse antes de regresar a su casa, toma su auto y conduce sin trayecto fijo, en la vuelta y vuelta, llega al parque que frecuentaba con Idalia y esto le refuerza la insistencia de pensar en ella, un tanto desesperado opta por ir a su casa, allá Sonia lo espera, siempre tiene algo rico para cenar y tal vez su compañía le haga olvidarse por un momento de Idalia. Al llegar, como siempre ella sale a recibirlo con entusiasmo y mucho gusto, Héctor viene confundido y se le nota, Sonia pide la explicación que Héctor no se atreve a dar y en lugar de ello se justifica argumentando cansancio laboral. Casi no prueba bocado y decide retirarse a su cama, se recuesta e intenta ver la televisión para distraerse, sin lograr nada de concentración, completamente incómodo se mueve para un lado, se mueve para el otro y a Sonia le intriga tanta inquietud.

- ¿Qué te sucede? –trata de indagar-.
- Nada, en realidad no es nada.
- Te vez inquieto.
- Sí, de hecho lo estoy, es sólo cansancio.

Sonia quiere creer y no dice más, es obvio que algo le angustia, su expresión en la cara no es la misma y la evidente inquietud se mira por todos lados. Héctor hace todo el intento que puede para controlarse, intenta leer, escribir, ver tele y hasta fumar pero nada de eso le funciona, así que opta por quedarse tirado en cama hasta lograr conciliar el sueño, todo este tiempo su único pensamiento es Idalia, siente un hueco dentro de él y eso le mortifica más al no saber nada de ella y no tener la manera de investigar. Héctor cierra los ojos y piensa en ella, evoca en su pensamiento las mejores imágenes que conserva, Idalia sonriente y feliz y lo mejor, a su lado. Con esto empieza a reconfortarse un poco y ya más tranquilo termina por dormirse. En su sueño, continúa la historia, la protagonista: Idalia. Héctor empieza a caminar en un rumbo desconocido, de repente ya va avanzando sobre las casas y se eleva más y más hasta permitir que el viento dirija su trayecto, vuela y vuela, empieza a disminuir su velocidad y a perder altura, para posarse justo frente a una hermosa playa, tranquila, sin gente, está oscureciendo y a lo lejos sólo se mira una persona sentada a la orilla del mar, es una mujer y está sola, Héctor avanza despacio, hasta pararse detrás de ella y descubrir que es Idalia quien está ahí, Héctor desea hablarle pero no puede formular palabra, intenta tocarla por detrás y ya tampoco se puede mover, se queda a observar. Héctor puede ver lo que ella está pensando y descubre su nombre, se descubre en los pensamientos de Idalia, recuerda junto con ella pero Idalia nunca se percata de tener junto a Héctor, parece que nada la puede distraer; Héctor continúa inmóvil mirando pasar cada capítulo de su relación, mira como Idalia lo saca y lo deja ir, él quisiera detenerla y pedirle que no lo haga que es lo único que aún pueden conservar, pero está imposibilitado, su condición no le permite intervención alguna, Héctor termina por entender la razón de su estancia en aquél lugar, es para que reconozca todos los errores que cometió en aquella relación y que acepte que en este momento Idalia se está deshaciendo de ellos para poder continuar con su propia vida y sin él. Como espectador también empieza a vivir y cuando se da cuenta Héctor está llorando con incontenibles lágrimas como si con ellas pretendiera lavar sus culpas. El no puede hacer nada y quisiera detenerla, abrazarla besarla y decirle que aún la ama y que sigue aquí para estar con ella, Héctor siente otra presencia y voltea, lo único que mira es la silueta de una mujer con un bebé en brazos, sin rostro ni identidad, pero esto le recuerda su realidad, a Sonia y al bebe que viene. Héctor vuelve a llorar y decide sentarse al lado de Idalia y termina por contemplar el cierre de esta historia. Desconoce cuánto tiempo pasa ahí junto de ella, lo único que sabe y además que siente es que la está perdiendo y está mirando cómo se desvanece su fuerza y con ella tanto amor que tuvo para él y que despreció. Es difícil entender pero lo intenta, el también decide no interrumpir más, y bendice a Idalia con todos los mejores pensamientos que pueda tener para ella y dejarla partir, sin impedir su avance hacia adelante, él sabe que hay alguien más en la vida de ella, la otra vez los vio y ahora, se resigna a dejar el paso libre y permitir que lleguen hasta donde Idalia pretenda. Héctor tiene frío, empieza a sentir la gélida brisa del amanecer, se levanta y decide tener que irse, pero Idalia se adelanta, él se percata que ella ya se dio cuenta de su presencia, y sorpresivamente se para frente a él, solo para decirle: "Héctor, mi amor, estás aquí y has mirado todo lo que ha pasado, escucha, eres mi vida, mi amor, mi todo, eres lo que jamás nadie ha significado para mí pero hoy, estoy aquí sólo para sacarte de mi vida, de una vez y para siempre, que seas feliz, muy feliz, ama a tu mujer y a tu hijo, dales todo lo que yo no pude tener de ti y a mí, déjame ir; me voy, ahora soy yo quien se marcha, me voy de una vez en busca de mi vida, estuve perdida sin ti, y voy en mi propia busca, estoy aquí para borrar tu fantasma de mi vida y ya que decidiste venir..." Idalia no dice mas sólo lo abraza, lo besa con toda la pasión que guardaba dentro suyo y sintiendo como un escalofrío recorre cada diminuta parte de su alma, empieza a avanzar hacia el mar, sin dejar de mirar a Héctor, paso a paso y sin perderlo de vista, resbalando sus dedos sobre el brazo de Héctor para sentirlo por vez última, y deseando dejar ahí todos y cada unos de sus constantes recuerdos, Héctor quisiera detenerla pero a él le detiene la culpa y el remordimiento, así que sólo la mira alejarse más y más, mira como el agua toca sus pies a medida que ella avanza y se va sumergiendo en la profundidad de las aguas Héctor va sintiendo la frialdad de su soledad, quisiera detenerla, alcanzar y evitar que se hunda, pero está inmóvil, no puede avanzar, su ansiedad se incrementa cuando observa que Idalia se pierde por completo y entonces efusivamente y con todo lo que él lleva dentro grita con todas sus fuerzas "Noooooooooooo". Grito que le hace reaccionar, despertar y darse cuenta que todo ha sido un sueño. Todo, excepto el grito que también despierta a Sonia:

- ¿Qué sucede?
- Nada.
- ¿Pero... y el grito?

Héctor la mira y de momento todavía ve el rostro de Idalia en ella y la abraza con efusividad presionándola fuertemente a su pecho, pero Sonia insiste:

- ¿Qué te sucede? ¡Mira cómo estás! ¡Estás muy frío, estás temblando! ¿Qué tienes?

Héctor reacciona, es Sonia quien está con él, a punto de decir algo se detiene nuevamente, suspira lo más profundo para tranquilizarse un poco y en plena conciencia responde:

- ¡Nada, no me pasa nada! ¡Tuve una pesadilla! ¡Pero ya estoy bien! Ya estoy bien, gracias. Mira, ven, todo fue un sueño y... ¡qué bueno que sólo fue un sueño!

Sin decir más, Héctor la abraza y se vuelven a recostar, Sonia vuelve a dormir aunque ya es de mañana y él se queda despierto, ya no logra conciliar el sueño y entonces se ocupa en terminar de entender lo que está pasando, hasta concluir que hoy para él es el fin de esa relación, sólo queda el hermoso recuerdo y entonces, no habrá más dolor, ni remordimiento y tendrá que dejar a Idalia partir hacia donde ella decida, dejarla ir por completo, como en el sueño, de una vez y hasta el final.

Idalia regresa a su cuarto, ha comprado varias cosas, caminó por toda la zona comercial, comió helado, está un poco agotada, pide algo de comer y se recuesta a descansar, ya es tarde, nuevamente el sol se está despidiendo para dar paso a otra noche despejada y llena de estrellas, por un momento ella piensa en salir a divertirse, pero prefiere quedarse, ya está más tranquila, con toda la serenidad que buscaba y con perfecta claridad para lo que venga.

Enciende la tele buscando algo para entretenerse, se topa con una agradable película y se dispone a disfrutarla. En la trama se menciona un gran amor, para variar, y en el momento en que pretende relacionarla con lo suyo y Héctor de inmediato cambia sus pensamientos para continuar con lo suyo. La televisión la atrapa de tal manera con una y otra película, que cuando reacciona están a punto de dar las doce de la noche, se levanta para ir al baño, regresa y se duerme; hoy, ya nada le angustia.

Es un nuevo día e Idalia está completamente lista para regresar a su vida, para tornar y continuar adelante, hoy es su último día en este lugar, por la tarde irá de regreso a casa. No le avisa a nadie, querrá darles la sorpresa, después de estar varios días fuera sin al menos regalar alguna llamada, seguro, tanto su familia como Octavio ya desean saber algo de ella.

Idalia se prepara, da la última vuelta por la playa, camina, se deja mojar los pies con el agua del mar y se despide. Tiene la maleta lista, paga la cuenta en el Hotel y pide la lleven al aeropuerto. Un poco tardado para abordar su vuelo, pero al fin va ya de regreso, está entretenida con alguna revista, el paisaje de la ventanilla, incluso la plática con la compañía de asiento, no es tanto tiempo y rápido aterriza. Concluye los tramites en la central aérea y aborda un taxi.

Mientras el conductor trata de hacer la plática, ella corta de tajo la conversación y especula sobre la posibilidad de sorprender a Octavio, cuando está a punto de ceder, opta por darle prioridad a su familia y llegar primero a casa.

En tanto toca la puerta la traviesa Bere le abre la puerta:

- ¡Hola tía! Grita y la abraza.
- ¡Hola pequeña! ¿Cómo estás?

Antes de responder, se escuchan voces de los demás que salen a recibir a Idalia:

- ¿Por qué no avisaste que llegabas hoy para ir a traerte?
- ¡Olvídalo papá ya estoy aquí!
- Tienes razón, ¡Ya para qué!

Todo mundo la abraza y la recibe, rápidamente organizan una cena especial en honor a su regreso y todos disfrutan del momento, ella les platica acerca de sus vacaciones, casi todo, excepto, esa dolorosa despedida.

La familia de Idalia la nota diferente, o más bien, como originalmente es, risueña, sincera, alegre y sobre todo segura, muy pero muy sociable, cosa que le hacen notar y le agradecen.

Ella todavía tiene días de descanso del trabajo, por lo que no le importa a qué hora duerma, ya no tiene planes, ya ha hecho lo que deseaba y el resto, es sólo para descansar.

Su familia prolonga la plática hasta la madrugada, cosa que hace que al día siguiente todo mundo se levante tarde, incluso Idalia.

Reacomoda su ropa donde corresponde, limpia y ordena su cuarto, se deshace sin pesar ni resentimiento de algunas cosas que no quiere ver más incluyendo detalles que Héctor le dio alguna vez.

Dos o tres días después ya tiene tiempo para pensar en Octavio, lo recuerda y se decide.

Son casi las seis de la tarde cuando su secretaria le avisa a Octavio que tiene una llamada importante:

- ¿Importante? ¿Quién es?
- Perdón, me pidió que no dijera su nombre, sólo que le recalcara que "es importante"
- ¡Bien! ¡Comunícame!

Casi suelta el auricular cuando escucha:

- ¡Hola mi amor!
- ¿Idalia?
- ¿Alguien más te llama "mi amor"?
- No... no... este, ¡claro que no!
- ¿Cómo estás?
- ¿Dónde estás? ¡Qué bueno que hablas! ¡Cuántas ganas tenía de escucharte!
- ¿Me invitas a cenar?
- ¿Cuándo llegaste?
- ¿Me invitas a cenar?
- ¡Claro, claro, paso por ti en un rato! ¿Dónde estás?
- Te espero, no tardes mucho, estoy en casa.

Sin decir más Idalia cuelga, termina la conversación dejando a Octavio sin las respuestas a todas las preguntas que hizo, pero no importa, de inmediato le ataca una oleada de nervio y tratando de acelerar su trabajo pendiente, tropieza con las cosas, tira los papeles, revuelve sus documentos y bueno, decide dejar todo para mañana y salir de inmediato en busca de Idalia.

Octavio, no piensa en nada, ésta vez ni siquiera pasa por flores, va de inmediato hasta la casa de ella.

Idalia está lista, de alguna manera esperaba esa reacción y cuando hizo la llamada ya solo esperaba la llegada de Octavio. Hoy decidió dejar la elegancia para después, con un pantalón cómodo y una sudadera lo espera, eso sí, como casi siempre, peinada con una alta cola de caballo y un mascada hecha moño para resaltar el peinado. Apenas llaman a la puerta y sin temor a equivocarse asegura ser Octavio que viene a verla; y en efecto, con una gran sonrisa está el fuera esperando verla y en tanto abre la puerta, sólo la abraza con todo su entusiasmo:

- ¡Te extrañé!
- ¡Hola!
- Estás hermosa, ven. –y la vuelve a abrazar-.
- Gracias.
- ¿Oye, cómo te fue?
- Bien. Muy bien. ¡Ven pasa!

Idalia lo hace pasar hasta la sala, Octavio saluda a la Señora que anda por ahí y de inmediato se dirige a ella:

- ¡Cuéntame!
- Ya habrá tiempo de platicar, por ahora sólo tienes que saber que me fue muy bien, que ya pasó todo y sobre todo que estoy aquí ¡llena de ganas y muy feliz!
- ¡Qué bueno, mi amor! Perdón, yo...
- No digas nada, está bien.

Ambos ríen y el invita a irse, de inmediato se marchan y ahora ella propone ir al restaurante que ha sido testigo de todos sus hermosos momentos.

En el trayecto conversan de todo, ríen y en verdad se nota la diferencia en Idalia, por todo se muestra radiante y muy optimista.

Estando ya en plena cena, Octavio se sorprende al ver que Idalia trae puesto el anillo que le dejó hace mucho en señal de compromiso, de inmediato interrumpe su bocado, toma las manos de ella y acariciándolo pregunta:

- ¿Te lo pusiste?
- Mm, Sí.
- ¿Y...?
- ¡No preguntes! No hay respuesta, sólo quiero darme la oportunidad de pensar en esto, y después, no sé, no sé, deja que el tiempo nos dé la pauta para tomar la decisión.

Octavio entiende perfectamente, está convencido de tener ahora la mejor y última oportunidad, y por supuesto ¡la va a aprovechar!

- Bien, tienes razón, no pensemos en lo que pueda pasar, disfrutemos este momento y luego...
- Luego, luego, no habrá más luego para nosotros, sólo el presente de cada momento y la realidad de cada instante, sin ver más allá, sólo lo que cada vez nos regale la vida y nada más.
- ¡Te quiero!
- ¡Yo también te quiero!

Terminan la conversación con un roce de labios y continúan hasta terminar su cena. Las circunstancias muestran que pronto tendrán la respuesta, disfrutan completamente la compañía del otro y además... ninguno puede asegurar lo que su destino les depara.

Idalia se reincorpora a sus actividades cotidianas, trabajo, familia, distracciones y por supuesto Octavio.

Octavio también, sólo que para él antes que nada y que nadie está Idalia y el objetivo de conquistarla por completo hasta lograr que de una vez ella le dé el sí pero frente al altar y como promesa de matrimonio; para ello se esmera fervientemente y busca en cada momento la oportunidad de hacerle notar su amor y demostrarle lo importante que Idalia es para él. Ella, complacida con tanta atención y halago empieza por agradecer todo lo que recibe e intenta con mucho gusto corresponder hasta donde le sea posible de la mejor manera.

En casa de Idalia se reciben arreglos florales frecuentemente, en la oficina nunca falta el detalle que alegre su día, muchas llamadas de buenos deseos y sobre todo la expresión siempre amorosa de la mejor sonrisa de Octavio para ella. Idalia es luz para Octavio y ella lo sabe, basta tan solo con escucharlo expresarse de ella para mirar en sus ojos como se desborda la emoción y muchas veces hasta un ligero temblor de voz que se deja percibir cuando la refiere o la mira. Su ansiedad por verla y sentirla cerca, tomarla de la mano y regalarle una caricia, va en aumento cada vez; tanto, que está a punto de dejarse vencer por eso y volver a insistir en un compromiso, pero le detiene la incertidumbre de su respuesta.

Con el paso de los días, en el corazón de Idalia se vuelven a incubar muchas ilusiones, empieza de nuevo a creer y finalmente se deja envolver por la belleza de sus sentimientos y por el complaciente trato que Octavio le ofrece sin excepción, siempre, estando cerca o lejos él le hace notar su amor, se lo hace sentir y eso ha empezado a fructificar muy dentro de Idalia. Ella, sigue trayendo el anillo que le regaló Octavio hace mucho, pero no significa nada, sólo la buena intención de hacerlo sentir bien, pero ahora, cada vez, se le hace más notorio el gusto de que así sea.

En casa la mamá de Idalia se ha dado cuenta del cambio en actitud que su hija va teniendo con el tiempo, la vuelve a ver muy motivada por todas sus cosas y en especial con la relación que lleva con Octavio, ellos, salen con mayor frecuencia, Idalia se esmera un poco más en su arreglo personal y es evidente que le agrada este avance, todos conocen esta relación, pero sólo la señora sabe lo que Idalia ha tenido que pasar para dejar atrás lo de Héctor y volver a darse abiertamente a esta nueva ilusión.

Todos están complacidos tanto en casa de ella como en la de Octavio, él, se ha acercado a su mamá para pedir consejo, ella es obvio que sabe cuánto su hijo quiere a Idalia y aunque al principio se resistía a la idea, finalmente como madre siempre apoya a su hijo en lo que éste decida y le propone a Octavio no dejar pasar más tiempo, atreverse y lo que deba ser que sea y a continuar adelante.

Un fin de semana en que quedaron en salir Idalia y Octavio, a ella se le hizo tarde por estar ayudando a su mamá a terminar un vestido de fiesta que pidieron hiciera, Idalia, estaba tan ansiosa por ver la obra final que olvidó por completo su cita con Octavio, nada especial, solo un día de diversión y nada más, así que mientras discuten ella y su mamá los ajustes necesarios, escuchan sonar el timbre y en ese momento Idalia reacciona y cae en la cuenta que Octavio está por ella:

- ¡Es Octavio!
- ¿Qué?
- ¡Ahí está Octavio!, es cierto, ya son las cinco y yo... mira como estoy...
- ¡No te quedes ahí y abre!
- No, cómo crees ¿Me va a ver en fachas?
- ¡Ya te conoce! ¡anda abre!
- Está bien.

Octavio viene muy casual, dejo fuera la formalidad y le sorprende encontrar a Idalia de la misma forma, ya que no se pusieron de acuerdo.

- ¿Estás lista?
- ¡Claro que no!
- ¿Por?
- ¡Así piensas llevarme!
- ¿Qué tiene? ¡Te ves hermosa!
- No, no y no, si quieres esperar, pasa, si no, no vamos a ningún lado.

Octavio sonríe y pasa, no le conoce el lado vanidoso a Idalia y por ello le sorprende su actitud, aunque en realidad a él no le importa su aspecto, siempre la ve muy bien, acepta pasar y esperar. Mientras Idalia va a alistarse, Octavio, entabla conversación con la señora y sin pensarlo, llegan al punto donde él deseaba:

- ¿La quieres mucho, verdad?
- ¡Con toda mi alma!
- Ella a ti también.
- No estoy tan seguro,
- Yo no soy quién para decirlo, pero tal vez hace algún tiempo no lo podría asegurar como ahora, está enamorada y de ti, ¿Cuándo la habías visto preocuparse por como se ve cuando salían juntos?

- ¡Tiene razón pero eso no quiere decir nada!
- ¡Claro que sí! ¡Quiere decir y mucho! ¡Está muy ilusionada y se esmera porque eso le hace sentir que a tu lado debe estar resplandeciente!
- Con tenerla cerca me conformo, lo demás, es lo de menos.
- Para ti sí, lo sé, se te nota.
- ¿Qué se me nota?
- Lo que la quieres... cómo la quieres y... yo te agradezco que trates así a mi hija.
- Doy todo por estar con ella y... y... y...
- ¿Qué?
- ¡Quiero casarme con ella!
- ¡De verdad!
- Sí, ¿qué piensa?
- Pienso... pienso... pienso que eres la persona que ella está esperando y en lo que a mí corresponde me complace que seas tú y sobre todo porque te conocemos, sabemos el tipo de persona que eres y además... quien mejor que tu, para ser mi yerno.
- ¿De verdad lo cree?
- ¡Claro!
- ¡Ya voy!- interrumpe Idalia desde su recamara con un grito para que Octavio no se desespere, lo que no sabe es que esta interrupción hace que él aproveche la oportunidad para proponer a su mamá ser su cómplice para organizarse y dar a Idalia la mejor de las sorpresas.
- Señora- respira profundo- ¿puede ayudarme?
- ¿A qué?
- Pretendo proponerle matrimonio a Idalia, y se me ocurre, que sea aquí mismo, en su casa, frente a toda su familia, en una convivencia, no se alguna sorpresa pero necesito su ayuda.
- ¡Me agrada, yo organizo una comida y tú... haces el resto!
- ¿De verdad?

- ¡Claro! ¡Lo que más deseo es ver feliz a Idalia, se lo merece y, creo que ya es tiempo!
- ¡Muchas gracias, muchas gracias!

En ese momento Idalia sale con su mejor sonrisa, dejando a la vista cierta culpabilidad, porque lo único que hizo fue cambiar el pantalón de mezclilla por uno de otro tono, reacomodar su cabello poner un moño y listo, ¡eso fue todo!

- ¡Te lo dije! ¡Así estabas bien!

Idalia sonríe, mira a su mamá y levanta los hombros en seña de resignación, Octavio se despide guiñando el ojo y estos se marchan.

Octavio propone ir al cine, Idalia no quiere, ella hoy tiene ganas de caminar con él, abrazarlo, besarlo y demostrarle cariñosamente todo lo que ya siente por él y deciden ir por ahí, sin rumbo, dejan el auto en el estacionamiento de un centro comercial y caminan, caminan y caminan, entre la gente, los vendedores, los puestos, locales, la música y las miles de voces y sonidos que se oyen en el ambiente. Van de la mano, Idalia sugiere comer algún antojo, lo primero que ven a su paso es una tienda de helados y sin dudarlo van directo hasta ella, ambos selecciones algo rico y continúan caminando, se comparten el helado y cuando se percatan están en un parque. Idalia ha terminado su helado y come del de Octavio, el no le quiere dar, juguetean y ríen, cuando ya no hay más helado, Idalia toma la mano de Octavio, avanza un paso delante de él y se detiene mirándolo de frente:

- ¿Me quieres?
- Sí.
- ¿Si me quieres?
- Sí.
- ¿De verdad me quieres?
- Sí.
- ¡Pero dímelo!
- Te quiero, te quiero te quiero...

Octavio toma de los hombros a Idalia, la detiene y la mira directo a los ojos y dice:

-   Es más... no sólo te quiero.... Yo... ¡Te amo!... y...

Idalia no permite que Octavio continúe, ella posa sus frescos labios a los de él y los funde en un profundo y apasionado beso, un beso como jamás le había dado a Octavio, lleno de amor, de pasión, de deseo y ansiedad por hacerle sentir que ella también lo ama. Obviamente Octavio lo siente y goza la sensación, pero sobre todo confirma la intención de ser el momento preciso de proponer matrimonio. Idalia no deja que diga más, lo besa una y otra vez, ríe, le hace cosquillas, avanza rápido para que él le de alcance, se deja alcanzar y lo vuelve a besar y esto se convierte en un maravilloso juego que confirma la recíproca voluntad de querer dedicarse uno al otro de ahora y para delante. Es como si este momento escribiera lo que viene y después... no hay después o ya se verá.

En efecto, Octavio aprovecha la ocasión, ya más tarde, de regreso antes de despedirse, el sonríe con su peculiar coquetería que le caracteriza, observa fijo a Idalia y disfruta el darse cuenta del nervio que provoca en ella, y pregunta:

-   ¿Te casarías conmigo?
-   ¿Es propuesta o sólo una pregunta?
-   Responde
-   No se... déjame ver...
-   ¡En serio!
-   ¿Es pregunta o...?
-   ¿Lo harías?
-   ¿Pero...?
-   ¿Lo harías?

Idalia guarda unos segundos de silencio, mira a Octavio, le sonríe, le toma la mano y vuelve a sonreír, lo suelta, cambia de dirección su vista y la regresa de nuevo a él y vuelve a sonreír. Es obvio que está nerviosa, es obvio que quisiera decir que si pero tiene miedo, un miedo infundado pero miedo al fin. Suelta la mano de Octavio para limpiar la humedad que ya se deja sentir y sonríe. Octavio espera paciente la respuesta, observa la reacción de Idalia y muy para sus adentros se alegra de lo que ve, le pronostica buenos augurios y eso le hace feliz.

- Es... que... -finalmente formula Idalia-.
- Está bien, no digas nada. Entiendo. No respondas si no estás preparada pero ahora sí, en serio, piénsalo.
- Lo que sucede es que...
- No digas nada, no digas nada ahora.
- Yo... -Idalia acaricia el anillo que lleva puesto, el mismo que Octavio obsequio con la misma intención pero en otra ocasión-.
- No digas más. Está bien.

Octavio, la abraza y la acerca hacía él, recostada en su pecho, alcanza a sentir la emoción que transmite el latido de su corazón y ello le emociona aún más. Entonces, ahora es él quien se atreve a proponer sin palabras un gran beso que le obsequia con todo su amor, transmitiendo en éste todo el cúmulo de sensaciones que desborda la emoción por ver al fin logrado su objetivo. Octavio la besa e Idalia corresponde, ambos se regocijan de saberse completamente correspondidos a la vez de ver fructificada la tan anhelada pretensión de verse parte de una hermosa historia de amor y de realidad.

Octavio lleva de regreso a Idalia hasta su casa y no toca más el punto por el momento, la conversación toma otro tema y ninguno hace comentario alguno al respecto. Ambos están emocionados pero a la vez llenos de nervios y confusión.

Octavio hace planes en sus pensamientos, imagina la forma en que propondrá matrimonio a Idalia y ella, ni piensa ni se angustia, por ahora, ¡sólo es ahora!

Al día siguiente, desde su trabajo, Octavio sólo piensa y piensa en qué hará y nada que se le ocurre, la emoción lo ha bloqueado y no tiene cabeza, sin embargo, decide no dejarlo para después y una vez más acude a la mamá de Idalia a pedir su apoyo.

Por teléfono y para buena suerte suya, la localiza en el primer intento:

- ¿Hola Señora, es Octavio?
- Hola Octavio ¿Cómo estás?
- Bien... molestándola.
- ¿Dime?
- Se trata de Idalia...
- ¿Qué pasó?
- No, nada, más bien es que...
- ¿Terminaron?
- No, al contrario, es decir... es que... estoy nervioso.
- Dime, no te angusties, dime y...
- ¡Está bien!
- Quisiera que me ayude.
- ¿A?
- Quiero pedirle a Idalia, o sea, proponerle matrimonio, pero me gustaría que fuese una sorpresa, como lo platicamos usted y yo, organizar una buena reunión, ustedes, mis papás, yo, pero que ella no sepa nada.
- A ver, y ¿Yo qué papel juego?
- ¡Usted!, me gustaría que fuese en su casa, y su ayuda, sería que informara a todos y todos conspirásemos para que sea un día inolvidable para Idalia.
- Ya entiendo, ¡claro, claro que te ayudo! Yo organizo a todos acá preparamos algo y...
- Bueno, por la preparada, usted dígame que se le ocurre y yo consigo el servicio, lo pido en su domicilio y nos despreocupamos del asunto.
- De verdad, te quiero ayudar.
- Y ya lo está haciendo, quiero su ayuda, no abrumarla y además si prepara algo Idalia lo puede sospechar.

- Tienes razón.
- Pensemos en una fecha
- Tú me dices.
- ¿Qué le parece en dos semanas?, el sábado por la tarde, yo inventaré algo para Idalia, para que se preparé y no se incomode cuando reciba la sorpresa.
- Muy bien ¡Deja lo que me toca en mis manos que yo me encargo de hacer está un gran día para mi chiquita!
- ¡Gracias señora, muchas gracias!
- No me agradezcas, sólo encárgate de hacerla muy feliz y con eso estoy más que bien pagada.
- No se apure, que eso es lo único que deseo, vivir para hacer feliz a Idalia, sólo para eso.
- Bien, pues no se diga más.
- Bueno, pues así queda, el sábado en la tarde, yo llegaré por ella como a las 6:30

Octavio cuelga el auricular sin evitar darse cuenta cómo le tiembla la mano, son nervios en realidad, está emocionado y muy nervioso, nunca antes se había visto igual, pero el simple hecho de imaginarse con ella para siempre le llena su alma y le hace volverse loco de la emoción, Octavio está profunda y verdaderamente enamorado de Idalia como nunca antes lo estuviese de nadie, es más jamás pensó en llegar a sentir algo tan profundo por alguna persona y está completamente feliz de sentirlo y que sea por Idalia, la mujercita de sus sueños.

De inmediato se da a la tarea de organizar todo, pide a su asistente cotizar menús a domicilio, explica que tiene que ser algo muy especial, no importa el precio, sólo que sea algo muy exclusivo que incluya el servicio completo y que ofrezcan lo mejor.

Así mismo busca el mejor arreglo de tulipanes, junto con otros menos espectaculares que enviara a casa de Idalia para la recepción. El sabe que Idalia prefiere las cosas sencillas y le agrada mucho lo tradicional, conoce sus gustos y trata de apegarse lo más a lo que cree le va a encantar, sin embargo, todo lleva el toque especial muy apropiado a la ocasión.

En los próximos tres días no busca a Idalia, ocupado por completo en ultimar detalles, se justifica diciendo que tiene mucho trabajo y como es muy normal, Idalia aprovecha para ocuparse un poco de ella, concluir algunos pendientes y hasta darse una escapada con sus amigas a quienes tiene por completo abandonadas.

Octavio deja todo perfectamente listo, salió y consiguió el mejor anillo de compromiso que pudo encontrar, algo hermoso, que refleja un encuentro que para él representa el encuentro de él con Idalia. Está todo listo, falta una semana pero él tiene listo hasta el último detalle.

En casa de ella, todo parece normal, para entonces ya todos los integrantes de la familia saben lo de la sorpresa y cada uno está preparando lo suyo, la señora de repente emocionada, otras veces nerviosa y hasta angustiada, de alguna manera sabe lo que su hija ha vivido, pero también conoce la grandeza del alma de Idalia y se da cuenta que en la vida sentimental de ella ahora todo gira en torno a Octavio y espera que así continué.

Es sábado, uno antes de la pedida y Octavio visita a Idalia en su casa, ese es el pretexto, en realidad va a asegurarse que todo esté listo. En algún momento encuentra la oportunidad de hacerlo y lo confirma con la mamá de Idalia, sin que ella se percate.

Mientras platica con Idalia, se acomoda y propone:

- ¿Qué vas a hace el sábado?
- ¿Hoy?
- No, el próximo.
- Nada especial, ¿por?
- ¿Segura que nada?
- Segura.

- Pues fíjate que sí
- ¿Qué sí qué?
- Que si tenemos algo que hacer.
- ¿Tenemos?
- Sí, ¡Tenemos!
- ¿Qué?
- Vamos a ir con mis papás a una reunión, es una reunión muy especial, quiero que te pongas bonita, cómoda, a gusto y te alistes porque voy a venir por ti.
- ¿A dónde?
- ¡Ya lo verás! Te va a agradar, vamos a estar con ellos y de verdad te lo digo, ¡es una ocasión muy especial!, así que tómalo como tal y prepárate como tu consideres.
- ¿Muy elegante?
- Como quieras mi amor, como tú escojas, como te prepararías para algo muy especial, pero sobre todo que estés muy cómoda y a gusto.

Idalia no dice más, sabe el tipo de reuniones que acostumbran hacer en casa de Octavio, una mezcla de formalidad con sencillez, con toque de elegancia, en fin, ella se entiende.

No hace más preguntas, voluntariamente se ha involucrando poco a poco más a fondo en la vida social de Octavio y así lo toma, no se intriga ni se imagina nada, sólo acepta la invitación e independientemente de si verá a Octavio en el trayecto de la semana o no, queda de una vez que estará lista a las 6:30 de la tarde del sábado para que el pase por ella sin ningún inconveniente.

Octavio se queda un rato con Idalia y luego se retira, el también desea preparase para el momento y por ahora busca estar solo para repasar una y otra vez cada aspecto y evitar que algo vaya a salir mal.

Idalia, se queda sentada en la sala y tanto su papá como su mamá se aceran a indagar las intenciones que ella tenga para con él, después de todo es lo único que a ellos les interesa, antes de avanzar con más firmeza.

Idalia no dice mucho, empieza por decirles que saldrá con Octavio el próximo sábado y que tal vez regrese tarde, comentario que aprovecha su papá para entrar de lleno al punto y preguntarle:

- ¿Cómo vas con esa relación?
- ¿Cuál?
- Pues la de Octavio y tú.
- ¡Ha! Bien.
- ¿Nada más bien?
- No, nada más bien no, parece que... ... ...
- ¿Qué?
- Nada
- Dinos
- Parece que... ¡estoy enamorada!

Idalia suspira, se sonroja, sonríe y vuelve a quedarse seria mirando a sus padres, circunstancia que confirma sus palabras.

- ¿Cómo que parece?
- Es que... me siento emocionada, a veces imagino cosas y de repente me inquieto y luego, no quiero verlo pero lo extraño y si no me busca me enoja y... y... y... no se no sé.

Los señores, se miran uno al otro y corroboran las palabras de Idalia, realmente sí está enamorada, tal vez más que eso, ¡realmente está enamorada!

Ellos se quedan tranquilos y cambian el tema de conversación, no quieren obviar nada ni echar a perder la sorpresa, así que naturalmente continúan con una conversación completamente diferente para más tarde merendar e irse a su cama.

La semana se hace muy larga para Octavio, sólo un día busca a Idalia, está tan angustiado y emocionado a la vez que no quiere que lo descubra, así que prefiere no verla y dejarla de cierta manera en plena libertad de hacer lo que quiera, después de todo no tiene la más remota idea de lo que está por suceder.

Idalia, si se angustia un poco en seleccionar el atuendo que va a usar en la famosa reunión con los papás de Octavio, de repente, ella misma se incomoda y opta por ir en busca de algo que le agrade, en vista que Octavio no tiene tiempo disponible para ella lo aprovecha en darse una vuelta por las tiendas y no para hasta encontrar algo que llama su atención por completo y que considera muy propio para la famosa "ocasión". Ella no sospecha nada, de repente le cae de extraño algunas reacciones de sus hermanas o de su mamá y por supuesto, la ausencia de Octavio, pero entiende y no le da mayor importancia, después de todo tiene en que ocupar el tiempo que normalmente pasa con él.

Ya es sábado y nota como hay más movimiento en su casa que el acostumbrado, trata de indagar que sucede, pero sólo se limitan a decir que es buen día para hacer algunos arreglos en casa, una buena limpieza y algo especial y diferente, que no acaba de entender pero no le importa, es más hasta participa en lo que puede.
Para la tarde, todavía a muy buen tiempo, decide encerrarse en su recámara a prepararse y buscar la mejor opción para su arreglo de esa tarde, situación que aprovechan su familia para hacer lo mismo pero sin que ella lo note. Casualmente cuando sale a bañarse, su papá va saliendo y ella pregunta:
- ¿Van a salir?
- Sí.
Idalia, disfruta su baño, el agua caliente cayendo por su espalda, el perfume del champo entre sus manos, un poco de espuma en su cabello y en general, mucha paz en su interior. De repente, mientras enjuaga su cuerpo, algo se alborota en su estómago produciendo una sensación de ansiedad y a la vez de regocijo, no entiende, pero tampoco da importancia, ella continúa y cuando termina va directo de nuevo a su recámara a alistarse para cuando Octavio llegue por ella. Idalia nunca se percato de la llegada de todas sus hermanas, como a veces ocurre, no le dio importancia.

Octavio, antes de llegar a casa de Idalia, se asegura que todo esté perfecto y listo para cada momento. Respira profundo, mete la mano en la bolsa de su saco para sentir la caja donde lleva el anillo de Idalia la siente entre sus manos y vuelve a suspirar, cierra sus ojos unos segundos y llama a la puerta. Escucha claramente como unos pasitos ligeros vienen hacía la puerta sonríe y abraza a la pequeña Nadia que vino a abrirle, y le dice despacito:

- ¿Y tu tía?
- ¡Tía te hablan! –grita desde los brazos de Octavio-.

La mamá de Idalia sale a recibirlo y confirma que todo está perfecto y listo, Octavio le hace saber que afuera están esperando la señal para entrar, los arreglos florales, el servicio, los papás de Octavio y hasta el mariachi.

Idalia sale como acostumbra, sonriente y... se ve enteramente hermosa, como si supiera, se esmero y le dio el toque de elegancia, el de coquetería pero sobre todo deja ver la sencillez y armonía que combinan perfecto con su alegre y armonioso semblante.

La señora se adelanta:

- ¡Te vez hermosa hija! ¡muy hermosa!

Octaviano atina a decir nada, la mira y ahoga en su interior las ganas de besarla para luego completar:

- ¡Mi amor, estás muy bonita!
- ¡Gracias! pero tengo que decirlo, me siento muy bien, me agrada mucho como me veo y sobre todo, me siento cómoda con esto, me gusto desde que lo vi. –Dice Idalia mientras acomoda el vestido.

Parece que todo saldrá perfecto, la curiosidad hace que una de las hermanas de Idalia asome y obviamente saluda,

- ¡Órale que te hiciste! ¿Pues a dónde van? –completa para despistar-.
- Yo... -no termina de decir Octavio cuando alguien está llamando a la puerta y para seguir el teatro pregunta- ¿Esperan a alguien?
- No sé, ¿Mamá?

- No yo no, -responde y se dirige a la puerta para abrir y de inmediato se deja asomar un gran arreglo de tulipanes amarillos, completado con follaje de cola de pavo real.

Adentro sólo se escucha la voz del mensajero que pregunta:

- ¿La señorita Idalia?
- Sí, aquí es. –Responde la mamá de Idalia.- Hija, te buscan.

Idalia mira a Octavio intentando preguntar con la mirada a lo que no obtiene la menor respuesta, mira el arreglo y se enmudece al tiempo que siente entumecer su cuerpo, es como los que le mandaba Héctor, quiere avanzar pero se siente incrustada en el piso, pide pasar a quien trae el arreglo y le hace dejarlo en la mesa del centro de la sala, se acerca a ver la tarjeta y lee en silencio "para el amor de mi vida", mira como todos le observan con atención, da gracias al mensajero y con el nervio no se da cuenta que Octavio le da alguna indicación.

Para agudizar la emoción Octavio indaga:

- ¿De quién son?
- ¿Tuyas?
- ¿Qué dice?
- ¿Tú me las enviaste?
- ¿Qué dice la tarjeta?

Idalia no responde, la cierra y la mete en el sobre, la detiene entre sus manos, sin saber que decir, mira de nuevo a Octavio y vuelve a preguntar:

- ¿Tú me las enviaste?

Octavio no vuelve a responder y se acerca para tomar la tarjeta de las manos de Idalia, todos quienes están ahí, le ponen suspenso al momento e Idalia, duda, en realidad duda y aún no entiende, antes que Octavio saque la tarjeta, vuelven a llamar a la puerta, ¡más flores para Idalia!

Para este momento han salido ya dos de las hermanas de ella que no quieren perder detalle alguno y una que es quien abre, dice al florista que pase y deje los arreglos, porque son varios, en los diferentes lugares que previamente habían dispuesto para ello, pero que Idalia sigue sin entender

-   Son para ti Idalia, más flores.

Idalia está con la boca abierta, su capacidad de entendimiento está bloqueada y ya se puso nerviosa de no saber qué está pasando y de ver que Octavio no confirma ser él quien las ha enviado. Ella, sólo mira como dejan uno a uno y todos traen tarjeta, que ya ni siquiera se atreve a abrir.

-   ¿No vas a ver las tarjetas? –pregunta Octavio-.
-   No.
-   ¿Por?
-   ¿Qué está pasando?
-   Tú dime.
-   No sé. ¿Son tuyas?

Oportunamente para Octavio, en ese momento vuelven a llamar a la puerta y nuevamente no alcanza a responder, Idalia está a punto de la desesperación y casi pide que si son más flores las devuelvan pero antes de que lo diga, escucha la voz de la madre de Octavio que está preguntando por él:

-   ¡Hola buenas tardes! ¿Está Octavio aquí?

Antes de que respondan la invitan a pasar y ella obviamente a sabiendas de todo, insiste:

-   ¿Y, esas flores?

Las miradas van directo a Idalia quien para ahora ya se nota molesta, no responde y busca la manera de escabullirse:

-   ¿A qué hora nos vamos?

Pregunta dirigiéndose a Octavio y sintiendo la penetrante mirada de sus papás quienes salen al rescate de su hijo:

-   Sí tienes razón, nosotros esperábamos a Octavio, pero al ver que no llegaba, pensamos encontrarlo aquí, y mira, no nos equivocamos, aquí está y ahora, nosotros también, así que no desesperes, no hay prisa.

La actitud de la señora acaba por terminar de sorprender a Idalia quien visiblemente molesta y desconcertada trata de encontrar una respuesta mientras se da cuenta, cómo después de que llegaron sus "suegros", salen todas sus hermanas y esto toma forma de reunión familiar en donde todos, excepto ella, fueron invitados con anticipación.

Idalia busca respuestas, no dice nada pero con la mirada indaga, primero a su mamá, a su papá y luego a Octavio y, finalmente, al no tener respuesta alguna, se deja caer en uno de los sillones diciendo:

-    Ustedes me dicen que sigue.

La pequeña Nadia va hasta Idalia y tratando de sentarse con ella, pregunta:

-    ¿Estás enojada?

-    No. Ven siéntate conmigo, creo que somos dos las que no entendemos nada.

Es el momento, Octavio lo considera y empieza:

-    Mi amor, no te molestes, sí fui yo quien envío todas estas flores, se que te gustan, que son tus favoritas y también se que para un día tan especial como hoy, las flores son parte de la ocasión.

-    ¿De la ocasión?

-    Sí. Te dije que iríamos a una reunión, una muy especial, así te lo pedí, que iríamos con mis padres, y pues ya estamos en esa reunión, ellos están aquí, lo que ya no te dije es que también estarían los tuyos.

-    ¿Lo sabían? –pregunta dirigiéndose específicamente a sus papás, quienes confirman con un movimiento afirmativo-.

A éstas alturas Idalia no descubre aún el motivo, así que deja que Octavio siga hablando:

-    Bien -recorre Octavio con la mirada a todos las personas en la habitación hasta llegar de nuevo a mirar directo a los ojos de Idalia que sin darse cuenta se ha puesto de pie en posición a la defensiva sintiéndose víctima de todos y dispuesta a salir a reclamar en cualquier instante, Octavio detiene su mirada justo frente a ella y continua- en efecto, todos los que estamos aquí sabíamos de esta reunión, es para ti y yo pedí que no te dijeran nada, yo mismo no lo hice, porque... porque... quise que fuera una gran sorpresa, y... lo estamos logrando.

- Yo, Idalia... -le toma las manos para disminuir la tensión, la acaricia y procede- te amo... tú lo sabes y todos los que están aquí también... te amo... y... estamos aquí porque yo... yo... quiero decirte... quiero pedirte... Idalia... -suspira profundo, cierra los ojos, toma aliento y continúa- Idalia... -suelta la mano de Idalia para meter la suya a la bolsa del saco y sacar la caja con el anillo de compromiso, lo abre y lo ofrece a Idalia al tiempo que propone: - Idalia... ¿Te quieres casar conmigo?
- ¿Qué?

Idalia pregunta enteramente sorprendida, porque es hasta ahora que comprende todo, no responde, está terminando de asimilar y mira de inmediato a sus papás quienes al igual que los demás están atentos a su respuesta, ellos no influyen en su respuesta, con alguna mueca le indican que ella decida, cosa que siempre le han permitido. Ella regresa su mirada a Octavio quien entiende la perturbación y vuelve a preguntar:

- Idalia, ¿quieres ser mi esposa?

Entonces Idalia deja ir por completo toda la tensión para volverse en una sonrisa y después de un pequeño silencio responder:

- Sí, Sí Octavio, sí quiero casarme contigo.

Por inercia todos aplauden y Octavio toma el anillo y quiere colocarlo en su mano pero debe retirar el que ella trae puesto, que es el mismo que él obsequio tiempo atrás y que nadie más que ellos lo saben, Octavio quita el anterior e Idalia lo coloca en la otra mano y deja que Octavio ponga éste, quien después de hacerlo, lleva la mano de Idalia hasta su boca para darle un beso y decirle muy despacio: "Te amo... te amo y ya verás que te voy a hacer muy feliz".

Idalia se deja abrazar y se abriga en Octavio, él presiona fuerte contra su pecho y le repite que le ama, Idalia endereza su cara para ofrecer su boca y darle un beso, mismo que Octavio corresponde. En ese mismo momento se vuelve a abrir la puerta para dar paso al mariachi que empieza a entonar la canción que Octavio escogió para declarar su amor a Idalia y todos disfrutan de la música. Detrás de ellos, también entra el servicio y todos se complacen en compartir estos momentos con ellos. Después de la música fijan la fecha de la boda, haciendo caso a Idalia de que sea en corto tiempo, sus respectivas mamás y todas las mujeres planean la organización de la boda, hacen sus sugerencias y después de recibir los reclamos de ella por no decirle nada, Idalia les agradece todo lo que han hecho porque ella sea feliz y disfruta el momento, lamenta no haber estado enterada para invitar a sus amigas y compartirles su felicidad.

Toda la reunión se sucede tal cual debe y el más feliz es Octavio, de repente hablan los papás y las mamás de cada uno y por supuesto queda lista la fecha de boda para después de dos meses exactamente.

Octavio busca un momento con idalia para agradecerle el haber aceptado y también para nuevamente ofrecerle su amor incondicional.

La celebración termina ya muy avanzada la noche, cada quien parte a su casa y los demás van directo a la cama.

Ya es la tarde del día siguiente y apenas comienza a verse movimiento dentro de la casa. Octavio le llama a Idalia para invitarle a salir, para festejar entre ellos el compromiso, pero Idalia decide que no, ya tendrán mucho tiempo, por ahora sólo quiere descansar, ella está feliz, realmente lo está, es más ni siquiera se esperaba reaccionar así, no ha pensado en nada más que en todo lo que le espera, la organización de la boda, todos los detalles, la luna de miel y la vida en pareja, muchas cosas y muchos cambios que no termina por imaginar, pero que con gran gusto quiere enfrentar.

El tiempo empieza a transcurrir, la fecha está señalada y los días contados, de inmediato empiezan a organizar la boda, será espectacular, con el total apoyo de las dos familia todo va a salir muy bien, antes que nada Octavio pregunta a Idalia cómo quiere su boda, lo que siempre ha soñado y demás detalles para apegarse tanto como sea posible para complacer a su reina, como siempre. Idalia espera algo sencillo, pero eso sí, muy especial, la compañía de sus más allegados amigos y familiares tanto de ella como de Octavio, el menor número de personas que sea posible, un banquete tradicional con música acorde pero eso sí, sin faltar los ramos de flores blancas y los adornos de tul y organsa.

Es poco tiempo el que tienen, todo debe adelantarse para evitar prisas de último momento. Ambos andan de un lado a otro, ocupando todo el tiempo que les sea posible. La emoción y los nervios hace que empiecen a bajar de peso, son muchas presiones pero les agrada estar compartiendo estos momentos, a poco menos de un mes de la fecha señalada, ninguno había tomado en cuenta el lugar donde van a vivir y a Idalia se le ocurre de momento rentar una pequeña casita hacía afuera de la ciudad, sólo para los dos, Octavio está de acuerdo y se dan a la tarea de inmediato.

Sólo faltan dos semanas y al parecer todo está listo, Idalia se mando a hacer un vestido de seda pegado al talle, escote ligero, descubierto de los hombros y manga caída, pomposo de falda con encaje de guipur, cauda de organsa bordada y largo tul para el velo; para el ramo y la corona, selecciono un elegante arreglo de tulipanes blancos y gardenias. ¡Todo está perfecto! En efecto, todo está listo, hasta el más pequeño detalle ya está dispuesto, Idalia y Octavio, rebozan de felicidad, sin embargo, muy dentro de Idalia, de repente surge una duda, duda que desea mitigar antes de llegar el gran día. Entonces, propone a Octavio no verse durante los últimos tres días anteriores al día de su boda y se encontrarán por la mañana antes de haber preparado nada para salir con rumbo a la iglesia.

Octavio, ahora confía plenamente, se encuentra completamente seguro de que Idalia le ama y acepta el reto, confiado en que será para bien y nada más. Se despiden con un intenso abrazo y el más profundo de los besos, haciendo notar que hay un fuerte lazo de amor difícil de romper el que más bien, se va a fortalecer antes de ese tan anhelado día.

A razón de la boda, Idalia solicitó vacaciones en el trabajo así que no tiene ninguna otra ocupación y decide empezar por hacer limpieza en su cuarto, todo un día completo se encierra en la recamara; por principio, observa por última vez todo cuanto hay en ella, recuerdos y más recuerdos, muchos importantes otros no tantos, mira y vuelve a mirar hasta decidir empezar con la limpieza, toma algunas bolsas negras para depositar todo lo que ya no quiere y empieza, no hay ninguna otra cosa que no tenga que ver o con Héctor o con Octavio. Su vestido posado a un lado de la cama llama su atención y decide probárselo una vez más.

Vestida de blanco como si estuviere a punto de partir a la Iglesia se detiene justo frente al espejo, se observa, sonríe, recorre toda la imagen de principio a fin y vuelve a detener sus ojos mirando el vestido, de momento, algo llama a su memoria, aquella inusitada boda que nunca se realizó y que a pesar de todo, allá en lo profundo, nunca pudo salir de su pensamiento, un suspiro remarca la nostalgia ya sin fuerza, casi perdida, no deja de mirar el vestido y a ella portándolo, está por ser su boda y todavía hay por ahí algún recuerdo, la tristeza le invade de momento y deja que su historia le lleve a viejos recuerdos, sin quitarse el ajuar de novia, se desvanece lentamente por el borde de la cama y recargada por su espalda comienza de nuevo la historia; revive cada momento importante y trascendente en su vida amorosa, todo parece como si aún continuara vivo, le hace temblar, le hace sentir y volver a vibrar a cada recuerdo, uno a uno, en todo el trayecto de lo que hasta hoy consideró lo más grande que pudo haber vivido, y no, no siente que se esté traicionando o a sus sentimientos, más bien tiene la firme voluntad de dejar atrás lo que todavía pueda permanecer en su interior.

Cada minuto que el reloj señala en su marcha, la lleva de una a otra circunstancia en su memoria, no le da hambre, ni sed, ni sueño ni nada, no se percata que su madre entra a buscarla y sin lograr interrumpirla sale del cuarto dejando a Idalia ensimismada en sus pensamientos, quien de repente siente alguna lagrima, luego sonríe y a final de cuentas termina por depositar cada cosa en la bolsa negra que espera a ser llenada.

Pasa un día entero e Idalia se queda dormida ahí sobre la alfombra, al despertar se desconcierta al verse vestida de blanco, rápidamente verifica la hora, es casi la señalada para su enlace, perturbada y somnolienta confirma la fecha, ¡que respiro! ¡Aún faltan dos días para su boda! Se ubica en su realidad ella aún no termina de hacer limpieza, quita el vestido, sale un poco a despejarse, come algo y de inmediato regresa a recoger todo lo que molesta.

Ahora, ya está muy clara, tiene todas las ideas en su lugar, sin pesar ni angustia, tira todo cuanto no tiene que ver con Octavio, incluso cosas que alguna vez guardo con recelo, con bolsas llenas de basura, sale directo a dejarlas en el depósito para no caer en tentaciones de rescatar nada.

Ya está lista. Toma un baño de más de una hora, se relaja, se pone cómoda y disfruta la tarde con sus papás y sus hermanas, quienes improvisan en honor a la ya casi desposada. Se divierten, ríen, comen, beben, disfrutan y terminan por entregar un gran y profundo abrazo a Idalia. Ya avanzada la noche van todos a dormir.

Hoy es el último día de soltera, Idalia decide ir de compras, a caminar, tomar helado, disfrutar esa tranquilidad, regresa, va directo al salón para que hagan los últimos detalles en manos y cara y confirmar la hora en que esperará a la maquillista para que mañana la ponga hermosa. Regresa a casa, se sienta a ver la tele, sólo come algo de fruta, ¡no tiene hambre!, y se propone ver películas por el resto de la tarde. En la casa hay murmullo por todos lados, sus hermanas, sus sobrinas todo mundo anda de un lado a otro, verificando hasta el último detalle, alistándose para el gran día. Idalia termina por ir a su cuarto a dormir. Antes revisa la maleta que llevara al viaje de bodas, ya casi la tenía lista, y ahora sí, a dormir y aunque le cuesta trabajo porque a esta hora ya empiezan a notarse los nervios, insiste e insiste hasta que lo logra y se queda profundamente dormida.

Ya es el gran día, Octavio no pudo pegar ojo en toda la noche y apenas mira los primeros rayos del día y de inmediato se levanta, aunque la ceremonia será a media tarde, él se alista temprano y mucho pero mucho antes. Recuerda el compromiso de verse antes de la boda y decide que no, Idalia no lo busca tampoco y el no hace el menor intento, prefiere esperar la hora señalada para su encuentro, el último de novios y primero de su vida futura.

En casa de Idalia, todos excepto ella, se levantan con el amanecer, ella no quiere estar desvelada, ni con ojeras ni nada por el estilo, escucha movimiento, pero deja que cada quien haga lo que tenga que hacer y cuando lo considera pertinente, se levanta, va a buscar algo de comer y se mete a la regadera, con todo el tiempo disponible para preparar su arreglo, le pone algo de loción relajante al agua y la disfruta tan apasionadamente que pareciera quedar impregnada de fragancia, termina su baño y ya la espera la chica que va a maquillarle y a peinarle, solo pone una bata y la hace pasar, ella sabe ya lo que Idalia desea, algo discreto, sencillo pero que resalte su belleza y combine perfecto con su propio resplandor, y así se hace; una hora después terminan y pide ayuda para vestirse, todas las mujeres de la casa van a desearle el buen augurio, le ayudan con todos los detalles, ya saben una le ofrece algo de lo que lleva puesto, que para la buena suerte, otra le pone el liguero azul que para no sé qué y así, cada una con sus creencias, su mamá, entre sollozos de alegría y a la vez de tristeza, termina abrochando el velo a la corona que ya tiene puesta:

- Te vez hermosa hija... y... ... ...
- No digas nada, que me vas a hacer llorar y se va a correr el maquillaje

La recámara ha tomado un aire de nostalgia y cada una ofrece a Idalia sus mejores deseos, un fuerte abrazo y el mejor de los besos, al punto que le ganan a la insensibilidad y todas hasta ella misma, terminan por dejar rodar una lágrima.
- Ya mucho chillar no, apúrense que el tiempo pasa.

Idalia mira el reloj y aún hay tiempo, así que:
- Bien, me toca, gracias a todas, las quiero mucho, me voy pero no crean que se van a librar de mí, no me voy a morir, sólo me voy a casar, estoy muy nerviosa, tengo miedo, pero son más fuertes mis ganas de continuar, así que no, no me voy a arrepentir, les repito, las quiero mucho y siempre estaré agradecida por todo lo que me han enseñado, lo que han hecho por mí y sobre todo porque que se que siempre, siempre están conmigo. Yo... ... ... tienen razón, es mucho chillar... así que ... ya... se va a correr mi maquillaje, mejor... ya sálganse, déjenme sola, ya dije lo que tenía que decir.

Con un entendible desdén Idalia termina la conversación y para evitar más drama, todas salen limpiando sus ojos con tal de evitar los comentarios de los hombres que atentos esperan afuera.

La hora se acerca, a punto de partir hacia su encuentro e Idalia, todavía lleva algo dentro, todos esperan verla salir y no ven ni para cuando, ha llegado por ella su padrino de bodas quien la llevará hasta la iglesia e Idalia no sale y no sale, después de unos momentos de suspenso su mamá decide ir por ella, Idalia está ya muy cerca de la puerta, mirando hacia dentro y limpiando rápidamente la lágrima que rodó por sus mejillas:
- Idalia, ya están esp... ¿Qué te pasa?
- Nada, no pasa nada.
- ¡Ya es hora!
- Sí, lo sé, lo sé mamá.
- ¿Qué tienes?
- ¡Nada, nada, es...!

Un nudo en la garganta detiene cualquier palabra que Idalia quisiera pronunciar, sin contener su esfuerzo desata en llanto y se termina de desahogar.

- ¿Qué pasa hija?
- No sé, no sé.
- ¿No te quieres casar?
- Sí, claro que sí, pero, es que... es que... si...
- ¿Es Héctor?

Idalia no contesta y se deja abrazar por su madre, no necesita responder, seguro que algo tiene que ver.

- ¡Hija!
- Sí mamá, yo sé, yo sé que no debo, pero, no pude evitarlo.

Su madre la abraza tratando de hacerle sentir que cualquier cosa que ella decida, que sea lo que quiere y nada más que eso.

- Si tú crees...
- Mamá eso quedó atrás pero, no pude evitarlo, no pude.

Decidida y completamente convencida, termina por limpiar sus lágrimas revisa no haber alterado el maquillaje, respira profundo, sonríe para sí y luego para su mamá, la presiona de las manos y por fin dice:

- ¡Vamos! ¡Estoy lista!
- ¿Segura?
- ¡Claro!, ¡vamos!

Su madre sale por delante y ella tratando de no dejarse ver la cara sale encubriendo su sentimiento con una gran sonrisa de entusiasmo, obviamente todos lo notan, pero como nadie sabe, tratan de entender y la justifican con el momento y el nervio que seguro debe estar sintiendo.

La festejan con aplausos y entusiasmo, ella les sonríe, les agradece y finalmente les dice:

- Bien, estoy lista, vamos, vamos para estar a tiempo.

Su papá y su mamá le ofrecen todo su apoyo y sus mejores deseos, después va directo al auto que espera por ella y todos salen detrás para partir hacía la Iglesia.

Ya los invitados esperan su llegada, Octavio lleno de nervios acompañado con su mamá y su papá no sabe si caminar, esperar, reír o platicar, sólo desea ver llegar a Idalia y dar inicio a su enlace. Los minutos que faltan se hacen eternos para culminar con un profundo suspiro que Octavio deja escapar al mirar llegar a Idalia quien decide esperar hasta el último instante dentro del auto. Todo está excelente, el sacerdote sólo espera acercarse a la novia, los invitados unos dentro otros afuera a la expectativa del momento, Octavio irradiando felicidad combinada en un manojo de sensaciones encontradas entre nervio y alegría e Idalia, totalmente decidida y convencida de estar haciendo lo que desea desde lo más profundo de su alma.

Es el último minuto e Idalia decide bajar con ayuda de su madre quien acomoda la cauda, el vestido y el velo que tapa el rostro de Idalia. Idalia está feliz, realmente lo está y lo refleja en su expresiva sonrisa. Se acerca lentamente hacía la Iglesia, todos la miran y Octavio la espera con toda la ansiedad de un novio enamorado. El sacerdote, da algunas indicaciones y pide formar el cortejo, rocía agua a los novios, a los padrinos y los que están cerca e indica avanzar hacía el altar, dentro inicia el órgano musical, la marcha nupcial que anuncia el principio de una grandiosa y nueva vida para los enamorados, paso a paso, Idalia recorre con su mirada, el altar lleno de flores, las gardenias y tulipanes blancos por todo el rededor, los adornos colgantes con desvaneciente tul, al centro justo frente al altar los reclinatorios que acojinados esperan la llegada de los novios. El sacerdote es el primero en volverse hacía a ellos, indica a Octavio esperar a Idalia y descubrirle el rostro, al momento un profundo encuentro de miradas les hace estremecerse y sentir escalofrío de emoción por todo el cuerpo, hacen contacto espiritual de inmediato, Octavio se adelanta y entre dientes le dice "te amo, te amo", Idalia sólo sonríe y se posa en el reclinatorio destinado para ella, Octavio hace lo mismo y la ceremonia inicia... ... ...

Todos atentos al suceso y enteramente convencidos de estar viviendo un sueño hecho realidad, quienes los acompañan, familiares y amigos muy cercanos esperan sea lo mejor y por supuesto comparten la felicidad que ellos mismos reflejan.

El momento cumbre:

"... ... estamos aquí reunidos para celebrar el enlace matrimonial de Idalia y Octavio... ... ..." Ambos están viviendo su momento, haciendo notar su satisfacción entre una y otra escurridiza mirada, concentrados y continuando con las indicaciones que el sacerdote da: ... ... "Han venido aquí, por su propia voluntad... ... ..." son momentos extraordinarios y determinantes los que en ellos están gravando para sí y para siempre y:

... ... Octavio, ¿aceptas por esposa a Idalia y prometes amarla y respetarla todos los días de tu vida?

Octavio, con la mano derecha unida a la de Idalia y mirando directo y muy firme a las ansiosas pupilas de ella responde de inmediato:

-    Sí, ¡Acepto!

Continúa el sacerdote "Idalia ¿aceptas por esposo a Octavio y prometes amarlo y respetarlo todos los días de tu vida?"

Idalia lo mira y responde con su mirada, pero no sale palabra alguna de su boca, deja pasar algunos instantes que le hacen eterno el momento a Octavio y antes de que el párroco quisiera repetir la pregunta, Idalia suspira con toda la profundidad que sus pulmones le permiten cerrando sus ojos por unos segundos para abrirlos y responder

-    Sí, sí, ¡Sí acepto a Octavio como mi esposo!

Octavio, respira tranquilo, por un momento tuvo el temor de que Idalia le rechazara, pero ahora... ...

"Lo que Dios a unido en el cielo, que el hombre no lo separe en la tierra".

Procede el rito matrimonial, prometiéndose uno al otro fidelidad, amor y respeto, la entrega y recepción de arras y anillos y finalmente la colocación del lazo a los dos hincados y postrados ante el altar que ellos mismos eligieron para ser testigo de la profesión de su amor.

Ambos han elegido estar juntos, de ahora y para siempre, Octavio e Idalia irradian amor, compromiso y felicidad por todos sus poros convencidos de ser éste el inicio de la realización de sus tan anhelados sueños, el principio de una incomparable vida en matrimonio donde Octavio dedicará eternamente todas sus fuerzas a hacer feliz a Idalia y ella comprometida y entregada a corresponder tanto como Octavio lo merece para que de aquí en adelante solo vivan el uno para el otro y logren la comunión y evolución por la que tanto esperaron.